Sandra Lüpkes

Götterfall

Kriminalroman

Deutscher Taschenbuch Verlag

Von Sandra Lüpkes
sind im Deutschen Taschenbuch Verlag erschienen:
Todesbraut (24781 und 21309)
Taubenkrieg (24858)
So schön tot. Die besten Wellness-Morde,
herausgegeben von Sandra Lüpkes und Christiane Franke
(21394)

Originalausgabe
2. Auflage 2013
© 2013 Deutscher Taschenbuch Verlag GmbH & Co. KG,
München
Umschlagkonzept: Balk & Brumshagen
Umschlaggestaltung: Wildes Blut, Atelier für Gestaltung,
Stephanie Weischer unter Verwendung eines Fotos
von Trevillion Images/Christophe Dessaigne
Satz: Fotosatz Amann, Aichstetten
Gesetzt aus der Arno Pro 11,75/13,5
Druck und Bindung: CPI – Ebner & Spiegel, Ulm
Gedruckt auf säurefreiem, chlorfrei gebleichtem Papier
Printed in Germany · ISBN 978-3-423-24964-5

*In Liebe für Julie,
die in diesem Jahr in ihre Zukunft startet*

Ask veit eg standa,	Eine Esche weiß ich stehen,
heitir Yggdrasill,	sie heißt Yggdrasil,
hár baðmur,	ein hoher Baum, überschüttet mit
ausinn hvíta auri;	glänzendem Nass,
þaðan koma döggvar	von dort kommt der Tau,
þær er í dala falla,	der in den Tälern niederfällt,
stendur æ yfir	sie steht immergrün
grænn Urðarbrunni.	über dem Urdbrunnen.
Þaðan koma meyjar margs	Von dort kommen Mädchen,
vitandi þrjár	viel wissende,
úr þeim sæ,	drei aus dem Wasser,
er und þolli stendur;	das unterm Baum liegt;
Urð hétu eina,	Urd hieß man die eine,
aðra Verðandi,	die andre Werdandi,
skáru á skíði,	– sie ritzten ins Holz –,
Skuld ina þriðju.	Skuld die dritte;
Þær lög lögðu,	sie legten Bestimmungen fest,
þær líf kuru	sie wählten das Leben
alda börnum,	den Menschenkindern, das
örlög seggja.	Schicksal der Männer.

Völuspá (Die Weissagung der Seherin),
Götterlieder der Älteren Edda, Strophen 19 und 20

Skuld

[... noch sieben Tage ...]

Heute Nacht wird es brennen.
Muss es brennen.
Feuer ist schon immer das Element gewesen, welches das Ende einer alten und den Beginn einer neuen Ära gestaltet hat.
Ich denke an die Urkraft der Erde, die Lava bricht aus der Tiefe hervor, zerreißt die Erde, verbrennt die Luft, um schließlich neues Land zu werden. Zerstörung, Umwandlung, Auferstehung.
Vergangenheit, Gegenwart, Zukunft.
Ich werde den Verteilerkasten öffnen, die Stromkreise verbinden und eine Sollbruchstelle dazwischensetzen, ein braunes, dünnes Kabel. Sieht harmlos aus. Ist es auch. Vorerst.
Doch am Abend werden die Menschen, die in diesem Haus wohnen, von der Arbeit kommen. Sie werden das Licht anschalten, vielleicht auch das Radio, sie kochen mit Starkstrom am Herd. Dann wird sich das braune, dünne Kabel erhitzen.
Später, nach acht Uhr, werden die Fernsehgeräte dazukommen. Bei Einsetzen der Dunkelheit knipsen sie ihre Leselampen an, die Halogenstrahler in den Ecken der Wohnzimmer. Zu diesem Zeitpunkt wird das braune, dünne Kabel bereits glühen.
Sobald das Kabel glüht, wird sich seine Beschaffenheit verändern. Das braune Plastik wird schmelzen. Das Kupfer wird mit erhitztem Schwefel in Berührung kommen. Es wird stinken wie die Hölle. Doch im Keller, wo der Verteilerkasten hängt, wird um diese Uhrzeit niemand mehr sein, der es riechen könnte.

Selbst dann wird noch nichts passieren.

Durch den Schwefel wird sich das braune, dünne Kabel in eine schwarze, poröse Schnur verwandeln. Und erst, wenn irgendjemand in diesem Haus, das in dieser Nacht brennen wird, den Stromschalter betätigt – zum Beispiel, weil er eine schwache Blase und vor dem Einschlafen noch etwas getrunken hat, schließlich auf die Toilette muss und im Badezimmer das Licht einschaltet, um etwas zu sehen –, dann ...

Das Kabel wird zu Staub zerfallen, der Strom wird Funken schlagen: Kurzschluss!

Es gibt einen Hauptschalter, der sich in diesem Moment umlegen sollte, klack, und alles wäre gut. Dann würden schlimmstenfalls ein paar Bewohner morgen früh verschlafen, weil sich ihre elektrischen Radiowecker ausgestellt haben.

Doch ich habe etwas dabei. Ein Stück Klebeband. Grausilbrig. Genauso harmlos wie das braune, dünne Kabel. Ich werde es über diesen Schalter heften und den Hebel außer Gefecht setzen. Mit einem schlichten Stück Klebeband.

Und dann wird es brennen.

Heute Nacht.

Zerstörung, Umwandlung, Auferstehung.

Vergangenheit, Gegenwart – und die Zukunft ist mein.

Verðandi

[11. Juni, 8.55 Uhr, Peter-Fechter-Ufer, Hannover, Deutschland]

Für immer war so ein Ausdruck, mit dem Wencke nichts anfangen konnte. Sie selbst würde lieber eine Handvoll Kellerasseln in den Mund nehmen als diesen Schwur.

Deswegen fand sie es ärgerlich, dass Axel gestern am Telefon, in jener Millisekunde, bevor sie die rote Taste drückte, diese zwei Worte von sich gegeben hatte: »Ich werde dich *für immer* ...« Klack. Aufgelegt. Was auch immer er sie *für immer* würde, sie wollte es nicht erfahren.

Sie war spät dran. Ihr Vorderrad klebte ziemlich platt am Boden und die Fahrt an der Ihme entlang war entsprechend mühsam. Heute kam irgend so ein Ministeriumsfuzzi ins Behördenhaus am Waterlooplatz und schaute sich die Abteilung an. Also war Pünktlichkeit gefragt, hatte Tilda Kosian gestern und vorgestern immer wieder in diversen Nebensätzen betont. Pünktlichkeit und übersichtliche Akten und gutes Betriebsklima, bitte schön, das galt für alle! Damit der Ministeriumsfuzzi seine Ideen von den Stellenstreichungen beim LKA Niedersachsen umgehend vergaß.

Am Schwarzen Bär musste Wencke aus dem Ufergrün tauchen, auf die Straße wechseln und an der Ampel warten. Da standen sie, diese Frauen, extra nur für sie direkt gegenüber platziert. Die eine mit einem Bauch wie ein prächtiger Halloweenkürbis, die andere bereits mit ihrem kleinen Lebensglück im Wagen vor sich. Babys, Babys, Babys! Scheiße, dachte Wencke, warum hat er es mir erst jetzt gesagt? Wenn seine Frau schon in der sechsunddreißigsten Woche ist, Himmel, dann hat Axel mindestens sieben Monate lang verschwiegen, dass Kerstin ein Kind erwartet. Diese Tatsache konnte man im Kopf hin und her schieben, wie man wollte, es kam immer aufs Selbe raus: Er war ein Mistkerl. Ein Feigling. Ein Betrüger. Er hätte es gleich sagen müssen, an dem Tag, als auf diesem handelsüblichen Teststreifen ein himmelblauer Strich erschienen war. Da hätte er sie anrufen und sagen müssen: »Hey, Wencke, es tut mir schrecklich leid, aber es ist passiert. Ich werde Vater. Kerstin erwartet ein Kind von mir. Wir können uns nicht mehr sehen.«

Die Ampel wechselte auf Grün. Wencke schob sich auf den Sattel, trat in die Pedale, radelte an diesem sonnigen Tag den beiden Baby-Frauen entgegen, die ja überhaupt nichts dafür konnten, wie sie sich gerade fühlte.

Heute standen ausnahmsweise eine Menge Fahrräder vor dem Landeskriminalamt, bei dem Wetter stieg selbst der eingerostetste Beamte auf Drahtesel um. Wencke versuchte sich zwischen zwei Mountainbikes zu quetschen und hörte die Marktkirchenuhr schlagen. Punkt neun.

»Wencke!« Eine Hand legte sich von hinten auf ihre Schulter. »Lass uns gemeinsam nach oben gehen und den Rüffel fürs Beinahe-Zuspätkommen kassieren.« Boris Bellhorn musste beim Friseur gewesen sein, das war nicht unüblich, er ließ sich die Haare mindestens doppelt so oft stylen wie Wencke. In letzter Zeit vielleicht auch noch häufiger, lag wohl an seiner neuen Liebe: Marius, 22 Jahre, Musiker. »Hast du wenigstens eine gute Ausrede, wenn die Kosian uns gleich zur Rede stellt?«

Wencke mochte ihren Kollegen. Wenn überhaupt jemand in der Lage war, ihre Laune an diesem Tag zu bessern, dann er. »Ich habe Liebeskummer«, gab sie zu. Sie tippten an der Pforte den Zahlencode ein und stießen die Glastür auf. Der Fahrstuhl wartete unten auf sie. »Axels Frau ist schwanger. Und zwar ziemlich schwanger.«

»Oh!« Boris drückte auf die Vier, der Aufzug schwebte nach oben.

»Er wird sich nie entscheiden. Axel ist einfach nicht der Typ, der seine angetraute und noch dazu blinde Frau sitzen lässt. Das gemeinsame Kind kommt lediglich erschwerend hinzu.«

»Aber gerade das liebst du ja an ihm«, vollendete Boris den Gedanken. »Dass er eben nicht so ein Typ ist.«

Sie zuckte mit den Schultern.

»Schicksal!« Boris streichelte kurz ihren Oberarm. »Irgendwann ergibt das Ganze mal einen Sinn.«

»Ich glaube nicht an Schicksal«, sagte Wencke, als sich die Fahrstuhltüren aufschoben.

Die gesamte Abteilung schaute ihnen erwartungsvoll entgegen, auch der Ministeriumsfuzzi stand schon da, stilecht mit Zweireiher und Doppelkinn, bloß die Kosian war nirgends zu entdecken.

»Es gab einen Hausbrand«, berichtete die Sekretärin mit betroffener Miene. »Keine Sorge, Frau Kosian geht es so weit gut, sie konnte sich noch rechtzeitig in Sicherheit bringen. Doch sie hat nun einiges zu erledigen. Stellen Sie sich vor, die ganzen Möbel, die Kleidung, die persönlichen Sachen – alles unbrauchbar.«

Welche persönlichen Sachen, dachte Wencke und biss sich auf die Lippen. Tilda Kosian war einfach nicht der Typ Frau, dem man Dinge wie Fotoalbum oder Tagebuch zuordnen würde. Schon eher wäre der Kosian zuzutrauen, dass die erste Sache, die sie aus ihrer brennenden Wohnung rettet, eine Rosshaarbürste wäre, danach Zahnseide und an die hundert gestärkte Blusen, die dort im Schrank hängen mussten.

»Was genau ist passiert?«, fragte Boris.

»Die Brandermittlung ist natürlich noch vor Ort, hat aber

noch nichts Konkretes verlauten lassen. Derzeit gehen sie von einem Kabelbrand im Verteilerkasten aus.«

»Aber Frau Kosian lebt doch in einem Neubau, oder nicht?«

Die Sekretärin nickte. »Alles ganz modern und hochwertig, sie wohnt ja auch nicht irgendwo, sondern in Großburgwedel – übrigens Tür an Tür mit der Exfrau unseres ehemaligen Bundespräsidenten.« Dabei schaute sie triumphierend in Richtung Minister-Hiwi, als hätte die Tatsache eine Bedeutung, wenn es darum ging, die Abteilung zusammenzustreichen.

Der gab sich jedoch unbeeindruckt und schlug vor, jetzt endlich ins Besprechungszimmer zu wechseln, man werde auch ohne Frau Kosian über das Wesentliche reden können. Auf dem ovalen Tisch standen Kaffee, Wasser, Saft und die üblichen Kekse, die es nur gab, wenn sich offizielle Würdenträger blicken ließen. Wenn die OFA – also das Team der Operativen Fallanalyse des LKA Niedersachsen – sonst in größerer Runde tagte, musste jeder sein Butterbrot selbst mitbringen.

»Meine sehr geehrten Damen und Herren«, leitete der Hochoffizielle ein. Das hörte sich an, als säße er einer gewaltigen Truppe gegenüber. Tatsächlich aber bestand diese Abteilung nur aus einem knappen Dutzend bunt zusammengewürfelter Leute, die aus verschiedenen Bereichen kamen. Lediglich Boris, Wencke und die Kosian widmeten sich als Ganztagskräfte der Methode, die in den Medien immer so schick *Profiling* getauft wurde und bei der es darum ging, Verbrechen zu analysieren, in Einzelteile zu zerlegen, in klitzekleine Details, die für sich genommen eigentlich aus lauter Menschlichkeit bestanden. Der grausamste Mord konnte, wenn er auf die Grundbausteine seiner Materie reduziert wird, etwas von Liebe und Hoffnung erzählen. Im Kleinsten begann man, das Wesen des Verbrechens zu begreifen. Stück für Stück. Eine faszinierende Arbeit.

Der Ministeriumsfuzzi hüllte alle Beteiligten in eine Laberwolke, die sich aus Begriffen wie »Steuergelder«, »Effizienz«

und »Kriminalstatistik« zusammensetzte. Auf seinem Zettel waren sämtliche Beteiligungen der OFA an vergangenen Ermittlungen und anderen Projekten aufgelistet: die Zerschlagung rechtsradikaler Terrorzellen, Fälle von Ehrenmord und Rockerkriminalität, Begutachtung und Verhörbegleitung bei seriellen Sexualstraftätern. Irgendwann legte er das Blatt aus der Hand, nahm einen Schluck Kaffee und kam zur Sache: »Ihre vielfältige Arbeit in Ehren, aber es nutzt nichts, wir müssen sparen.«

»Was heißt das konkret?«, fragte Boris.

»Es geht um eine ganze Stelle. Wie wir das am geschicktesten aufteilen, wird noch zu entscheiden sein.«

Im Klartext bedeutete das, einer der drei Ganztags-Profiler würde Federn lassen müssen. Tilda Kosian leitete die Abteilung schon seit sechs Jahren, sie saß also ziemlich fest im Sattel. Boris Bellhorn war, obwohl um einiges jünger als Wencke, auch schon deutlich länger dabei.

Blieb nur noch sie, Wencke, seit drei Jahren im Team, als alleinerziehende Mutter eines Jungen entsprechend unflexibel einsetzbar, dazu mit einer Vorliebe für halsbrecherische Alleingänge ausgestattet. Zwar hatte sie einige Erfolge vorzuweisen, doch aufgrund ihrer jahrelangen Erfahrung bei der Auricher Mordkommission wäre sie noch am ehesten mit einer anderen Abteilung des LKA kompatibel. Es war klar, wer hier würde Platz machen müssen, wenn der Rotstift regierte.

»Nun schauen Sie mich nicht so an«, bat der Mann im Zweireiher. »Wir rechnen das im Ministerium in Ruhe durch. Unsere Entscheidung wird erst im nächsten Monat fallen, vor den Sommerferien wissen Sie Bescheid.«

»Na toll«, rutschte es Wencke raus. Der Mann hatte ja keine Ahnung, wie sehr diese Aussage ihre Vorfreude auf die nächsten Wochen weiter dimmte. Ihr Geliebter wurde Vater, ihr Job stand mächtig auf der Kippe – und sie sollte entspannt mit ihrem vorpubertären Sohn Emil die Badehose einpacken?

»Ach ja, wo wir nun schon mal so gemütlich zusammensitzen«, er setzte ein 1-a-Wahlplakatlächeln auf, »können wir gleich klären, wer die Vertretung beim anstehenden Symposium übernimmt. Frau Kosian hat mir bereits telefonisch mitgeteilt, dass ihr wegen des Brands eine Dienstreise derzeit kaum möglich ist.« Der Ministeriumsfuzzi war gut sortiert, zackig schlug er den nächsten Ordner auf und reichte die darin liegenden Flyer herum. Die Anwesenden griffen eher zögerlich zu. »Die Einladung geht von Brüssel aus. Wir sind sehr froh darüber, dass man uns bei dieser Tagung dabeihaben will, und erhoffen uns – salopp formuliert – auf diesem Weg auch einen kleinen Zuschuss aus den Töpfen der EU.«

»Sie meinen, wenn wir uns dort auf diesem Symposium gut präsentieren, besteht die Chance, unsere Jobs zu retten?« Wencke mochte es nicht, wenn Bürokraten behaupteten, sie würden etwas *salopp formulieren*, und man trotzdem kein Wort verstand.

»Es ist ja nicht so, dass wir unbedingt jemanden hier abziehen wollen«, stellte der Schlipsträger klar und nahm sich ein Waffelröllchen. »Wenn wir bei entsprechenden EU-Veranstaltungen deutlich in Erscheinung treten, stehen die Chancen vielleicht etwas besser.« Er ließ seinen Blick schweifen. Boris machte sich immer kleiner, logisch, er wollte sich keine Arbeit und erst recht keine Dienstreise aufhalsen, wenn zu Hause sein musikalischer Marius auf ihn wartete.

»Nun, ich höre niemanden *hier* schreien.«

Wencke klappte die farblose Infobroschüre auseinander. Das Tagungsthema passte zur Optik: *Zusammenhänge zwischen altgermanischen Mythen und moderner Politik – und ihre Auswirkung auf die Zukunft der Europäischen Union.* Der Titel klang so staubtrocken, dass Wencke erst einmal zum Wasserglas greifen musste.

»Frau Tydmers, wie wäre es mit Ihnen?«

»Tja.« Sie wendete den Flyer. Über einem seltsam zerfransten Fleck, der aussah wie eine auf den Kopf gedrehte Comicsprechblase, war das Datum notiert, am kommenden Donnerstag sollte es bereits losgehen. Gut, das wäre machbar, Wenckes Mutter wollte ohnehin vorbeischauen, um mal wieder etwas Zeit mit Enkel Emil zu verbringen. Und es wäre bestimmt von Vorteil, sich eifrig zu zeigen, sich als Stütze der Abteilung zu präsentieren, insbesondere weil die Kosian nicht da war, um ihr die Tour zu vermasseln. Doch dann kapierte Wencke, was diese seltsame Abbildung zu bedeuten hatte. Das war keine Sprechblase, das war die Silhouette von …

»Island? Das Symposium ist auf Island?«

Allem Anschein nach hatte das außer Wencke jeder im Raum gewusst. »Island ist einer der aktuellen Kandidaten für einen EU-Beitritt. Mit dieser Einladung wollen sie ihre Bereitschaft zur Zusammenarbeit demonstrieren. Gesponsert wird das Ganze von *AlumInTerra*, einem der größten Leichtmetallwerke weltweit, die lassen sich das richtig was kosten.« Der Mann konnte schief grinsen, was ihn ulkig aussehen ließ. »Und was haben Sie gegen Island?«

»Nichts. Es ist nur so weit … nördlich.«

Nun schlug er wieder die erste Akte auf, die mit den einzelnen Mitarbeitern der Abteilung und den angehefteten Sparplänen des Ministers. Wencke erkannte ihr Konterfei auf dem Personalbogen, er lag verdächtig weit oben. »Wie ich sehe, sind Sie ein echtes Nordlicht, Frau Tydmers. Geboren in Worpswede, lange Zeit als Hauptkommissarin in Ostfriesland tätig. Dann schlage ich doch spontan vor, dass Sie sich diese Woche an den Polarkreis begeben.«

Nein, er schlug es nicht vor, dann hätte Wencke ja die Gelegenheit gehabt, sich eine gute Ausrede einfallen zu lassen. Doch er erhob sich mit der letzten Silbe, griff nach dem einzig verbliebenen Keks auf dem Teller und bedankte sich für die angenehme Gesprächsrunde. Bevor er den Sitzungssaal verließ, legte er Wencke einen schrecklich dicken Ordner vor die Nase. *Welcome to Iceland* stand auf dem Deckel. Damit galt sein Vorschlag als einstimmig angenommen.

[11. Juni, 17.30 Uhr, Dieselstraße, Hannover-Limmer, Deutschland]

Blitze zuckten durch die Wohnung und Wencke wurde kurz nach dem Betreten des Flurs von lauten Schreien begrüßt. »Hilfe, ich schaff das nicht! Verdammt!«
Natürlich musste man als alleinerziehende Mutter in Sachen pädagogisch wertvolle Freizeitgestaltung manchmal Abstriche machen. Emil hockte eben lieber vor dem Fernsehapparat und erlebte in der quietschbunten Welt der Spielkonsole die absurdesten Abenteuer, als sich seinen Matheaufgaben zu widmen. Heute hatte er seinen Kumpel John mitgebracht. Die beiden hatten sich Cornflakes gegönnt und besiegten gerade eine giftgrüne, diabolisch grinsende Seifenblase.
»Emil, hast du nach der Post geschaut?«
»Hä?« Erst jetzt bemerkte er, dass seine Erziehungsberechtigte die reale Welt ihres Wohnzimmers betreten hatte. »Zwei Briefe für dich, glaub ich.«
»Wo liegen die?«
»Unter dem ... Ey, John, du musst die Banane nehmen, jetzt! Schnell! Die Banane!«
»Unter dem was?«
Auf dem Bildschirm explodierte die Seifenblase und Triumphmusik ertönte. Die beiden Jungen klatschten sich ab. Wencke griff nach der Fernbedienung und schaltete den Apparat aus. »Schluss jetzt, Jungs. Das Wetter ist schön und die Welt da draußen spannend genug.«
Zum Glück akzeptierten beide die Ansage klaglos.

»Und wo finde ich jetzt meine Post?«

Emil drückte ihr einen Kuss auf die Wange. »Unter dem Kühlschrank. Sorry, die ist mir aus der Hand gefallen und dann irgendwie dahin gerutscht.« Er schnappte sich seine Jacke.

»Um sieben gibt es Abendbrot!« Ob es wirklich so eine gute Idee war, wenn Oma Isa ab Mitte der Woche die Sache hier übernahm? Wenckes Mutter war Künstlerin in jeder Hinsicht, sie malte, hielt sich jugendliche Liebhaber, lebte in einer Wohngemeinschaft und verachtete Regelmäßigkeit. Den Satz *Um sieben gibt es Abendbrot* hatte Wencke als Kind nie zu hören bekommen.

Wencke hatte den Rest des Arbeitstages damit verbracht, neben der Kinderbetreuung auch noch alles andere irgendwie zu regeln, damit sie übermorgen sorglos ins Flugzeug steigen konnte. Sie hatte Tilda Kosian auf dem Handy erreicht und ein Treffen für den nächsten Tag vereinbart, um sämtliche Tickets und die nötigsten Informationen auszutauschen.

Zugegeben, bei allem Stress, dem Wencke jetzt so plötzlich ausgesetzt war – Symposien dieser Art hasste sie mehr als Windpocken und Masern zusammen –, die Aussicht auf Ablenkung war doch verlockend. Sie würde gar nicht dazu kommen, an Axels Vaterglück zu denken. Hoffte sie zumindest.

Sie warf einen Teebeutel in ihre Tasse, und während sich der Wasserkocher langsam erhitzte, fahndete Wencke nach den beiden Briefen. Bäuchlings schob sie sich über die Fliesen. Der Kochlöffel war nicht schmal genug, um zwischen Boden und Kühlschrank zu gelangen, also versuchte sie es mit einem chinesischen Essstäbchen. Der erste Umschlag war Werbung für eine schnellere Internetverbindung, weg damit!

Der zweite Brief lag noch weiter hinten, das Stäbchen musste alles geben, endlich erreichte sie die letzte Ecke des Umschlags und zog ihn hervor. Immerhin war er handschriftlich mit kleinen Druckbuchstaben adressiert, und auch wenn sich der Absender nicht zu erkennen gab: Der Poststempel auf der Rosenbriefmarke verriet, dass die Sendung irgendwo in Norddeutschland aufgegeben worden war.

Wencke rappelte sich hoch und riss mit dem Daumennagel durch das Papier. Im Kuvert befanden sich einige Blätter, die meisten waren Kopien einer handschriftlichen Notiz, ans Deckblatt geheftet prangte ein Foto: Drei junge Frauen standen vor einem winterlich glatten, kleinen See und grinsten in die Kamera. Im Hintergrund erkannte man durch spillrige Bäume den sechseckigen Turm eines Schlosses. Obwohl die Farben verblasst waren, leuchteten die roten Dächer der Nebenflügel. Die drei Frauen hatten Spaß. Links stand Wencke – mein Gott, da musste sie Anfang 20 gewesen sein –, in der Mitte die etwas füllige Blondine Silvie und ganz außen Doro, drahtig, mit ihren dunklen Augen und dem Kopf voller Locken. Irgendjemand hatte einen Kugelschreiberkreis um ihre Gestalt gemacht.

Doro! Wie lang hatte sie den Gedanken an Doro verdrängt?

Wencke musste sich setzen. Die Erinnerung zwang sie dazu. Sie wendete das Foto, das aufgestempelte Datum war verblichen und nur noch schwer zu entziffern, doch eigentlich wusste Wencke genau, wann dieses Bild aufgenommen worden war. Es gab Tage, die sich einem ins Gedächtnis frästen. Und so ein Tag war der 18. Januar 1994. Der Tag, an dem der kleine Jan Hüffart verschwand.

Sie löste die Büroklammer, sortierte zögerlich die kopierten Blätter und begann schließlich zu lesen.

Urð

*[Polizeischule Bad Iburg,
Zimmer 247, 18./19. Januar 1994, gegen Mitternacht]*

Mache jetzt Notizen, besser so. Passiert zuviel, das vergesse ich sonst. Oder glaube irgendwann, es wäre nur Einbildung gewesen.
 Bin in der Akademie. Wencke und Silvie schlafen schon. Habe versucht, sie zu wecken, erfolglos. Dabei brauche ich dringend jemanden zum Quatschen.
 Haben eben alle stundenlang diesen Jungen gesucht. 12 Jahre, dunkelblauer Anorak, Pumaschuhe und so weiter. Sein Name ist Jan Hüffart, ja, richtig, Hüffart, er ist der Sohn vom Parteibonzen, der hier in Bad Iburg seinen Privatbungalow hat. Ich mag ihn nicht, merkt man, oder? Ihn und seine Partei, alle zu nah am Geld gebaut. Aber klar, um seinen Sohn tut es mir leid, der kann nichts für die Politik seines Vaters.
 Der Einsatzleiter hat die Polizeischüler zur Suche nach dem Jungen eingeteilt. Die meisten von uns sind durch die Straßen dieses Kaffs gelatscht. Wencke, Silvie und mich hat man mit dem Durchforsten des Waldes hinterm Schloß beauftragt.
 Das Gerücht, daß es sich um eine Entführung handelt, hat schnell die Runde gemacht. Klar, der Sohnemann von Hüffart, dem Oberkonservativen des Landes, Vorstand der Treuhand, Millionenjongleur, der verknackst sich nicht einfach den Fuß, dem muß was richtig Schlimmes passiert sein.
 Ich hab Magenschmerzen. Mir fallen Sachen ein, die ich gesehen habe. Die einen Verdacht in mir wecken. Nicht so konkret, nur

Andeutungen. Ein unbekannter Schlüssel, der nicht in die Haustür paßt, und als ich nachfrage, gibt es keine Antwort. Ein paar heimliche Telefonate, die beendet werden, sobald ich um die Ecke komme. Was ist, wenn tatsächlich F. dahintersteckt?
Ich liege wach, traue mich aber nicht, die Mädels zu wecken. Was soll ich ihnen sagen? Daß ich meinen eigenen Freund verdächtige?
Würde ich an den da oben glauben, wäre ein Gebet fällig: Lieber Gott, bitte laß es für alles eine harmlose Erklärung geben. Bitte mach, daß der kleine Jan wieder auftaucht. Einfach so. Kerngesund! Bitte!
D.

Verðandi

[11. Juni, 17.45 Uhr, Bischof-Benno-Straße, Bad Iburg, Deutschland]

Das Telefon läutete nur ein einziges Mal, dann hörte Silvie, wie Zöllner im Vorzimmer das Gespräch annahm. »Frau Hüffart ist ohne vorherigen Termin nicht zu sprechen.« Ihr Sekretär hatte eine Stimme, mit der man Glas hätte schneiden können. Dies war eine der Eigenschaften gewesen, weshalb Zöllner die Stelle bekommen hatte. Und seine absolute Diskretion.

Silvie vertiefte sich wieder in ihre Arbeit. Eine Anfrage der Bild-Zeitung, es ging um Zukunftsprognosen für Deutschland und Karls Meinung war mal wieder gefragt. Welche Hoffnungen hegt der bedeutendste Mitgestalter der deutschen Einheit dieser Tage für sein Volk? Das Ganze bitte in zwei, höchstens drei Sätze verpackt, mundgerechte Politikhäppchen für eine Leserschaft, die eigentlich lieber Fotos anschaute.

Zwei Porträts hatte sie bereits in die engere Auswahl genommen, sie lagen vor ihr auf dem ausladenden Walnussholztisch. Auf einem trug Karl einen schwarzen Anzug und schaute ernst an der Kamera vorbei. Nein, wahrscheinlich war das andere die bessere Alternative, damals waren sie gerade aus Südfrankreich heimgekehrt, was seinem Teint gutgetan hatte, zudem wirkte er in dieser hellgelben Strickjacke leger und sah den Betrachter mit optimistischem Blick direkt an, das würde der Zielgruppe eher entsprechen. Nun fehlte nur noch das Zitat.

Zöllner erschien im Türrahmen. »Entschuldigen Sie die Störung, Frau Hüffart, die Anruferin ist etwas hartnäckig. Sie behauptet, Sie privat zu kennen, und wünscht ein Gespräch.«

Silvie stöhnte auf. Sie hasste Penetranz. »Hat sie wenigstens ihren Namen genannt?«

Er schaute auf den Notizblock, den er in den Händen hielt. »Wencke Tydmers.«

Wencke? Was zum Teufel wollte die denn von ihr? Silvie lehnte sich in ihrem Schreibtischstuhl zurück und drehte sich Richtung Tür. »Haben Sie eine Ahnung, worum es geht?«

»Sie sagte, es sei etwas Persönliches. Da wollte ich nicht weiter nachhaken.«

Etwas Persönliches? Wie kann man fast zwei Jahrzehnte nichts voneinander hören und dann auf einmal etwas Persönliches wollen? Wencke Tydmers war ihre Zimmergenossin auf der Polizeischule gewesen, zugegeben, damals hatten sie jeden Tag miteinander verbracht und waren sich dann natürlich zwangsläufig auch privat nähergekommen, doch nach ihrer Abschlussprüfung waren sie getrennte Wege gegangen. Während Wencke, soweit Silvie informiert war, bei der Kripo irgendwo im hohen Norden eine leitende Funktion übernommen und schließlich einen Posten beim LKA ergattert hatte, war Silvie im PR-Bereich tätig gewesen. Zumindest bis zu ihrer Hochzeit vor vierzehn Jahren. Seitdem hatte sie mit der Polizei gar nichts mehr am Hut. Und wenn sie ehrlich war: Sie vermisste diese Institution nicht im Geringsten. Die Politik war ihr neues Zuhause.

»Was soll ich dieser Frau sagen?«, fragte Zöllner ein wenig zu ungeduldig für Silvies Geschmack. Es würde Wencke nicht schaden, wenn man sie ein wenig warten ließ, sie war schon immer eine Spur zu forsch gewesen.

»Sagen Sie ihr, dass mein Mann und ich demnächst auf Reisen gehen und meine Zeit deshalb sehr knapp bemessen ist.«

»Das habe ich selbstverständlich bereits erwähnt.«

Silvie wandte sich wieder dem Schreibtisch zu, beugte sich vor und rief auf dem Bildschirm ihren Terminkalender auf. Sie fand eine kleine Lücke am nächsten Tag. Die musste genügen.

Zöllner verschwand an seinen Arbeitsplatz, doch sie lauschte dem Gespräch. Der Anruf machte sie aus unerfindlichen Gründen nervös.

»Hören Sie?«, schnarrte ihr Sekretär gekonnt unfreundlich. »Wie gesagt, Frau Hüffart hat absolut keine Zeit und bietet Ihnen einen Telefontermin morgen um 18.35 Uhr an. Entweder geben Sie sich damit zufrieden, oder ich muss Sie bitten, Ihr Anliegen schriftlich vorzutragen.« Er schwieg kurz, dann sprach er weiter und es klang, als habe er die Anruferin barsch unterbrochen. »Frau Tydmers, dies ist kein gewöhnlicher Telefonanschluss. Es ist nun einmal etwas anderes, ob Sie mit einer ehemaligen Schulkameradin plaudern wollen oder mit der Frau eines Spitzenpolitikers. Hier gibt es keine Ausnahmeregelung. Ich biete Ihnen das Gespräch morgen Abend oder den Postweg, habe ich mich jetzt deutlich genug ausgedrückt?« Sie hörte ihn ächzen, er setzte mit einem verzweifelten »Aber ...« an, doch schließlich stand er wieder in der Tür. »Sie hat mich gebeten, Ihnen auszurichten, dass sie eine Nachricht erhalten habe. Von einer Doro.«

»Wie bitte?«

Erneut brauchte er seinen Notizblock zur Orientierung. »Wencke Tydmers hat einen Brief von … Dorothee Mahlmann bekommen!«

Silvies Mund wurde trocken. Sie nickte Zöllner zu, er verstand und stellte das Gespräch durch. Seiner Mimik war anzumerken, dass er Angst hatte, nicht richtig durchgegriffen zu haben. Zu Recht!

Sie ließ es lange klingeln, ging erst einmal zur Stereoanlage und stellte die Musik, die bislang als Hintergrundbeschallung gedient hatte – sie mochte es, neben der Arbeit Wagner zu hören, das hatte so etwas Erhabenes –, deutlich lauter. Zwar glaubte sie nicht, dass Zöllner neugierig genug war, um eventuell an der Tür zu lauschen, nein, so ein Mitarbeiter war er nicht, doch sie wollte auf Nummer sicher gehen.

Trompeten stimmten die Götterdämmerung ein, tatatata! Dann fühlte Silvie sich dazu in der Lage, das Gespräch entgegenzunehmen. »Ja ja, die Wencke also!«

Die hielt sich nicht mit unnötigen Begrüßungsformalitäten auf, sondern kam gleich zur Sache. »Ich habe Post bekommen.«

»Mein Mitarbeiter teilte bereits mit, Doro habe geschrieben.«

»So ungefähr.« Wenckes Timbre hatte sich nicht verändert, war noch immer leicht heiser und mit einem Hauch Trotzigkeit zwischen den Silben ausgestattet. Sogleich tauchte vor Silvies innerem Auge die Erinnerung an eine kleine, bodenständige Person mit breitem Grinsen und einer etwas nach oben stehenden Nasenspitze auf. Ob sie das Haar noch immer kurz und rot trug? Bestimmt, ja, Wencke Tydmers war der Typ Frau, der es vorzog, auch jenseits der vierzig auf jugendlichen Charme zu setzen.

»Du weißt so gut wie ich, dass das nicht möglich ist. Dorothee Mahlmann ist tot, und zwar schon seit mehr als zehn Jahren. Wie also sollte sie dir heute einen Brief schreiben?«

»Sie hat mir nicht direkt geschrieben. Jemand hat mir ein altes Foto geschickt, das ich noch nie gesehen habe. Doro, du und ich am Charlottensee in Bad Iburg, aufgenommen an dem Tag, als Jan Hüffart verschwunden ist.«

Silvie holte Luft, zu dumm, diese kleine Pause verriet, wie sehr es sie verunsicherte, wenn das Gespräch auf diese schreckliche Geschichte gelenkt wurde. Sie riss sich zusammen: »Warum regt dich das so auf? Vielleicht stammt die Fotografie aus Doros Nachlass und ihre Erben, vermutlich die Eltern, sind gerade dabei, ihren ganzen Kram zu sortieren. Dann haben sie das Bild gefunden, deinen Namen gegoogelt, die Fotos in den Umschlag gesteckt und losgeschickt, fertig!«

Das war doch tatsächlich eine Möglichkeit, die naheliegend und plausibel klang, fand Silvie. Trotzdem, was ihre ehemalige Freundin gerade erzählte, war seltsam beunruhigend. Etwas in ihr flüsterte, dass sich niemals einfache Erklärungen finden ließen, wenn es um Doro ging. Diese Frau hatte schließlich schon immer für Ärger gesorgt, bis zu ihrem bitteren Ende.

»Außer dem Foto befand sich noch etwas anderes in dem Umschlag. Wusstest du, dass Doro damals Notizen gemacht hat?«

»Nein, woher sollte ich das wissen?«

»Jemand hat mir die handschriftlichen Aufzeichnungen kopiert. Darin deutet Doro an, dass sie irgendwelche Ahnungen hatte, das Verbrechen betreffend. Sie stammen vom selben Tag …«

Silvie hielt es für angebracht, nichts zu erwidern. Gerade jetzt sang der Bayreuther Chor dramatische Verse vom Weltuntergang, der passende Soundtrack zu Silvies Schweigen.

»Verdammt noch mal, Silvie, was sagst du dazu?«

»Es interessiert mich nicht, Wencke. Was damals passiert ist, war schrecklich genug. Ich bin froh, heute nichts mehr damit zu tun zu haben.«

»Ich finde, du solltest dir das selbst einmal ansehen«, beharrte Wencke. »Können wir uns treffen?«

»Bei aller Liebe, Wencke, ich bin eine viel beschäftigte Frau. Karls Terminkalender ist randvoll und er besteht darauf, dass ich ihn immer begleite.«

»Es geht um Doro! Ich vermute, jemand will mir etwas Wichtiges mitteilen! Macht dich das nicht auch wenigstens ein kleines bisschen … neugierig?«

Silvie zuckte mit den Schultern, auch wenn Wencke die Geste durchs Telefon nicht sehen konnte. Nebenbei sortierte sie die weißen, langstieligen Rosen, die in einer Kristallvase auf dem abgedeckten Steinway drapiert waren. Sie würde sich nicht aus dem Gleichgewicht werfen lassen von einem Brief, der alles oder nichts bedeuten konnte. »Eventuell wollten Doros Eltern diese Sache einfach noch mal in Erinnerung bringen. Immerhin …« Silvie schwieg.

»Immerhin was?«

»Vielleicht sind sie enttäuscht. Ich könnte es ihnen nicht verdenken. Wir waren beste Freundinnen.«

»Blödsinn, das waren wir nicht. Wir haben bloß zufällig ein gemeinsames Zimmer zugewiesen bekommen«, protestierte Wencke.

Natürlich hatte sie recht, zu richtigen Freundinnen waren sie nie geworden, dazu waren sie einfach zu unterschiedlich. Sie hatten eine lustige Zeit gehabt und bestimmt gab es ein paar Fotos, auf denen sie irgendwo in Bad Iburg standen und um die Wette grinsten. Silvie erinnerte sich an einige wenige Kneipenbesuche, doch da hatte sich schon deutlich gezeigt, dass sie anders tickte als Doro und Wencke. Schon immer trank sie Alkohol lediglich in Maßen und verabscheute Zigarettenqualm. Doch der eklatanteste Unterschied war wohl ihre politische Einstellung gewesen. Dorothee Mahlmann stand damals so weit links, protestierte gegen Castortransporte, engagierte sich für die Einführung der doppelten Staatsbürgerschaft – es war Silvie ein Rätsel, was eine Frau mit diesen Überzeugungen überhaupt in den Reihen der Polizei zu suchen hatte. Nur ein einziges Mal hatte Silvie es gewagt, ihre Sympathie für die konservative Politik im Lande zu äußern, und Karl Hüffart als einen überragenden Staatsmann bezeichnet, da hatte es gleich ordentlich gekracht im Dreibettzimmer 247.

Silvie kannte auch den Spitznamen, den man ihr damals auf der Akademie verpasst hatte: Eiserne Jungfrau – nicht gerade originell! Bloß, weil sie bereits damals in der Wahl ihrer Partner anspruchsvoll gewesen war. Und hatte es sich nicht gelohnt? Während Wencke noch immer Tydmers mit Nachnamen hieß, also unverheiratet zu sein schien, und Doros Affäre mit einem Hochkriminellen denkbar böse geendet hatte, war sie selbst inzwischen mit dem Helden ihrer Jugendtage verheiratet, lebte in seinem schicken Bungalow in Bad Iburg, bereiste an der Seite ihres Mannes die ganze Welt und konnte sich einen eigenen Sekretär leisten, der sie vor unangenehmen Zeitgenossen bewahrte – meistens jedenfalls.

»Warum sollten Doros Eltern nach all den Jahren noch nachtragend sein?«, fragte Wencke weiter.

Eigentlich kannten sie beide die Antwort: weil sie Doro im Stich gelassen hatten. Nicht nur damals im Januar vor fast zwanzig Jahren. Sondern auch – oder gerade in den Jahren danach. Sie hatten beide keine Glanzleistung in Sachen Mitmenschlichkeit abgeliefert. Einmal waren sie in diesem Heim gewesen. Ein einziges Mal. Danach war ihr Leben weitergegangen und Doro hatte nicht mehr daran teilgenommen.

»Wenn das alles war, Wencke, dann entschuldige mich bitte. Wie gesagt, ich hab noch einiges zu tun. Mein Mann und ich gehen auf Reisen und ...«

»Wirst du ihm von dem Brief erzählen?«

»Wie bitte? Nein, warum sollte ich das tun?« Silvie war

empört. »Hör mal, Wencke, Karl ist ganz sicher nicht daran interessiert, deine ...«

»Ich habe läuten hören, er sei dement?«

»Das ist ein böses Gerücht. Karl ist absolut gesund.« Silvie merkte selbst, es klang, als würde sie gerade eine alte Langspielplatte abspielen. Immer musste sie Karl vor diesen bodenlosen Verleumdungen schützen. »Zudem geht er auf die dreiundsiebzig zu und hat ein unglaublich anstrengendes Leben hinter sich, da ist es bewundernswert, wozu er in seinem Alter noch in der Lage ist.«

»Kann er sich eigentlich noch an die Sache mit Jan erinnern?«, bohrte Wencke weiter.

»Was glaubst du denn? Dass ein Vater seinen Sohn vergisst?« Silvies Stimme wurde lauter. Erst jetzt fiel ihr auf, dass die Musik bereits geendet hatte und sie ihre Empörung in den stillen Raum rief. Warum regte sie sich eigentlich so auf? Weil gerade jemand zielsicher ihren wunden Punkt traf?

»Ich werde jetzt auflegen, Wencke. Die Angelegenheit scheint sich ja geklärt zu haben. Deine Frotzeleien möchte ich mir nicht weiter anhören.«

»Warte, eine Frage noch! Hast du eine Ahnung, wer damals das Foto gemacht hat?«

»Keinen Schimmer. Also tschüss ...«

»War es Frankie?«

»Wer?«

»Stell dich doch nicht so begriffsstutzig, Silvie. Du weißt, wen ich meine: Frank-Peter Götze. Doros Freund.«

»Lass mich in Ruhe! Lass meinen Mann in Ruhe! Wir wollen mit dem ganzen verdammten Scheiß von damals nichts mehr zu tun haben!« Schluss jetzt, entschlossen drückte Silvie den roten Knopf und beendete das Telefongespräch.

Trotzdem behielt sie noch geschlagene fünf Minuten den Hörer in der Hand und dachte darüber nach, was gerade passiert war. Nicht unbedingt, warum sie losgegangen war wie eine Silvesterrakete, sondern auch, weshalb Wencke sich zu solchen Provokationen hatte hinreißen lassen. Wer wollte schon unbedingt an Doro denken? An Jan Hüffart? Und vor allem an Frank-Peter Götze? Es wäre doch für alle Beteiligten viel einfacher gewesen, diesen Brief zu ignorieren, ihn im Papierkorb zu entsorgen und dann nie wieder daran zu denken. Aus und vorbei. Stattdessen hatte Wencke angefangen, wie wild in alten Wunden zu stochern.

Zöllner klopfte an, öffnete die Tür einen Spalt und fragte flüsternd, ob er helfen könne. »Es tut mir leid, wenn ich Ihnen da jetzt unnötig Ärger verschafft habe.« Er sah elend aus.

Silvie schnaubte. »In Zukunft keine Gespräche mehr von dieser Person!«

»Ganz bestimmt nicht!«, kuschte Zöllner. »Kann ich sonst noch etwas für Sie tun?«

Klar, ihr Sekretär schielte auf die Uhr, sein Feierabend hatte längst begonnen. »Verbinden Sie mich bitte mit Alf Urbich!«

Er stutzte. »Sie meinen *den* Alf Urbich?«

Statt einer Antwort bekam er ein Paar hochgezogene Augenbrauen präsentiert. Ja, sie meinte *den* Alf Urbich, Karls engsten Berater während der Zeit als Parteivorsitzender, der dem Aussehen nach einem Pitbull glich – und diesem auch charakterlich in nichts nachstand. Entsprechend erfolgreich war dieser Mann, wie so viele ausrangierte Politgrößen, heute in der freien Wirtschaft tätig. Eigentlich hatte Karl seit Jahren schon den Kontakt zu Urbich abgebrochen.

Silvie schloss die untere Schublade auf, suchte nach dem alten Adressbuch und fand darin die Geheimnummer, die vor vielen Jahren einmal notiert worden war. Für den Fall der Fälle. Den Fall, der heute eingetreten war.

»Hier habe ich die Kontaktdaten. Falls das Vorzimmer Probleme macht, richten Sie aus, dass es um die Sache in Bad Iburg geht. Und dann stellen Sie bitte unverzüglich durch.«

»Sehr gern.«

»Danach dürfen Sie gehen. Vielen Dank!«

Er machte einen angedeuteten Bückling, ja wirklich, und das mochte Silvie sehr. Sie würde nicht dulden, dass dieses Leben, das sie seit vierzehn Jahren führte, durch eine Frau wie Wencke Tydmers plötzlich in Gefahr gebracht wurde.

Skuld

[... noch sechs Tage ...]

Jede Geschichte, die erzählt wird, verändert die Welt.

Es gibt kleine Geschichten, die fast unsichtbar bleiben in ihrer Wirkung.

Und es gibt die ganz großen Geschichten, die Sagen, so voll von Leben und Tod, von Liebe und Hass, von Glaube und Verzweiflung, dass jeder, dem sie zu Ohren gekommen sind, sich daran erinnern wird, bewusst oder unbewusst, als hätte er sie selbst erlebt.

Um die Macht dieser Geschichten zu erahnen, muss man sich dicht an den Ursprung wagen, dort, wo die Welt täglich stirbt, um neu geschaffen zu werden. Man muss das Feuer kennen, das unter uns brennt und darauf wartet, auszubrechen und zu zerstören. Man muss von Wasser umgeben sein, das in Grenzen verweist und doch der Weg in die Freiheit ist.

Man muss die Erde betreten, karg und dünn wie Eierschale, doch aufgetürmt zu Bergen, die den Himmel berühren – nur wer hier lebt, kann die Sagen verstehen. Geschichten wie diese umspannen alles, was geschehen ist und noch geschehen wird. Weil sie noch nicht zu Ende erzählt worden sind.

Baldr, der Sohn eines mächtigen Gottes, der Welt größte Hoffnung, war Licht und Gerechtigkeit, Stärke und Schönheit. Ihm war prophezeit, jung zu sterben durch einen hölzernen Pfeil. Da lief seine Mutter zu allen Pflanzen, die auf der Erde wuchsen, um ihnen das Versprechen abzunehmen, ihrem wunderbaren Sohn niemals zu schaden. Doch sie vergaß den Mistelstrauch, der ihr zu klein und ungefährlich erschien, als dass er zur todbringenden Waffe taugen würde.

Davon erfuhr Loki, der klügste und charismatischste unter den Göttern, der das Gute auf der Welt nicht länger ertragen konnte. All diese Heuchler und Harmonisierer und ihr hohles Geschwätz über eine glänzende Zukunft waren ihm zuwider. Er sorgte dafür, dass der als unverwundbar geltende Baldr beim Spiel ausgerechnet von einem Mistelzweig getroffen wurde und umkam. Die trauernde Familie bettete den leblosen Sohn, mit dem alle Zuversicht auf eine glückliche Zukunft gestorben war, auf einem Floß und ließ ihn mit den Wellen ins Totenreich schwimmen.

Ich liebe diese Sage. In ihr stecken die Vergangenheit, die Gegenwart und die Zukunft.

Und in ihr steckt auch meine Geschichte.

Die erzählt werden muss.

Die ein Ende braucht.

Ein gerechtes Ende.

Verðandi

[12. Juni, 9.45 Uhr, Büro LKA,
Waterlooplatz, Hannover, Deutschland]

Die Nacht war eine von der Sorte gewesen, in der Schlaf und unfreiwilliges Wachsein ineinanderflossen. Und im Brackwasser des Bewusstseins vermengten sich die Schatten des letzten Tages: Wie wütend Wencke war, von dieser arroganten Silvie dermaßen abgekanzelt worden zu sein! Wie tief der Schmerz noch immer saß, wenn sie an den kleinen Jan Hüffart dachte! Wie sonderbar sie es fand, dass jemand ihr die alten Notizen zugeschickt hatte!

Ab und zu hatte sie das Licht angeknipst, den Brief zur Hand genommen, das Foto angestarrt, und irgendwann nach Mitternacht machte es Klick und Wencke erinnerte sich glasklar an den Moment, in dem es aufgenommen worden war: Kalte Januarluft hatte hauchdünne Eisschichten auf den Charlottensee gelegt und Silvie hatte muttihaft gewarnt, man solle sich besser Mützen aufsetzen. Bei Doro und Wencke war das zum einen rotgefrorenen Ohr rein- und zum anderen wieder rausgegangen. Damals kannten sie sich bereits drei Monate, teilten sich seit Oktober ein Zimmer, hatten dieselben Lehrer und ähnliche Ziele, waren aber auch wie Feuer und Wasser, besonders Doro und Silvie, die nicht selten aneinandergerieten. Im Park hatten sie Frankie getroffen. Wahrscheinlich kein Zufall, denn Doro übernachtete seit einiger Zeit bei diesem Typen, der das krasse Gegenteil der schnauzbärtigen Kollegen oben im Schloss war.

Sie behauptete, er sei ein begnadeter Liebhaber. Silvie quittierte diese Information mit einer angewiderten Miene. Deswegen schaffte sie auf dem Foto auch nur so ein gequältes Lächeln.

Frankie war es gewesen, der den Auslöser gedrückt hatte. Er hatte »Cheese« gerufen, wie man das in den neunziger Jahren immer so spaßig fand. Und dann hatte er fotografiert. Mit Doros Apparat. Sie hatte ihn darum gebeten.

Als es ihnen doch zu kalt wurde, waren sie wieder reingegangen. Doch den geruhsamen Feierabend hatten sie sich abschminken können: Gegen halb elf wurden sie alle aus den Betten gerissen. Sondereinsatz, ein kleiner Junge war verschwunden, alle sollten beim Suchen helfen. Bad Iburg wurde für viele Stunden von den Kegeln Hunderter Taschenlampen illuminiert. Bis auf das Fahrrad hatten sie nichts gefunden. Nicht an diesem Tag. Nicht am 18. Januar 1994.

Wencke musste ihren schweren Kopf mit den Händen abstützen. Von Müdigkeit malträtiert saß sie seit nunmehr anderthalb Stunden am Schreibtisch, sortierte Unterlagen für die Reise nach Island und schweifte doch immer wieder ab zu den Ereignissen, die damals in Bad Iburg über sie hereingebrochen waren. Was ließ sich heute noch davon finden?

Wencke gab den Namen *Frank-Peter Götze* in die Suchmaschine ein. Wikipedia zeigte das halb verdeckte Gesicht auf einem sehr pixeligen Foto, schwarz-weiß, fast so als hätte Frank-Peter Götze im ausgehenden 19. Jahrhundert gelebt und nicht vor zwanzig Jahren. Links und rechts flankiert von strengen Polizisten wurde er aus seinem Haus geführt. Sechstagebart und halblanges Haar, Doros Freund war kein Adonis gewesen.

Frank-Peter Götze (* 23. August 1961 in Rackwitz) wurde im Jahre 1994 rechtskräftig als Entführer und Mörder des zwölfjährigen Politikersohns Jan Hüffart zu einer lebenslangen Haftstrafe wegen erpresserischen Menschenraubs und Mordes verurteilt.

Wencke überflog die Zeilen. Den Artikel zu lesen fühlte sich an, als wenn man nach Jahren ein altes Schulbuch in die Hand bekommt und denkt: Stimmt, da war mal was, jetzt kommt es mir wieder in den Sinn. Dass man irgendwann einmal diesen Stoff rauf und runter hatte predigen können, war kaum noch vorstellbar.

Götze hatte sich als Hilfsarbeiter einer Gartenbaufirma ausgegeben und war so in den Privathaushalt des Spitzenpolitikers gelangt. Seine Forderungen zur Freilassung waren angeblich politischer Natur, wurden jedoch der Öffentlichkeit nie detailliert bekannt gemacht. Gerüchte, denen zufolge es bei den Forderungen um die Bekanntmachung von vermeintlicher Korruption bei Treuhandgeschäften ging, ließen sich nie offiziell bestätigen, wurden aber durch Götzes sächsische Herkunft und seine Zugehörigkeit zu einer linksalternativen Gruppierung genährt. Jan Hüffart wurde in der zweiten Nacht nach der Entführung tot im Bad Iburger Schlosspark aufgefunden. Der Mörder hatte seine Leiche auf einem Boot aufgebahrt, das auf dem Charlottensee schwamm. Die Obduktion ergab, dass er wenige Stunden zuvor erstochen worden war. Eine Zeugin gab den entscheidenden Hinweis auf Frank-Peter Götze. Bei seiner Festnahme am Abend des 20. Januar 1994 durch ein Spezialeinsatzkommando verwickelte Götze sich in Widersprüche. Seine Version, er habe den Jungen zwar entführt, ihn aber nach Erfüllung seiner Forderungen wieder freigelassen, wurde widerlegt. Den Mord an Jan Hüffart hat Götze bis heute nicht gestanden. Seine damalige Lebensgefährtin, die ihm ein Alibi verschaffte, indem sie behauptete, er sei in der Mordnacht mit ihr zusammen gewesen, wurde als unglaubwürdig eingestuft und Götze aufgrund der Indizien schuldig gesprochen.

An Götze selbst erinnerte Wencke sich eher dunkel. Doro hatte ihn bereits während der ersten Woche in einer Bad Iburger Eckkneipe aufgegabelt und war von da an oft bis zum nächsten Morgen bei ihm geblieben. Er war locker zehn Jahre älter, stammte irgendwo aus dem Osten, machte irgendetwas Linksalternatives und nahm es vermutlich mit dem Betäubungsmittelgesetz nicht so genau. Sein sächsischer Dialekt war nicht allzu stark, aber trotzdem unsexy gewesen.

Dass er bereit gewesen war, einiges für seine Ideale zu riskieren, hatte niemanden verwundert, selbst die Entführung war ihm zuzutrauen gewesen. Aber Mord? Gegen diese Vorstellung hatte Wencke sich immer gesperrt. Auch wenn die Beweislage damals eng und das Gerichtsurteil unumstritten gewesen war.

Plötzlich stockte sie: Ganz unten war allem Anschein nach recht aktuell die Rubrik *Frank-Peter Götze heute* hinzugefügt worden: *Nach zwei vergeblichen Entlassungsgesuchen wurde Frank-Peter Götzes Antrag nach 19 Jahren Haft zugestimmt und die Reststrafe für fünf Jahre auf Bewährung ausgesetzt. Er befindet sich heute auf freiem Fuß.*

[12. Juni, 11.57 Uhr, Kröpcke, Hannover, Deutschland]

Eigentlich treffen sich hier nur die Touristen, dachte Wencke und blickte zur dunkelgrünen, viereckigen Säulenuhr, deren römisches Ziffernblatt zeigte, dass es kurz vor Mittag war. Tilda Kosian würde keinesfalls zu früh kommen, das war nicht ihre Art.

Der Kröpcke, ein Platz, an dem drei wichtige Hannoversche Einkaufsstraßen sich trafen, füllte sich mittags stets mit Leben, wenn die ersten Angestellten der umliegenden Firmen auf dem Weg waren, um ihren Lunch zu genießen. Handyverkäufer mit gegelten Hahnenkämmen gönnten sich einen Döner, ebenso die Schlipsträger aus den höher liegenden Büroetagen oder die mehr oder weniger begnadeten Straßenmusiker. Sorgsam geschminkte Frauen, bei denen die hochhackigen Schuhe exakt zur Handtasche passten, trippelten an Wencke vorbei. Auch bei Wencke harmonierten Fußbekleidung und Gepäck optimal: Turnschuhe und Rucksack waren gleichermaßen verschlissen.

Wencke setzte sich auf den Betonsockel der Uhr und schlug das Buch auf, das sie sich eben in der Stadtbibliothek aus dem Regal für isländische Kultur besorgt hatte. Internetrecherche war zwar bequemer, aber das Papier hier roch nach trockenem Holz, nach den vielen Händen, durch die es bereits gegangen sein mochte, und ein bisschen nach Tabak. Interessanterweise ergab alles zusammen eine aparte olfaktorische Note, die Wenckes Lust auf die raue Natur des Nordens allmählich weckte.

Das Weltbild nordgermanischer Mythen – das war so ziemlich das einzige Buch in all den Regalen gewesen, welches sich konkret mit dem Thema des Symposiums beschäftigte. Das Standardwerk schlechthin, hatte die Bibliothekarin versichert, jeder, der sich mit nordgermanischen Sagen auseinandersetze, habe dieses Buch in seinem Regal. Und auch wenn man nicht darin lese, der Einband sei allein für sich genommen schon prächtig: dunkelgrünes Leinen und goldglänzende, verschlungene Lettern – anschließend hatte Wencke sich vor lauter Ehrfurcht kaum noch getraut, das Ding in die Hand zu nehmen.

Wencke war sich nicht sicher, was sie überhaupt über die alten Germanen wusste, zum Stichwort Nibelungenlied fielen ihr bestenfalls der blonde Siegfried und sein Bad im Drachenblut ein. Eventuell noch die Walküren, ja, das hatten sie in der Oberstufe mal durchgenommen, währenddessen hatte Wencke aber stets Pullover gestrickt, um etwas Sinnvolles zu tun.

Die Initialen jedes neuen Kapitels waren künstlerisch verflochten, auf einigen Seiten gab es detailreiche Illustrationen. Dünne Federstriche zeigten muskulöse Männer mit wallendem Haupthaar und bluttriefenden Waffen neben Frauen mit verklärtem Gesichtsausdruck. Einige Namen waren Wencke inzwischen geläufig: Odin und Thor, die mächtigen Götter, Frigga und Freya als einflussreiche weibliche Pendants dazu. Riesen und Schlangen und Angst einflößende Wölfe, die das Ende der Welt herbeiführten, die in Himmel, Hölle und Hier geteilt war.

Loki, ein auffallend gut aussehender Gott mit scharf geschnittenem Gesicht, war ein Intrigant der übelsten Sorte. Aha, gut, die gab es ja im wahren Leben auch. Und sie sahen meistens auch nicht schlecht aus.

Der passende Gedanke, fand Wencke, als sie jetzt Tilda Kosian auf sich zukommen sah. Schlank, langbeinig, adretter Dutt – also in etwa das Gegenteil von Wencke, die sich vom Steinsockel erhob und trotzdem einen Kopf kleiner als ihre Chefin war.

»Entschuldigen Sie die Verspätung«, sagte die Kosian, es klang mehr nach einem Befehl als nach höflicher Bitte. Währenddessen zog sie schon einen Umschlag aus ihrer Aktentasche. »Flugticket, Hotelvoucher, Reisebeschreibung, Teilnehmerliste – es müsste alles drin sein. Glücklicherweise hatte ich die Unterlagen in meinem Auto gelassen, sonst stünde ich jetzt mit leeren Händen vor Ihnen.«

»Es tut mir leid mit dem Brand. Haben die Ermittlungen inzwischen etwas Neues ergeben?«

»Alles Dilettanten.« Sie stieß die Luft aus, das tat sie für gewöhnlich, wenn sie eigentlich Lust hatte, jemandem den Kopf abzureißen. »Sie kriechen in jeden Winkel meiner Wohnung und untersuchen, was die Flammen übrig gelassen haben. Was nicht wirklich viel ist. Aber gebracht hat das ganze Procedere noch immer nichts. Wenn unsere Abteilung im LKA so arbeiten würde, na dann gute Nacht.«

»Wo lag denn der Brandherd?«

»Am Hauptverteiler im Keller. Deswegen reden sie auch immer noch von Kabelbrand. Ich bin da eher skeptisch.«

Kein Wunder, die Kosian war immer skeptisch, es sei denn, sie selbst saß am Hebel.

»Ich habe noch ein paar Fragen zu diesem Symposium, das ich in Island für Sie übernehme.« Das stimmte nicht ganz. Wencke wollte das Gespräch am Laufen halten, um hinterher, so gegen Ende, irgendwie auf Frank-Peter Götze zu kommen. Vielleicht bekam sie es hin, dass die Kosian ihr ganz offiziell eine Erlaubnis erteilte, noch mal Einsicht in die wahrscheinlich fast zu Staub zerfallene Polizeiakte zu nehmen.

»Das ist jetzt ganz ungünstig.« Die Kosian schaute auf ihre Armbanduhr. »Ich bin nämlich gerade auf dem Weg zu meiner Versicherung. Wegen des Brandschadens. Die werden ordentlich bluten müssen, Sitzecke und Küche hatte ich nagelneu maßanfertigen lassen.«

»Wir könnten einen schnellen Kaffee trinken.« Wencke zeigte auf eines der angesagtesten Stehcafés der Stadt, gebürsteter Chrom, indirekte Beleuchtung und lauter Frauen von Kosians Kaliber, die ihre Latte macchiatos schlürften.

Überraschenderweise nickte ihre Chefin. »Warum nicht. Ich könnte etwas gepflegtes Koffein gebrauchen, bevor ich mit den Sachbearbeitern über Schadensersatz streite.«

Beinahe erschlagen vom Angebot an verschiedenen Bohnensorten und Röstmethoden entschied Wencke sich sicherheitshalber für ein Glas stilles Mineralwasser, während die Kosian zielstrebig bestellte: Klein, stark, schwarz, ohne Zucker, bitte die Tasse vorwärmen! Nachdem sie die Kaffeebar-Angestellte ausreichend instruiert hatte, wendete sie sich an Wencke. »Und? Was gibt's?«

»Wenn ich das richtig verstanden habe, sind verschiedene europäische Behörden nach Island eingeladen worden, um über gemeinsame Wurzeln und neue Ideen zu diskutieren und sich nebenbei das Land zeigen zu lassen. Was erwarten die von uns?«

»Ich hatte eigentlich vor, einen kurzen Fachvortrag über die wichtige Arbeit bei der Operativen Fallanalyse zu halten. Aus dem Stegreif. Ist Ihnen das zu spontan?«

Zimtzicke! »Na ja, das Ministerium möchte, dass wir uns gut präsentieren ...«

Tilda Kosians Handy klingelte, sie fand es sofort in der Handtasche und kanzelte ihren Gesprächspartner mit wenigen harten Worten ab. Keine Zeit, keine Zeit!

Wencke nutzte die Gelegenheit und schaute die Reiseunterlagen durch. Der Flug ging morgen Abend ab Münster-Osnabrück, untergebracht war sie in einem Hotel mit unaussprechlichem Namen.

Die Kosian beobachtete sie und nippte dabei an ihrem Espresso. »Es ist inzwischen alles auf Ihren Namen umgebucht. Die neuen Flugtickets liegen am Check-in-Schalter für Sie bereit.«

Um die Unterlagen wegstecken zu können, legte Wencke das Island-Buch auf den runden Stehtisch. Die Kosian griff danach und las den Titel laut: »*Das Weltbild nordgermanischer Mythen*«. Sie schnalzte mit der Zunge. »Ich sehe, Sie bereiten sich tatsächlich ein bisschen auf Ihre Reise vor.«

Wencke konnte nicht so recht verstehen, warum die Kosian sich so begeistert auf das Buch stürzte, fast liebevoll strich sie über das große, goldschimmernde Titelbild: ein gewaltiger Baum, dessen Krone und Wurzeln sich am Buchrand trafen und einen runden Kreis bildeten.

»Yggdrasil«, wusste die Kosian natürlich schon wieder. »Die Weltenesche. Sie verbindet Götter-, Menschen- und Totenreich. Manche behaupten, dass der Baum sich heute noch auf Island befindet. Trotz der Abholzung der Wikinger, die Baumaterial für ihre Boote brauchten. Wer weiß, vielleicht finden Sie ihn ja.« Sie lächelte schmallippig. »Sehen Sie die drei Frauen dort an der Wasserquelle?«

Da musste man aber schon ganz genau hinschauen. »Die mit den Tüchern und den Eimern?«

»Das sind die Nornen.«

Wencke fragte nicht nach, nein, diese Blöße wollte sie sich nicht geben. Konnte sein, dass sie schon mal etwas über die

Nornen gelesen hatte, konnte auch nicht sein. Ihr Kopf war eben kein zuverlässiges Speichermedium, na und?

Doch die Kosian war erpicht darauf, ihr so mustergültig erworbenes Kulturwissen anbringen zu können, jetzt, wo sie in Hannover bleiben musste. »Die Schicksalsfrauen sitzen am Fuß des Weltenbaumes und begießen seine Wurzeln mit dem Wasser der Lebensquelle. Sie flechten die Schicksalsfäden eines jeden Menschen, ohne etwas zu verraten oder zu ändern.«

»Warum drei Frauen?«

»Sie stehen für Vergangenheit, Gegenwart und Zukunft und heißen Urð, ›*die Gewordene*‹, Verðandi, ›*die Werdende*‹, und Skuld, ›*die schuldig Gebliebene*‹.«

Wencke nippte nachdenklich an ihrem Wasser. Hatte sie nicht gestern erst zu Boris gesagt, sie glaube nicht daran, dass alles irgendwie und irgendwann einen tieferen Sinn ergibt? Das war gewesen, bevor sie diesen Brief unter dem Kühlschrank hervorgefischt hatte. Wollte jemand mit ihrem Schicksal spielen? Wenckes Fäden verflechten?

»Der Name Frank-Peter Götze sagt Ihnen nicht zufällig etwas?«

Die Kosian hob die Augenbrauen in die Höhe, das konnte sie hervorragend. »Ist das hier ein Quiz, oder was? Natürlich kenne ich Götze! Jeder, der sich mit Kriminalität beschäftigt, kennt diesen Mann. Er hat den Sohn eines wichtigen Staatsmannes auf dem Gewissen. Aber was hat das mit dem Referat zu tun?«

»Nichts«, gab Wencke zu. »Ich kannte ihn persönlich. Ich war damals zur Ausbildung in Bad Iburg. Jan Hüffart war mein erster Leichenfund.«

»Die erste Leiche vergisst man nie.« Da leierte sie aber einen Standardsatz erster Güte herunter. »Und Kinder sind extrem hart. Besonders als Mutter reagiert man da wohl sehr sensibel.« Die Kosian ritt immer wieder gern auf Wenckes Mutterdasein herum. Wahrscheinlich aus Neid, schließlich war sie bereits zwei Jahre älter und hatte somit den entscheidenden Zeitraum zur Familienplanung vermutlich verpasst. Dafür hatte sie Karriere gemacht. Und Zeit gehabt, sich mit Themen wie der nordgermanischen Göttergeschichte ausführlich zu befassen. War doch auch was.

»Götze wurde vor ein paar Wochen aus der Haft entlassen.«

»Und?«

»Es kann sein, dass er mich kontaktieren will.«

»Inwiefern?«

»Ich habe gestern in meinem Briefkasten ein anonymes Schreiben gefunden, eventuell stammt es von ihm.«

Die Muskeln in Kosians Gesicht, die für skeptische Blicke zuständig waren, schienen heute bestens in Form zu sein. »Keine Bange, diese Typen rächen sich bestimmt nicht an harmlosen Polizeischülerinnen, die bestenfalls am Rande beteiligt waren.«

Da hatte sie wohl nicht ganz unrecht.

»Und was wollen Sie jetzt konkret von mir? So ganz zufällig haben Sie mir diese Sache wahrscheinlich nicht erzählt.«

»Ich hätte gern Ihr Einverständnis, die alten Akten aus dem Archiv anzufordern und Erkundigungen über Götzes derzeitigen Aufenthaltsort einzuholen.«

»Wollen Sie diesem Mistkerl einen Besuch abstatten?«

»Mir wäre einfach nur lieb, wenn ich ihn irgendwo verorten könnte.« Doch in Wahrheit wusste Wencke genau: Wenn er inzwischen nicht gerade am anderen Ende der Welt lebte, dann würde sie ihn heute noch finden. Sie musste wissen, ob er dieses Foto und die Notizen verschickt hatte. Und wenn ja, was zum Teufel er damit bezweckte.

»Haben Sie mit der Island-Sache nicht genug an den Hacken?«

»Keine Angst, ich mache das in meiner Freizeit.«

»Was wollen Sie damit erreichen?«

»Ich würde das Ganze gern noch mal aus fallanalytischer

Sicht beleuchten. Damals gab es diese Methode schließlich noch nicht.« Die Kosian sagte nichts, doch ihr Gesicht verriet eine Spur von Neugier. »Der Junge wurde entführt, einen Tag später erstochen und seine Leiche auf einem frei schwimmenden Boot mitten in einem See drapiert. Ist es nicht unsere Arbeit herauszufinden, warum der Mörder so und nicht anders gehandelt hat? Weshalb wurde Jan getötet? Und weshalb dieser Umstand mit dem Boot auf dem Charlottensee? Dahinter steckt doch eine Botschaft, oder nicht? Wie passt das zu der Geschichte, die uns die Medien heute noch aufzutischen versuchen?«

Die Kosian unterbrach Wenckes Redefluss barsch: »Soweit ich weiß, gibt es keine Zweifel, dass man damals den Richtigen inhaftiert hat. Was wollen Sie also andeuten?«

»Götze hat nie gestanden!«

»Da ist er nicht der Einzige, der der Gesellschaft eine Erklärung schuldig bleibt.« Der genervte Unterton war nicht zu überhören. »Wer will denn mit dieser Uralt-Geschichte noch etwas zu schaffen haben? Mir kommt es eher vor, als ob Sie Ihr persönliches Trauma aufarbeiten möchten.«

»Vielleicht haben Sie recht. Mein erster Mord – und dann auch noch ein Kind, was mich als Mutter ja ganz besonders furchtbar mitnimmt ...« Wencke hoffte, dass ihr Lächeln giftig war und gleichzeitig undefinierbar blieb. Ihr Ziel war es doch nur, einen offiziellen Auftrag zu bekommen, um sich gefahrlos mit dieser alten Geschichte auseinandersetzen zu dürfen. Die Ansage des Ministeriumsfuzzis war deutlich genug: Sie saß auf dem Schleudersitz. Alleingänge jeglicher Art könnten sie den Job kosten. Dann fiel ihr ein weiteres Argument ein: »Der Fall ist auch über mein persönliches Interesse hinaus spannend. Es gibt in Deutschland nur selten politisch motivierte Straftaten dieser Art. Vielleicht gelingt es mir, einen kleinen Aufsatz zu verfassen. Ich könnte ihn dann ganz spontan vor den EU-Leuten in Island halten. Braucht unsere Abteilung in der jetzigen Situation nicht jede Menge positiver Resonanz?«

Tilda Kosian sah plötzlich aus, als habe das lang ersehnte Koffein geradewegs für einen leichten bis mittelschweren Herzanfall gesorgt. Ihr Oberkörper war stocksteif, sie atmete flach und wirkte etwas blass um die gepuderte Nase. »Frau Tydmers, es ist nett, dass Sie die Sache in Island für mich übernehmen, und meinetwegen nehmen Sie auch diesen Fall Jan Hüffart auseinander, wenn Ihnen so viel daran liegt. Aber unterstehen Sie sich, meine persönliche Situation nach dem Verlust meines ganzen Hausstands ausnutzen und sich jetzt profilieren zu wollen.« Sie entfernte sich drei Schritte, dann drehte sie sich um und ihr Blick war gekonnt: »Ich bin sehr bald wieder zurück auf meinem Stuhl, Frau Tydmers. Sehr, sehr bald!«

Wencke schaute ihrer Vorgesetzten entgeistert hinterher, als sie zwischen den vielen anderen Menschen im Gewühl der Innenstadt verschwand. Dann radelte Wencke nach Haus. Dort war sie jetzt besser aufgehoben als im Büro. Ein Blick in den Briefkasten ließ jedoch erahnen, dass sie von einem geruhsamen Nachmittag weit entfernt war. Wer auch immer diese anonymen Briefe verschickte – und inzwischen war Wencke fast sicher, dass es sich dabei um Frank-Peter Götze handelte –, schien hartnäckig zu sein, denn ein neuer Umschlag lag im Kasten. Dieselbe Schrift, dasselbe Format, dieses Mal nur ohne Foto.

Sie wusste, es wäre besser, die Sache zu ignorieren. So wie Silvie es anscheinend ganz wunderbar hinbekam. Ist mir doch egal, was mal gewesen ist, jetzt hab ich keine Zeit, mich mit der Vergangenheit zu beschäftigen. Und doch war Wencke klar, sie würde es keine Minute aushalten, stattdessen immer bloß auf diesen Umschlag starren – um ihn dann doch irgendwann zu öffnen. Sie stellte ihren Rucksack ab, schenkte sich etwas Wasser ein und setzte sich an ihren Schreibtisch.

Urð

*[Polizeischule Bad Iburg, Zimmer 247,
21. Januar 1994, kurz nach Mitternacht]*

Vorhin Verhaftung von F. Bin noch ganz von der Rolle. Verhaftet! Mit zehn Mann oder so! Die schwarzen Waffen gezückt wie im schlechten Spionagefilm. Wir beide im Bett, keine Klamotten an, verpennt und noch nicht ganz da. Da willst du kein SEK vor dir stehen haben.

Gebe zu, hab schon vorher mal gedacht, F. könnte was mit dem Kidnapping zu tun haben. Hab ich ja schon geschrieben. Er war so komisch die letzten Tage, hatte oft keine Zeit, ständig Heimlichkeiten, dann war er nervös, hat gestern dauernd Radio gehört und den Fernseher angeschaltet. Ich war ja tagsüber wie alle anderen mit der Polizeisuchaktion nach Jan beschäftigt und hatte andere Sachen im Kopf, da hab ich den Zusammenhang noch nicht hundertprozentig gesehen. Erst später.

Nachdem wir Sex miteinander hatten (vielleicht das letzte Mal?) und bevor die schwarzen Männer ins Schlafzimmer gestürmt kamen, hat er nämlich was gesagt. F. war ja Meister im Schwingen politischer Reden, manchmal hab ich gar nicht mehr richtig zugehört, ehrlich gesagt. Aber wenn er dann so als Mann völlig nackt neben dir liegt, euer gemeinsamer Schweiß gerade verdunstet, und er spricht von seiner Heimat, von seiner Stadt, von dem Werk, in dem er und sein Vater malocht haben, dann glaubst du ihm bis tief in die Seele. Und dann wird seine Sache plötzlich auch zu deiner.

Er hat gesagt, er mußte etwas unternehmen. Die von der Treu-

hand hätte: ihm keine andere Wahl gelassen. Die hätten so getan, als ginge es um das Werk, diese Metallfabrik im tiefsten Sachsen, aber in Wirklichkeit wollten sie nur so eine scheiß Formel. Ich hab gefragt, welche Formel. Er hat gesagt, das würde ich nicht verstehen.

Hätte ich gewußt, daß sie nur ein paar Minuten später F. abführen wie einen Schwerverbrecher, einfach aus heiterem Himmel, ich hätte natürlich gleich nachgefragt: Ey, hast du was mit der Ermordung zu tun, verdammt? Hast du den kleinen Jungen umgebracht wegen deiner Wut auf die Treuhand, oder was?

Aber ich habe nicht gefragt. Ich habe ihn geküßt und lieber an seinen Brusthaaren gezupft. Mit der Frage auf den Lippen, klar, aber ich wollte die Stimmung nicht kaputtmachen und dachte auch, später ist die bessere Gelegenheit. Auch jetzt im nachhinein kann ich mir beim besten Willen nicht vorstellen, daß F. neben mir gelegen haben soll, obwohl er vierundzwanzig Stunden zuvor einen kleinen Jungen umgebracht hat. Das geht mir nicht in den Kopf. Okay, er war irgendwie komisch, nicht ganz bei der Sache und so. Aber ein Mord muß einem doch irgendwie anzusehen sein. Da schläfst du nicht mit einer Frau, wenn dein Opfer gerade nackt auf dem Obduktionstisch liegt, es sei denn, du bist wirklich pervers. Aber das ist F. nicht. Er ist radikal, ja, er würde vielleicht auch jemanden entführen, wenn es um eine wichtige Sache wie diese Treuhandbetrügereien geht. Aber er berührt mich nicht innen und außen mit so einer Leidenschaft, wenn dieselben Hände vorher einen kleinen Jungen erstochen haben.

Dann ging es los. Tür auf und Höllenlärm. Die vom SEK haben mich behandelt, als hätten sie mich bei einer Rotlicht-Razzia aufgegabelt. Bis dann einer in meinem Portemonnaie den Polizeiausweis entdeckt hat, da gab es ein bißchen mehr Respekt. Und klare Anweisungen, ich soll verschwinden, splitterfasernackt, wie ich war, ich soll die Klappe halten, keinen Aufstand anzetteln. Mist, ich hatte Schiß, ich war völlig am Ende mit den Nerven und bin dann tatsächlich abgedampft. F. hat mir nur einen einzigen Blick zugeworfen. Kurzer

Augenkontakt. Nicht mal sauer schien er zu sein. Könnte mir vorstellen, es war ihm recht, daß ich mich da nicht reinziehen lasse. Schätze, er wollte es allein durchziehen. Vielleicht war ich ihm sowieso egal, keine Ahnung, er hat mir nie gesagt, was es ist, Liebe oder nur Tamtam.

Jetzt lieg ich hier allein. Sehe mal wieder den Mädels beim Pennen zu. Die sind k.o. Haben letzte Nacht die Leiche gefunden und dann wohl doch was als Einschlafhilfe genommen wegen dem Schock. Die kriege ich nicht wach. Besser morgen. Ich werde Wencke fragen. Sie ist mir irgendwie näher als Silvie. Ja, mal sehen, was Wencke dazu sagt.

Bis dahin diese Stille. Weiß nicht, wie es ihm geht. Und ob er es getan hat oder nicht.

Ich werd nie wieder schlafen können, bis ich Bescheid weiß.
D.

Verðandi

[12. Juni, 16.05 Uhr, Charlottenring,
Bad Iburg, Deutschland]

In Bad Iburg, der Kleinstadt, in der sie immerhin ein halbes Jahr ihres Lebens verbracht hatte, fand Wencke sich noch immer erstaunlich gut zurecht und gelangte mit ihrem Auto problemlos auf den Charlottenring, der rund um das Schlossgelände und von dort aus Richtung Rottstraße führte. Auf dem Hügel erkannte man die Türmchen, die Mauern, das Tor. Damals hatte das Gebäude eine gewisse Aura gehabt, wie Internate in Mädchenromanen. Inzwischen war die Polizeischule schon lange geschlossen.

Rechts lag der See. Die Bäume ringsherum waren teilweise gefällt, neu gepflanzt oder auch ordentlich gewachsen. Ansonsten war es noch derselbe Ort. Der Ort, an dem sie damals nach Jan gesucht hatten. Und ihn schließlich fanden. Der Ort, an dem Frank-Peter Götze zum Mörder geworden war. Und Doro mit sich gerissen hatte.

Diese Wahrheit hatte Wencke all die Jahre mit diesem Ort verbunden. Was, wenn es niemals die Wahrheit gewesen war?

Zwanzig Jahre hinter Gittern, und dann entschied sich Götze, ausgerechnet dorthin zurückzukehren, wo die Katastrophe ihren Lauf genommen hatte. Als Wenckes Anfrage die aktuelle Meldeadresse des Exhäftlings ergeben hatte, meinte sie erst, sich verhört zu haben: Bad Iburg, Rottstraße, als Untermieter im Haus einer Hertha Torbeck. Warum tat Götze sich das an?

Hier war er vor Jahren verhaftet worden, und was Doro über die Polizeimethoden geschrieben hatte, war unglaublich: Man hatte sie aus dem Haus geworfen und ihr eingebläut, wenn ihr die eigene Polizeikarriere am Herzen liege, solle sie schnell Land gewinnen. Doch so eine war Doro nicht gewesen. Sie hatte die Klappe nicht gehalten, sondern vom brutalen Vorgehen der Einsatztruppe berichtet.

Und sie hatte geschworen, dass Frankie die Nacht zuvor mit ihr im Bett verbracht hatte und somit als Täter nicht infrage kam. Doch niemand hatte Doro geglaubt.

Wencke bog in die Rottstraße ein, mit den Händen am Steuer und dem Kopf weit in der Vergangenheit. Dieser spontane Trip nach Bad Iburg hatte schon jetzt so vieles in Erinnerung gerufen, ihre Wünsche von damals waren wieder greifbar geworden, ihre Pläne mit Anfang zwanzig, als sie eine ehrgeizige Schülerin ohne große Ahnung vom Leben gewesen war, dafür aber mit einer gehörigen Mischung aus Idealismus und Trotz gesegnet. Von dieser Wencke war zwischenzeitlich einiges auf der Strecke geblieben.

Das Haus von Hertha Torbeck hatte den 70er-Jahre-Charme eines Toast Hawaii. Glasbausteine schirmten den seitlich gelegenen Garten ab, durch die teilweise zersprungenen Quader konnte man sogar die Umrisse einer Hollywoodschaukel erahnen.

Frau Torbeck – eine stämmige Frau in ockerfarbenem, ärmellosem Overall und mit leopardengemustertem Haarband in der Kurzhaarfrisur – ließ sich vom LKA-Ausweis mächtig beeindrucken und schloss Wencke ohne Zögern die Tür zu Götzes Wohnung im Obergeschoss auf. »Er hat all die Jahre hindurch pünktlich gezahlt. Weshalb hätte ich mich also nach einem neuen Untermieter umschauen sollen?«

Brutto mochten die zwei Zimmer mit Bad auf eine ordentliche Grundfläche kommen, doch tatsächlich aufrecht stehen konnte ein ausgewachsener Mann bestenfalls auf geschätzten 30 Quadratmetern. Die letzte Zigarette, die hier geraucht worden war, mochte schon eine Weile verglüht sein, doch die gelbe, stinkende Luft verriet, es war die Letzte einer ganzen Reihe gewesen. Die wenigen Möbel quetschten sich unter die Dachschrägen, ein wackeliger Kleiderschrank stand mitten im Raum, seine Rückseite war mit einer überdimensionalen Che-Guevara-Fahne bespannt. Was Revoluzzer des ausgehenden letzten Jahrtausends eben so drapierten, wenn sie unschöne Stellen in ihren verqualmten Buden kaschieren wollten. Längs der Giebelseite klemmte ein Hochbett Marke Eigenbau über dem einzigen Fenster. Im anderen Raum war die senkrechte Wand durch eine hässlich olivfarbene Küchenzeile verstellt. Es gab keinen Esstisch, Götze war bestimmt nicht die Sorte Mann, die erst sich an den Herd und dann das Selbstgekochte auf den gedeckten Tisch stellte. Wencke konnte sich ohne große Anstrengung vorstellen, wie Doro und er vor zwanzig Jahren auf dem etwas überdimensionierten, mit Tagesdecken verkleideten Sofa Pizza aus dem Karton gefuttert hatten. Jetzt war alles ordentlich aufgeräumt. Bis auf einen Papierstapel auf dem Couchtisch.

»Dass er ein verurteilter Entführer und Mörder war, hat Sie nicht gestört?«, fragte Wencke.

Frau Torbeck zuckte mit ihren fleischigen Schultern. »Ich wohne allein hier, bin früh verwitwet und auf die Miete angewiesen. Da war es mir lieber, von einem Schwerverbrecher das Geld überwiesen zu bekommen, der in echt gar nicht bei mir, sondern hinter Schloss und Riegel wohnt, als wenn ich mir von lärmenden Studenten auf dem Kopf herumtrampeln lasse.« Nun begann sie zu flüstern: »Oder stellen Sie sich vor, da ist einer nicht ganz anständig, ein Sittenstrolch womöglich, und ich als alleinstehende Frau wäre dann völlig hilflos ... « Jetzt ging gerade eindeutig die Fantasie mit Frau Torbeck durch.

»Woher Götze das Geld hatte, war Ihnen wahrscheinlich egal.«

»Ehrlich gesagt, ja.«

Wencke öffnete einige Schubladen. Alles war extrem ordentlich, wie in einer Ferienwohnung, die mit dem Nötigsten ausgestattet war. Messer, Gabel, Löffel in akkurater Eintracht, darunter Topflappen, Schere, Dosenöffner und Feuerzeug. »Wie war das mit seiner Entlassung?«

»Herr Götze hat mich vom Gefängnis aus angerufen und mir mitgeteilt, wann er genau kommen wird. Er hat mich gebeten, durchzulüften und die Heizung aufzudrehen, gerade so, als käme er von einer Urlaubsreise zurück.«

»Und da wurde Ihnen immer noch nicht mulmig, diesen Mann in Ihrem Haus zu haben?«

»Klar wurde es das.« Sie hatte einen Lappen in der Hand, mit dem sie fast mechanisch den klobigen Fernsehapparat vom dünnen Staub befreite. »Der hatte doch lebenslänglich mit Verlängerung sozusagen. Ich war mir ziemlich sicher, sollte er jemals aus dem Knast kommen, wäre ich schon unter der Erde. Plötzlich ging dann alles so holterdiepolter und Götze stand mit seiner Reisetasche vor der Tür.«

»Und?«

»Als das rauskam, war in der Nachbarschaft der Teufel los, aber wie! Ich musste mir ganz schön was anhören, dass ich diesen Mörder wieder bei mir reinlasse. Die haben sogar gedroht, sie würden mein Haus in die Luft jagen, wenn der Götze weiter bei mir wohnt.«

»Hat Sie das nicht beunruhigt?«

»Doch, klar, ich wollte ihm ja auch die Kündigung präsentieren, aber der Mann einer Bekannten ist Anwalt und hat mir gesagt, dass das nicht so ohne Weiteres möglich ist. Wegen dem Verbrechen hätte ich ihn schon rausschmeißen können, ja, aber nur damals, als es gerade frisch passiert war. Doch ein Mieter, der seit 20 Jahren regelmäßig zahlt, ist sozusagen unkündbar.«

»Was hat Herr Götze dazu gesagt?«

»Ach, wissen Sie, der Mann war so was von ruhig, ich hab den kaum bemerkt. Er meinte, er wäre eh nur kurz da und würde dann auf Reisen gehen, seine Freiheit genießen und so. Da war ich erleichtert, glauben Sie mir.«

»Und wo ist er jetzt?«

»Keine Ahnung!«

»Haben Sie eventuell seine Mobilnummer?«

»Ich glaube, der hat gar kein Handy. Wir haben mal kurz drüber gesprochen, dass es ja für ihn eine totale Umstellung sein muss, rein technisch, weil in den letzten 20 Jahren mit Internet und so wahnsinnig viel passiert ist. Und da hat er gesagt, er hätte nicht vor, alles jetzt sofort nachzuholen. Bislang wäre er auch prima ohne Handy zurechtgekommen.«

Frau Torbeck sah eher desinteressiert dabei zu, wie Wencke die gähnende Leere des Kühlschranks begutachtete, den grauen, nach Vergangenheit müffelnden Inhalt des Kleiderschranks inspizierte und schließlich auch am verstaubten Schreibtisch nichts von Belang fand. »Hatte er Besuch? Oder sonst irgendwelche Kontakte?«

»Glaub ich nicht. Mit dem wollte keiner was zu tun haben. Ich wette, wenn der sich länger als ein paar Minuten hier in der Öffentlichkeit gezeigt hätte, die Bad Iburger wären ihm an die Gurgel gegangen. Auch wenn das schon fast zwanzig Jahre her ist, die meisten haben nie vergessen, was er mit dem kleinen Jan angestellt hat. Und der Vater lebt ja sogar noch hier ganz in der Nähe. Mit seiner zweiten Frau, eine ganz junge ...« Weiter, im Flüsterton: »Seine erste Frau Gisela hat sich ja nie wieder erholt von dem Drama. Sie hat wohl ziemlich oft ziemlich tief ins Glas geschaut und ist dann so drei, vier Jahre später ganz elendig ... ach, ich sollte nicht so viel quatschen.« Tat sie aber doch. Vielleicht lag es daran, dass Wencke sich nicht anmerken ließ, wie interessant sie diesen Klatsch und Tratsch fand. Da musste Frau Torbeck noch eine Schippe draufhauen. »Hüffart hat sich jedenfalls schnell getröstet. War auch gut für ihn, denn als es vorbei war mit seiner politischen Karriere, da hat er wohl auch geistig ziemlich nachgelassen. Er kann sich glücklich schätzen, dass seine junge Frau ihm so zur Seite steht.«

Jetzt kommt sie in Fahrt, dachte Wencke und hoffte auf ein paar Details über Silvie Hüffart und ihr Leben als Promipflanze im Teutoburger Wald, täuschte sich aber. Die Vermieterin stellte lediglich die Fenster in beiden Räumen auf Kipp und entschuldigte sich dann. »Sie kommen doch auch sicher allein zurecht, oder? Ich müsste nämlich mal nach meinem Kohlrabieintopf schauen.«

Wencke holte einen kleinen Notizblock aus ihrem Rucksack, schrieb ihre Handynummer darauf und reichte Frau Torbeck den abgerissenen Zettel. Sie war einfach kein Visitenkartentyp, die kleinen Adresszettel des LKA lagen noch immer jungfräulich im Karton verpackt. Irgendwie war es handschriftlich doch verbindlicher. »Geben Sie mir Bescheid, wenn er wieder hier auftaucht?«

»Muss ich mir denn wegen irgendwas Sorgen machen, oder warum sind Sie hier?«

Wencke beließ es bei der altbewährten Formulierung, die alles oder nichts bedeuten konnte: »Reine Routine.«

Die Vermieterin nickte. »Dann seien Sie doch so nett und ziehen beim Hinausgehen einfach die Tür hinter sich zu.« Wenn doch immer alles so unkompliziert wäre, dachte Wencke.

Sie schaute auf die Uhr, inzwischen war es halb fünf, und es sah nicht so aus, als wäre der zugegebenermaßen nicht ganz den Dienstvorschriften entsprechende Trip nach Bad Iburg seine Spritkosten wert gewesen. Als Letztes nahm sich Wencke die Papiere vor, die auf dem Wohnzimmertisch lagen und schon auf den ersten Blick nach Chaos aussahen. Entlassungs- und Versicherungsschreiben, ein Brief von der Agentur für Arbeit und weitaus mehr Kram, der in einem ordentlichen Schnellhefter besser aufgehoben wäre und sich nicht mal eben zwischen Tür und Angel durcharbeiten ließ.

Sie stutzte, als zwischen allem ein gelb-blauer Übersetzer auftauchte. *Deutsch – Isländisch, Isländisch – Deutsch*. Das war zu absurd, um Zufall zu sein. Weshalb legte sich ein Ex-Knacki ausgerechnet ein isländisches Wörterbuch zu? Diese Sprache mit den seltsam fremden Buchstaben zu erlernen war doch nichts, was man sich üblicherweise für die Zeit in Freiheit vornahm.

Wenckes Finger fanden einen länglichen Umschlag, von Hand adressiert – die kleine Druckschrift kam Wencke seltsam bekannt vor und die Briefmarke, auf der eine leuchtend gelbe Narzisse abgebildet war, schien ebenfalls in Norddeutschland abgestempelt worden zu sein. Sobald sie zu Hause war, müsste sie ihre anonymen Briefe als Vergleich danebenhalten. Der Umschlag war oben zerfranst, als sei er ungeduldig aufgerissen worden. Darin lag ein längliches Ticket.

Das war echt ein Ding! Wencke griff in ihren Rucksack und zog die Unterlagen heraus, die ihr die Kosian eben am Kröpcke überreicht hatte: dieselbe Fluglinie!

Dieselbe Flugnummer! Flughafen Münster/Osnabrück – Airport Reykjavik/Keflavik!

Und beide Male war morgen der Reisebeginn.

Unglaublich! Fluggast Kosian Reihe 7 Sitz A – Fluggast Götze Reihe 7 Sitz B!

Wencke pfiff auf die Vorschriften, steckte das Ticket ein, verließ die Wohnung und zog wie verabredet die Haustür hinter sich zu.

Das war kein Zufall!

Das war kein Schicksal!

Das war in jedem Fall von langer Hand geplant!

Sie würde morgen Abend Seite an Seite mit Götze Richtung Island fliegen.

Skuld

[... noch fünf Tage ...]

Vor der Landung werde ich alles von oben betrachten können, aus der Götterperspektive, die grau-grün zerfurchte Erde mit all ihren Wunden, aus denen die Zeit emporsteigt als stinkender Rauch. Ich werde das ebenfalls graue Meer sehen, wie es sich gegen die Küste schiebt und fließende Grenzen setzt.

Es wird eine Durchsage kommen: Bitte anschnallen, alle elektronischen Geräte ausschalten, den Tisch hochklappen, die Lehne aufrecht stellen. Wenn wir dann durch die Wolken stoßen, wird es uns ein wenig durchschütteln, die Luft über dieser wilden Insel ist stets in Bewegung.

Ich werde die ganze Zeit über die Nornen in meiner Nähe wissen. Die Schicksalsfrauen werden so dicht bei mir sitzen, dass ich nur meine Hand ausstrecken müsste, um sie zu berühren – doch sie sind ahnungslos.

Urd, die Gewesene, sie allein kennt die Wahrheit über das, was im Gestern geschah. Verðandi, die Werdende, kann das Heute verändern, wenn sie den Mut dazu hat. Und Skuld, die schuldig Gebliebene, sie ist schon auf der Insel und kann es kaum erwarten.

Spät am Abend werden wir zur Landung ansetzen und dabei gemeinsam der Sonne entgegenfliegen.

Es heißt, die ewige Helligkeit mache die Menschen, die daran nicht gewöhnt sind, nervös. Sie warten auf die Nacht, auf das Kommando, endlich die Augen schließen und schlafen zu dürfen, aber auf Island warten sie vergeblich. Das macht sie unruhig, mitunter aggressiv. Ich werde nicht darunter leiden. Mir ist der Tag schon immer lieber gewesen und die Aussicht auf Schlaflosigkeit erfüllt mich mit Vorfreude.

Wenn wir auf dem Boden aufsetzen, sind alle da, wo ich sie brauche. Sie werden sich auf den Weg machen und mir helfen, damit sich das Schicksal endlich erfüllen kann.

Schon so bald!

Verðandi

[13. Juni, 6.33 Uhr, Limmer, Hannover, Deutschland]

Wencke schlief schlecht und als sie dann doch endlich nach fünf Uhr mal am Stück die Augen schließen konnte, klingelte das Handy sie eine Stunde später in die Senkrechte. Es war Götze, sie erkannte ihn sofort an der sächselnden Melodie, auch wenn er seine Sätze recht unmusisch in den Telefonhörer brüllte: »Was fällt Ihnen ein? Sie haben keine Befugnis, in meine Wohnung einzudringen und meine Sachen zu entwenden! Was will diese beschissene Justiz in diesem Land mir noch alles ...« Und so weiter.

Einen Vorteil hatte seine ausufernde Tirade, Wencke konnte gegen die Müdigkeit kämpfen und sich einigermaßen ordnen. Als er fertig war, sagte sie: »Wir kennen uns, Frankie. Ich bin's, Wencke.«

Einen Moment schwiegen beide.

»Darf ich fragen, was das Ganze soll?«, brachte er schließlich hervor, etwas abgekühlter, wie Wencke fand.

»Hör zu, ich werde dir das Ticket heute am Flugplatz geben, ich bin pünktlich da, versprochen!«

»Was zum Teufel willst du von mir?«

Nein, sie würde sich um diese Uhrzeit und unter diesen denkbar miesen Umständen keinesfalls auf ein Gespräch mit Götze einlassen, das war viel zu gefährlich. Dazu wusste sie einfach zu wenig über die Geschichte von damals, vielleicht hatte sie all die Jahre die Dimensionen des Mordes überhaupt nicht begriffen.

Irgendwann zwischen Mitternacht und einem wirren Traum, in dem sie wieder Schülerin in Bad Iburg war und durch einen Dschungel kriechen musste, hatte Wencke den Entschluss gefasst, heute noch vor dem Abflug zum Osnabrücker Polizeiarchiv zu fahren. Wenn sie erst einmal Akteneinsicht genommen hatte, würde sie Götze souveräner gegenübertreten können.

»Hallo? Bist du noch dran?«, rief er sich in Erinnerung. »Ich hatte zwanzig lange Jahre Zeit, mich mit meinen Bürgerrechten zu beschäftigen, und ich weiß, dass es absolute Scheiße ist, wenn Behörden sich in Wohnungen schleichen und harmlose Personen ausspionieren.«

»Dann sehen wir die Sache doch einfach als Privatbesuch.«

»Meine Vermieterin hat behauptet, du kämst vom LKA.«

»Ich habe sie beschwindelt, mein Interesse war eher persönlicher Natur. Du kannst das gern meiner Dienststelle melden, wenn dir danach ist.« Zum Glück konnte sich Wencke hundertprozentig sicher sein, dass er sich das verkneifen würde. »Eigentlich wollte ich dich besuchen, Frankie. Du kannst dir denken, warum.«

»Wenn ich ehrlich bin, nein, kann ich nicht«, brummte er. »Im Knast hätte ich mich ja gefreut, die eine oder andere bekannte Visage zu sehen, aber jetzt in Freiheit muss ich das nicht haben.«

»Es gibt einiges zu besprechen. Treffen wir uns doch zwei Stunden vor Abflug am Check-in-Schalter, okay?« Dann legte sie auf und stellte das Handy ab, erleichtert, ihn abgewimmelt zu haben, gleichzeitig graute ihr vor der Begegnung am Flughafen.

Sie quälte sich aus dem Bett, war hellwach und gleichzeitig zum Sterben müde.

Als sie in den Flur trat, saß Emil bereits in der hell erleuchteten Küche mit einem Nutellatoast bei seiner Oma Isa auf dem Schoß.

»Du bist ja schon fertig für die Schule!«, begrüßte Wencke ihren Sohn und drückte ihm einen Kuss auf die Wange.

»Wir üben noch schnell für Englisch. Gleich schreiben wir einen Grammatiktest.« Emil und Wencke hatten zwei Jahre in Amerika gelebt, weswegen er hier in Hannover die internationale Schule besuchte und inzwischen weit besser Englisch sprach als seine Oma. Fragte sich also, wer hier mit wem übte.

»My mother goes to Iceland. My mother went to Iceland. My mother will go to Iceland.« Er grinste und zeigte die Nusscreme auf seinen Schneidezähnen.

»Ich werde schon heute Nachmittag Richtung Flughafen fahren. Wenn du aus der Schule kommst, bin ich also nicht mehr zu Hause. Ist das okay?«

Emil nickte gelassen.

»Island ist ein aufregendes Land«, seufzte Isa. »Ganz viel Energie und so.«

»Meines Wissens bist du noch nie dort gewesen.« Wencke legte ihren Rucksack auf den Küchentisch und begann ihn auszumisten.

Isa schien eingeschnappt zu sein, sie hasste es, als Provinzei entlarvt zu werden. Alles, was Wenckes Mutter von der Welt gesehen hatte, waren Worpswede und die Toskana, wo sie einmal im Jahr bei Freunden unterkam, die ihre brotlose Kunst ebenfalls damit finanzierten, kitschige Töpferware an Touristen zu verkaufen.

»Ein Exfreund von mir lebt in Island«, rückte sie schließlich mit der Sprache raus. »Wenn du ihn besuchst, dann grüß ihn lieb von mir.«

»Warum sollte ich deinen Exfreund besuchen wollen? Ich bin rein beruflich unterwegs.«

Selbst Emil wurde das Thema zu blöd und er rutschte von Isas Knien. »Ich muss mich noch anziehen, Zähne putzen und meinen Ranzen packen.« Na bitte, bei so viel freiwilliger Vernunft eines Zehnjährigen sollte selbst Isa kapieren, dass sie ihre Männergeschichten besser woanders zum Besten gab.

Aber nix da: »Die Isländer haben ja meistens mehrere Berufe auf einmal, die sehen das alles viel lockerer als wir. Jarle zum Beispiel hat einen Doktortitel in Physik, ist erfolgreicher Ingenieur bei einer großen Firma, beschäftigt sich aber auch ganz intensiv mit der Kulturgeschichte seiner Heimat und hat da auch noch einen Nebenjob in dem Bereich. Ein Romantiker. Und wunderschön, ich möchte wetten, es fließt Wikingerblut durch seine Adern.« Isa kicherte wie eine Konfirmandin.

Inzwischen hatte Wencke begonnen, den Rucksack von innen feucht auszuwischen. »Ich werde übrigens eine Woche weg sein. Wenn du willst, gehen wir beide gleich die Termine durch, an die Emil denken muss. Fußballtraining, Schulbasar ...«

»Jarle wohnt in Reykjavik und hat noch eine Hütte in ...«

»Mama!« Diese Anrede benutzte Wencke nur, wenn es hart auf hart kam. So wie jetzt. »Noch mal: Es wird keine Vergnügungsreise. Ich sitze dort wahrscheinlich einige Stunden in irgendwelchen Seminarräumen und beschäftige mich mit der altgermanischen Mythologie. Sollte mir dabei dein ausgedienter Wikinger über den Weg laufen, werde ich ihn von dir grüßen, versprochen.«

Isa wurde giftig. »Nur weil dein Liebesleben zu einem frustrierenden Nichts geschrumpft ist!«

Nein, darauf reagierte Wencke nicht. Sie steckte ganz seelenruhig ihre Siebensachen ins Handgepäck. Reisepass, Sprachführer, Kopfschmerztabletten.

»Bloß weil du hoffnungslos altmodisch bist und glaubst, es gäbe nur einen Mann zum Lieben. Blöd, wenn der verheiratet ist ...«

Tempotaschentücher, Handyaufladekabel, Ohropax, ganz wichtig!

»... und seine Ehefrau auch noch ein Kind von ihm erwartet!«

Der kleine Notizblock mit dem angeklemmten Kugelschreiber fiel Wencke aus der Hand. »Woher weißt du davon?«

Isa grinste, als hätte sie soeben einem Finalkampf die entscheidende Wendung gegeben. »Axel hat mich angerufen.«

»Wann?«

»Gestern.«

»Warum?«

»Wir telefonieren öfter mal.«

Das wollte Wencke sich besser nicht vorstellen, wie Axel und ihre Mutter sich per Telefon über ihr höchstpersönliches Seelenheil austauschen. Bislang hatte sie geglaubt, diese beiden Menschen, die ihr das Leben in regelmäßigen Abständen komplizierter machten, hätten nichts miteinander zu tun. »Warum um Himmels willen telefoniert ihr öfter mal?«

»Weil wir uns Sorgen um dich machen.«

Wencke ließ sich auf den Küchenstuhl sinken und brachte kein Wort heraus.

»Axel hat mich angerufen und mir erzählt, dass seine Frau in den nächsten Tagen ein Kind erwartet und du so zimperlich reagiert hast.«

»Zimperlich? Hallo? Seit zehn Jahren mache ich das Spiel schon mit...«

»Wenn es dir jemals ernst mit ihm gewesen wäre, wärst du damals nicht nach Amerika gegangen, um Profilerin zu werden. Nur deswegen hat er diese Kerstin geheiratet.« Isa war in ihrem Element und schien nicht mitzubekommen, dass sie gerade ein Nervenkostüm zertrampelte.

»Aber jetzt wird er Vater und die Sache ist ein für alle Mal geritzt. Also misch dich nicht in meine Angelegenheiten!«

Isa blieb ganz cool und holte zum Knock-out aus: »Er hat mich am Telefon gebeten, nach dir zu schauen, weil er sich Sorgen um dich gemacht hat. Für mich sieht das nicht so aus, als sei da zwischen euch irgendetwas ein für alle Mal geritzt.«

Wencke stand auf, flüchtete ins Bad und putzte sich die Nase. Das Heulen fing bei ihr immer mit Rotz an, dann kam das Wasser. Aber sie wollte nicht heulen. Wencke brauchte sich von ihrer ausgeflippten Mutter nicht aus der Fassung bringen zu lassen. Ganz sicher nicht. Sie schnäuzte sich noch einmal. Es ging ihr immer noch mies.

Wie gut, dass sie sich gleich von hier verabschieden konnte. Glücklicherweise lag Island richtig weit weg von dem ganzen Mist.

Sie würde nur noch den Briefträger abwarten. Ungeduldig. Normalerweise kam der zwischen neun und zehn. Hoffentlich verspätete er sich nicht. Inzwischen rechnete Wencke fest damit, auch heute wieder eine Nachricht von Doro zu bekommen.

Urð

*[Polizeischule Bad Iburg, Zimmer 247,
21. Januar 1994, Mittagspause]*

Mußte eben auf die Polizeiwache und hab mit einer Kollegin gesprochen. Eigentlich wirklich eine Nette, aber die Ohren auf Durchzug. Schien mir überfordert, die Arme.

Kein Wunder, ganz Bad Iburg ist voller Reporter. Die schieben noch der ältesten Oma ein dickes Mikro unter die Nase und fragen Sachen wie: Haben Sie den kleinen Jan gekannt? Was sagen Sie dazu, daß in Ihrem kleinen Kurort ein so grausamer Mord geschehen konnte? Was meinen Sie, wie Karl Hüffart und seine Frau den Verlust ihres einzigen Kindes verkraften werden? Alles so Pseudobetroffenheitsscheiß.

Im Grunde wollten die nur wissen, ob einer den mächtigen Parteibonzen hat heulen sehen. Karl Hüffarts rotgeweinte Augen – das wäre der Schnappschuß schlechthin. Es kotzt mich an. Der kleine Junge, den ich nur von den Fotos kenne, den ich doch selbst auch gesucht habe am ersten Abend, der Junge ist tot. Da gibt es nichts drüber zu berichten. Das ist einfach nur traurig. Und schrecklich.

Aber F. war es nicht.

Hab ich auch der Kollegin gesagt: F. kann es unmöglich gewesen sein, weil wir in der Zeit, als Jan gerade getötet wurde, bei ihm im Bett gelegen haben. Nur ihr zwei, hat sie allen Ernstes gefragt, und ich blöde Kuh bin noch drauf eingestiegen: Klar nur wir zwei, wer denn sonst, wir waren ein festes Paar, da nimmt man doch keine Fußballmannschaft mit auf die Matratze. Warum ich nicht mit den anderen bei der Suchaktion mitgemacht habe, wollte sie wissen. Als ich gesagt hab, da mussten nur die hin, die zu der Zeit in der Akademie waren, aber ich war eben nicht da, sondern bei F., da hat sie mich angeguckt, als sei ich selbst irgendwie verdächtig. Ab dem Moment fand ich sie natürlich nicht mehr so nett. Sie hat gefragt und getippt, ganz so, wie wir es in der Akademie lernen. Aber plötzlich kam ein Anruf, und die Sache wurde abgebrochen. Ich mußte in ein anderes Stockwerk. Dort saßen zwei Kollegen aus Osnabrück. Der Ton war gleich ganz anders.

Haben Sie etwas mitbekommen von der Entführung? Ich sagte nein. Einer verriet, daß es Hinweise gäbe, daß F. den kleinen Jan in einem fensterlosen Raum in einer angemieteten Wohnung drei Straßen weiter festgehalten hat. Ich habe gesagt, daß ich nichts von einer anderen Wohnung wüßte. War ein bißchen gelogen. Denn ich habe mal, als F. und ich spätabends zu ihm nach Hause gekommen sind, seine Schlüssel verwechselt. Er hatte zwei Wohnungsschlüssel dabei. Ich habe gefragt, wofür der Schlüssel ist, der nicht in seine Wohnungstür paßt. Hat er mir aber nicht verraten.

Dann fragten sie, ob ich bei F. mal eine Schreibmaschine gesehen hätte. DDR-Marke Erika. Ich bin da wieder nicht ganz bei der

Wahrheit geblieben, denn ich hab bei ihm mal Zehnfingersystem geübt, das muß ich für die Abschlußprüfung können. Also war mir schon klar, er hat so ein Ding in der Bude stehen. Aber mal ehrlich, macht ihn das schon verdächtig, wenn er eine Schreibmaschine hat? Auch als der Kommisar mir die »Erika« zeigte – und ich wußte gleich, es war seine, weil die Buchstaben F, E und N komplett abgenutzt waren, daran konnte ich mich erinnern –, bin ich bei meiner Version geblieben. Sie sagten, sie hätten das Teil in dieser anderen Wohnung gefunden, F.s Fingerabdrücke inklusive, und das Schriftbild entspreche dem des Erpresserbriefes.

Vielleicht wäre es schlauer gewesen, hätte ich da noch die Kurve gekriegt und mit dem Lügen aufgehört.

Warum ich F. schützen wolle, fragten sie. Wo er doch ein Kidnapper, wenn nicht sogar ein Mörder sei! Weshalb eine junge Frau wie ich alles aufs Spiel setze für einen Typen wie den.

Meinen Grund verschweige ich. Der geht niemanden etwas an. Lieber lüge ich. Tische den Kollegen Halbwahrheiten auf. Schlage mich auf F.s Seite.

Und reite mich geradewegs in die Scheiße.

Ich hab meinen Grund. Basta!

Doch dann packten die Kollegen aus, knallhart. Ihre Fingerabdrücke, sagten sie nur. Ich muß die angestarrt haben wie eine hohle Nuß, denn einer zeigte wieder auf die Schreibmaschine. »Wir haben Ihre Fingerabdrücke darauf gefunden, Frau Mahlmann. Ebenso ein Fragment Ihres linken Daumenabdrucks auf dem zweiten Wohnungsschlüssel, nicht vollständig, aber doch groß genug für den positiven Abgleich mit unseren Akten. Und jetzt antworten Sie bitte wahrheitsgemäß: Haben Sie etwas mitbekommen von der Entführung?«

Die meisten Polizisten lassen ihre Fingerabdrücke registrieren, damit sich das alles am Tatort zuordnen läßt und man nicht eine Spur verwechselt. Und so sind die auf mich gekommen. Ich hätte mir in den Arsch beißen können, warum ich daran nicht gedacht habe.

Es lügt sich immer zu schnell. Ich war also dran. Die haben mir die Daumenschrauben angelegt: Entweder F. ans Messer liefern, oder ich hänge mit drin, Karriere futsch, Führungszeugnis mit so dunklen Flecken, daß ich keine Chance hätte, jemals wieder einen Fuß in die Amtsstube einer Behörde zu kriegen.

Total übertrieben, finde ich. Gut, ich hab geahnt, daß F. noch irgendwo ne Bude hat, und seine Steinzeit-Schreibmaschine kannte ich auch. Aber deswegen bin ich doch keine Schwerverbrecherin! Und daß ich keine Ahnung von der Sache mit Jan hatte, ist ja nun mal die Wahrheit, genau wie es stimmt, daß F. in der Mordnacht mit mir zusammen war. Ich bin doch nicht vollkommen verrückt.

Hab gefragt, ob ich zu F. kann, weil ich ihm was Wichtiges sagen muß – stimmt ja auch, ich wollte es ihm längst gesagt haben, war aber zu feige – aber die haben meinen Wunsch ignoriert. Ich will zu F.! Nochmal und nochmal. Dann hat mich einer abgewürgt: Mädel, nach dem, was du dir geleistet hast, kannst du dir das abschminken.

Ich spüre, da steckt was ganz anderes dahinter. Vielleicht diese Sache in F.s alter Heimat, in Kreuma. Vielleicht diese Metallfirma, diese Formel, keine Ahnung, könnte ja sein. Da soll was verdreht werden. Und ich hänge mit drin.

Muß ich mal hinter her. Was rauskriegen. Ermitteln. Hab ich ja auf der Schule gelernt.

Bis dahin erstmal auf stur stellen. Hab vorhin beim Essen versucht, mit Wencke zu reden. Hab ihr gesagt, hier ist was faul. Sie hat erst richtig zugehört, nachgefragt, vor allem das Verhör hat sie interessiert. Hab aber das Gefühl, die glaubt mir nicht so richtig. Hält mich für übergeschnappt. Hat sie nicht direkt gesagt, aber man merkt so was doch. Scheiße, was mache ich, wenn selbst Wencke mir nicht glaubt? Beweise suchen? Wo? Wie?

Nichts gehört von F. Aber an ihn gedacht. Dauernd.
D.

Verðandi

[13. Juni, 11.15 Uhr, *Schlossküche*, Herrenhäuser Gärten, Hannover, Deutschland]

Die Mahlmanns wollten Wencke nicht in ihrem Privathaus treffen, sie wollten auch nicht ohne ihren Anwalt sein, eigentlich hätten sie das von Wencke gewünschte Gespräch über ihre Tochter Dorothee am liebsten rigoros abgelehnt.

Doch wenn man eine besonders dringliche Anfrage des LKA an sich gerichtet wusste, war es nicht einfach, sich total zu verweigern. Zumindest nicht, wenn man so brav, angepasst und gutbürgerlich veranlagt war wie Doros Eltern.

Nach der Lektüre der dritten Notiz hatte Wencke keine Sekunde gezögert, Doros Eltern zu kontaktieren. Es war verlockend zu glauben, dass Silvie mit ihrer Vermutung richtiglag: dass die anonyme Post aus dem Hause Mahlmann stammte und lediglich als kleines Mahnen zur Besinnung gedacht gewesen war. Drei Briefe wie Puzzleteile. Dummerweise passte ein solches Spiel nicht zu den Mahlmanns.

Die *Schlossküche* in den Herrenhäuser Gärten wurde nach einigem Hin und Her als neutrales Terrain akzeptiert. Das Restaurant befand sich in Sichtweite zur akkurat gestutzten Parklandschaft und die Mahlmanns wohnten bloß um die Ecke in einem dieser perfekt restaurierten Jugendstilhäuser, in denen alle emeritierten Hannoveraner Uniprofessoren ihren Ruhestand genossen. Doro hatte damals nicht viel von ihren Eltern erzählt, nur dass sie völlig anders tickten.

Als Wencke durch die Glastür trat, sah sie das ältere Ehepaar in einer der hintersten Ecken sitzen. Sie war ihnen schon einmal begegnet, damals in diesem Heim. Es war eine kurze, aber unerfreuliche Begegnung gewesen, voll unausgesprochener Vorwürfe. Heute dürfte es kaum entspannter zugehen: Ein Anzugträger hatte Akten auf den Tisch gelegt und redete auf die in sich zusammengesunkenen Eheleute ein.

Wencke entschied sich für einen selbstbewussten Auftritt, machte große Schritte und zuckte noch nicht einmal, als ihr angebotener Handschlag allgemein ignoriert wurde.

»Meine Mandanten haben mich gebeten, das Gespräch zu führen«, klärte der Anwalt auf. »Und wir weisen noch einmal entschieden darauf hin, dass wir die Notwendigkeit dieses Treffens nicht erkennen können. Die Entlassung des Frank-Peter Götze hat nicht das Geringste mit Herrn und Frau Mahlmann zu tun. Die beiden kennen diesen Verbrecher nicht, sind ihm nie begegnet und haben auch nicht vor, es jemals zu tun. Wir können uns also nicht erklären, was sich das LKA davon verspricht, so unsensibel vorzugehen.«

Das konnte ja ein Stück Arbeit werden, wenn der schon zu Beginn derart mauerte. Wencke setzte sich trotzdem, bestellte einen Orangensaft und schaute dann in die kleine Runde.

»Wie ich am Telefon bereits erwähnt habe, bin ich inzwischen in der Abteilung für Operative Fallanalyse tätig. Sagt Ihnen das etwas?«

Die drei nickten, wie Schüler nicken, die ihre Hausaufgaben gemacht haben.

»Manchmal rollen wir auch alte Fälle auf, um mit unseren neuen Methoden Antworten auf Fragen zu finden, die eventuell viele Jahre lang offengeblieben sind.«

»Wo gab es denn offene Fragen, wenn ich da mal nachhaken darf?« Der Anwalt machte seinen Job gar nicht mal schlecht. »Soweit ich informiert bin, fanden sich zwar einige widersprüchliche Aussagen in der Akte, doch die Beweislage hat schlussendlich die Wahrheit zutage und diesem Götze eine lebenslange Haftstrafe eingebracht.«

»Es geht mir weniger um Frank-Peter Götze als um Dorothee.«

»Was ist mit meiner Tochter?«, entfuhr es der Mutter, die daraufhin die schwere Hand ihres Gatten auf den Oberschenkel gelegt bekam und wieder in Schweigen verfiel.

»Doro hat damals massive Zweifel an der Geschichte geäußert. Wissen Sie etwas über entsprechende Notizen? Hatte Dorothee eine Art Tagebuch?«

Den unbewegten Gesichtern nach zu urteilen, waren die Mahlmanns ahnungslos. Also adieu, du schöne einfache Erklärung, von wem die aufwühlende Post der letzten Tage stammte. Dorothees Eltern hatten mit den Briefen offensichtlich nichts zu tun.

»Anders gefragt: Wenn Ihre Tochter ein Tagebuch geführt hätte, in wessen Besitz wäre es heute?«

»Na, in unserem.« Das klang fast nach Protest. Herr Mahlmann wurde sogar etwas lauter. »Aber so etwas hat Dorothee nicht gehabt. Das wüssten wir. Was soll diese Frage?«

Erst wollte Wencke anbieten, am besten selbst mal nachzulesen, die Kopien hatte sie schließlich griffbereit dabei. Doch irgendwie erschien es ihr falsch, Doros Eltern damit zu belasten. Später, wenn sie selbst dahintergekommen war, was es mit den Zeilen auf sich hatte, dann würde sie eventuell noch einmal nach Herrenhausen fahren und alles erklären – wenn sie denn überhaupt so etwas hören wollten. »Sie hat bis zuletzt darauf bestanden, zum Zeitpunkt des Mordes mit Götze ...« Wencke sah den entsetzten Blick des Vaters und suchte nach einer halbwegs manierlichen Formulierung: »... intim gewesen zu sein.«

Selbst damit überstrapazierte sie offensichtlich das Nervenkostüm der Mahlmanns, beide rutschten auf ihrer Bank hin und her, als wollten sie dort ihre Brut sichern.

»Hat es Sie nicht gestört, dass die Polizei Doro als unglaubwürdige Person bezeichnet hat?«

Der Anwalt betrachtete seine Notizen, anscheinend hatte er bereits auf jede mögliche Frage die passende Antwort parat. »Meine Mandanten denken, dass ihre Tochter damals in ihrer Entscheidungsfindung deutlich fehlgeleitet war.«

»Wie bitte? Doro und fehlgeleitet? Ihre Tochter und ich waren gleich alt, als wir uns damals in der Akademie kennengelernt haben. Und soll ich Ihnen etwas verraten: Ich habe Doro glühend verehrt für ihre Geradlinigkeit. Sie war zweiundzwanzig Jahre alt und wusste ganz genau, was sie wollte.«

»Frau Tydmers, es ist müßig, darüber zu diskutieren, denn leider lebt die Tochter meiner Mandanten nicht mehr, und sie wäre die Einzige, die hier etwas Wesentliches zum Gespräch beitragen könnte.«

Die Kellnerin brachte den Orangensaft und Wencke merkte erst jetzt, wie durstig sie war. Der Tag schnürte ihr die Kehle zu.

»Was genau ist damals mit Doro passiert?«

»Sie hatte eine Lungenembolie«, antwortete der Anwalt pfeilschnell und zog nicht weniger eilig ein Blatt aus dem Ordner, als habe er schon alles passend parat gelegt. Es handelte sich um die erste Seite eines medizinischen Gutachtens, wie Wencke auf Anhieb erkennen konnte.

Wencke schob die Zettel zur Seite. »Und woher kommt aus heiterem Himmel eine solche Embolie? Mit einer entsprechenden Vorerkrankung hätte sie keine Chance auf eine Ausbildung bei der Polizei gehabt. Da werden die Bewerber auf Herz und Nieren geprüft: EKG, EEG, mit und ohne Belastung ...«

Der Anwalt räusperte sich. »Wie Sie dem Gutachten entnehmen können, handelte es sich um den Schweregrad vier, dieser geht mit einem schockähnlichen Zustand einher. Als man

Dorothee Mahlmann fand, musste sie reanimiert werden. Tragischerweise hat das Hirn durch die lange Unterversorgung irreparablen Schaden genommen.« Das war keine konkrete Antwort auf Wenckes Frage, sondern ein bisschen medizinisches Palaver.

»Wie haben Ihnen die Ärzte damals diese plötzliche Gesundheitsveränderung erklärt?«

Keiner der drei sagte ein Wort. Treffer, endlich mal eine Frage, die sie nicht akribisch vorbereitet hatten.

»Erinnern Sie sich an unser Treffen damals, Herr und Frau Mahlmann? Ich war gemeinsam mit Silvie in diesem Heim. Als man noch nicht genau wusste, ob Doro jemals wieder zu sich kommt oder nicht.« Beide schauten aus dem Fenster. Na klar erinnerten die sich. »Herr Mahlmann, ich weiß noch genau, wie Sie diesen jungen Arzt ausgequetscht haben. Welche Chancen Doro habe, wie lange man bis zu ihrem Erwachen warten müsse, ob die Bewegung ihres kleinen Fingers nicht vielleicht doch bedeuten könnte, dass alles wieder so wird wie früher. Da kann ich mir beim besten Willen nicht vorstellen, das Sie in puncto Ursache so überhaupt keinen Wissensdurst verspürt haben.«

Wieder war es Frau Mahlmann, die das sture Schweigen nicht aushielt. »Wir vermuten, es geschah aufgrund einer Thrombose ...«

»Doro und Thrombose?« Wencke dachte an ihre sportliche Freundin, topfit, Beine wie eine Gazelle, da waren Stützstrümpfe undenkbar. »Nie im Leben!«

»Eine Beckenvenenthrombose, die merkt man nicht unbedingt, und dann ... «

Was Herr Mahlmann von der Stunde der Wahrheit, die seine Frau nun eingeläutet hatte, hielt, war ihm deutlich anzusehen. Trotzdem verzichtete er jetzt auf ermahnende Gesten.

»Was genau ist passiert?«

»Dorothee war bei uns zu Hause. Nach der ganzen Aufregung in Bad Iburg brauchte sie wohl etwas Ruhe und Abstand. Am späten Nachmittag wollte sie in den Herrenhäuser Gärten joggen gehen. Stunden später lag sie im Hausflur, sie hat kaum noch geatmet, ihre Augen waren …« Der Rest des Satzes verschwand im Mineralwasserglas, das Frau Mahlmann sich mit zitternden Händen an den Mund führte.

Wencke konnte nicht glauben, was ihr da gerade aufgetischt wurde. »Eine solche Krankheit wäre doch aufgefallen in der Akademie. Wir haben uns ein enges Zimmer geteilt. Und Doro war absolut fit, beim Zirkeltraining ist sie uns immer allen davongesprintet.«

Wieder kramte der Anwalt ein Attest hervor, es war die dritte Seite desselben Gutachtens, und dieses Mal schaute Wencke auch genauer hin. Natürlich hatte sie nie Medizin studiert, doch wie ein medizinisches Gutachten auszusehen hatte, wusste sie aus Kripozeiten. Und dieses hier war zweifelsohne echt, ausgestellt von der MHH. Der unterzeichnende Arzt war ihr bekannt, damals noch Doktor, inzwischen Professor Rietberg, ein durch und durch integrer Mann, der keinen Zweifel daran ließ, dass sich bei Doro aufgrund einer veränderten Blutzusammensetzung ein oder mehrere Gerinnsel gebildet hatten, die über die untere Hohlvene und das Herz in die Lungenarterie gelangt waren.

Wencke wendete die Blätter. »Wo sind die anderen Seiten? Das Gutachten ist bestimmt noch ausführlicher gewesen, auch die zweite Seite fehlt.«

»Frau Tydmers, wir geben Ihnen diese Informationen mehr oder weniger freiwillig, auch wenn sie für meine Mandanten sehr persönlich sind. Sollten Sie uns zutrauen, dass wir nicht alles Wissenswerte vorlegen, dann kommen Sie bitte an einem anderen Tag mit einem entsprechenden Beschluss in meine Kanzlei.«

Der Anwalt wusste nur zu genau, dass Wencke ein solches

Richterschreiben kaum würde erwirken können. Schließlich gab es keine seriösen Belege, die eine offizielle Ermittlung rechtfertigten. Sie musste also mit dem arbeiten, was die Mahlmanns von sich aus offenlegten, auch wenn wesentliche Erklärungen fehlten.

»Warum diese veränderte Blutzusammensetzung?«, fragte sie nach. »Davon muss Doro doch was mitbekommen haben.«

»Wir gehen davon aus, dass sie, wenn überhaupt, noch nicht lange von diesen Komplikationen wusste. Der Thrombus kann sich eventuell durch den Sport gelöst haben ...«

Frau Mahlmann begann zu schluchzen. Sie tat Wencke leid, wirklich, nicht erst jetzt. Doros Eltern waren schon seit zwanzig Jahren arm dran.

»Haben Sie jemals überlegt, ob man Doro damals mundtot machen wollte? Keine Ahnung, welche Methode sich da anböte, aber die Embolie ... Es gibt doch Toxine, die Einfluss auf die Blutgerinnung haben.«

Die Eltern schüttelten die Köpfe, aber nicht wirklich überzeugend. Klar hatten sie schon daran gedacht. Nicht nur einmal. Wie obrigkeitsgläubig musste man sein, um es beim Grübeln zu belassen, wenn es die eigene Tochter betraf?

»Ich danke Ihnen für das Gespräch«, schloss Wencke, legte das Geld für den Orangensaft auf den Tisch und erhob sich. Die Mahlmanns folgten jeder ihrer Bewegungen lediglich mit den Augen, der Rest ihrer Körper schien inzwischen mit der Bank verschmolzen zu sein. Wer weiß, vielleicht würden die beiden für den Rest ihres Lebens hier sitzen bleiben und den Gedanken nachhängen, denen sie bislang davongerannt waren. Auf halbem Weg zur Tür knickte Wencke ein, drehte um, schaute die beiden an. Sie war nicht so hart, nicht so superselbstbewusst, wie sie sich die letzten Minuten aufgeführt hatte. Bei Weitem nicht.

»Ich kann Ihnen nichts versprechen und ich habe keine

Ahnung, ob das, was ich gerade tue, überhaupt Ihrem Wunsch entspricht. Aber ich werde ab sofort alles daransetzen, die Wahrheit herauszufinden, auch wenn inzwischen zwanzig Jahre vergangen sind. Denn Doro wollte mir damals etwas sagen. Und sie will es heute wieder. Auf unerklärliche Weise. Dieses Mal höre ich hin.«

[13. Juni, 14.10 Uhr, Polizeiarchiv, Heger-Tor-Wall, Osnabrück]

Im LKA-Büro hatte Wencke sich nur noch kurz blicken lassen, um die letzten wichtigen Dateien auf einen USB-Stick zu ziehen, sich von Boris zu verabschieden – und sich von der Telefonzentrale aus mit dem Polizeiarchiv Osnabrück verbinden zu lassen. Mit offiziellem Touch arbeitete es sich entschieden angenehmer, stellte Wencke fest. Kurz vor zehn hatte sie mit dem zuständigen Sachbearbeiter telefoniert, kurz nach drei saß Wencke bereits im schmucklosen Archiv der Osnabrücker Kripo und sichtete eine auffällig dünne Akte zum Fall Jan Hüffart, die lediglich Zusammenfassungen der Protokolle aus dem Januar 1994 beinhaltete, altmodisch mit Schreibmaschine getippt.

Protokoll vom 18.Januar 1994, Bad Iburg
Vermißtensache Jan Hüffart, 12 Jahre

20.35 Uhr:
Gisela Hüffart, wohnhaft in der Bischof-Benno-Straße, Ehefrau des Politikers Karl Hüffart, meldet ihren 12-jährigen Sohn Jan Hüffart telefonisch als vermißt.
 PM Rico Fernandez und PM Andrea Geil fahren umgehend zum Wohnhaus, in dem die Familie lebt, Ankunft 20.50 Uhr.
 Gisela Hüffart ist zu diesem Zeitpunkt allein, macht einen ner-

vösen, leicht alkoholisierten Eindruck. Die Befragung ergibt, daß Jan Hüffart zuletzt an der Sporthalle des Schulzentrums Bielefelder Straße gesehen wurde, als er gegen 17.30 Uhr nach dem Handballtraining auf sein Fahrrad gestiegen ist.

Äußere Merkmale laut Beschreibung der Mutter: blond, ca. 1,60 m groß, sportlich, bekleidet mit einem dunkelblauen, gefütterten Anorak, Jeans, weiße Turnschuhe Marke »Puma«, unterwegs mit einem silbernen Jungenrad Marke »Kettler«.

Die Mutter hat bislang vermieden, ihren Mann zu unterrichten, da dieser gerade eine wichtige Sitzung in Bonn habe. Die Beamten erreichen lediglich die Parteizentrale, Karl Hüffarts persönlicher Referent Alf Urbich wird über den Vorfall unterrichtet.

21.45 Uhr:
Fünf Streifenwagen werden als Verstärkung aus Osnabrück angefordert. Die Vermißtenmeldung geht an alle Einsatzstellen.

22.30 Uhr:
Eine Einsatzstaffel sucht den Bereich Schulzentrum bis Bischof-Benno-Straße weiträumig ab. Die Polizeianwärter der ortsansässigen Akademie werden ebenfalls an der Suche nach dem Jungen beteiligt. Der Einsatz unterliegt aufgrund der Tatsache, daß der vermißte Junge der Sohn eines prominenten Politikers ist, einer besonderen Dringlichkeit.

22.50 Uhr:
Am Parkplatz Hagenpatt wird Jans Fahrrad gefunden, es ist ordnungsgemäß abgeschlossen und lehnt an einer Straßenlaterne. Die Sporttasche klemmt auf dem Gepäckträger, auch der Geldbeutel ist noch vorhanden. Es gibt keine Hinweise auf einen Unfall oder sonstige Gewaltanwendung.

23.30 Uhr:
Nach Absprache mit der Mutter soll so bald wie möglich eine öffentliche Suchmeldung herausgegeben werden.

23.55 Uhr:
Dr. Karl Hüffart, der Vater des Jungen, trifft in Begleitung seines

Referenten Alf Urbich ein. Die öffentliche Suchmeldung und die geplante Pressemitteilung werden auf ausdrücklichen Wunsch des Vaters vorerst zurückgestellt. Es kommt deswegen zu einem heftigen Streit zwischen den Eheleuten.

Ein Termin zur Vernehmung des Dr. Karl Hüffart und weiterer Personen wird unter diesen Umständen für den kommenden Tag festgelegt.

»Kann ich Ihnen sonst noch irgendwie behilflich sein?«, fragte der Sachbearbeiter, als er an ihrem Tisch vorbeiging, die Arme mit Akten vollgeladen, wie es sich für einen anständigen Archivar gehörte.

»Es wäre nett, wenn Sie noch die weiterführenden Protokolle heraussuchen könnten.«

Der Mann sah sie stirnrunzelnd an. »Was genau meinen Sie?«

»Na, die letzten Schriftstücke dieses Ordners stammen vom …«, Wencke schlug das nächste und gleichzeitig letzte Protokoll auf, »… vom 20.1.1994. Da sollte noch eine Menge mehr archiviert sein.«

»Da müssen Sie sich irren.«

Wencke durchblätterte das bisschen, was sie in die Finger bekommen hatte. Es hatte einen Erpresserbrief gegeben, ganz sicher, der jedoch nirgendwo zu finden war. Zudem wusste Wencke, wie Ermittlungsakten auszusehen hatten. Schon wenn ein Ladendieb eine Energiesparlampe mitgehen ließ, war solch ein Ordner dicker als das hier. Doch hier ging es um Entführung und Mord am einzigen Sohn eines seinerzeit einflussreichen Politikers, die Ermittlung in einer Strafsache, die zur Verurteilung eines Menschen geführt hatte. Mit diesen lumpigen Schmierzetteln wäre es nie zur Anklage und noch weniger zur Verurteilung gekommen. Ungläubig suchte sie unter dem Aktendeckel, schaute sogar, ob ihr etwas unbemerkt zu Boden gefallen war. »Würden Sie mir zuliebe noch einmal sichergehen, dass wir keine Unterlagen übersehen haben?«

Der Archivar war nicht der Typ, der sich durch einen weiblichen Augenaufschlag überreden ließ. Erst als Wencke ihren LKA-Ausweis noch einmal in die optimale Position brachte, setzte er seufzend seine Last ab und begab sich vor den Monitor. Seine Finger flogen über die Tastatur. Dann ein Kopfschütteln. »Ich kann beim besten Willen nichts finden. Laut meinen Informationen gibt es nur diese eine Akte zum Fall Frank-Peter Götze. Sehen Sie selbst!« Er drehte den Bildschirm in Wenckes Richtung und erwartete eine Bestätigung.

»Komisch.« Irgendwo mussten doch die Auswertungen der Spurensicherung zu finden sein, das rechtsmedizinische Gutachten, die Aussagen von Götze und Doro. Der Mord an Jan Hüffart war kein schlanker, eindeutiger Fall gewesen, im Gegenteil, eigentlich müssten die Akten ganze Regale füllen. Was sie hier in den Händen hielt, war zu wenig. »Schauen Sie doch mal unter dem Namen Dorothee Mahlmann, vielleicht wurde dort etwas abgeheftet.«

Wieder machte er ein Geräusch, als habe sie ihn eben mit einem Fingerhut voll Wasser zur Durchkreuzung der Sahara aufgefordert. »Das kann aber etwas dauern.«

»Macht nichts. Ich hab Zeit. Und noch ein paar Seiten zu lesen.«

Protokoll vom 20. Januar 1994, Polizeidienststelle Bad Iburg
SOKO Jan
(ausgehend von Entführungsfall Jan Hüffart)

19. Januar 1994, 21.30 Uhr:
Zwei Polizeianwärterinnen haben auf dem Rückweg von der Suchaktion zur Akademie den vermißten Jan Hüffart tot aufgefunden.

Die beiden Frauen werden unverzüglich im Schulungssaal des Schlosses befragt.

Personalien der Zeuginnen:
Wencke Tydmers, 21 Jahre, geboren in Worpswede
Silvie Kramer, 23 Jahre, geboren in Hermannsburg
beide derzeit wohnhaft in der Polizeischule Bad Iburg als Anwärterinnen im dritten Jahr

Aussage Wencke Tydmers (zu Protokoll genommen von KHK Hans-Jörg Pichler am 20.1.1994 gegen 0.30 Uhr):
Schon den ganzen Tag waren Suchtrupps in Bad Iburg unterwegs, meine Mitschülerin Silvie und ich waren zum Absuchen des Langenbergs hinter dem Schloßpark eingeteilt. Wir waren die meiste Zeit zusammen, nur in besonders unübersichtlichen Bereichen rund um die alten Kalksteinbrüche haben wir uns aufgeteilt. Wir haben bereits gegen 16 Uhr mit der Suche dort begonnen, ohne etwas Verdächtiges zu bemerken. Aber das Gelände ist groß, ich halte es für denkbar, daß sich der Entführer unbemerkt in der Nähe aufgehalten hat.

Dann, nachdem der angebliche Aufenthaltsort des Jungen bekanntgegeben worden war, wurde unsere Gruppe aufgestockt. Ab 19 Uhr bestand unser Trupp aus schätzungsweise zwanzig Anwärtern und Polizisten.

Als gegen 21.30 Uhr nachts über Funk die Suchtrupps wieder zusammengerufen wurden, hatten Silvie Kramer und ich uns gerade wieder bei den Klostersteinen getroffen und sind gleich los, eine Viertelstunde später waren wir am Charlottensee. Auf dem Hinweg sind wir da auch vorbeigekommen, aber da ist uns nichts Besonderes aufgefallen. Ich kann mir nicht vorstellen, daß der Mörder zu diesem Zeitpunkt schon im Schloßpark gewesen ist, das hätten wir bestimmt bemerkt.

Als wir gegen 21.45 Uhr den Charlottenburger Ring überquert hatten, hat Silvie Kramer etwas auf der Wasseroberfläche entdeckt.

Wir haben erst an eine optische Täuschung geglaubt, eine Spiegelung auf dem See oder dergleichen. Je näher wir kamen, desto sicherer waren wir, daß es sich um ein Boot handelte, in dessen Mitte etwas lag, länglich und unbeweglich, ein menschlicher Körper. Durch das Flackern der Taschenlampe hatten Silvie und ich kurz den Eindruck, daß sich der Körper bewegt, deswegen haben wir nach Benachrichtigung der Zentrale versucht, erste Hilfe zu leisten. Ich war völlig fertig. Erstmal von der anstrengenden Suche nach dem Jungen, bei der wir uns teilweise durch dichtes Gestrüpp schlagen mußten. Wir waren den ganzen Abend schon einerseits hoffnungsvoll, ihn zu finden, aber uns war auch bange vor dem, was man dann vielleicht zu Gesicht bekommt. Während meiner bisherigen praktischen Ausbildung bin ich mit keiner vergleichbaren Gewalttat konfrontiert worden.

Silvie und ich sind sofort ins Wasser, obwohl es sehr kalt war, teilweise sogar mit Eis bedeckt. Das Boot trieb so ziemlich in der Mitte des Sees, aber wir wußten ja, daß das Wasser nicht besonders tief ist, es reichte uns bis zur Mitte der Oberschenkel.

Sofortige Wiederbelebungsmaßnahmen waren unmöglich, weil das Boot zu kentern drohte, sobald wir raufgeklettert sind und das Gewicht damit auf eine Seite verlagert haben, deshalb haben wir nach ungefähr einer Minute aufgegeben und das ganze Ding an Land gezogen, beziehungsweise geschoben. Das hat ziemlich lang gedauert, der Seegrund war rutschig und unsere Beine schon stark unterkühlt, das Laufen fiel sehr schwer. Ich habe die ganze Zeit den Jungen angestarrt, er hatte die Augen geschlossen, den Mund auch, die Hände zwar nicht gefaltet, aber aufeinandergelegt, da war mir schon klar, daß er tot sein muß und sein Mörder ihn drapiert hat, wie ein Bestatter es tun würde. Aber obwohl mir das bewußt war, habe ich höllisch aufgepaßt, daß der Kleine kein Wasser abkriegt, weil es doch so furchtbar kalt war. Als wir dann endlich am Ufer waren, habe ich sogar meine Jacke ausgezogen und über ihm ausgebreitet, damit er nicht mehr friert. Natürlich war das Schwachsinn. Wahrscheinlich stand ich unter Schock.

Wir haben überlegt, was in diesem Fall richtig ist, also was in unseren Polizeidienstvorschriften über das Auffinden einer Leiche geschrieben steht. Da widersprechen sich ja die Meinungen, ob man in jedem Fall noch Wiederbelebungsmaßnahmen einleiten oder alles möglichst unberührt lassen sollte. Dann kamen die Kollegen von der Kripo und haben die Sache übernommen. Silvie und ich durften gleich auf unsere Zimmer, um uns trockene Sachen anzuziehen.

In der Aufregung haben wir es unterlassen, den Fundort eingehender zu betrachten. Es kann sein, daß noch jemand anderes am See war und uns beobachtet hat, eventuell aus einem Versteck heraus. Ich kann das weder verneinen noch bejahen. Ich stand einfach völlig neben mir.

Unterzeichnet: Wencke Tydmers und KHK Hans-Jörg Pichler, Bad Iburg, 20. Januar 1994

Wencke blätterte, offensichtlich fehlten einige Seiten. Bestimmt handelte es sich um die Aussage von Silvie. Nun, das war nicht so tragisch, da Wencke und Silvie die ganze Sache gemeinsam durchgestanden hatten, würden sich ihre Worte nicht groß unterscheiden.

Als letztes Blatt der Akte fand sich nur noch eine magere Notiz:

Das von den Zeuginnen gefundene Boot war eines der roten Plastikruderboote, die im Sommer ausgeliehen werden können und derzeit zur Überwinterung auf der Terrasse des Schloßmühlencafés lagern. Die erste Leichenschau ergab, dass der Junge zum Zeitpunkt des Leichenfunds etwa seit fünf Stunden tot war. Äußere Verletzungen sind auf den ersten Blick nicht zu sehen, jedoch ist ein Loch in der Oberbekleidung (Durchmesser ca. 2 cm) in Höhe des Herzens zu erkennen, darunter wird eine Verletzung sichtbar, dies weist auf Gewalteinwirkung mit einem größeren, spitzen Gegenstand (eventuell Messer) hin. Näheres nach der gerichtsmedizinischen Untersuchung.

Die Texte konnten noch so sachlich formuliert sein, sie wühlten Wencke trotzdem auf. Die Kosian hatte recht damit, dass man die erste Leiche niemals vergisst. Als Wencke nach all den Jahren ihre eigene Aussage studierte, in der es um das Auffinden von Jan gegangen war, darunter ihre Unterschrift entdeckte, ganz ähnlich der heutigen Signatur, nur etwas runder und kleiner, da war sie froh, auf einem harten Holzstuhl zu sitzen, sonst wäre sie irgendwo in der Erinnerung versunken. Hätte wieder diese eiskalten Beine bekommen, mit denen sie im Charlottensee kaum noch einen Schritt vor den anderen hatte setzen können. Und dann gesellte sich die Angst dazu, etwas falsch zu machen, eine Chance auf Wiederbelebung verstreichen zu lassen oder elementar wichtige Spuren zu verwischen – es war zwanzig Jahre her, aber dieses Scheißgefühl kannte keine Halbwertszeit. Es drängte sich mit ganzer Kraft in Wenckes Bewusstsein. Sie arbeitete vehement dagegen an, indem sie Seite um Seite blätterte, las, blätterte. Als der Archivar schließlich wieder neben ihr auftauchte, erschrak Wencke, so sehr war sie in die Akten vertieft gewesen.

»Tut mir leid. Auch in Sachen Dorothee Mahlmann muss ich sagen: absolute Fehlanzeige.«

»Kann es sein, dass die restlichen Akten woanders gelagert werden?«

»Dann gäbe es einen entsprechenden Verweis.« Es war nicht zu übersehen, dass Wencke dabei war, die Hilfsbereitschaft des Archivars überzustrapazieren.

Trotzdem schaute sie ihn hartnäckig auffordernd an. Er stöhnte, nahm Wencke die Akte aus der Hand und blätterte darin herum. »Sie haben recht, das ist wirklich nicht viel. Aber ich kann da jetzt auch nichts aus dem Hut zaubern.«

»Können Sie mir eventuell sagen, ob einer der damaligen Polizisten heute noch hier in Osnabrück ist?«

Der Archivar gab einige Namen ein. PM Ricardo Fernandez – nichts, POK Andrea Geil – nichts. Aber KHK Hans-Jörg Pichler, der damals die Suchaktion geleitet und auch Wenckes Aussage aufgenommen und unterzeichnet hatte, war noch immer in Osnabrück, sogar im selben Haus, sogar gerade in diesem Moment. Unendlich erleichtert, doch etwas zur Zufriedenheit dieser impertinenten LKA-Frau beigetragen zu haben, nannte der Archivar ihr die Zimmernummer und wünschte viel Erfolg.

Pichler, der Kommissar von damals, war inzwischen zum Dienststellenleiter aufgestiegen und schien ein fotografisches Gedächtnis zu haben, denn er begrüßte Wencke, als wäre sie erst vor zwanzig Minuten mit ihrer Aussage zum Mordfall Hüffart fertig geworden und nicht vor zwanzig Jahren. »Sie sind kaum älter geworden«, fand er, und er war so ein Typ Mann, dem man dieses Kompliment abnahm. »Wie unser eifriger Mitarbeiter im Reich der tausend verstaubten Fälle mitteilte, sind Sie inzwischen beim LKA? Alle Achtung!«

Wencke reichte ihm die Hand. »Ich habe nach den Akten im Fall Jan Hüffart gesucht, aber nichts gefunden außer ein paar belanglosen Protokollberichten. Haben Sie eine Ahnung, wo der Rest der Unterlagen geblieben sein könnte?«

Er schien überlegen zu müssen, dann bot er ihr den Stuhl gegenüber seinem Schreibtisch an, lehnte sich in seinem Sessel zurück und legte seine Fingerspitzen aneinander, wie es sonst nur Spitzenpolitiker tun, die einen höchst konzentrierten Eindruck vermitteln wollen. »Was genau möchten Sie denn in Erfahrung bringen?«

Wenn Wencke das wüsste! Sie versuchte es mit einem sachlichen Einstieg: »Wie kam es damals zu Götzes Verhaftung? Welchem Hinweis sind Sie nachgegangen?«

»Haben Ihre Fragen etwas damit zu tun, dass dieser Mann neuerdings wieder auf freiem Fuß ist?«

Wencke umschiffte eine konkrete Antwort. »Ich werde heute Abend zu einem EU-Kongress nach Island fliegen. Ich habe vor, den Fall Frank-Peter Götze dort vorzustellen.«

Er lächelte etwas schief. »Na ja, interessant genug war Götze zweifelsohne.«

»Wissen Sie noch, welche Forderungen im Erpresserbrief gestellt wurden? Das Beweismittel war nämlich auch nicht in den Akten zu finden, noch nicht einmal ein Hinweis auf dessen Inhalt.«

»Es ging um ein Treuhandgeschäft. Einen Firmenverkauf in Sachsen.«

»Welches Interesse sollte Götze daran gehabt haben?«

»Götze stammte von dort und war so etwas wie der Wortführer einer Gruppe, die den Verantwortlichen damals Bestechlichkeit vorwarf. Ob zu Recht oder Unrecht, kann ich nicht beurteilen. Will ich auch gar nicht.«

»Und was genau wollte Götze?«

»Ich glaube, er wollte eine Art öffentliche Erklärung zu diesem Thema. Ein Schuldeingeständnis von Karl Hüffart, dass Schmiergelder gezahlt wurden. Aber so ganz genau weiß ich es nicht mehr, es schien mir damals nicht so wichtig.« Er sah aus dem Fenster, auch wenn da nichts zu sehen war außer einem trostlosen Parkplatz. »Mir ging es um das Kind. Um Jan. Und dass der für so eine erbärmliche Scheiße sterben musste, damit werde ich nie klarkommen.«

»Ich auch nicht«, sagte Wencke.

»Ich erinnere mich noch genau an Sie, wie Sie damals mitten in der Nacht vor meinem Schreibtisch gestanden und gezittert haben. Sie haben immer gesagt, das wäre wegen des kalten Wassers. Aber ich wusste, Sie waren fertig mit den Nerven. Der tote Junge auf dem Boot, Sie dachten, Sie könnten ihn retten, und haben alles gegeben. Dass es nichts gebracht hat, hat Sie fast verrückt gemacht. Sie waren so jung und so verzweifelt. Das hat mich damals sehr berührt.« Erst jetzt wandte er den Blick wieder ins Zimmer. »Ist es nicht so? Je länger wir in diesem Job sind, je öfter wir in Leichensachen ermitteln, desto weiter entfernen wir uns von dem, was wir anfangs werden wollten.« Er sprach aus, was Wencke in den letzten Tagen mehr als einmal gedacht hatte. »Sie wollen wissen, wie wir damals auf Götze kamen?«

Wencke nickte.

»Am darauf folgenden Nachmittag, ich schätze so gegen 18 Uhr, hatten wir erneuten Besuch. Eine junge Polizeischülerin der Akademie wollte eine Aussage machen. Sie hätte in der Nacht am Fundort der Leiche, zwischen einigen Sträuchern versteckt, einen Mann gesehen, der sich verdächtig verhalten hat. Und dieser Mann sei eindeutig ein gewisser Frank-Peter Götze gewesen.«

»Das kann nicht sein.« Wencke schüttelte den Kopf. »Ich war doch selbst da im Schlosspark und habe gemeinsam mit Silvie den Jungen aus dem See geborgen. Da waren nur wir beide und sonst niemand. Das war ja fast das Schlimmste in dem Moment, dass wir allein auf uns gestellt waren und entscheiden mussten, was richtig oder falsch ist.«

Er räusperte sich. »Die junge Zeugin von damals ...«

»Ja?«

»Sie ist inzwischen mit dem verwitweten Vater des Jungen verheiratet. Ich spreche von Silvie Hüffart.« Man sah ihm an, dass er sich unwohl fühlte in seiner Haut, als er die Sache noch weiter auf den Punkt brachte, und zwar unmissverständlich: »Es war Ihre Freundin Silvie, die damals in unserem Büro auftauchte und Frank-Peter Götze zum Hauptverdächtigen machte.«

»Ach, und was ist dann passiert?«
Er zuckte mit den Schultern. »Keine Ahnung. Direkt nach dieser Aussage wurde mir der Fall von den Osnabrücker Kollegen regelrecht aus den Händen gerissen.«

[13. Juni, 18.05 Uhr,
Eingangshalle Flughafen Münster-Osnabrück]

»Achtung, eine Sicherheitsdurchsage an alle Passagiere: Bitte lassen Sie kein Gepäckstück unbeaufsichtigt stehen. Attention, this is a security information ... «

Frankie verstand nur den deutschsprachigen Teil der Durchsage, der Rest war für ihn Kauderwelsch und sorgte dafür, dass er sich mal wieder wie ein Idiot fühlte. Er befand sich in der monströs großen Abfertigungshalle, in jeder Hand eine Tasche, und war unfähig, einen Schritt weiterzugehen. Er kämpfte gegen dieses beschissene Gefühl: Wenn du nämlich zwanzig Jahre im Knast gesessen hast, kommst du einfach nicht mehr mit und glaubst, dass sich die Welt in der Zeit einfach eine Nummer zu schnell gedreht hat. Was alle heil überstanden haben, bloß dir wird schwindelig und kotzübel dabei. Von hier gingen Flüge nach Mallorca, Gran Canaria, über den ganzen Globus, aber Frank-Peter Götze klebte am Boden fest.

Dabei war der Flughafen Münster-Osnabrück wahrscheinlich ein Winzling: Alle Schalter waren auf einen Blick überschaubar und nur an zweien standen eine Handvoll Passagiere mit Kindern, Koffern und Reisefieber, die laut Anzeigetafel nach Kreta fliegen wollten.

Neben der Treppe, die nach oben führte, sah er sie dann stehen: Wencke Tydmers. Sie winkte ihm zu, sonst hätte er sie vielleicht gar nicht erkannt. Damals war sie ihm scheißegal gewesen, irgendein Mädchen, neben Doro sowieso unsichtbar, in der

Erinnerung war sie ihm noch kleiner vorgekommen, als sie es nun tatsächlich war.

»Hallo Frankie.« Sie vermied es, ihm die Hand zu geben, und es war offensichtlich, dass sie sein Äußeres abschreckend fand. Er wusste, er sah scheiße aus, mager und müde, als hätte er seit Wochen keinen Schlaf bekommen und den Sommer draußen bislang verpasst. Vielleicht verlernst du im Knast das Leben. Wenn niemand mehr sagt, jetzt ist Schlafenszeit oder jetzt ist Hofgang, bleibst du eben die ganze Zeit hellwach in der Bude hocken.

Er streckte seine Hand fordernd aus. »Hast du mein Ticket?« Seine Adern lagen in Strängen unter seiner Haut und sie beglotzte sein Tattoo auf dem Oberarm, der Reichsadler am Galgen hängend. »Geil, oder? Im fünften oder sechsten Jahr hinter Gittern von einem Bruder gestochen, zwei Wochen Arbeit plus Blutvergiftung.«

»Wollen wir nicht erst einen Kaffee trinken? Der Schalter ist sowieso noch geschlossen.«

»Mein Ticket!« Er sagte das nicht unfreundlich, nur kurz vor unfreundlich. Schon das kostete ihn einiges, denn er war wahnsinnig wütend auf diese Frau. Wäre sie ihm heute Morgen begegnet, nachdem er stundenlang sein Ticket gesucht, irgendwann die fette Vermieterin aus dem Bett geschmissen und dann von diesem Besuch in seiner Wohnung erfahren hatte, er hätte Wencke Tydmers an Ort und Stelle gekillt.

»Ja, ich habe dein Ticket, Frankie. Und keine Angst, ich werde es dir gleich aushändigen. Aber jetzt bist du mir eine Erklärung schuldig, was diese ganze Scharade hier soll.«

»Scharade?« Er zog ein schlaffes Päckchen Tabak aus seiner Gesäßtasche und rollte sich eine Zigarette. »Ich habe keine Ahnung, was du damit meinst.«

»Hör auf mit den Spielchen, Frankie. Du planst doch irgendetwas. Schickst Fotos und kopierte Notizen an mich, fährst nach Island, weil du irgendwie herausgefunden hast, dass ich in dieser Woche dort anwesend bin ...«

»Ach, du fliegst auch dahin?«

»Wir sitzen sogar nebeneinander!«

Er ließ sein Feuerzeug aufflammen.

»Hier ist Rauchverbot«, klärte Wencke ihn auf.

»Mein Gott, was hat sich die Welt während der letzten zwanzig Jahre in einen Scheißhaufen verwandelt.« Er hielt das Feuer an das Ende seiner Selbstgedrehten und zog. Die junge Frau vom Mietwagenservice schaute vorwurfsvoll zu ihnen herüber. Die konnte ihn mal.

»Antworte mir endlich!« Alle Achtung, es gelang Wencke, sich zu beherrschen, als er ihr den Qualm provokant ins Gesicht blies. »Was hast du vor?«

»Ich bin seit ein paar Wochen ein freier Mann. Wann war ich das schon mal? Wenn du in der DDR groß geworden und fünf Jahre nach dem Ende des Arbeiter- und Bauernstaates von der ach so demokratischen BRD in den Knast gesteckt worden bist, bedeutet das auf gut Deutsch die erste Gelegenheit, die Welt ein bisschen kennenzulernen. Also fliege ich einfach mal für ein paar Tage nach Island.«

»Und weiter?«

»Nichts weiter!«

»Das glaube ich dir nicht. Du wusstest doch genau, dass ich mit an Bord bin. Dass ich sogar den Sitzplatz neben dir habe.«

»So? Wusste ich das?« Er gab sich Mühe, amüsiert zu gucken, was ihm wahrscheinlich mal wieder gründlich misslang. Auf seinem Gesicht waren positive Gefühlsregungen nicht gut aufgehoben. Die letzten Jahre hatten ihm einfach die falschen Falten auf die Haut geworfen. »Wenn du es genau wissen willst: Ich hab die Reise sozusagen gewonnen.«

»Gewonnen? Quatsch! Wobei denn? Du bist doch nicht

der Typ, der das Kreuzworträtsel in der Apothekenumschau löst.«

»Das Ticket lag in einem Umschlag in meiner Post. Du hast den Brief doch selbst aus meiner Wohnung geklaut.«

»Jetzt erzähl mir aber nicht, dass du auch Gast beim EU-Symposium bist?«

»Was redest du da! Als ob ich Bock hätte, mit irgendwelchen Lackaffen zu verreisen. Nein, ich habe keine Ahnung, von wem das Ticket bezahlt wurde.« Das stimmte sogar.

»Und dann sitzen ausgerechnet wir beide nebeneinander?«

»Zufall!«

»Du findest ein Flugticket in deiner Post und bist kein bisschen skeptisch? Hör doch auf!«

»Wie heißt der Spruch mit dem geschenkten Gaul?«

»Ich glaube dir kein Wort! Schon als ich das Foto zum ersten Mal in den Händen hielt, war mir klar, dass du dahinterstecken musst.«

»Wovon redest du eigentlich die ganze Zeit, verdammt noch mal?«

Wencke zog etwas aus ihrem Rucksack und reichte es ihm. Ein uraltes Foto. Er erkannte Doro, die mit Kugelschreiber eingekreist war, und hätte sich am liebsten gekrümmt. Erinnerungen wie diese stechen dich direkt dahin, wo es wehtut.

Das sollte Wencke nicht bemerken, das durfte niemandem auffallen. Sein Schmerz ging nur ihn etwas an. »Man könnte doch sagen, das ist alles reiner Zufall. Oder Schicksal. Hallihallo, so sieht man sich wieder.« Er stellte pantomimisch eine überzogene Begrüßung dar, küsste links und rechts in die Luft, machte einfach ein Mordstheater, die Spießer in der Warteschlange nach Kreta guckten schon irritiert.

»Das glaubst du doch selbst nicht, Frankie!«

»Während du dich in den Jahren immerhin bis zum LKA raufgeschleimt hast und Silvie diesen alten, korrupten Sack geheiratet hat, der es vorzieht, sein Gehirn auf Durchzug zu stellen, damit er sich an den ganzen Horror nicht erinnern muss, den er verzapft hat«, er zog an seiner Zigarette und seine zitternden Finger verrieten leider, wie aufgewühlt er in Wirklichkeit war, »während dieser ganzen Zeit habe ich hinter Gittern gesessen. Und Doro liegt knapp zwei Meter unter der Grasnarbe. Hey, es war klar, dass das Schicksal uns noch mal zusammenführen würde, oder nicht? Das ist nur fair.«

»Welchen Horror hat Hüffart verzapft? Darf ich dich daran erinnern, dass du seinen einzigen Sohn ermordet hast?«

»Ich war das nicht, das habe ich immer gesagt!«

»Und wer steckt deiner Meinung nach dahinter?«

»Na, wer wohl!«

»Die Treuhand? Das glaubst du doch selbst nicht.« Sie tippte sich an die Stirn. »Okay, Doro hat immer darauf bestanden, dass du unschuldig bist. Sie hat behauptet, dass etwas vertuscht werden sollte und man sie deswegen unter Druck gesetzt hat.«

»Und? Hat dich das denn überhaupt nicht neugierig gemacht?« Er schaute sie durchdringend an. »Wencke, Wencke! Wie fühlt man sich, wenn einem das nach so langer Zeit klar wird, dass man eine Freundin derart hat hängen lassen, hä?«

»Man fühlt sich mies«, gab sie zu. »Ich müsste lügen, wenn ich behaupten würde, dass ich damals etwas von Doros Vermutungen mitbekommen hätte. Heute würde ich vielleicht genauer hinschauen, kritischer hinterfragen, hellhöriger sein. Aber es liegen eben einfach ein paar Jahre dazwischen, in denen ich kapiert habe, dass Gut und Böse manchmal teuflisch schwer voneinander zu unterscheiden sind.«

Blöde, selbstgerechte Kuh. »Und was fängst du mit dieser Erkenntnis an?«

»Ich werde herausfinden, was damals passiert ist. Das bin ich Doro schuldig.«

»Bravo! Dann haben wir ja dasselbe Ziel.«

»Wir hatten damals keine Ahnung, worum es bei der Entführung eigentlich ging. Es hieß, du hättest politische Forderungen gestellt, damit Jan wieder freigelassen wird. Aber was genau du bezweckt hast, darüber hat die Öffentlichkeit nie etwas erfahren.«

»Hüffart war damals im Vorstand der Treuhand. Einer von denen, die unser Land auf dem Grabbeltisch verscherbelt haben. Unter anderem die Kreuma-Werke, wo schon mein Vater gearbeitet hat. Sollte einfach so an einen kapitalistischen Megakonzern aus den USA verkauft werden, mit allem Drum und Dran. Wir haben natürlich versucht, das Schlimmste zu verhindern. Die hatten damals Schiss vor uns, weil wir so verdammt hartnäckig waren. Und verdammt entschlossen.«

»Aber die Sache mit Jan hast du doch alleine durchgezogen. Bis ganz zum Schluss, bis zum Mord.«

Seine Handflächen begannen zu kribbeln. Das kannte er aus dem Knast. Immer, wenn die anderen ihn als Kindermörder fertigmachen wollten, lief eine glühend heiße Ameisenarmee über seine Haut und gab erst Ruhe, wenn er zuschlug. So weit konnte er es hier schlecht kommen lassen, die würden ihn gleich packen und mitnehmen. Aber er hatte nicht übel Lust, diese Klugscheißerin am Kragen zu packen und durchzuschütteln. Die hatte doch keine Ahnung!

»Du hast Doro damals gesagt, dass es überhaupt nicht um die Fabrik geht, sondern um eine Formel.«

»Woher weißt du davon?«

»Mir liegen inzwischen drei Schriftstücke aus Doros Feder vor, darin hat sie euer Gespräch erwähnt.«

Er schnappte nach Luft. Was Wencke da erzählte, war ein verdammter Brocken. »Wie lange dauert der Flug, dreieinhalb Stunden? Wenn wir nebeneinandersitzen, hab ich ja Gelegenheit, dir die Sache mal zu erklären. So, wie sie wirklich ist, und nicht der verquirlte Dünnschiss, den Hüffarts Leute daraus gemacht haben.«

Eine uniformierte Frau kam die Treppe herunter, ein Funkgerät in der Hand, wahrscheinlich war sie vom Mietwagenmädchen gegenüber alarmiert worden, dass sich hier jemand dem Nichtraucherschutzgesetz widersetzte. »Würden Sie bitte sofort die Zigarette ausmachen!« Sie zeigte auf das mehrsprachig gehaltene Schild in ihrer Nähe. Rauchen verboten hieß auf Isländisch *reykingar bannaðar*.

»Sind doch nur noch drei Züge«, antwortete Götze gelassen.

»Sofort!«, sagte die Flugplatzpolizistin. »Oder Sie verlassen das Gebäude. Draußen gibt es deutlich gekennzeichnete Raucherbereiche.«

Er zog drei Mal hintereinander hastig an seiner Zigarette, warf das Ding auf den Steinboden und trat die Glut aus. »Besser so?«

»Heben Sie das auf!«

»Haben Sie hier keinen Reinigungsdienst?«

»Ich kann auch gern Verstärkung holen und Sie bis zur Überprüfung Ihrer Personalien in ein ziemlich enges und zudem beaufsichtigtes Büro bringen lassen. Aber dass Sie dann Ihren Flug noch bekommen, kann ich nicht garantieren.« Sie schaute ihn an, wahrscheinlich hatte sie diesen autoritären Blick von einem Wie-werde-ich-endlich-mal-ernst-genommen-Training mitgebracht. »Es wäre also vernünftiger, dass Sie sich kurz bücken, die Kippe aufheben und sie zum Aschenbecher nach draußen tragen, damit wir die Sache ganz schnell vergessen.« Ein Sicherheitsmann nahm Blickkontakt auf und näherte sich von den Check-in-Schaltern, er hatte seine Hand auf dem Gürtel, an dessen Seite sich eine Dienstpistole befand. Was für ein Riesenärger wegen einer blöden Zigarette!

Doch dann wurde die Aufmerksamkeit aller auf etwas anderes gelenkt: Die Glastüren des Haupteingangs schoben sich auseinander und ein Pulk Journalisten und dunkel gekleideter Männer quoll in die Halle. Letztere schauten sich um wie ein Sondereinsatzkommando, einige trugen sogar affige Sonnenbrillen, als würden sie in einem Agententhriller mitspielen. Der seltsame Knoten aus Bodyguards und Paparazzi ließ kaum einen Blick zu, wen oder was es eigentlich in der Mitte so wichtig zu beschützen galt. Sie bewegten sich langsam auf den hinteren Schalter zu, der in der Zwischenzeit vom Bodenpersonal besetzt worden war. *Check-in nach Reykjavik jetzt*, blinkte auf dem Display darüber. Drei schlanke Mädels im lilafarbenen Dress der Airline bewegten sich übertrieben lächelnd auf den Tross zu. Wer flog denn da noch mit ihnen? Arschgesicht George Clooney, oder was?

Irgendwann lockerte sich die Deckung und der Passagier wurde erkennbar. Kein Schauspieler, kein Sänger, kein Fußballstar: Da saß ein Krüppel zusammengekauert in einem Rollstuhl, geschoben von einer drallen Blondine im grauen Kostüm, die ihre Augen hinter einer divenhaften Sonnenbrille versteckte und ihren Hals mit einer mehrreihigen Perlenkette behängt hatte.

Jetzt liefen die brennenden Ameisen an seinen Armen hinauf bis zum Hals und über das Gesicht. »Das glaub ich nicht«, stammelte er. »Verdammte Scheiße, Wencke, wenn ich gewusst hätte, dass ausgerechnet er ... « Er würde gleich ausflippen, verdammt noch mal, das war zu viel! Der Anblick von Karl und Silvie Hüffart zog ihm den Boden unter den Füßen weg und er ließ sich auf die Treppenstufe sinken, direkt neben den Zigarettenstummel. Die Welt schleuderte ihn gerade komplett aus ihrer Umlaufbahn.

»Wir fliegen alle vier nach Island«, flüsterte Wencke. »Alle sind dabei. Nur Doro fehlt. Und wenn du es nicht bist, der hier Schicksal spielt, wer verdammt noch mal ist es dann?«

[13. Juni, 21.20 Uhr, Flug LH 2307, 11234 m über NN,
49° 25′ N, 2° 20′ W]

Ob die Sitze der Businessclass bequemer waren als die engen Bänke in der siebten Reihe? Wencke würde es nicht so bald herausfinden, denn der gesamte vordere Bereich des Airbus A319 war durch einen schweren, dunkelvioletten Samtvorhang abgesperrt worden. Karl Hüffart und Frau wollten unbehelligt reisen. Die wichtigen Bodyguards, die vorhin am Flughafen für genügend Aufsehen gesorgt hatten, saßen nicht mit im Flieger. Es würde Wencke nicht wundern, wenn die nur als Showeffekt dazugebucht worden waren. Silvie hatte den Eindruck gemacht, den großen Auftritt regelrecht zu genießen.

Vorhin, beim Anbordgehen, hatte Wencke durch die gläserne Gangway einen weiteren Blick auf Silvie werfen können. Schlank war sie nie gewesen und heute, mit Anfang vierzig, trugen die breiten, von einem offensichtlich auf den Leib geschneiderten Kostüm verhüllten Hüften maßgeblich dazu bei, dass Silvie in Island eher nicht mit einer der dort lebenden Elfen verwechselt würde. Der ehemals so mächtige – und nun so schmächtige – Karl Hüffart musste vermutlich im Ehebett höllisch aufpassen, nicht aus Versehen unter seine Gattin zu rutschen, sonst wäre es aus mit ihm. Aber wahrscheinlich hatten die beiden ohnehin getrennte Schlafzimmer. Wencke hatte nie daran geglaubt, dass dieses Paar aus leidenschaftlicher Liebe zusammengefunden hatte. Aber was waren sie dann? Ex-Staatsmann und Assistentin? Oder eher Patient und Pflegerin?

Nun saßen Wencke und Götze direkt hinter ihnen, sahen zwar nichts wegen des Vorhangs dazwischen, hörten aber beinahe jedes Wort, das im Separee gewechselt wurde.

»Ich würde jetzt dann gern nach Hause gehen.« Diese leise, brüchige Stimme musste dem ausrangierten Spitzenpolitiker gehören.

»Ist nicht mehr lang«, antwortete Silvie. Eine glatte Lüge, denn das Flugzeug hatte erst vor einer guten halben Stunde abgehoben und befand sich gerade mal über dem Ärmelkanal. Wencke schaute aus dem kleinen Fenster und wurde von der immer tiefer stehenden Sonne geblendet. Goldgelbes Licht spiegelte sich an einigen Stellen in der sommerlich ruhigen Nordsee.

Götze, der so dicht neben ihr saß, dass es nur schwer zu ertragen war, schwieg seit der überraschenden Begegnung in der Check-in-Halle. Schwieg und schwitzte. Man sah ihm an, dass er die Situation kaum aushielt. Damit, dass er ihr wie versprochen während der Flugreise etwas über seine damalige politische Motivation erzählen würde, war eher nicht zu rechnen. Wäre auch keine gute Idee, denn wenn sie in der Lage waren, dem Gespräch zwischen den Eheleuten Hüffart zu lauschen, würden die beiden umgekehrt auch jedes Wort verstehen. Ob Karl Hüffart damit etwas anzufangen wüsste, war mehr als fraglich. Silvie hatte jedenfalls bislang noch keinen Schimmer, wer da dicht hinter ihr saß – und das war auch gut so.

»Ich würde jetzt dann gern nach Hause gehen.«

»Ist nicht mehr lang.«

Würde sich dieser Dialog bis Reykjavik jede zweite Minute wiederholen? Verdammt, wo war der Notausstieg? Wencke hatte das Gefühl, in einer Pfütze zu sitzen, so klebrig schmiegte sich der Sessel an ihre Jeans. Die Stewardessen machten ihre erste Runde, servierten Getränke und Tageszeitungen für jeden Geschmack. Götze lehnte beides mit trotziger Geste ab, Wencke wählte einen Beuteltee und aus lauter Verzweiflung die Bild-Zeitung. Auf mehr konnte sie sich in diesem Moment nicht konzentrieren.

Die Sorge, in was für eine Sache sie hier geradewegs reinschlitterte, setzte ihr zu. Wer oder was erwartete sie, wenn sie erst mal auf Island gelandet war? Alles, was in den letzten achtundvierzig Stunden geschehen war, schien zu einer Art Masterplan zu gehören. Seitdem Wencke sich auf ihrem Küchenboden ausgestreckt und diesen Brief unter dem Kühlschrank hervorgefischt hatte, schien es, als sei ihr Handeln fremdbestimmt. Wencke wurde schlecht bei dem Gedanken, also zwang sie sich zum Lesen.

Die Bild-Zeitung hatte einen mäßig spannenden Aufmacher: *Deutschland, wie wird deine Zukunft?* Eine Handvoll ausrangierter Prominenter äußerte sich zur Währung, zum Bildungssystem, zur Klimaerwärmung. Kalendermäßig war noch Frühling, aber in der Boulevardpresse machte sich anscheinend bereits das Sommerloch breit. Dann weckte das eher unscheinbare Statement zwischen einem Ex-Sternekoch und einer Ex-Operndiva Wenckes Interesse. Das eindeutig mit einem leistungsfähigen Bildprogramm aufgemotzte Porträt zeigte einen kernigen Senior, braun gebrannt, in hellgelber Strickjacke und mit klarem Blick. Unterschrieben war das Foto mit *Karl Hüffart (73), ehemaliger Parteivorsitzender und Mitgestalter der deutschen Einheit:* »*Ehrlichkeit, Mut und Loyalität sind die Eckpfeiler, auf die unsere Demokratie bauen kann. Wir müssen unsere Kinder dazu anhalten, an diese Tugenden zu glauben.*«

»Ich würde jetzt dann gern nach Hause gehen«, jammerte derselbe Mann keine zwei Armlängen entfernt. Dieser Mensch sollte derart ausgefeilte Worte über die Eckpfeiler der Demokratie von sich gegeben haben?

»Ist nicht mehr lang«, kam prompt wieder die Antwort. Aus Silvies Stimme war keine Ungeduld herauszuhören, eher die Art von mangelnder Aufmerksamkeit, die manche Mutter ihrem Kind im lästigen Fragealter zukommen lässt.

»Aber ich will jetzt wirklich sehr gern nach Hause.«

»Wir sind ja bald da.«

Anscheinend war selbst dem dementen Hüffart das Gespräch inzwischen zu eintönig, denn er variierte das Thema.

»Was machen wir hier eigentlich?«

»Wir fliegen nach Island.«

»Wen besuchen wir denn?«

»Es ist eine Dienstreise, Karl.«

Wencke bemerkte, wie sich Götzes Körper neben ihr anspannte. Er griff nach der Zeitung. Wahrscheinlich hatte er gerade das Zitat entdeckt.

»Wen besuchen wir denn?«, wiederholte Hüffart.

Keine Antwort.

Stattdessen schien Götze seine Stimme wiedergefunden zu haben. »Der Arsch soll noch eine Silbe sagen, was wir unseren Kindern beizubringen haben«, knurrte er und ballte seine Faust, sodass die untere Hälfte der Zeitung zu einem Ball gepresst wurde. »Er hat seinen Sohn auf dem Gewissen. Seinen eigenen Sohn. Da kann er nicht über Ehrlichkeit, Mut und Loyalität faseln. Hüffart ist der Letzte, der weiß, was das ist.«

»Karl Hüffart ist dement, Frankie«, flüsterte Wencke und zeigte auf den noch nicht zerquetschten Teil der Zeitung. »Was da steht, stammt ganz sicher nicht aus seiner Feder.«

»Wen besuchen wir denn?«, fragte die inzwischen weinerliche Stimme. »Ich würde nämlich jetzt eigentlich viel lieber wieder nach Hause gehen!«

»Ist nicht mehr lang.«

»Besuchen wir Jan?« Der alte Mann war auf einmal ganz aus dem Häuschen, man hörte ihn lachen.

»Es ist eine Dienstreise, Karl.«

»Besuchen wir Jan?«

Genervtes Seufzen: »Ja, okay, wir besuchen Jan.«

»Ich möchte mit Jan spielen!«

»Halts Maul!« Götzes Faust schnellte plötzlich nach vorn und traf die Lehne des Vordersitzes mit voller Wucht.

»Hör auf, Frankie!«, zischte Wencke. Sie schaute ihren Sitznachbarn an. Nackte Aggression hatte sein Gesicht rot gefärbt und man sah seine Kiefermuskeln arbeiten. Hier, in elftausend Metern Höhe, drohte gleich ein Schwerverbrecher zu explodieren. »Was ist denn los?«

»Ich will nicht in der Nähe von diesem Monster sitzen. Es macht mich wahnsinnig. Ich muss weg hier!«

»Wir sind in einem Flugzeug«, erwähnte Wencke unnötigerweise.

Hart umfasste Götze Wenckes Arm. »Manchmal muss man einfach raus. Das kannst du nicht verstehen. Du warst nie eingesperrt auf acht Quadratmetern!«

Die Stewardess schob gerade wieder ihr Wägelchen durch den Gang und bemerkte sofort, dass etwas nicht stimmte. »Kann ich Ihnen behilflich ...«

»Schmeißen Sie das Arschloch raus!«, unterbrach Götze.

»Entschuldigen Sie ...«

»Hüffart! Wenn Sie ihn nicht rausschmeißen, dann tu ich es!« Seinen freien Arm schwenkte Götze im weiten Bogen durch die Luft und riss dabei zwei Tetrapacks vom Servierwagen.

Der Passagier in der Nebenreihe links – zum Glück ein eher ruhiger Vertreter – musste sich einen halben Liter Apfelsaft von der Hose wischen. »Halb so schlimm«, versicherte er und schickte ein charmantes Lächeln in Wenckes Richtung. »Hat ja noch Zeit zum Trocknen.« Wahrscheinlich ein Isländer, dachte Wencke, blond, bärtig, blauäugig, und die bleiben doch angeblich immer total locker, zumindest laut Beschreibung von Wenckes Mutter.

Götze machte Anstalten, sich zu erheben, dabei rieb er seine Arme aneinander, als jucke es ihn am ganzen Körper. »Ich halte das nicht aus!«

»Reiß dich zusammen, Frankie, die denken sonst noch, du bist geisteskrank!«

Aber Wenckes Ermahnungen waren völlig zwecklos, Götze

hielt sie weiterhin fest am Arm und wirkte, als sorge eine Portion Starkstrom für absolut ungesunde Energie. »Dann bin ich eben geisteskrank, gestört, ein Psychopath! Mir doch scheißegal. Alles, was ich bin, ist Hüffart in dreifacher Ausführung ...« Jetzt erhob er sich tatsächlich und stand schief zwischen den engen Sitzen.

Der Blick der Stewardess flog hilfesuchend über die Köpfe der anderen Passagiere hinweg, dann schob sie den Vorhang auseinander und bat einen der Businessclass-Stewards um Verstärkung. »Wir haben hier Probleme mit einem Passagier ...«

Mit einem Ruck stand Götze neben der Flugbegleiterin. Wencke hatte er mit sich gerissen, als wäre sie bloß eine Verlängerung seines rechten Arms. Woher nahm der dürre Kerl auf einmal diese Kraft? »Lassen Sie mich zu ihm!«, fauchte er und Wencke konnte sehen, dass sein Speichel das Revers der violetten Uniform bekleckerte. »Wenn Sie mich zu Hüffart lassen, wird Ihnen nichts passieren, okay?«

Inzwischen bekamen die Reisenden ringsherum mit, dass etwas aus dem Ruder lief, kurze Rufe waren zu hören. Ein Mann meinte, die Situation entschärfen zu können, indem er sich erhob und einen militanten Ton anschlug: »Reißen Sie sich doch mal am Riemen!« Dabei schob er bereits seine Anzugärmel nach oben, als gäbe es gleich einen Nahkampf zu bewältigen. Seine neben ihm sitzende Frau zog ihn jedoch wieder auf den Platz. Besorgte Blicke trafen Wencke, und erst da wurde ihr bewusst, dass Götze sie hielt, als wäre sie seine Geisel. Sie versuchte sich zu befreien, da drehte Götze sich so plötzlich herum, dass ihr keine Sekunde zur Gegenwehr blieb. Jetzt lag sein Unterarm eng an ihrem Hals und er zwang Wencke, sich ins Hohlkreuz zu biegen. Sollte sie sich nur einen Zentimeter rühren, drosselte das die Luftzufuhr.

»Lassen Sie mich zu Hüffart durch oder ich mache sie kalt!«

Die Stewardess hatte ein Funkgerät an den Lippen und gab

irgendeinen Code ans Cockpit durch. Wencke hatte keine Ahnung, zu welchen Maßnahmen die Crew eines Linienfluges in solchen Momenten griff. Hielten sie zwischen Tomatensaft und eingeschweißten Sandwiches eine Beruhigungsspritze parat, die durchgeknallte Passagiere aus den Schuhen riss? Oder planten sie eine Notlandung? Der Blick durchs Fenster zeigte, dass sie inzwischen die britische Küste erreicht hatten. Sollte Götzes Flug in London zu Ende sein?

Hätte sie Luft und zudem die Möglichkeit, ihre Stimmbänder zu nutzen, würde sie auf ihn einreden, er solle es lassen, der alte Mann da jenseits des Vorhangs sei es nicht wert, die neue Freiheit aufs Spiel zu setzen. Doch der Würgegriff machte Wencke stumm, sie konnte nur hoffen, dass Götze selbst möglichst bald kapierte, wie hirnverbrannt er sich gerade benahm.

Endlich tauchten zwei Männer im vorderen Gang auf, sie schienen beide zum Bordpersonal zu gehören. Zwischen ihnen erschien Silvies bleiches Gesicht.

»Ich kenne diesen Kerl!«, schrie sie und zeigte auf Götze wie eine Hundebesitzerin, die gleich »Los! Fass!« kommandieren würde. Tatsächlich wagten die beiden Stewards einen Schritt nach vorn.

Götzes Arm drückte hart gegen Wenckes Kehlkopf, das Blut begann sich an ihren Schläfen zu stauen, die zu pochen begannen, er schien es wirklich drauf ankommen zu lassen. Wencke merkte, dass ihr Blick zunehmend verschwamm. Luft, um Himmels willen, sie brauchte Luft! Doch sein Griff wurde enger.

»Sie müssen ihn festnehmen. Er ist ein Mörder! Er hat den Sohn meines Mannes umgebracht!«, kreischte Silvie.

»Schnauze!«, schrie Götze. »Ich bin unschuldig!« Wencke fühlte, gleich würde die Sache hier eskalieren – und sie war die Erste, die es zu spüren bekam. Jetzt schon! Ihr Körper arbeitete auf Hochtouren, setzte alles daran, nicht zu ersticken. Aber Götze machte erbarmungslos weiter. »Der Mann da vorne ist ein Mörder! Was hat er mit Jan gemacht, hä? Kann mir mal jemand sagen, warum der Junge sterben musste?«

Die Menschen an Bord blieben seltsam still, man hörte nur die Triebwerke dröhnen. Natürlich hatten sie alle Angst. Wer wusste schon, ob der Mann nicht doch eine Waffe dabeihatte? Eine Bombe im Gepäck? Er war schließlich ein Mörder, der würde schon wissen, wie man so etwas durch die Sicherheitsschleusen schmuggelte. »Lasst mich zu Hüffart. Nur er und ich! Jetzt! Sofort!«

»Wenn Sie nicht sofort Platz nehmen und sich beruhigen, werden wir Sie ausboarden!«, teilte einer der Stewards betont ruhig mit.

»Ausboarden? Was soll der Scheiß?«

»Wir werden eine Zwischenlandung machen und Sie dort aussteigen lassen. Das Bodenpersonal wird sich dann Ihrer annehmen.«

»Laber mich nicht voll, du Arsch«, brüllte Götze und drängelte sich in den Gang, die taumelnde Wencke im Schlepptau.

»Setzten Sie sich wieder hin und trinken Sie erst einmal einen Tee zur Beruhigung«, schlug der Flugbegleiter allen Ernstes vor.

»Ich werde mich beruhigen, sobald ich die Gelegenheit hatte, diesem alten Sack da vorn die Fresse zu polieren!«

Silvies Stimme bekam einen hysterischen Klang: »Tun Sie endlich was!«

Götze brodelte. So fest hatte er Wencke an sich gepresst, dass sein rasender Herzschlag an ihrem Rücken vibrierte. Bitte, dachte sie, hör doch auf! Du hast eh keine Chance. Niemand nimmt Rücksicht auf Wahnsinnige, die in einem voll besetzten Flugzeug randalieren und einem Haufen unschuldiger Leute Todesangst einjagen. Sie werden dich niederstrecken.

Aber Götze bemerkte nichts von Wenckes tonlosem Flehen, stattdessen stürzte er vorwärts, stieß Silvie dabei rabiat zur Seite, sodass sie gegen den Trennvorhang fiel und den Samt beim Versuch, sich vor einem Sturz zu schützen, mit zu Boden riss. Der Sitznachbar zur linken Seite half ihr wieder auf, versuchte sogar, Silvie zu beruhigen. Da war er leider der Einzige weit und breit. Denn jetzt war es nicht mehr still, jetzt heulte ein kleines Mädchen in Reihe acht, jetzt forderten drei Männer, man solle doch endlich was tun, jetzt schrie eine Dame aufgelöst um Hilfe. Auch die Passagiere der Businessclass hielt nichts mehr auf ihren Sitzen. Wencke registrierte gerade noch, dass einige sich hinter ihren Lehnen versteckten, andere in eine Art Angriffsposition übergegangen waren. Dann zogen von links und rechts schwarze Wände in ihr Blickfeld, es war so weit, die Sinne verabschiedeten sich. Ihr wurde übel; wenn sie nicht gleich Luft bekam, wäre es aus. Luft!

Das Letzte, was sie schemenhaft erkennen konnte, war ein alter Mann direkt vor ihnen, der erstaunt aufblickte, weil die dunkle Gardine ihn nicht mehr vom Rest der Welt abschnitt, und seelenruhig lächelte. »Ja bitte?«

Damit entwaffnete er Götze schneller, als jeder andere es vermocht hätte. Dieses harmlose, fast freundliche »Ja bitte« ließ Götzes Muskeln weich werden, bis seine Arme herabfielen und Wencke sich lösen konnte, als wäre nichts geschehen. Sie ließ sich zu Boden sinken. Die ersten Atemzüge schmerzten geradezu in der Kehle und der ersehnte Sauerstoff sorgte für ein Gewitter in ihrem Schädel. Erst als ihr fremde Hände eine Atemmaske überstülpten, war sie in der Lage, wieder einigermaßen regelmäßig Luft zu holen. Gegen die Übelkeit kämpfte sie weiterhin an. Säure ätzte an ihrem trockenen Gaumen.

Nur mit halbem Bewusstsein nahm sie wahr, dass die Flugbegleiter aus dem Nirgendwo ein Paar Handschellen gezaubert hatten, die Götze sich widerstandslos anlegen ließ, bevor sie ihn abführten. Jemand half Wencke, sich im Gang aufzusetzen.

Karl Hüffart hatte kaum Falten im Gesicht und schaute so

offen und angstfrei aus den mattblauen Augen wie ein Kind, das noch nicht weiß, wie gefährlich das Leben sein kann. »Wir können jetzt leider noch nicht nach Hause«, klärte er Wencke auf. »Tut mir leid. Wir müssen nach Island. Dort spielen wir mit Jan!«

Skuld

[... noch vier Tage ...]

Alles, was man tut, löst eine Reaktion aus. Die Welt lässt sich berechnen. So einfach ist das.

Wenn man ein Kabel manipuliert und die Sicherung außer Kraft setzt, wird es brennen.

Wenn man vier Menschen, die seit Jahren eine gemeinsame Erinnerung verdrängen, auf engem Raum zusammenbringt, wird es ebenfalls brennen.

Wenn man in der Vergangenheit Schuld auf sich geladen hat, wird man dafür zur Rechenschaft gezogen werden, irgendwann. Spätestens in Hel, dem Totenreich, wird man in Flammen vergehen. Am Ende brennt es immer.

Alles basiert auf den Naturgesetzen, das Leben unterliegt einer unabänderlichen Kausalität, das habe ich längst begriffen.

Nur dass auf Island die Erde zu beben beginnt, gerade jetzt, während die Nornen die Insel betreten, damit hätte ich nie rechnen können.

Das Zittern der Seismografen wird sich in den nächsten Tagen steigern, schon jetzt malt es Reißzähne auf das Millimeterpapier. Unter unseren Füßen gerät die Welt aus den Fugen, die Kontinentalplatten werden nie zur Ruhe kommen. Europa und Amerika liegen an dieser Stelle nur einen Schritt voneinander entfernt. Es sammeln sich Schlamm und Hitze, ungeduldig, bis die Urgewalt jene dünne Eierschale, die wir für unsere sichere Erde halten, zersprengt. Was unten ist, wird zu uns kommen.

Magma – zusammengesetzt aus Olivin, Orthopyroxen, Spinell, Granat – über tausend Grad heiß. Das rotglühende, zähe Gestein ist nur eine weitere Katastrophe, die wir zu fürchten haben. Es ist zu schön, um wahr zu sein.

Ich hätte das nicht berechnen können.

Bald werden sie alle dastehen und jammern, dass sie gefangen sind auf diesem Stück brüchiger Erde. Ich freue mich, wenn es so kommen wird. Wenn die Nornen nicht davonrennen können, müssen sie sich stellen. Sie werden gezwungen, diesem Land zu begegnen, dem Wind und dem Eis und dem Wasser und dem Feuer. Und mir.

Die Nornen werden die Schicksalsfäden wieder in die Hand nehmen und die Geschichte weiterspinnen, die vor Jahren ihren Anfang genommen hat.

Natürlich wird der Baum nicht mehr zu finden sein, an dessen Wurzeln sie gesessen haben. Stattliche Bäume wird es auf Island wohl nie wieder geben. Sie sind gerodet worden, ihr Holz wurde für Schiffe gebraucht, hat die Heimat verlassen, ist auf den Wellen der Welt gesegelt oder an ihren Ufern zerschellt und als verwaschenes Strandgut irgendwo zurück an Land gespült und als Brennholz verfeuert worden.

Zurückgelassen ist nur die blanke Erde, durch Stürme aufgewirbelt und in alle Himmelsrichtungen verwehend, weil es keine Wurzeln mehr gibt, die Halt bieten könnten. Der Wind wird runde Höhlen hineinreißen, die Hitze der Erde die Kruste zersprengen, das heiße Wasser Stein benetzen.

Die Nornen werden dieses Land lieben, sie werden sich faszinieren lassen und das Gefühl haben, endlich angekommen zu sein.

Ich werde sie begrüßen. Ganz harmlos. Ganz still.

Verðandi

[14. Juni, 8.30 Uhr, Frühstücksraum,
Vatnsnesvegi, Keflavik, Island]

Ein Tag ging zu Ende und der nächste begann, ohne dass es dazwischen auch nur für einen Moment Nacht geworden wäre. Es lag also nicht nur am ungewohnten Hotelbett oder der Zeitumstellung, dass Wencke nun schon seit fast vierzig Stunden die Augen offen hielt. Sie spürte, wie die unerbittliche Helligkeit ihren Rhythmus aus dem Takt brachte.

Jetzt saß sie im Frühstücksraum des Hotels, in das man sie für die erste Nacht einquartiert hatte, da es ganz in der Nähe des Flughafens lag. Sie hatte erwartet, dass das Angebot am Buffet dem üblichen Standard entsprach, Wurst, Käse, Joghurt, Cornflakes, Rührei mit Speck und so weiter. Stattdessen standen dort vier verschiedene Sorten Heringshappen, fertig belegte Sandwiches und eine beachtliche Auswahl an süßen Cremeschnitten auf der Anrichte.

Nichts davon wollte Wencke auch nur anrühren. Sie schaffte es mit Mühe und Not, an ihrem Tee zu nippen. Ihre Kehle schmerzte noch immer und das Schlucken fiel schwer, das Andenken an Frankie würde ihr die nächsten Tage zu schaffen machen.

Durch die rund gebogenen Fenster des Wintergartens konnte sie über sich ein Flugzeug in den grauen Himmel starten sehen. Ansonsten schien das kleine Gasthaus in einem eher tristen Industriegebiet zu liegen: Eckige, schmucklose Zweckbauten säumten zwei schnurgerade Straßen, die sich am Hotelparkplatz kreuzten. Der leichte Fischgeruch, den sie vorhin beim Öffnen ihres Zimmerfensters wahrgenommen hatte, ließ darauf schließen, dass sie sich ganz in der Nähe des Meeres befanden, und tatsächlich funkelte zwischen zwei Häusern ein kleines bisschen Nordatlantik. Vom viel beschworenen Zauber des Landes war jedoch absolut nichts zu erahnen.

»Frau Tydmers?« Eine junge Frau, höchstens zwanzig und ringsherum ein wenig mollig, stand neben Wenckes Tisch und streckte die Hand aus. »Ich bin Lena Jacobi und so etwas wie Ihr persönlicher Island-Guide. Bitte nennen Sie mich einfach nur Lena.«

Wencke probierte es mit einem Lächeln, auch wenn sie für Mimik eigentlich viel zu müde war. »Sie sind aber keine Einheimische, oder?«

»Nein, ich bin Deutsche und derzeit als Volontärin bei AIT.« Wencke musste sehr begriffsstutzig geschaut haben, denn Lena Jacobi fügte erklärend hinzu: »*AlumInTerra*. Meine Firma ist Hauptsponsor und Mitveranstalter des Symposiums und ich bin in der Abteilung für Öffentlichkeitsarbeit tätig.« Sie zeigte auf den leeren Stuhl gegenüber. »Darf ich?«

»Bitte!« Es gab schlimmere Sitznachbarn, das wusste Wencke seit dem gestrigen Flug. Sobald die Räder des Fahrwerks den isländischen Boden berührt hatten, war Götze in Handschellen abgeführt worden. Sein finsterer Blick, seine uneinsichtige Haltung, alles erinnerte an die Verhaftung vor zwanzig Jahren – das Ganze musste Götze wie ein Déjà-vu vorgekommen sein.

Mitleid empfand Wencke nicht. Er hatte sich wirklich wie ein Verrückter aufgeführt, und obwohl sich Götzes Verhalten nach dem Zusammentreffen mit dem senilen Hüffart schlagartig gemäßigt und er sogar nahezu handzahm auf einem zugewiesenen Sondersitz und an den kräftigsten aller Flugbegleiter gekettet Platz genommen hatte, war es keinem der Passagiere anschließend möglich gewesen, den Restflug zu genießen. Allen stand die Angst ins Gesicht geschrieben. Und die Hoffnung, dass dieser Typ mit den Zottelhaaren bis zur Landung halbwegs die Nerven behielt.

Was die Polizei mit Götze anschließend angestellt hatte, entzog sich Wenckes Kenntnis. Und sie war auch nicht sonderlich scharf darauf zu wissen, wo der Mistkerl steckte. Kurz hatte sie versucht, zu Silvie und ihrem Mann vorzudringen, um zumindest klarzumachen, dass diese Zusammenkunft nicht ihre Idee gewesen war. Doch das Sicherheitspersonal am Flughafen hatte ihr keine Chance gelassen.

Inzwischen hatte Lena Jacobi Platz genommen und ihre Ledertasche auf den Beinen abgestellt. Etwas zerstreut suchte sie nach irgendwelchen Papieren. »Na, wo stecken die denn ...« Sie wirkte wie ein Mauerblümchen, das kurz davorstand, sich zu Prachtvollerem zu entfalten. Die halblangen, lockigen Haare wären ein echter Hingucker, man müsste nur etwas damit anstellen. Wencke war keine Typberaterin, aber hier hätte es wirklich nur weniger Handgriffe bedurft – ein bisschen Farbe, die Klamotten weniger beige, die pummelige Figur etwas vorteilhafter betont, dann würde Lena Jacobi nicht so aussehen, wie man sich die Volontärin bei einem Leichtmetallverarbeitungsbetrieb vorstellte. Selbst wenn sie es nun mal tatsächlich war.

»Wir werden heute eine kleine Tour durch die Hauptstadt machen. Sie werden Reykjavik lieben. Ein bisschen skurril, ein bisschen romantisch. Am Hafen schauen wir uns die neu erbaute Konzerthalle *Harpa* an und machen einen Bummel durch die nahe gelegene Einkaufsstraße Laugavegur. Anschließend werden wir zum *Perlan* fahren, einem Warmwasserspeicher auf den Hügeln der Stadt, von dort haben wir dann einen prächtigen Ausblick auf die gesamte Bucht. Dort ist außerdem ein ganz spannendes Museum untergebracht.« Während Wenckes persönliche Island-Führerin pflichtbewusst die Sehenswürdigkeiten aufzählte, breitete sie einen kleinen Stadtplan aus und wies mal hierhin, mal dorthin. Schließlich blieb der Finger mit dem sehr kurz geschnittenen und unlackierten Nagel auf einem Punkt mittendrin liegen. »Als Höhepunkt wird am Abend im wohl berühmtesten Gebäude Islands, in der *Hallgrimskirkja*, die offizielle Eröffnung des Symposiums stattfinden. Das isländische Sinfonieorchester wird in der Stadtkirche passend zum Thema musikalische Umsetzungen der germanischen Mythen spielen.«

»Also Wagner?«, befürchtete Wencke.

»Die *Götterdämmerung* meinen Sie?« Lena Jacobi zwinkerte ihr zu. »Die Isländer haben zum Glück ihre eigenen Komponisten.« Sie reichte Wencke das kopierte Tagesprogramm. Es sah nicht so aus, als ob heute Zeit bliebe, sich noch mal kurz aufs Ohr zu legen. Allein für die Stadterkundung waren sechs Stunden eingeplant. Und die Eröffnungsparty begann um 18 Uhr. »Zum krönenden Abschluss wartet im traditionsreichen *Hotel Borg* ein Galamenü auf uns. Als Ehrengast konnten wir übrigens Karl Hüffart gewinnen, darauf sind wir sehr stolz.«

»Ich weiß, wir saßen gestern im selben Flieger.«

»Es gab einen Zwischenfall, wie ich hörte?«

»Nicht so wild.« Wencke hatte keine Lust, ins Detail zu gehen. Ihre blauen Flecken am Hals hatte sie mit einem Tuch kaschiert. Es war ihr lieber, das Drama baldmöglichst zu vergessen.

Der Kellner brachte Lena Jacobi eine große Tasse Kaffee. Während sie trank, umfasste sie den Becher, als sei ihr kalt und dieses Heißgetränk die einzige Möglichkeit, ein bisschen Wärme aufzunehmen. Dabei schaute sie Wencke an. Ihre dunkelbraunen Augen waren wohl das Intensivste, was ihr Gesicht zu bieten hatte. »Waren Sie schon mal in Island?«

Wencke verneinte. Sie hatte gerade kein Bedürfnis nach Smalltalk.

»Man sagt, diese Insel sei ein Sehnsuchtsort.« Lena nahm

einen Schluck Kaffee. »Was verbinden Sie mit Island, Frau Tydmers?«

»Darüber habe ich mir noch keine konkreten Gedanken gemacht.« Mussten alle Symposiumsgäste heute Morgen eine solche Fragestunde über sich ergehen lassen? »Geysire. Wasserfälle. Vulkane vielleicht noch. Da gab es doch diesen Ausbruch vor ein paar Jahren ...«

»Sie meinen den *Eyjafjallajökull*«, freute sich die Volontärin und sprach den merkwürdigen Zungenbrecher aus, als habe sie es jahrelang trainiert.

»Ich kann mich noch daran erinnern, weil ich an dem Tag einen Flug gebucht hatte, der aufgrund der Aschewolke gestrichen wurde.«

Lena rückte ein Stückchen näher, als wolle sie ein Geheimnis ausplaudern. »Ich will Sie ja nicht beunruhigen, aber einige Experten vermuten, dass es in den nächsten Tage wieder eine Eruption geben wird.«

»So? Wieder der *Eyjafa ... fja ...*« Wencke gab es auf.

»Nein, dieses Mal grummelt es im *Vatnajökull*-Nationalpark. Messungen haben ergeben, dass die Ansammlungen von Magma dicht unter dem *Herðubreið* auf eine aktive Phase hindeuten.« Sie holte eine weitere Karte hervor, auf der das ganze Land abgebildet war, und zeigte auf einen Punkt weiter östlich.

»Dann werden wir die Katastrophe kaum zu Gesicht bekommen, Reykjavik befindet sich schließlich am anderen Ende der Insel«, kommentierte Wencke.

»Sie haben das Programm noch nicht so ganz ausführlich studiert, oder?«

»Ich bin kurzfristig für eine Kollegin eingesprungen«, rechtfertigte Wencke sich. »Warum?«

»Weil wir bei unserer Rundreise natürlich auch den Nationalpark besuchen.«

»Rundreise?«

»Das Symposium ist so konzipiert, dass wir jeden Tag an einem anderen Ort tagen werden. Einmal rund um Island sozusagen.« Der Kreis, den sie nun auf der Landkarte zog, war riesig. »Die Isländer ticken immer ein bisschen anders. Und so hatte der Eventmanager bei *AIT* die Idee, das vorgegebene Thema dadurch aufzupeppen, dass wir die Teilnehmer an mystische Stätten bringen. Er ist eigentlich Ingenieur, arbeitet aber nebenbei noch in der PR-Abteilung, und – wie soll ich sagen – er steht auf diese Geschichten. Wo Sie sind, soll der Geist von Thor und Freya, von Odin und Frigg noch spürbar sein. Man kann nicht über isländische Sagen referieren und dabei in neonbeleuchteten Konferenzsälen hocken.«

»Ganz schön viel Aufwand«, fand Wencke.

»Sie werden aus dem Staunen nicht mehr herauskommen.«

»Aus dem Kofferpacken aber auch nicht«, sagte Wencke, selbst wenn es nach Spielverderberin klang.

Lena ließ es sich nicht anmerken, falls der mangelnde Enthusiasmus ihrer Schutzbefohlenen sie kränkte. »Ich erläutere Ihnen gern noch einmal die Rundreise: Heute Reykjavik, morgen brechen wir Richtung Osten auf und übernachten ganz in der Nähe des größten Gletschersees. Wenn Sie James-Bond-Filme mögen, werden Sie die Landschaft wiedererkennen, dort wurden *Im Angesicht des Todes* und *Stirb an einem anderen Tag* gedreht.«

»Ich mag keine Agentenfilme!«

»Am vorletzten Tag versammeln wir uns an einem der atemberaubendsten Wasserfälle dieses Landes, dem *Goðafoss*. Auf dreißig Metern Länge stürzt sich eine Unmenge von Gletscherwasser in die Tiefe.«

»Und welche mystische Bedeutung hat der Ort?«

»Übersetzt bedeutet der Name ›Götterfall‹. Der Sage nach hat hier *Þorgeir* – ein wichtiger isländischer Staatsmann – vor tausend Jahren unter Zwang seine heidnischen Götter in die Fluten geworfen und allen falschen Götzen abgeschworen.« Sie packte die Papiere wieder zusammen und verstaute alles in ihrer Tasche. Dann schaute sie demonstrativ auf ihre Armbanduhr. »Sie sollten sich beeilen, Frau Tydmers, in dreißig Minuten fahren wir los.« Lena Jacobi stand auf und ging.

Wencke seufzte und wünschte sich für einen Moment nach Hannover, sogar an den Schreibtisch im LKA. Warum hatte sie von dieser Rundreise nichts gelesen? So eine Tour klang nach Übermüdung, Rückenschmerzen und dem ständigen Stress, bloß nichts im Hotelzimmer liegen zu lassen. Aber wenn diese Insel am Rande des Polarmeeres tatsächlich ein Sehnsuchtsort war, dann gab es sicher auch etwas zu entdecken. James-Bond-Kulissen, Gletscherseen, Wasserfälle, Elfenwelten – mach dich locker, Wencke! Fang mal an, das Ganze hier als willkommene Abwechslung zu genießen!

Sie trank noch einen Schluck Tee und verließ als letzte der Gäste den Frühstücksraum.

Der Aufzug war lahm, der Gang zu ihrem Zimmer lang und mit rostrotem Teppich ausgelegt. Wencke sah eben noch ein zierliches Hausmädchen ihre Tür schließen und wunderte sich, dass der Service schon so zeitig mit dem Putzen begann. Doch das Bett war ungemacht, die Handtücher lagen noch feucht in der Dusche. Dafür wartete auf ihrem kleinen Schreibtisch ein Brief, der zuvor nicht dort gelegen hatte, ganz bestimmt nicht, denn diesen Umschlag mit dieser Handschrift hätte sie auf jeden Fall bemerkt.

Sofort war die Müdigkeit passé. Würde das nie aufhören? Musste sie auch hier damit rechnen, täglich Post von Doro in den Händen zu halten?

Eines stand fest: Ihr Verdacht, dass Götze hinter allem steckte, war nicht zu halten. Frankie befand sich in Polizeigewahrsam und kam als Absender nicht infrage. Aber wer sonst war Wencke so dicht auf den Fersen, dass sogar ein verschlossenes Hotelzimmer kein Hindernis war?

Wencke machte kehrt, rannte den Gang entlang, durch den das falsche Zimmermädchen verschwunden war und an dessen Ende ein karges Treppenhaus nach unten führte. Sie nahm zwei Stufen auf einmal und fand sich schließlich im Wäscheraum wieder. Schneeweiße Laken stapelten sich zu akkuraten Quadern zusammengefaltet bis fast an die Decke, daneben Handtücher, Bademäntel, Tagesdecken und viele neue bunte Fläschchen für die Minibar.

»Hello?«, rief Wencke. Hinter der großen Wäschemangel erhob sich eine Asiatin. »Sorry, can you help me? I'm looking for the chambermaid.« Doch da konnte sie suchen, wie sie wollte, hier war keine weitere Person. Eventuell gab es noch irgendwo zwischen den vollgepackten Regalen einen weiteren Ausgang, doch sollte Wencke wirklich wie eine Verrückte durch die Katakomben des Hotels rennen?

»We do not have any chambermaids«, informierte die sichtlich eingeschüchterte Asiatin. »There are only three men cleaning the rooms. Shall I call one of them?«

»No, thank you.« Wencke lehnte sich gegen einen Schrank und atmete durch. Sie war sich sicher, eine Frau gesehen zu haben. Eine Postbotin, verkleidet als Zimmermädchen. Doch wer immer das gewesen war, hatte genügend Zeit gehabt, von hier zu verschwinden. Durch einen Lieferantenausgang, einen Fluchtweg oder auch ganz entspannt an der Rezeption vorbei durch den Haupteingang. Wencke hatte einfach nicht schnell genug reagiert.

Und deswegen stand sie hier, atemlos, ratlos, in der Hand noch immer Brief Nummer vier. Am liebsten wäre Wencke für den Rest des Tages in diesem Keller geblieben, zwischen Stapeln von Bügelwäsche. Sie wusste, wenn sie den Brief erst gelesen hätte, wäre sie zu k. o., um sich der Welt da oben zu stellen.

Urð

[*Polizeischule Bad Iburg, Zimmer 247,
23. Januar 1994, frühmorgens*]

Beiße auf Granit. Versuche zwar, Kontakt zu F.s Leuten aufzunehmen, doch die warten nicht gerade auf mich. War schwer genug, überhaupt jemanden zu finden, denn ich kannte nur die Vornamen und wußte, daß sie sich unregelmäßig im »Grünen Jäger« treffen, einer Kneipe in Osnabrück, wo weder gestriegelte Schlipsträger noch Typen wie F. besonders auffallen. Jetzt sehen sie sich natürlich nicht mehr, wo einer von ihnen den Kopf hingehalten hat. Jetzt bröckelt die Gruppe. Einer war gestern bereit, in einem Bus zwischen Bahnhof und Lüstringen zur Hauptverkehrszeit mit mir zu reden (Namen lasse ich außen vor, wer weiß, wer mir schon auf den Fersen ist und vielleicht diese Notizen findet, nach dem, was ich heute erfahren habe, halte ich das für absolut denkbar).

Fühlte mich wie eine Agentin – bin ich vielleicht sogar schon. Hat nichts mehr mit Polizeiarbeit zu tun, was ich hier treibe. Sollte es besser lassen. Mach es aber trotzdem. Hab meinen Grund.

Gibt ja auch ein paar, denen ich hoffentlich trauen kann. Wencke und Silvie, Polizeianwärterinnen mit dem Glauben an Gerechtigkeit und das Gute im Menschen, die können da nicht mit drinhängen. Die lassen die Finger von meinen Sachen und halten den Mund, wenn ich andeute, was los ist. Wenn sie mich überhaupt ernst nehmen.

Also, der Typ im Bus, ich hab ihn gleich nach der Formel gefragt. Einfach ins Blaue. Hatte ja keine Ahnung, was F. da angedeutet hat, erklären wollte er mir ja nichts, weil er meinte, ich würde das nicht verstehen, und wahrscheinlich hatte er damit sogar recht. Aber wenn man mit leeren Händen bei einem Informanten auftaucht, muß man eben so tun, als hätte man Ahnung von der Sache. Ich habe also gesagt, F. hätte mir von der Formel erzählt, bevor er verhaftet wurde, das war ja noch nicht mal gelogen.

Der Informant hat daraufhin erzählt, die Kreuma-Werke in Rackwitz seien heißbegehrt. Zur Zeit gäbe es einen Kampf zwischen den Großmächten (echt, er sagte Großmächte, deswegen wohl auch das Agentengefühl) um die Stellung auf dem weltweiten Aluminiummarkt. Russland hat den angeblich weitestgehend in der Hand und macht die Preise kaputt, und Amerika braucht eine günstigere Herstellungsmethode. Es ist wohl wegen des Energieaufwandes schweineteuer, Aluminium zu gewinnen. Deswegen suchen alle nach Lösungen, wie man das besser hinkriegt. Wer billig produziert, ist Marktführer, darum geht's. Und man vermutet, daß die Leute in Kreuma ganz weit vorn sind bei den entsprechenden Forschungen. Die haben da Topwissenschaftler sitzen. Was die zu DDR-Zeiten entwickelt haben, gehört quasi dem Werk und wechselt beim Verkauf den Besitzer. Deswegen sind jetzt die Megakonzerne aus Ost und West scharf auf eine popelige Firma im tiefsten Sachsen.

Ich sagte auch was, wollte nicht so stumm neben ihm sitzen, hab gefragt, was denn so schlimm daran wäre, wenn die Kreuma-Werke ein Patent oder so haben, so könnte man das schrottreife Aluminiumwerk im Grunde doch, wie es ist, für eine Rekordsumme verticken und alle Arbeitsplätze erhalten.

Naja, da hat er wohl gemerkt, daß ich doch nicht so viel Ahnung habe, den Rest mußte ich ihm förmlich aus der Nase ziehen: Die Treuhand verkauft die Kreuma-Werke trotzdem für einen Schleuderpreis an die Amerikaner, die dort natürlich schon ganz bald die Tore schließen und den Mitarbeitern lapidare Kündigungen schicken werden. Das stinkt doch zum Himmel!

Bis ich das so richtig kapiert hatte, war der Typ schon fast ausge-

stiegen. Ich habe ihn am Ärmel festgehalten und gefragt, was sie mit Jan Hüffart angestellt haben. Er war sauer, weil ich so einen Zirkus veranstalte in aller Öffentlichkeit. Er hat mir zugeraunt: Entführen – ja! Politische Forderung stellen – ja! Hüffart zur Wahrheit zwingen – ja!

Aber Mord? Nein, nein und nochmals nein.

Das war jemand anderes!

Damit hat er mich im Bus zurückgelassen, kurz vor der Endstation, wo ich einfach sitzen geblieben und wieder zum Hauptbahnhof zurückgefahren bin. Immer mit diesem Satz im Ohr: Das war jemand anderes!

Da dreht sich einem der Kopf. Da erinnert man sich an die Kollegen, die so seltsam waren bei der Verhaftung und beim Verhör. Ich hab doch keinen Verfolgungswahn, ich kann mir auch nicht vorstellen, dass da eine Verschwörung im Gange ist und alle unter einer Decke stecken und so weiter. Das hört sich unrealistisch an. Aber immer wieder frag ich mich: Wenn das jemand anderes war, der Jan ermordet hat, wer kann das gewesen sein? Warum kommt ihm niemand auf die Schliche? Und weshalb schießen die sich alle so auf F. ein? Tja, da kann ich noch so realistisch sein, ich lande schließlich doch bei dem Verdacht, hier in ein Wespennest zu stechen.

Wer sind die? Was haben sie mit dem kleinen Jungen gemacht? Und warum?

Hab mir vorgenommen, Jans Mutter zu besuchen. Sie wird vielleicht verstehen, warum ich so versessen darauf bin, F.s Unschuld zu beweisen. Und sie wird doch auch wissen wollen, wer tatsächlich dahintersteckt.

Denn F. war es nicht. Auf keinen Fall.

D.

Verðandi

[14. Juni, 9.15 Uhr, Internetecke,
Vatnsnesvegi, Keflavik, Island]

»Frau Tydmers? Bitte, der Bus ist schon da, wir warten alle auf Sie!«

Lena Jacobi lehnte am Regal, das die kleine Nische mit dem recht simplen, aber internetfähigen PC vom Rest der Lobby abschottete. »Ich hetze Sie nur ungern, aber wir wollten schon vor einer Viertelstunde aufbrechen und außer Ihnen waren alle pünktlich.«

Wencke blickte vom Bildschirm auf. Da stand also diese langweilige, brave Lena Jacobi, sagte, sie wolle nicht hetzen, und tat es trotzdem. Aber vor allem arbeitete sie für einen Großkonzern, der Aluminium produzierte. Dass Wencke dieser Zusammenhang erst jetzt, nachdem sie Doros vierten Brief geradezu hektisch gelesen hatte, auffiel: Götze hatte damals gegen den Verkauf eines ostdeutschen Leichtmetallbetriebes an eine amerikanische Firma gewettert, weil er Korruption vermutete – und der Ausrichter dieses Symposiums war ebenjener Aluminiumriese, das hatte bereits Wenckes oberflächliche Internetrecherche ergeben. Google offerierte mehr als zweihundert Treffer: Im Sommer 1994 war der Deal zwischen Treuhand und *AlumIn-Terra* perfekt gewesen, trotz massiver Proteste und mancher Spekulation.

Und das war noch nicht alles. Der Aufsichtsrat der Aktiengesellschaft bestand aus einer illustren internationalen Runde:

amerikanische Industrieexperten, isländische Wirtschaftsbosse, asiatische Millionäre – und ein Deutscher, der vor zwanzig Jahren groß im Politikgeschäft unterwegs gewesen ist und dessen Name stets in einem Atemzug mit Karl Hüffart genannt worden war. Alf Urbich, ehemalige rechte Hand des Parteivorsitzenden und dessen engster Berater.

Genau da lag der Zusammenhang zwischen den Briefen und ihrer Reise nach Island. Schlüssig war das Ganze noch nicht, denn wer hatte nach so langer Zeit noch Interesse daran, diese Schmiergeldaffäre – wenn sie denn eine war – wieder ins Rampenlicht zu rücken? Doro war tot, Götze hatte mit dem Thema abgeschlossen, Silvie blockte vollkommen ab und Karl Hüffart hatte wahrscheinlich komplett vergessen, dass er überhaupt jemals eine Entscheidung getroffen hatte – ob mit oder ohne Korruption machte da auch keinen großen Unterschied.

»Was ist jetzt?«, drängelte Lena.

»Warum ist eigentlich ausgerechnet das LKA Hannover eingeladen worden?«, fragte Wencke, ohne sich nur einen Millimeter von dem kleinen Hocker zu erheben. Dieser Gedanke quälte sie: Wenn sie nur nach Island gelockt worden war, weil hier eine Geschichte zu Ende erzählt werden sollte, dann bedeutete das im Umkehrschluss, dass der Brand in Tilda Kosians Haus nicht zufällig gelegt worden war. Jemand wollte Wencke, und zwar nur sie. Und dieser jemand war bereit, bis zum Äußersten zu gehen, Leben zu riskieren, Schicksalstheater zu inszenieren. Wencke schien dabei eine Hauptrolle zugewiesen worden zu sein. »Die meisten Teilnehmer sind Politiker, Wissenschaftler oder Wirtschaftsexperten. Ich scheine die einzige Person im Polizeidienst zu sein. Was erwartet Ihre Firma sich davon?«

Lena zuckte mit den Schultern. »Da fragen Sie was. Soweit ich weiß, hat Dr. Yngvisson die Teilnehmer zusammengestellt.«

»Wer ist das?«

»Er leitet die Abteilung für Öffentlichkeit. Heute Abend moderiert er die Eröffnung in der *Hallgrimskirkja* und wird im Laufe des Tages zu uns stoßen, da haben Sie Gelegenheit, ihm Ihr Anliegen vorzubringen.«

»Genau das werde ich auch tun«, sagte Wencke.

[14. Juni, 14.50 Uhr, *Hegningarhúsið*, Skólavördustigur 9, Reykjavik]

Wenn du im Knast hockst, ist es scheißegal, ob der in Deutschland oder Island steht. Es macht dich wahnsinnig. Die Wände rücken von Minute zu Minute enger zusammen, bis sie deine Seele zerquetschen. Die Stille wird lauter und lauter, die Dunkelheit beginnt dich zu blenden, die Kälte der Zelle schmort dich auf höchster Stufe, bis du völlig gar bist.

Frankie hatte viel Zeit gehabt, Worte zu finden, die das Grauen der Gefangenschaft beschreiben. Lyrik für Knackis, Freiheitsentzug poetisch verkleidet. Vor ein paar Wochen hatte er noch gedacht, diesen ganzen Mist vergessen und endlich neues Vokabular benutzen zu dürfen. Falsch gedacht.

Zwar war das Untersuchungsgefängnis in Reykjavik ziemlich klein und in einem fast malerischen Steinhäuschen mitten in der City untergebracht, aber wenn man drinsaß, konnte man sich dafür auch nichts kaufen.

Der Anwalt, den sie ihm hier an die Seite gestellt hatten und der ein ziemlich mieses Deutsch sprach, hatte vorhin gefragt, ob er es nicht bereue, im Flugzeug ausgerastet zu sein. »Du makst Fehler, du sagst, du makst Fehler, hast verstehen, du sagst Entschuldigung, dann frei vielleikt. Gut Deal?« So einen Müll hatte der erzählt, aber bloß Frankies Schweigen kassiert.

Nein, er bereute es nicht und es gab ja nichts, wofür er sich hätte entschuldigen müssen. Im Knast hatte er gelernt, großzügig zu sich selbst zu sein. Nur so hältst du es aus, wenn du unschuldig drinhockst und ahnst, dass du damals einfach zu blöd gewesen bist und schlichtweg verarscht wurdest. Da musst du dir verzeihen und sagen, drauf geschissen, so bin ich nun mal, Ende.

So erklärte Frankie sich auch diesen Ausraster im Flieger: Das war zu viel, den Hüffart vor sich sitzen zu haben und seinem Geplärre zuhören zu müssen von wegen er wolle mit Jan spielen. Da hätte er nie im Leben cool bleiben und die überschminkte Stewardess womöglich nach einem zollfreien Eau de Toilette für den sportiven Mann fragen können. So abgewichst war er eben nicht.

Jetzt saß er seit einer Stunde in einer Zelle und wartete, weil sein Anwalt die Sache mit dem Heimflug klären wollte. Der Urlaub auf Island war also beendet, bevor er begonnen hatte. Das tat verdammt weh. Das war eigentlich das Schlimmste. Da zuckte dann doch manchmal ein kurzes Gefühl von Reue durch Frankies Hirn. Er hätte jetzt auf einem Islandpferd über moosige Felder reiten oder mit einem Geländewagen ins Hochland fahren können. Diese Chance auf Freiheit hatte er sich verscherzt, das war bitter.

Das Schließsystem öffnete sich und neben dem Anwalt standen zwei Justizangestellte in Uniform, glotzten ihn an, als wären sie enttäuscht, dass er sich nicht zwischendurch an seinem Gürtel aufgeknüpft hatte. Dann müssten sie jetzt nicht den Rücktransport organisieren.

Aber Frankie war kein Selbstmörder. All die Jahre hatte er diese Möglichkeit des schnellen Abgangs für sich ausgeschlossen. Obwohl er den besten Grund dazu gehabt hätte. Aber Suizid? Nein, das hätte wie ein Geständnis gewirkt. Den Gefallen tat er ihnen nicht. Der Gedanke, dass er irgendwann mit über achtzig im Seniorenknast das Zeitliche segnen würde, ohne je den Mord an Jan Hüffart zugegeben zu haben, dieser Gedanke war lange Jahre eine Genugtuung gewesen. Sie würden ihn nicht brechen. Niemals. Das Urteil, das man über ihn gefällt hatte, war grundfalsch. Er war unschuldig.

Doch dann war vor einem guten Jahr ein Brief gekommen, der alles geändert hatte. Ein handbeschriebener Umschlag in seiner mageren Gefängnispost. Zwei Seiten Tinte auf Büttenpapier und ein Foto. Plötzlich war ihm seine inzwischen in Fleisch und Blut übergegangene Zukunftsversion in all ihrer Tristesse bewusst geworden und Frankie hatte wieder angefangen, sich für das Leben draußen zu interessieren. Es machte einen Sinn, für die Freiheit zu kämpfen. Zwei Entlassungsgesuche nach vierzehn und sechzehn Jahren wurden abgeschmettert, bei politisch Motivierten sind sie immer schon eisenhart gewesen. Da hatte er es irgendwann aufgegeben. Bis dieser Brief kam und Frankie wieder die Kraft für Hoffnung in sich gespürt hatte, erneut alle diese Antragsformulare auszufüllen und den Gutachtern Rede und Antwort zu stehen – dieses Mal mit Erfolg. Seine Bewährungsauflagen, denen er nun fünf Jahre lang Folge zu leisten hatte, waren zwar streng, aber immerhin durfte er reisen. Hätte ihm vor diesem Brief jemand erzählt, dass er irgendwann mal nach Island fliegen würde, er hätte sich totgelacht. Aber jetzt war er da.

»Mister Gotze«, sagte der Anwalt. »Wir haben Gluck, keine Anzeige von Airline. Also Sie fliegen nak Hause und dort kein Gefangnis.«

»Toll!«, lobte Frankie ironisch.

»Aber wiktig: Sie fliegen heute.«

»Kein Problem.«

»Wir bringen jetzt Airport, da haben Sie Begleitung bis Deutschland. Und kein Gewalt in Flugzeug, ja?«

»Klar.«

Der Anwalt reichte ihm die Hand und verabschiedete sich. Man sah ihm an, dass er ein Typ war, der lieber in diesen modernen Cafés saß, wo man alles bekommen konnte außer einer stinknormalen Tasse Filterkaffee. Und wahrscheinlich hatte er einen tragbaren Computer dabei, an dem er seine anderen, viel wichtigeren Fälle nebenbei bearbeiten konnte. Kein Zweifel, dieser Anwalt war froh, von hier zu verschwinden, seine Welt war das nicht. Wahrscheinlich war für ihn der Name Frank-Peter Götze vergessen, noch bevor er seine Milchschaumplörre bezahlt hatte.

Die Justizangestellten schauten Frankie dabei zu, wie er seine Sachen zusammenpackte. Zahnbürste und Schuhe, viel hatte er ja ohnehin nicht aus dem Koffer geholt. »Wann bekomme ich meine Zigaretten zurück?«, fragte er. Doch die beiden sprachen kein Deutsch und er konnte kein Englisch. »Zi-ga-ret-te?« Mensch, das Wort war doch überall geläufig.

Der Kleinere der beiden hob eine Plastiktüte hoch, darin erkannte Frankie die Dinge, die man ihm heute Nacht abgenommen hatte, unter anderem den Tabakbeutel. Der Typ machte keine Anstalten, den Kram zu überreichen.

Frankie bemerkte, dass sie ungeduldig wurden, abwechselnd auf die Uhr schauten, miteinander sprachen und ihn dann auffordernd ansahen. Das alles veranlasste ihn, noch langsamer zu werden. Doch irgendwann war dann eben alles verpackt und ihm blieb nichts anderes übrig, als seine Arme auszustrecken, damit sie die Handschellen anlegen konnten, danach trottete er hinter ihnen her bis zum Transporter, der am Hinterausgang wartete. Eine Art Jeep, kastig und groß, man sollte fast meinen, der würde es gar nicht schaffen, in diesen schmalen Straßen um die Ecke zu biegen.

Die Sitze waren unbequem und man saß mit dem Rücken zum Fenster, was stets Übelkeit bei ihm auslöste. Schon als Soldat im Grundwehrdienst der NVA hatte Frankie die Kotztüten gefüllt, wenn sie im *Horch P3* unterwegs gewesen waren, einem ganz ähnlichen Vehikel wie diesem hier. Irgendwann hatte er sich dann als Fahrer zur Verfügung gestellt, dann war es besser gewesen. Er hielt die Luft an, manchmal half das. Sie fuhren ein wenig bergauf, die Straße war schlecht gepflastert, man hörte das Ächzen der Stoßdämpfer. Die erste Kurve war Maßarbeit, dann wurde es etwas breiter links und rechts. Sie befanden sich allem Anschein nach mitten in einer Schickimicki-Einkaufsstraße. Frankie sah die ganzen Weiber mit ihren Shoppingtaschen zwischen nicht weniger beladenen Touristen hindurchhuschen. Überall Werbung für Fischrestaurants, Messer und Gabel und die Umrisse von Blauwalen, die man in Island anscheinend verspeisen durfte. Sein Magen schlug Alarm und Frankie schloss kurz die Augen. Wie viele Stunden musste er das hier durchhalten?

Er hatte keine Erinnerung mehr daran, wie lange sie in der letzten Nacht gefahren waren, wie weit es vom Flugplatz zum Untersuchungsgefängnis gewesen war. Seine Begegnung mit Hüffart hatte einen kompletten Filmriss verursacht.

Er erinnerte sich noch haargenau an Silvie und ihr hysterisches Kreischen, an Wencke, die in seiner Umklammerung so erstaunlich cool geblieben war, an den Flugbegleiter, dem er, wenn er gewollt hätte, mit einem gekonnten Griff mühelos das Genick gebrochen hätte. Aber der Moment, in dem er Karl Hüffart ins Auge geblickt hatte, hatte in seinem Gedächtnis einen blinden Fleck hinterlassen. Was war passiert? Was hatte ihn so plötzlich außer Gefecht gesetzt? Tickte er seitdem nicht mehr ganz richtig?

Frankie blickte auf, schaute geradeaus, sah draußen auf dem Hauptstadtpflaster eine Menge Leute und doch niemanden so richtig – bis da diese Gruppe neben dem Ententeich stand. Ungefähr dreißig Leute, alle schick angezogen, lauschten der Fremdenführerin, die ihm den Rücken zugekehrt hatte.

Er zuckte zusammen. Das mussten sie sein!

»Hey!«, sagte der Uniformierte neben ihm, der wohl kein

Fan von ruckartigen Bewegungen war. Von den Ermahnungen verstand Frankie kein Wort. Die waren ihm auch egal. Sie hielten an einer Ampel und ihm blieb Zeit, aus dem Fenster zu schauen und die Gruppe zu beobachten. Kein Zweifel, der Mann im Rollstuhl musste Hüffart sein, er stand etwas abseits und wirkte desinteressiert, soweit man das aus dieser Entfernung beurteilen konnte. Daneben diese fette Matrone, zu der Silvie mutiert war. Wencke war sicher auch irgendwo in diesem Haufen versteckt, er konnte sie nicht ausmachen, was nicht schlimm war, denn seine ungeteilte Aufmerksamkeit gehörte eigentlich jemand anderem. Einer Person, die er erst ein Mal zuvor gesehen hatte und die etwas in ihm auslöste, schlimmer als Übelkeit und besser als Wut. Sein Herz schlug heftig. Er konnte sich nicht daran erinnern, wann er es überhaupt einmal so hatte schlagen hören. Und die Ameisen tanzten wieder auf der Haut. Raus hier! Sofort!

Doch auch wenn er die Gewissheit verspürte, mit dieser plötzlichen Energie alle Ketten der Welt sprengen zu können, als wären sie aus Glas, saß er ultimativ fest in diesem Auto. Sie fuhren an, der Wagen beschleunigte und die Gruppe am Ententeich verschwand aus Frankies Blickfeld.

Der Justizangestellte fragte irgendetwas, das mit »okay?« endete. An seiner Miene war abzulesen, dass der Typ begann, sich Sorgen zu machen. Wahrscheinlich hatte er Schiss, dass Frankie kollabierte, einen Herzanfall kriegte oder weiß der Geier was. Frankie ließ ihn in dem Glauben. Sollte er doch denken, sein Schützling wäre am Ende mit seiner Kraft. Es war immer günstig, unterschätzt zu werden.

Eine breite Straße führte stadtauswärts. Der Fahrer hatte das Radio angestellt, es lief eine Art Countrymusik, die aber nicht richtig englisch klang. Der Fahrer sang mit, und zwar gar nicht mal so falsch. Die Gegend erinnerte Frankie an Leipzig vor der Wende, nur in Farbe: Hochhäuser mit sozialistischem Charme und wenig Grünzeug. Zwanzig Minuten später gab es dann gar nichts mehr zu gucken, weder Pflanzen noch Gebäude, stattdessen rostrote Einöde bis zu den Hügeln am Horizont.

Plötzlich drehte der Fahrer die Lautsprecher hoch, lauschte einer Durchsage, schaute über die Schulter nach hinten und stellte eine Frage. Frankie versuchte, aus dem Kauderwelsch etwas herauszudeuten, offensichtlich gab es Probleme, die die drei dringend zu besprechen hatten. Der Blinker wurde gesetzt, sie verließen die Autostraße und hielten ein Stück weiter auf dem Seitenstreifen einer ungepflasterten Piste. Der Fahrer kramte sein Mobiltelefon heraus und führte ein ausgiebiges Gespräch.

»Was ist denn los?«, fragte Frankie, auch wenn er wusste, dass ihn kein Schwein verstand.

Der Aufseher, der ihm gegenübersaß, versuchte es pantomimisch: Er breitete die Arme aus wie die Tragflächen eines Flugzeuges und schüttelte dazu wild den Kopf.

»Mein Flieger fällt aus? Aber warum?« Das Fragewort kannte Frankie sogar auf Englisch: »Why?«

Jetzt bildete der Mann mit den Unterarmen ein aufgestelltes Dreieck und wackelte mit den Fingern, dazu machte er Explosionsgeräusche.

»Ein Vulkanausbruch?«, riet Frankie.

»Yes! Volcano!« Der Typ klatschte. Die Zeichensprache schien für allgemeine Belustigung zu sorgen. Auch Frankie tat so, als wäre das hier ein Kindergeburtstag, und wer die meisten Begriffe herausbekommt, gewinnt eine Tüte Gummibärchen. Dabei dachte allerdings er an etwas ganz anderes: Das hier war seine Chance!

Während der Fahrer allem Anschein nach beschäftigt war zu klären, was jetzt mit dem Gefangenen anzustellen sei, begannen sich die andern beiden inzwischen zu langweilen. So wie es aussah, war Geduld gefragt. Die Bürokratie in Island gestaltete sich da bestimmt ähnlich kompliziert wie in Deutschland. Welches Gefängnis? Welche Haftbedingungen? Wer ist zuständig? Muss der Anwalt informiert werden?

»Zigarette?«, fragte Frankie und versuchte einen Hundeblick. Den hatte er seit Ewigkeiten nicht mehr eingesetzt und er hoffte, es würde nicht zu albern wirken. »Bitte! Zigarette!«

Die beiden schauten sich an, kamen wortlos überein, dass sie Frankie für harmlos hielten, bloß ein cholerischer Schlappi kurz vorm Infarkt, der heute blöderweise nicht abgeschoben werden konnte. Zudem bot sich hier im Niemandsland ja auch keine Fluchtmöglichkeit. Also keine Gefahr, entschieden sie einvernehmlich, öffneten die Schiebetür und ließen ihn aussteigen.

Frankie stöhnte ein wenig, taumelte, hielt sich mit zitternden Fingern an der Karosserie fest. Er wollte wirken wie ein Häufchen Elend, und das gelang ihm anscheinend auch. Fast höflich wurde ihm die Tüte mit seinen Utensilien überreicht und er griff nach seinem Tabak. »Thank you!«, nuschelte er zwei weitere Vokabeln seines überschaubaren Fremdsprachenwortschatzes und begann sich eine zu drehen, schön langsam, schön lässig, die durften nicht merken, dass er unter Starkstrom stand.

Sobald er die brennende Zigarette zwischen den Lippen spürte – mein Gott, wie gut der erste Lungenzug tat! –, hielt er sich die zusammengeketteten Arme vor die Augen, gab vor, dass die grelle Sonne ihn störe, und wechselte zur anderen Autoseite in den Schatten. Die Fahrertür stand offen. Er schenkte dem immer noch telefonierenden Chauffeur ein Lächeln, schaute aber in Wirklichkeit knapp an ihm vorbei. Super, der Zündschlüssel steckte. Und auf dem Beifahrersitz lag die Tasche, in der sein Kollege vorhin die Handschellenschlüssel verstaut hatte. Perfekt!

Die Sache musste klappen, es gab nur einen Versuch, einen sehr schnellen, sehr präzisen Versuch. Genau diese Art von Überfällen hatte Frankie während seines Knastlebens gelernt.

Das war, wenn man es auf den Punkt brachte, sogar die einzig wirklich wichtige Sache, die er dort beigebracht bekommen hatte: Du musst die Sekunde abpassen, in der alles stimmt. In der jeder wegguckt, sich sicher fühlt, die Bedrohung außer Acht lässt. Das ist dein Moment!

Frankie lehnte sich gegen den Geländewagen und rauchte. Durch den Seitenspiegel konnte er sehen, dass die anderen beiden, die nun ebenfalls ausgestiegen waren, ihm zugewandt standen, aber in ein Gespräch vertieft waren. Vielleicht regelten sie ihre Urlaubsplanung oder tauschten sich aus, was ihre Frauen und Kinder am Wochenende so trieben, egal, Hauptsache sie waren mit ihren Gedanken woanders. Er zog wieder an der Zigarette. Bald hatte sie die richtige Länge. Ungefähr zwei Zentimeter wären ideal. War der Glimmstängel zu lang, bog er sich im entscheidenden Augenblick und man riskierte, sich selbst zu schaden. Außerdem trug er noch immer die Handschellen, die machten die Sache nicht einfacher. Ein letzter Zug, ein letzter Blick in den Spiegel – alles beim Alten, die quatschten noch immer –, dann atmete er durch und erkannte den Moment!

Er schob die Wagentür mit dem Bein weiter auf und drückte im gleichen Augenblick dem telefonierenden Fahrer die Kippe an die Halsschlagader, tief brannte sich die Glut in die pulsierende Haut. Der Kerl schrie auf, ließ das Telefon fallen, griff sich an die Brandwunde. Er war völlig überrumpelt und ließ sich aus dem Auto zerren, als sei er lediglich ein etwas überladenes, sperriges Gepäckstück. Draußen fiel er zu Boden, die Arme nach unten. Frankie nutzte den Körper als Stufe, kletterte hinter das Lenkrad, trat das Kupplungspedal durch, drehte den Schlüssel um, suchte den ersten Gang, gab Gas – und sah im Rückspiegel einen Aufpasser hektisch in den Wagen springen. Los! Er musste schneller sein. Staub wirbelte auf, die Räder machten Geräusche, die schon beinahe albern nach Freitagabendkrimi klangen, er raste los. Der Uniformierte hing nur halb im Auto, halb daneben, also fuhr Frankie dicht an den Seitenstreifen, so dicht, dass ein Begrenzungspfahl über das Wagenblech streifte und den lästigen Mitfahrer mit sich riss. Er hörte den Schrei durch die geöffnete Schiebetür, aber nur kurz, dann hatte er sich bereits zu weit von dem am Boden liegenden Mann entfernt.

Rauf auf die Autostraße, zurück Richtung Hauptstadt, lange schon war er nicht mehr so schnell mit einem Auto gefahren. Ausgerechnet jetzt begannen dicke Tropfen auf die Windschutzscheibe zu hämmern, der Regenschauer kam wie aus dem Nichts. Zum Glück hatte er Erfahrung mit diesen Kisten, endlich mal war die Zeit bei der NVA-Raketenbrigade zu etwas nutze. Ihm brach der Schweiß aus, obwohl doch eigentlich alles erledigt war. Vorhin, als es drauf angekommen war, waren all diese körperlichen Alarmsignale schön brav geblieben, aber jetzt setzten sie ihm doppelt zu: Mundtrockenheit, Schüttelfrost, Kopfschmerz, Kreislaufturbulenzen, Ameisenarmeen. Was kümmerte es Frankie?

Er hatte seinen Moment genutzt.

[14. Juni, 16.50 Uhr, *Perlan*, Reykjavik]

Die Reisegruppe verteilte sich unter der Glaskuppel, die ein gewiefter Architekt als eine schimmernde Servierglocke auf den sechs klobigen Warmwassertanks platziert hatte. Von diesem Hügel aus flossen die Thermalquellen durch viele Tausend Rohre unter den Bürgersteigen der Stadt entlang, sodass sich in Reykjavik selbst im heftigsten Polarwinter niemand kalte Füße holte. Warmwasser gab es im Überfluss, es war der Pulsschlag dieser nördlichsten aller Hauptstädte, die so ganz anders wirkte als Berlin, London, Paris oder Rom.

Zwar hatte Lena Jacobi heute jede Gelegenheit genutzt, alles Wissenswerte über diese Metropole im Miniaturformat zu erzählen – zum Beispiel, dass der Name mit *Rauchbucht* übersetzt wird, was so schön mystisch klang –, trotzdem blieb Reykjavik seltsam fremd. Wie es den anderen Symposiumsteilnehmern erging, konnte Wencke schlecht ausmachen. Zwar hatten sie inzwischen schon den halben Tag miteinander verbracht, über Gott, die Welt und Island geplaudert – doch sooft es ging, sonderte Wencke sich ab. Ihr stand nicht der Kopf nach Smalltalk mit spanischen Fernsehmachern oder schwedischen Steuerexperten.

Auch jetzt hielt sie sich etwas abseits und die Stadt lag wie versehentlich am falschen Ort erbaut zu ihren Füßen. Würde es nicht gerade in Strömen gießen, hätte sie auf der Aussichtsplattform ringsherum flanieren können. Doch so blieb Wencke lieber hinter den gewölbten Scheiben und erahnte durch die Regentropfen hindurch die Umrisse der bergigen Küste.

Vorhin, als die Symposiumsgäste mit dem Bus durch eine beeindruckende Marslandschaft gefahren waren, die aufgesprungen war wie die Kruste eines frisch gebackenen Marmorkuchens, da hatte Wencke sich gefragt, wie es sein mochte, hier zu leben. Der Gedanke war faszinierend, zugleich konnte sie es sich kaum vorstellen. Die Wolken hingen schwanger am Himmel, der betongraue Nordatlantik erschien ab und zu zwischen den unwirtlichen Hügeln, auf denen trotz allem irgendwelche Menschen Häuser gebaut hatten, bunte Häuser, manche ganz entzückend, aber warum ausgerechnet hier? Das Meer zu kalt zum Baden, die Erde zu wund zum Beackern.

Inzwischen kannte Wencke die Antwort. Eben hatten sie das letzte Museum des Tages hinter sich gebracht, eine in einem leeren Wassertank untergebrachte Ausstellung, in der lebensechte Wachsfiguren die Geschichte der Insel erzählten. Über Kopfhörer hatte Wencke erfahren, dass irgendein Seefahrer auf Island angelandet war und einen Balken über Bord geworfen hatte. Wo das Holz angespült würde, wollte er sesshaft werden. Da hatten also Strömungen, Wetter, Seegang und das Schicksal dafür gesorgt, dass diese karge Bucht besiedelt wurde. Zwei Drittel der isländischen Bevölkerung lebten inzwischen in Reykjavik und Umgebung. Urbaner würde es folglich nicht werden auf der Rundreise.

Wenckes Füße taten weh. Hafen, Rathaus, Museum, Einkaufsstraße, wieder Museum – Lena Jacobi mutete ihren Schützlingen viel zu. Natürlich war das alles irgendwie auch interessant, doch Wencke wusste noch aus Schülertagen, dass ihr Gehirn bei Stadtführungen eine relativ eingeschränkte Aufnahmekapazität hatte. Dazu kamen die durchwachte Nacht und der Schrecken, den ihr der neue Brief von Doro in die Glieder getrieben hatte. Sie ließ sich auf einen der Metallstühle sinken und bestellte eine große Tasse Kaffee, die laut Umrechnungstabelle stolze fünf Euro kostete, doch das war ihr so was von egal, sie brauchte in diesem Moment Koffein wie ein Medikament, da war sie auch bereit, Apothekerpreise zu zahlen.

Seinen ganz besonderen Charme offenbarte Reykjavik erst im Detail: ein ausgestopftes Schaf mit zwei Köpfen als Blickfang im Boutique-Schaufenster, danach würde man in Hannover wohl vergeblich suchen. In den kleinen Cafés, die sich in den Hinterhöfen der knallrot oder giftgrün angestrichenen Holzhäuser versteckten, saßen junge Menschen in noch farbenfroheren Klamotten, hörten grelle Musik, lachten und ließen ihre Kinder und Hunde durcheinanderlaufen. Das alles gefiel Wencke und sie hatte sich mehrmals überlegt, die kleine Reisegruppe, die brav hinter Lena Jacobi hertrottete, absichtlich aus den Augen zu verlieren und auf eigene Faust die Stadt zu erkunden. Aber dann ließ sie es doch bleiben und nutzte stattdessen die Gelegenheit, Silvie und ihren Mann aus sicherer Distanz zu beobachten.

Ihre alte Zimmergenossin ging ihr eindeutig aus dem Weg. Wenn Wencke einen Museumsraum betrat, verließ Silvie ihn prompt, nicht hektisch, aber ohne ein Zögern. Im Bus saß Hüffart ganz vorn, was aufgrund seiner körperlichen Verfassung Sinn machte. Dass Wencke sich fast provokant drei Reihen dahinter platzierte, hatte Silvie sichtlich nervös gemacht. Über den Vorfall im Flugzeug verloren sie kein Wort. Lange würde das nicht gutgehen. Irgendwann musste sie Silvie mit dem konfrontieren, was sie inzwischen herausgefunden hatte: dass Doro damals einer ziemlich undurchsichtigen Sache auf der Spur gewesen war und Silvie durch ihre Falschaussage bei der Polizei offensichtlich für den verhängnisvollen Verlauf der Aufklärung gesorgt hatte. So sah es aus, da ließ sich nichts beschönigen. Die ganze Reise nach Island, die Begegnung im Flieger, die Briefe – all das war ein Auftrag an Wencke. Sie musste die Dinge durchschauen. Sie musste auch Silvie durchschauen – und erkennen, dass diese Frau lange nicht so seriös und harmlos war, wie sie sich gab.

Karl Hüffart ließ sich von seiner Frau im Rollstuhl durch die Straßen Reykjaviks schieben. Wo sie stehen blieb, musste auch er warten. Und die Richtung, in die er dabei schauen durfte, gab sie ebenfalls vor. War es Absicht, dass Silvie oftmals die Aussicht genoss, den Blick über die angrenzende Villa-Kunterbunt-Straße beispielsweise, während Karl Hüffart so abgestellt wurde, dass er den tristen Ententeich und zwei Parkbankbewohner beim Streiten und Dosenbiertrinken beobachten musste?

Jetzt gerade war das Bild ein anderes: Karl Hüffart saß neben der Balustrade in der Nähe des Liftes und betrachtete versonnen einige Postkarten auf dem Drehständer, nichts Besonderes. Aus der Entfernung konnte man erkennen, dass ein paar Papageientaucher darauf abgebildet waren, diese schwarz-weißen Vögel mit den orangefarbenen Schnäbeln, die es wohl fast nur auf Island gab. Immer wieder drehte er das Kartenkarussell, und sobald die Fotos mit den gefiederten Freunden auftauchten, lächelte er – soweit Wencke es beurteilen konnte, war es das erste Mal an diesem Tag, dass er sich an etwas so erfreute. »Noch mal!«, rief er, bevor Silvie ihm die Hand auf den Mund legte wie eine Kindergärtnerin, die ein schlimmes Wort zurückhalten will. Sie hatte ein Glas Wasser in der Hand, welches sie ihm zusammen mit einer Tablette verabreichte. Er schluckte brav und sie streichelte seine Schulter.

Wie viel ist von dir noch übrig, Hüffart?, dachte Wencke. Wo ist der harte, unerbittliche Mann geblieben, der vor zwanzig Jahren seinen Sohn geopfert hat, damit seine schmierige Politik nicht ans Tageslicht kommt? Die Brauen waren buschig, aber auffallend gepflegt zurechtgestutzt. Er lächelte fast charmant und sah aus wie ein liebenswerter, zerstreuter, harmloser Greis – überhaupt nicht wie der, der er einmal gewesen war. Karl Hüffart schien alles Strenge, Strebsame, Furchteinflößende im Laufe der letzten Jahre abgelegt zu haben. Gestern, im Flugzeug, hatte er geklungen, als wäre er selbst zwölf Jahre alt und als sei die Erinnerung an Jan das Einzige, was in seinem in Auflösung befindlichen Geist noch fassbar war. *Ich will mit Jan spielen ...*

Das hatte Wencke berührt, auch wenn sie sich gern dagegen gewehrt hätte. Nein, Mitleid wollte sie nicht für ihn empfinden. Denn sollte von dem, was Doro in ihren Notizen angedeutet hatte, nur die Hälfte stimmen, wäre Empathie für Hüffart völlig unangebracht. Selbst wenn er heute bloß noch ein alter Mann war, der mit kindlicher Begeisterung ein paar Vogelbilder betrachtete. Und sich von seiner Ehefrau mit Tabletten füttern ließ.

Plötzlich vibrierte Wenckes Handy im Rucksack. Auf dem Display leuchtete eine irrsinnig lange Nummer, die mit 00345 begann – die internationale Vorwahl von Island. »Ja bitte?«

»Wencke?« Das war Frankies Stimme, sie klang gehetzt. »Hey, du musst mir helfen, verdammte Scheiße.«

Wencke nahm ihre Kaffeetasse in die Hand und verließ die Cafeteria durch die Drehtür. Jetzt stand sie draußen, ließ sich ein bisschen nass regnen, fror noch dazu, doch wenigstens bekam Silvie auf diese Weise nicht mit, wen sie gerade am Apparat hatte. »Wie soll ausgerechnet ich dir helfen können?« Sie hörte einen Motor brummen, Frankie schien in einem Auto zu sitzen. »Wo steckst du eigentlich?«

»Die wollten mich abschieben, ich sollte heute noch ins Flugzeug und zurück nach Deutschland.«

»Nach dem, was du dir gestern erlaubt hast, wundert mich das nicht wirklich.«

»Was hab ich denn Schlimmes getan?«

»Du hast einem Haufen Leute Todesangst eingejagt. Mir auch, nebenbei bemerkt. Schon vergessen, dass du mich beinah erwürgt hast? Mein Hals ist gefleckt wie bei einer Giraffe. Ich habe also gar keine Lust, dir zu helfen.«

»Sorry, Wencke.« Das klang nach gar nichts, am allerwenigsten nach einer Entschuldigung.

»Mir ist es sogar recht, dich hinter verschlossenen Türen zu wissen.«

»Da bin ich aber inzwischen gar nicht mehr.«

Wencke wurde ganz anders. »Haben sie dich freigelassen?«

»Nein, ich bin abgehauen«, erklärte er aufgeregt und verschluckte sich direkt bei den ersten Silben. Nach einigem Röcheln schaffte er es weiterzureden: »Und du musst mir jetzt helfen!«

»Bist du wahnsinnig? In Deutschland hätten sie dich wahrscheinlich laufen lassen, aber wenn du hier wieder Mist baust ... Hast du jemandem geschadet?«

»Ich denke, ja.«

»Wie schlimm ist es?«

»Ich konnte nicht zimperlich sein ...« Wieder unterbrach ihn sein eigenes Husten. »Es war meine einzige Chance.«

»Die einzige Chance wofür? Dein Leben ein zweites Mal gründlich zu ruinieren?«

»Die einzige Chance, die Wahrheit herauszufinden, Wencke! Das willst du doch auch, oder nicht? Haben wir nicht dasselbe Ziel?«

Wenn außer ihr derzeit sieben Milliarden Menschen auf diesem Planeten lebten, gab es wahrscheinlich 6 999 999 999 Menschen, mit denen sie lieber gemeinsame Sache gemacht hätte. Aber er hatte recht. Wencke musste sich mit Frankie zusammentun.

»Wir beide wissen, ich habe den kleinen Jan Hüffart nicht ermordet und Doro war dieser Sache auf der Spur, bevor man sie kaltgemacht hat.« Das Brummen im Hintergrund wurde lauter, als würde gerade ein Motor zur Höchstleistung gezwungen.

»Von wo aus rufst du eigentlich an?«

»Der Fahrer des Gefängnistransporters hat sein Handy im Auto liegen lassen. Und deine Nummer hatte ich ja noch ...«

»Schmeiß das Ding weg!«, unterbrach Wencke. »Die können dich orten. Und die werden herausfinden, dass du mit mir telefoniert hast.«

»Wie sollen sie das denn machen?«

»Frankie, vergiss nicht, du warst jahrelang weg vom Fenster, inzwischen machen die Sachen, dagegen ist Orwells Big Brother ein taubstummer Blindfisch.«

»Können wir uns treffen?«

Sie hatte befürchtet, dass er das fragen würde. Weil sie wusste, ihre Antwort hätte mit gesundem Menschenverstand nicht viel zu tun. »Heute ist es zu gefährlich. Wenn du einen von ihnen verletzt hast, suchen sie dich bestimmt mit der ganzen Mannschaft.« Wencke zog den Reiseplan aus dem Rucksack. »Pass auf, wir sind morgen Vormittag in östlicher Richtung unterwegs. Um zwölf Uhr ist eine Passage auf dem *Jökulsárlón* geplant, das ist ein Gletschersee im Süden der Insel. Ich könnte mir vorstellen, dass sich da eine Gelegenheit ergibt, ungestört zu reden.«

»Okay, morgen Mittag, das werde ich schaffen.«

»Und schmeiß das Handy jetzt sofort aus dem Fenster, verstanden?« Aber er hatte schon aufgelegt. Wencke musste tief durchatmen. Jetzt steckte sie mittendrin, ab sofort war diese Aktion hier kaum noch mit einem offiziellen Auftrag zu legitimieren. Sie würde sich morgen mit einem entlaufenen Straftäter treffen, wenn das herauskam, könnte es ungemütlich werden. Sie zog die Jeansjacke enger, doch inzwischen war sie so durchfeuchtet und abgekühlt, dass ihr dadurch keine Spur wärmer wurde.

»Wenn Sie möchten, leihe ich Ihnen meinen Islandpullover«, hörte sie eine Männerstimme nur wenige Meter hinter sich. Mist! Wencke hatte nicht damit gerechnet, dass außer ihr noch jemand so selbstquälerisch veranlagt war, sich bei diesem Regen draußen auf die Aussichtsplattform zu stellen. Sie drehte sich um, gut, der Kerl trug ja immerhin eine wetterfeste Jacke, Mütze und Schal. Hatte er etwas von dem Telefonat mitbekommen? Er grinste sie an. Irgendwie kam er ihr bekannt vor.

»Habe eben einen im Touristenshop unten gekauft.« Er reichte ihr eine Tüte, in der sich ein dickes, dunkelblaues Strickpaket befand. »Schurwolle, kratzt ein bisschen, hält aber schön warm.« Sein leichter Akzent verriet, dass er kein Deutscher war, eventuell sogar Einheimischer, aber kauften Isländer sich Strickpullis in überteuerten Souvenirshops?

»Kennen wir uns?«, fragte Wencke und machte keine Anstalten, sich das Teil überzuziehen.

»Nur indirekt. Ich bin Dr. Yngvisson und arbeite bei *AlumIn-Terra* unter anderem in der Abteilung für Öffentlichkeitsarbeit ...«

»Sie sind derjenige, der das Ganze hier organisiert?«

»Genau der bin ich. Ich hoffe, Sie fühlen sich wohl in meiner Heimat.« Er reichte ihr die Hand. »Bis auf das Wetter natürlich, aber da machen Sie sich keine Sorgen, Sonne und Wolken wechseln hier schneller, als Sie einen Regenschirm aufspannen können.«

Das Wetter war Wencke momentan herzlich egal. Sie hatte andere Sorgen. »Hat Lena Jacobi Ihnen erzählt, dass ich mit Ihnen sprechen möchte?«

»Das hat sie. Und ich freue mich, Sie kennenzulernen. Gehen wir rein?«

»Ist wohl besser.« Wencke griff nach ihrer Kaffeetasse.

»Lassen Sie das stehen, ist bestimmt inzwischen kalt und vom Regen verdünnt. Ich spendiere Ihnen einen frischen Kaffee, wenn Sie möchten.«

In der Drehtür gerieten sie für Wenckes Geschmack etwas zu nah aneinander und ganz geheuer war ihr auch nicht, dass dieser Yngvisson ausgerechnet charmant und zuvorkommend sein musste. Hätte sie die Wahl gehabt, sie hätte sich als Verantwortlichen dieses Konzerns lieber einen Unsympathen gewünscht, denen war leichter zu misstrauen.

Drinnen zog sie sich die Jacke aus, das T-Shirt darunter war auch feucht, aber das war gerade noch zu ertragen. »Ich denke, ich kann auf Ihren Pullover verzichten, aber vielen Dank für das Angebot.« Wahrscheinlich wäre sie in dem Teil irgendwo zwischen Elchmuster und Rundkragen verlorengegangen, dieser Mann war so groß und breitschultrig, dass ihr die Frau leidtat, die Pullover in seiner Passform stricken musste.

Als er mit zwei Tassen von der Selbstbedienungstheke zurückkam, zeigte er mit dem Kinn auf einen Tisch, der etwas abseits lag. »Nehmen wir den? Da sind wir unter uns.« Recht hatte er, denn die anderen Symposiumsteilnehmer, mit denen Wencke nun schon einige Stunden verbracht hatte, schauten bereits neugierig herüber, mit welchem Mann diese LKA-Frau aus Deutschland wohl gerade Kaffee trank. Besonders der Sprecher des italienischen Bildungsministeriums, der im Laufe des

Tages schon mehrfach versucht hatte, Wenckes Aufmerksamkeit zu gewinnen.

Sobald Yngvisson Mütze und Schal abgenommen und sich gesetzt hatte, brauchte Wencke nur noch ein paar Sekunden, bis sie endlich darauf kam, wo sie ihm schon einmal begegnet war. Die blonden, etwas längeren Haare, ein Bart, der ihn nach Abenteurer aussehen ließ, helle Augen und das Lächeln ... »Sie haben gestern im Flieger neben mir gesessen. Mein unangenehmer Sitznachbar hat dafür gesorgt, dass Sie einen Liter Apfelsaft auf die Hose bekommen haben.«

»Bravo! Sie haben ein gutes Gedächtnis. Aber das gehört ja wahrscheinlich zu Ihrem Job. Als Profilerin muss man die Mitmenschen immer etwas genauer betrachten, oder nicht?«

»Sie waren der einzige Passagier, der in der Situation halbwegs gelassen geblieben ist. So jemand fällt auf.«

Er lachte und schob ihr den Kaffee rüber. »Sie sahen nicht so aus, als würde der Angriff Sie wirklich ... wie sagt man so schön im Deutschen: aus den Strümpfen schlagen?«

»Na, so ähnlich.« Wencke kontrollierte vorsichtig, ob das Tuch noch die Stellen am Hals verdeckte. Irgendwie wollte sie, dass Yngvisson sie tatsächlich für unverwundbar hielt. »Warum haben Sie mich eigentlich eingeladen? Hier sind jede Menge europäische Minister und politische Würdenträger, Journalisten und wichtige Finanzexperten – da passe ich doch überhaupt nicht dazu.«

»Wir wollen dieses Symposium als Austausch nutzen. Island ist durch seine besondere Insellage in vielen Bereichen völlig autark, jedoch wollen wir Mitglied der EU werden, da muss man auch mal über den Tellerrand schauen. Natürlich brauchen wir neben Wirtschaft und Politik auch Vertreter der Exekutive. Unser Polizeiapparat in Island arbeitet völlig anders, war kein Wunder ist, wenn man sich nur um überschaubare 320 000 Einwohner zu kümmern hat. Eine Profiling-Abteilung gibt es gar nicht, was wohl daran liegt, dass wir uns ohnehin alle irgendwie um drei Ecken persönlich bekannt sind und ein Verbrechen auf Island eine ganz andere Sache ist als beispielsweise in Hannover oder Bremen.«

»Und wie sind Sie gerade auf meine Abteilung beim LKA Hannover gekommen?«

»Sie sind mir empfohlen worden.«

»Aha, und von wem?«

»Von Ihrer Mutter. Von Isa.« Yngvisson sagte das ganz ruhig. Dass Wencke daraufhin sprachlos blieb, amüsierte ihn. »Wir haben uns auf einer Vernissage in Bremen kennengelernt und hatten eine ausgesprochen nette Zeit zusammen.«

»Sie sind dieser Jarle?«

»Genau der bin ich.« Yngvissons Mimik war anzusehen, dass die kleinen Lachfältchen um Mund und Augen gut im Training waren. Er mochte nicht viel älter sein als Wencke, auf jeden Fall unter fünfzig. Und er war der Liebhaber ihrer Mutter?

»Hat Isa von mir erzählt? Das freut mich aber.«

Wencke nickte schwach. Vielleicht wirkte er einfach nur jünger, weil die hier auf Island doch den ganzen Tag Fisch aßen und an der frischen Luft waren. Anders bekam Wencke diese Kombination einfach nicht auf die Reihe. Wie hatte ihre alte, ausgeflippte Mutter es geschafft, ein solches Prachtexemplar von Mann ins Bett zu kriegen? Nein, darüber wollte sie nicht nachdenken, nicht eine Sekunde lang.

»Ihre Mutter hat andauernd von Ihnen geschwärmt. Wie erfolgreich Sie in Ihrem Beruf sind, wie mutig und engagiert.«

»Das kann unmöglich meine Mutter gewesen sein. Ihr würde so etwas nicht über die Lippen kommen!«

»Da kennen Sie Ihre Mutter aber schlecht.« Er packte den Butterkeks aus, der auf der Untertasse lag, und tunkte ihn in den Kaffee. Das machte Isa auch, fiel Wencke auf, und das hasste sie, seit sie ein Kind war, weil dann Tage später, wenn sich irgendjemand mal bequemt hatte, das Geschirr in die Spüle zu stellen, am Tassenboden eingetrocknete Krümel geklebt hatten.

»Um ehrlich zu sein, Isa hat mir auch sonst einiges von Ihnen erzählt – ich hoffe, das ist Ihnen nicht unangenehm. Sie sagte, dass Ihre private Situation wenig glücklich sei.«

»So, hat sie das gesagt?«

»Sie hat mir auch Fotos gezeigt, von Ihnen und von Emil. Toller Junge, muss ich schon sagen. Ich war auch ganz erleichtert, denn auf den Bildern sahen Sie dann doch nicht so depressiv aus, wie ich befürchtet hatte. Jedenfalls haben mich die Erzählungen über Ihren Beruf neugierig gemacht, denn von der Arbeit der Profiler habe ich bislang nur aus US-Fernsehserien erfahren, das schien mir aber wenig realistisch. Und da wir für unser Symposium ja auch einen Vertreter der Exekutive dabeihaben wollten, ging eine Einladung an Ihre Abteilung. So einfach ist das.« Jetzt aß er den Keks. Oder besser, er lutschte ihn. Diese Angewohnheit und die Tatsache, dass er ein abgelegter Liebhaber ihrer Mutter war, waren die einzigen Dinge, die Wencke an diesem Mann störten. Ansonsten war er fabelhaft.

»Woher können Sie eigentlich so gut Deutsch?«

»Ich habe in Deutschland studiert und anschließend noch einige Jahre dort gearbeitet. Das war eine schöne Zeit, aber Island ist meine Heimat, ich liebe die Naturgewalten und die Mentalität der Menschen. Und Sie? Wie gefällt es Ihnen hier?«

»Ich fürchte, ich habe noch nicht so viel gesehen, auch wenn sich meine Füße anfühlen, als hätten wir bereits einmal die Insel umrundet.«

»Wir müssen weiter«, rief Lena Jacobi ihnen winkend zu. Wencke schaute sich um, außer ihnen war weit und breit kein bekanntes Gesicht mehr zu sehen. Sie war wieder mal die, auf die gewartet werden musste.

Jarle erhob sich. »Jetzt haben Sie gar keinen einzigen Schluck getrunken.«

»Ich bin wach genug!«, versicherte Wencke.

»Dann sollten Sie zum Bus. Wir sehen uns gleich in der Kirche, ich werde den Abend moderieren. Und später ergibt sich ja bestimmt eine Gelegenheit, dass wir noch ein bisschen quatschen. Ich würde mich freuen!«

»Ich mich auch«, entgegnete Wencke. Doch ob das wirklich stimmte, wusste sie nicht.

[14. Juni, 18.20 Uhr, *Hallgrímskirkja*, Reykjavik]

Gerade als alle in die Musik vertieft waren, den etwas zu nervösen Holzbläsern lauschten, die im letzten Satz von Jón Leifs' choreografischem Drama *Baldr* zum Höhepunkt strebten, wischte Silvie ihrem Mann den Mund ab. Klassische Musik ließ Karl immer sabbern.

Im Inneren der *Hallgrímskirkja* stießen die klaren Linien des Kirchenschiffs weit über Silvies Scheitel zusammen. Genau wie die sphärischen Klänge des Isländischen Sinfonieorchesters, welche sich im Altarraum ausbreiteten und Melodien fabrizierten, die dem Himmel näher zu sein schienen als den Zuhörern. Hohe, etwas quäkende Töne, ähnlich dem Geschrei der Möwen unten im Hafen, dann setzten die Bassinstrumente ein und erzeugten ein abgrundtiefes Wabern. Der Komponist hatte es verstanden, die besondere Atmosphäre seiner Heimat einzufangen. Nach Wagner klang das absolut nicht, selbst wenn die vertonten altgermanischen Mythen der deutschen Nibelungensage ähnlich waren.

Doch Bayreuth hatte mit Reykjavik rein gar nichts zu tun. Diese Stadt hier besaß vergleichsweise wenig Liebreiz, lag spröde und karg eingebettet zwischen rotgrauen Hügeln. Um ehrlich zu sein: nicht Silvies Ding. Sie vermisste Blumenkästen an den Fenstern und Bäume und geschichtsträchtige Architektur. Schon in dieser Kirche, die sich ja immerhin als Wahrzeichen der isländischen Hauptstadt bezeichnete, wurde jeglicher klerikale Pomp vermieden.

Silvie saß auf einer der vorderen Holzbänke, wurde geblendet von der ab und zu grell durch die farblosen Kirchenfenster scheinenden Abendsonne und nutzte die Gelegenheit, um die Tabletten herauszuholen. Sie löste zwei Pillen im mitgebrachten Plastikbecher in Wasser auf und führte das Medikament an Karls Lippen, gerade als die Pauke das Ende der Welten herbeitrommelte. Sie schaute sich um, glücklicherweise schien niemand etwas mitbekommen zu haben.

Musik, feine Musik, so wie diese hier, wirkte aufmunternd auf Karl, der sonst irgendwie immer lethargisch war, manchmal bewegungslos in seinem Rollstuhl saß und nicht so recht wusste, was er sagte. Violinen und Querflöten, Harfen und Klaviere brachten ihn dazu, sich im Hier und Jetzt wohlzufühlen. Dann lächelte er selig. Und sabberte eben.

Spucke am Mundwinkel war, wenn man eine Rede zu halten hatte, ein Desaster. Ungünstig also, dass bei den meisten seiner öffentlichen Auftritte Sinfonieorchester zugegen waren.

Noch fünf Minuten. Bis dahin wirkte das Mittel hoffentlich.

»Frau Hüffart?«, sprach die junge Frau, die zur Betreuung der Gruppe auserkoren war, sie flüsternd an. Lena Jacobi hatte sich leise durch die Kirchenbankreihen nach vorn geschlichen und duckte sich. Brauchte sie eigentlich nicht, sie war eine dermaßen graue Maus, dass sie sich ohnehin unbeachtet von der Menschheit bewegen konnte. »Soll ich Ihnen mit dem Rollstuhl helfen?«

»Danke, nicht nötig.« Diese ewige Hilfsbereitschaft ging Silvie manchmal gehörig gegen den Strich. Hier was tragen, da was schieben, als hätte sie nicht alles wunderbar im Griff.

»Das Mikrofon am Pult ist noch nicht angestellt, da gibt es einen kleinen Hebel ...«

»Kein Problem.« Wenn dieses junge Ding wüsste, mit wie viel verschiedenen Mikrofonschaltern sie in den letzten Jahren hatte zurechtkommen müssen.

»Wir sind sehr stolz darauf, dass Ihr Mann bereit ist, hier zu sprechen!«, versicherte Lena Jacobi weiterhin flüsternd. »Es wäre uns eine Ehre, wenn Sie anschließend noch im *Hotel Borg* zum Gala-Menü erscheinen würden. Wie ist es eigentlich, kann Ihr Mann alles vertragen? Gesundheitlich, meine ich? Es gäbe sonst auch die Möglichkeit, eine besonders schonende Kost ... «

Jetzt wandte Silvie den Kopf in die Richtung, aus der das nervige Wispern kam, und starrte Lena Jacobi an. Sie wusste, dieser Blick konnte Menschen Angst einjagen. Geschah ihr recht. »Warum sollte mein Mann auf Seniorenkost umsteigen? Ich bitte Sie!«

»Ich meine doch nur ... «

»Wir werden im Übrigen nach Abschluss dieser Festivität zum Flugplatz fahren, das Taxi ist bereits bestellt.«

»Aber Sie wollten doch an unserer Rundreise teilnehmen ... «

»Uns ist leider ein Termin dazwischengekommen.« Das war natürlich nur eine faule Ausrede, jedoch für niemanden nachprüfbar. »Bitte teilen Sie Dr. Yngvisson noch einmal explizit mit, dass er auf keinen Fall den Zeitplan überziehen darf. Wir sind so schon knapp genug dran.«

Nur diese eine Rede, dann würden sie beide Gott sei Dank von hier verschwinden. So schnell wie möglich. Der Flug war gebucht, das hatte Silvie bereits gestern gleich nach der Landung veranlasst. Direkt nach der grauenvollen Begegnung im Flugzeug.

Diese Reise war wirklich eine Zumutung. Bei Anfragen dieser Art würde Silvie sich in Zukunft zuvor sämtliche Teilnehmer nennen sowie die detaillierte Auflistung der Organisatoren und Sponsoren zusenden lassen. Man konnte nicht vorsichtig genug sein. Eine sorgfältige Überprüfung jeglicher Einladungen war ihr schon seit Jahren besondere Herzensangelegenheit. Sie kontrollierte stets, ob Karls historische Bedeutung bei der Gestaltung des wiedervereinten Deutschlands und Europas entsprechend würdig transportiert werden sollte, ob genügend Presse – Weltpresse! – ihr Interesse bekundete und der kulturelle Rahmen stimmte.

Hier in Island hatte auf den ersten Blick alles sehr ansprechend gewirkt. Doch sie hätte einfach genauer hinsehen sollen. Es war allein ihre Schuld, Silvie hatte es vergeigt. Ein Symposium, bei dem Wencke Tydmers – aus welchen Gründen auch immer – geladen war, hätte in ihrem Büro durchs Raster fallen müssen. War es aber nicht. Deswegen saß sie heute hier und schwitzte Blut und Wasser.

Alf Urbich als einer der Vorsitzenden der *AlumInTerra* hatte sich für die Eröffnungsfeier entschuldigen lassen. Geschäftliche Termine, pah! Er drückte sich doch bloß vor der Begegnung mit Karl. Ein Mann wie Urbich brachte keine Geduld auf, mit seinem ehemaligen Weggefährten umzugehen, wirklich traurig. Schleierhaft blieb für Silvie nur, wie *AlumInTerra* auf die hirnrissige Idee kommen konnte, Wencke Tydmers auf die Gästeliste setzen zu lassen. Das musste Urbich als Vorsitzendem doch aufgefallen sein und wäre entsprechend zu verhindern gewesen! Schließlich war es seine Firma, die den Zirkus hier bezahlte.

Das Konzert endete unerwartet leise und undramatisch, das Klatschen der Zuhörer setzte entsprechend zögerlich ein, wahrscheinlich erwarteten alle, zum Finale hin doch noch mal sämtliche Künstler bis zur Schmerzgrenze musizieren zu hören.

»So, jetzt wären Sie dann an der Reihe«, sagte Lena Jacobi und zeigte Richtung Rednerpult, an dem sonst wahrscheinlich sonntäglich die Episteln verlesen wurden.

Silvie begutachtete noch einmal die Erscheinung ihres Mannes. Die Krawatte saß korrekt, wie gut, dass sie sich beim Packen für den tintenblauen Seidenschlips entschieden hatte, der wirkte so frisch. Karl schaute wach und ausgeglichen aus der Wäsche. Seine Mundwinkel waren trocken, die Finger sauber, die Brille nicht verschmiert. Ja, so würde es gehen.

Dr. Yngvisson, der als Moderator bislang anständig durch den Abend geführt hatte, kündigte in englischer Sprache den Höhepunkt der Veranstaltung an. Die üblichen Daten aus dem Leben ihres Mannes wurden aneinandergereiht: ein langjähriger Parteivorsitzender bis zum Regierungswechsel 1998, der sich um die Realisierung der deutschen Einheit verdient gemacht und so auch maßgeblich das neue Europa mitgestaltet hatte und so weiter und so fort. Auch sie wurde erwähnt, nur am Rande, aber das reichte Silvie vollkommen, sie hatte kein Problem damit, auf die Rolle der Ehefrau von Karl Hüffart reduziert zu werden. Als sie den Rollstuhl über eine kleine Rampe auf das Podest hinter dem Rednerpult lenkte, setzte Silvie ihr hauptberufliches Lächeln auf, nicht zu offen, nicht zu fröhlich, schließlich war es eine große Verantwortung, die sie vor sich herschob, das sollte man erkennen können.

»Please welcome the highly esteemed co-creator of modern politics in Europe: Dr. Karl Hüffart.« Die Leute erhoben sich von den Plätzen. Das taten sie immer. Standen, klatschten, lächelten, manche mit glänzenden Augen. Silvie liebte diese Momente.

Die heikelste Phase folgte gleich im Anschluss, wenn Karl direkte Fragen gestellt wurden. Da fühlte er sich oft überrumpelt und brachte keinen Ton heraus. Silvie half ihm seit ein paar Jahren mit einem recht simplen Trick aus dieser Situation. Es war alles eine Sache der Übung.

Sie stellte das Mikrofon an und bog die elastische Halterung in Karls Mundhöhe.

»Wie gefällt Ihnen Island?«, fragte Yngvisson in lupenreinem Deutsch.

»Oh, ich glaube, dazu kann Ihnen meine Frau mehr sagen.« Bravo, Karl wusste, was er zu tun hatte. Diese Antwort passte bei jeder Gelegenheit. Der Moderator übersetzte, die Menge lachte, alles wie gehabt.

Keine Sekunde später hatte Silvie das Mikrofon vom Rednerpult gelöst. Und wenn sie es erst einmal in ihrer Hand hielt, war es wesentlich einfacher, den Verlauf des Gespräches zu kontrollieren. »Island ist einfach erstaunlich. Karl und ich haben eben noch darüber gesprochen, wie unglaublich gut diese Musik all die Schönheit des Landes eingefangen hat. Einen herzlichen Dank von uns an das Sinfonieorchester für diese fabelhafte Darbietung!« Natürlich klatschten jetzt wieder alle, die Musiker erhoben sich, applaudierten ihrerseits wieder dem Dirigenten, der sich natürlich gern und ausgiebig verbeugte, das alles zog sich immer weiter in die Länge – genauso war es geplant. Es gab immer einen Zeitplan, der einzuhalten war. Und je länger der Zwischenapplaus dauerte, desto weniger Fragen konnte man Karl stellen. Das passte Yngvisson offensichtlich nicht, doch er lächelte tapfer.

Es schien eine Art geheimen Wettbewerb zu geben, bei dem es darum ging, Karl Hüffart in einer öffentlichen Veranstaltung als dement zu entlarven. Egal wo sie bislang gewesen waren, ob im heimatlichen Bad Iburg, in Berlin, London, Sydney oder sogar in einem tibetanischen Kloster: Immer hatte Silvie das Gefühl, die Journalisten hechelten danach, ihren Mann bloßzustellen. Luden ihn als Ehrengast und behandelten ihn wie einen Vollidioten. Dabei war Karl alles andere als das. Gut, er hatte Schlimmes erlebt und war natürlich schon ein paar Jahre älter. Doch er war kein Idiot! Niemand konnte das besser beurteilen als seine Frau, oder?

Irgendwann setzten sich alle wieder und Yngvisson konnte

fortfahren. »Herr Dr. Hüffart, wie Sie wissen, ist das Thema unseres Kongresses der Zusammenhang zwischen altgermanischen Mythen und moderner Politik. Sie haben sich dankenswerterweise dazu bereit erklärt, einen entsprechenden Vortrag zu halten. Doch bevor wir ganz gespannt Ihren Worten lauschen, will ich Sie erst einmal spontan um Ihre Meinung bitten: Haben die alten Geschichten auch heute noch Auswirkungen auf uns, auf unsere Gesellschaft?«

Diese Frage war unverfänglich, also hielt Silvie das Mikrofon an Karls Lippen. Er räusperte sich. Nun, das würde er schaffen. *Gesellschaft* war ein Stichwort, das sie hundertmal trainiert hatten.

»Die Gesellschaft wandelt sich immer.« Karl sprach schön langsam, betonte jede Silbe, was seiner Rede etwas Gewichtiges gab. »Sie ist nicht mehr das, was sie in meiner Kindheit war, und wird sich auch noch weiterhin entwickeln, bis der da oben …« – wunderbar, Karl machte die richtige Bewegung und reckte seinen rechten Arm in die Höhe, um ins Nirgendwo zu zeigen – »… bis der da oben beschließt, dass es genug gewesen ist.«

Wieder hatte er die Lacher auf seiner Seite. Silvie war stolz.

Yngvisson stieg gleich darauf ein. »Sie denken also, dass unsere kulturellen Wurzeln zwar gegeben sind, wir aber nicht voraussehen können, wohin uns das alles führt?«

»Ja«, sagte Karl und nickte ernsthaft. Das war die Gelegenheit für Silvie, wieder unauffällig das Wort an sich zu reißen.

»Mein Mann und ich haben heute bei unserem hochinteressanten Rundgang durch Reykjavik die Handschriftensammlung mit dem kostbaren *Codex Regius* betrachten dürfen. Glauben Sie uns, dieses Erlebnis werden wir in Erinnerung behalten.«

Ein langer Satz, der wieder übersetzt werden musste. Es lief bestens, gleich würde der Vortrag beginnen, die fünf Minuten, die für das freie Gespräch angesetzt worden waren, mussten so gut wie vorbei sein. Die Menschen würden trotzdem hochzufrieden nach Hause gehen. Sobald man schwärmte, wie eindrucksvoll ihre Heimat sei und dass man diesen Tag niemals vergessen werde, war ihr Bedarf gedeckt.

Als Moderator war Yngvisson in seinem Element. »*Codex Regius* – Frau Hüffart, da geben Sie mir ein wunderbares Stichwort, denn in diesem alten Schriftstück finden wir ja unter anderem auch die Geschichte von der Ermordung Baldrs, deren Vertonung wir eben hören durften.« Es gab eine kleine Überleitung auf Englisch, in der er erklärte, dass man sich dem Thema des eben gehörten Musikstücks widmen wolle. »Baldr, der Sohn Odins und Friggs, der Gott der Schönheit, der Gerechtigkeit und des Lichts, er wurde grausam ermordet.«

Was sollte dieser Ausflug in die Götterwelt? Musste das jetzt sein? Die Zeit war knapp genug.

Doch Yngvisson schnipste und irgendwo im Nirgendwo stellte ein Techniker den Beamer an. Ein Bild wurde großflächig auf eine plötzlich entrollte Leinwand projiziert, ein altes Bild, wahrscheinlich ein Kupferstich. Silvie hielt den Atem an.

»Wir Isländer lieben den Mythos um Baldrs Tod«, formulierte Yngvisson wieder auf Deutsch, trat auf das Pult zu und drehte den Rollstuhl leicht, sodass Karls Blick unweigerlich auf die Abbildung treffen musste. Silvie konnte es nicht verhindern: Ihr Mann war wie elektrisiert. Der Projektor zeigte einen toten Jungen, auf einem Floß liegend, welches im Wasser schwamm.

»Kennen Sie die Sage? Die Familie des toten Göttersohnes, der durch eine üble List von einem Mistelzweig erdolcht worden war, wollte ihren geliebten Bruder und Sohn aus dem Totenreich zurückholen. Doch dies sollte ihr nur gelingen, wenn alle Lebewesen auf der Welt um Baldr weinten.« Das Lächeln des Moderators machte alles nur noch schlimmer, fand Silvie.

»Und so weinten die Menschen und die Tiere, die Pflanzen und die Götter, die Riesen und sogar die Steine um den toten Jungen.«

»Ist ... ist das Jan?«, fragte Karl und seine Stimme hatte genau den Unterton, den sie jetzt, in diesem Augenblick, auf keinen Fall bekommen durfte. Wenn die Stimme des großen Karl Hüffart ins Weinerliche abdriftete, war er verloren. Dann wurde er innerhalb weniger Sekunden zum Häufchen Elend. Etwas, das keine Kamera der Welt zu Gesicht bekommen durfte. Was sollte Silvie bloß tun?

»Leider hatte sich Baldrs eigentlicher Mörder – der verschlagene Loki – in einen Troll verwandelt und vergoss als Einziger keine noch so kleine Träne. Aus diesem Grunde musste Baldr, der Sohn des Gottes Odin, im Totenreich bleiben.«

Yngvisson schnipste wieder, nun wurde das Bild noch vergrößert und fokussierte das leblose Gesicht des Jungen. »Doch man sagt, dass Baldr am Ende aller Tage zurückkommen wird, um für Gerechtigkeit zu sorgen.«

Karl starrte auf die leuchtende Abbildung. Er war hellwach. Sein Zustand wirkte bedrohlich. Karl Hüffart hatte vieles vergessen, was ihm einmal wichtig gewesen war, doch seinen Sohn Jan behielt er stets in seiner Erinnerung, als habe diese sich unauflösbar mit seinem Hirn verwoben. Meistens hatte Karl keine Ahnung mehr, was mit Jan passiert war. Doch ab und zu, ausgelöst durch die Stimulation seiner Sinne, verstand er wieder, dass es diesen Mord gegeben hatte, diesen schrecklichen Mord an seinem einzigen Sohn.

Yngvisson unterbrach seine Märchenstunde und erkannte, was er angerichtet hatte. »Was ist mit Ihnen, Herr Dr. Hüffart? Geht es Ihnen nicht gut?«

»Jan ist im Totenreich«, antwortete Karl lahm. »Er ist tot.« Silvie sah, was sich hinter den Brillengläsern tat, gleich würden die Augen überlaufen. Sie musste dringend etwas unternehmen, wenn nicht alles, was sie in den letzten Jahren aufgebaut hatte, durch diese isländische Sagengeschichte zunichtegemacht werden sollte. Warum unbedingt ein toter Junge? Ein Floß? Es gab doch so viele Geschichten, warum wurde ihnen ausgerechnet diese zugemutet?

Auch Lena Jacobi eilte nun zu Hilfe. »Brauchen Sie ein Glas Wasser, Herr Dr. Hüffart?« Ein Glas Wasser! Was sollten sie jetzt mit einem Glas Wasser? Das nervige Fräulein machte alles nur noch schlimmer. Je mehr Leute um den Rollstuhl herumtanzten, desto nervöser wurde Karl.

Silvie nahm das Mikrofon in die Hand. »Sie müssen uns entschuldigen. Sie werden vermutlich nicht wissen, dass mein Mann vor vielen Jahren einen schweren Schicksalsschlag erlitten hat und uns diese Geschichte, die Sie erzählen, daran erinnert.« Sie schaffte es zum Glück, auch ein bisschen Wasser zwischen die Lider laufen zu lassen. Die tief betroffene Politikergattin, ja, sie musste noch ein wenig dramatischer sein als Karl und so die Aufmerksamkeit von ihm ablenken. »Es tut uns leid. So sorry for that! We just have to leave right now.« Die Griffe des Rollstuhls umklammert, löste Silvie die Bremse und ließ Karl zügig die Rampe herunterrollen. Schnell weg von hier!

Natürlich sprangen die Journalisten nach vorn, versperrten ihnen sogar den Weg durch den Mittelgang, knipsten, filmten – wirkten wie eine Horde Hyänen, die sich auf ihre verwundete Beute stürzt. Endlich hatten sie ihr Bild!

Silvie wurde schneller, stolperte fast über den grauen Teppich. Ihre schicken Pumps waren nicht zum Davonrennen gedacht und sie wünschte, sie könnte sich in Luft auflösen, mitsamt Rollstuhl und darin sitzendem Ehemann. Der schrie um Hilfe.

Halt den Mund, Karl, mach es nicht noch schlimmer.

»Hilfe! Ich werde entführt! Hilfe!«

Sei still! Bitte!

Zum Glück hielten zwei Sicherheitsleute die Türen auf, sie

nickten ihr konsterniert zu, Silvie grüßte kurz zurück und sputete sich. Ob das Taxi schon da war? Nie hatte sie sich so danach gesehnt, in einem Auto zu sitzen, die Türen zuzuknallen, um dann im geschützten Innenraum eines Saab oder Volvo im Straßenverkehr abzutauchen. Doch das Glück war heute nicht auf ihrer Seite. Der große Platz vor der Kirche zeigte sich bis auf eine Gruppe Touristen, die sich um das steinerne Denkmal eines Wikingers versammelt hatten, verwaist.

Geradeaus konnte man eine lange Straße einsehen: kein Taxi weit und breit. Und hinter ihrem Rücken öffneten sich die Kirchentüren wieder, der Mob war ihr anscheinend auf den Fersen.

Doch als sie sich umdrehte, trat ihr nur eine Person entgegen: Lena Jacobi. Drinnen waren die Sicherheitsleute damit beschäftigt, die neugierige Presse zurückzuhalten.

»Was ist denn passiert, um Himmels willen? Haben wir etwas falsch gemacht?« Irgendwie wollte Silvie dieser grauen Maus das schuldbewusste Getue nicht so richtig abnehmen. Sie konnte nicht genau benennen, weshalb sie dem reumütigen Geplauder nicht traute. War es die aufrechte Haltung der Schultern? Der gerade Blick ins Gesicht? Es passte nicht zusammen, dass Lena Jacobi ihr Mitgefühl beteuerte und dabei dastand wie eine, die gerade ein hart umkämpftes Match gewonnen hatte.

»Bitte, Frau Jacobi, wie Sie sehen, geht es meinem Mann nicht gut. Sie sind zu jung, Sie waren wahrscheinlich noch nicht einmal geboren, als ... «

»Als sein Sohn ermordet wurde?«

Silvie war perplex. Wusste diese Person etwa davon? Dann hätte sie doch wirklich etwas sensibler sein können mit der Auswahl ihrer Multimediapräsentationen. »Ich verstehe nicht, das Taxi hätte doch auch schon hier warten können. Bitte rufen Sie umgehend ... «

»Ich vermute, das hat nur wenig Sinn«, unterbrach Lena Jacobi.

»Wie bitte? Ich glaube, Sie missverstehen mich. Wir reisen ab. Jetzt sofort. Unser Gepäck ist bereits zum Flughafen gebracht worden.«

»Dort wird es auch noch immer stehen. Heute geht kein Flieger mehr.« Ein dünnes Lächeln umspielte die farblosen Lippen.

Silvie durchsuchte ihre Handtasche, hielt das Onlineticket hoch, am liebsten hätte sie es dieser Lena Jacobi an die Stirn geklebt. »Sehen Sie? Abflug 22.45 Uhr, 2 Personen, VIP.«

»Ich habe eben eine Nachricht per SMS bekommen. Der *Herðubreið* ist ausgebrochen.«

»Der was?«

»Einer von Islands berühmten Vulkanen. Solange dieser Berg seine Aschewolken in den Himmel bläst, bleiben alle Flugzeuge am Boden. Und die nächste Fähre nach Norwegen geht erst kommenden Dienstag.«

Silvie machte den Mund auf und zu. Es kam kein Ton dabei heraus. Das war ja wohl die Höhe!

»Aber wie gesagt, es gibt ein hervorragendes Menü im *Hotel Borg*. Verhungern werden Sie also auf keinen Fall.«

Verhungern? Wer sprach hier vom Verhungern?

Silvie war kurz davor, es in den nächsten Sekunden dem Vulkan gleichzutun – und zu explodieren!

[14. Juni, 20.34 Uhr, *Hotel Borg*, Posthusstraeti, Reykjavik]

Eventuell war Wencke in ihrer obligatorischen Jeans-und-Turnschuh-Kombination tatsächlich etwas underdressed. Zum Glück hatte sie noch schnell ihre graue, lange Baumwollbluse aus dem Koffer gefischt und den malträtierten Hals mit einem eleganten Seidenschal verhüllt. Aber wer hätte denn mit einem solchen Nobelschuppen rechnen können? Sie saßen an runden, weiß eingedeckten Tischen, aßen köstlichen Fisch, der wie Lachs aussah und fast genauso, nur eben noch etwas besser schmeckte – und redeten ausschließlich über den Vulkan.

Herðubreið, ein Krater im Nordosten der Insel, unter dem es ständig brodelte, hatte relativ spontan beschlossen, mal wieder ordentlich Feuer zu spucken. Wenckes Tischnachbarin, eine Schweizer Wirtschaftsjournalistin, hatte furchtbare Angst, ein zweites Pompeji erleben zu müssen, und bekam keinen Bissen herunter. Erst als Jarle Yngvisson, der ihnen gegenübersaß, seinen Charme einsetzte und isländische Vulkanwitze zum Besten gab, beruhigte sie sich allmählich.

»Ein Amerikaner, ein Deutscher und ein Isländer steigen auf den *Herðubreið* und schauen in den Krater ...«

Schon an dieser Stelle musste Wencke lachen. Wie lange hatte sie keinen Witz mehr gehört, der auf diese Weise begann?

Über das dramatische Finale beim Eröffnungskonzert schwieg man diskret. Karl Hüffart war wohl mit Beruhigungsmitteln versorgt und ins Hotelzimmer verfrachtet worden. Silvie, mit leichter Verspätung ab dem zweiten Gang anwesend, hatte sich knapp für den plötzlichen Abschied in der *Hallgrímskirkja* entschuldigt und um Verständnis gebeten. Anschließend war sie wieder mühelos in die Rolle der nonchalanten Politikergattin geschlüpft wie in einen seidenen Morgenmantel. Doch Wencke wusste, Silvie riss sich ordentlich zusammen. Wenn sie Weißwein trank, links lächelte und rechts plauderte, dann tat sie dies mit Sicherheit nur, um den Eindruck zu erwecken, alles sei bloß halb so schlimm gewesen, ein kleiner Fauxpas, nicht der Rede wert und vor allem kein Thema für die Titelblätter.

Innerlich aber musste sie brodeln. Der Zusammenhang zwischen dieser alten Sage um den toten Baldr und der Ermordung von Jan Hüffart war einfach zu offensichtlich. In dem Moment, als das Bild so überdimensional auf die weiße Leinwand geworfen worden war, hatte selbst Wencke glühend heiße Beschämung verspürt. Hüffarts entgleiste Gesichtszüge und das hektische Davoneilen von Silvie waren kaum mitanzusehen gewesen. Auch wenn Wencke ihre alte Schulkameradin nicht sonderlich mochte: Wie Silvie hier im Speisesaal des Luxushotels gerade Rückgrat bewies, war beachtlich.

Der Hoteldirektor erschien zwischen Fisch- und Fleischgang, begrüßte die Gäste auf Englisch, hielt eine kurze Rede über die wichtigen Menschen, die schon in diesem Traditionshaus genächtigt hatten, und brachte die Tischrunde naturkatastrophenmäßig auf den neuesten Stand: Die Aschewolke hatte inzwischen eine Höhe von acht Kilometern, zog Richtung Süden und stellte keine Bedrohung für Leib und Leben dar, lediglich für den reibungslosen Ablauf des Flugverkehrs.

Trotzdem schob die Schweizerin wieder das Besteck zur Seite. »Was ist mit der Lava?«

Jarle legte seine Hand beruhigend auf den goldbereiften Unterarm. »Der Vulkan befindet sich so ziemlich in der Inselmitte. Rundherum ist genug Platz für Unmengen von Lava, die zudem auch noch sehr träge ist und eine Höchstgeschwindigkeit von höchstens zwei Stundenkilometern erreicht. Sie werden sich keine Brandblasen an den Fußsohlen holen, versprochen!«

Die Frau lächelte schwach und Wencke fragte sich, wie man sich beruflich mit den Berg- und Talfahrten der Wirtschaft beschäftigen und dann eine solche Angst vor Vulkanausbrüchen haben konnte.

»Vielleicht haben wir es uns auch einfach mit den Geisterwesen verscherzt. Der Sage nach ist der *Herðubreið* nämlich nichts Geringeres als der Sitz des Gottes Thor.« Jarle grinste. Er spielte anscheinend gern auf die alten Mythen an. Vorhin hatte er im Trinkspruch der Elfen und Trolle gedacht, die unsichtbar mit ihnen am Tisch säßen. »Sollten wir uns schlecht benehmen, steigt Odin höchstpersönlich aus dem Krater. Und ein Hauptgott spart bei einem Auftritt natürlich nicht mit Pyrotechnik!« Die Wirtschaftsexpertin aus dem alpinen Steuerparadies teilte seine Art von Humor augenscheinlich nicht.

Die Kellnerinnen trugen das Lammfilet in Blaubeersoße auf und Jarle nutzte die Gelegenheit für einen Exkurs ins Kulinarische: »Dies ist eine der wenigen isländischen Spezialitäten, die auch für den mitteleuropäischen Gaumen schmackhaft sein dürften. Wir hatten kurz überlegt, Ihnen andere Leckereien zu servieren, für die unser Land bekannt ist ...«

»Die da wären?«, hakte die Schweizerin nach.

»Gefüllter Lammkopf oder Gammelhai.« Jarle bemerkte die skeptischen Blicke. »Der Hai wäre im frischen Zustand giftig, deswegen lassen wir ihn einige Monate verwesen, er sondert Ammoniak ab und schmeckt dann beinahe lecker, insbesondere mit einem isländischen Branntwein ...«

Jarle mochte ein Meister der Konversation sein, aber der neue Gesprächsstoff kam nicht so richtig gut an, die meisten Zuhörer wandten sich mit deutlichem Missfallen ab. Wencke hingegen amüsierte sich. »Die Isländer scheinen mir exotischer zu sein als manche Naturvölker in Ozeanien!«

Er schenkte Wein nach, stieß sein Glas gegen ihres, und ihm war deutlich anzumerken, dass er eher Lust auf Wortwitz hatte, statt einer überängstlichen Businesslady die Hand zu tätscheln.

»Was sollte diese bizarre Einlage mit der Baldr-Sage?« Die Frage hatte Wencke schon die ganze Zeit stellen wollen. Jetzt, wo die restliche Tischgesellschaft sich in andere Richtungen orientiert hatte, waren sie ja quasi unter sich. »Wenn Sie sich auf Ihren Ehrengast vorbereitet haben – wovon ich natürlich ausgehe –, hätten Sie ahnen müssen, wie unglücklich dieses Bild gewählt war.«

Er sagte nur: »So, hätte ich das?« Dann widmete er sich genüsslich seinem Lammsteak.

»Jeder, der den Namen Karl Hüffart googelt, stößt bald auf sein privates Schicksal.« Wencke hatte keinen Moment daran gezweifelt, dass Karl und Silvie Hüffart, aber wahrscheinlich auch sie selbst heute in einer bestimmten Absicht so knallhart mit der Vergangenheit konfrontiert werden sollten. Doch welche Absicht das war, wollte sich ihr einfach nicht erschließen. »Außerdem sagten Sie, Sie hätten in Deutschland studiert. Wann war das?«

»In den achtziger und neunziger Jahren.«

»1994 waren die Titelblätter voll von dieser Geschichte, kein Radiosender oder TV-Kanal, der nicht über die Entführung und Ermordung des Jungen berichtet hätte. Selbst einem isländischen Studenten wäre das nicht entgangen.«

»Da widerspreche ich Ihnen nicht.« Er nahm einen Schluck Wein. »Ich liebe die Mythen meiner Kultur. Und diese Sage ist eine der bekanntesten in Island. Wer zu einem Symposium reist, in dem man sich mit den Zusammenhängen zwischen alten Geschichten und moderner Politik auseinandersetzt, wird früher oder später bei Baldr und Loki landen. Sie stehen für den elementarsten aller Kämpfe.«

»Wer gegen wen?«

»Gut gegen Böse.« Er zerdrückte seine gebackene Kartoffel, vermengte sie mit der Soße – eine Essgewohnheit, die Wencke noch weniger mochte als eingestippten Keks im Kaffee – und ließ sie dabei nicht aus den Augen. »Wir Isländer glauben fest, dass die alten Geschichten uns auch heute noch bedeutende Botschaften vermitteln können. Wir sollten daraus lernen.«

»Und was, bitte schön?«

»Es war Schicksal, dass Baldr sterben musste. Das Prophezeite war nicht zu verhindern.« Jarle sagte das mit einem solch wissenschaftlichen Ernst, dass man glauben mochte, er würde sich gerade über die Pleite der isländischen Staatsbank unterhalten statt über eine tausend Jahre alte Geschichte. »Die Götter hielten es für schlau, ihn unverwundbar zu machen. Das war ein Fehler. Nicht die Waffe an sich bringt den Tod, sondern immer derjenige, der sie zu bedienen weiß.«

»Was macht denn da den Unterschied?«

Er dachte einen Moment nach, und man merkte ihm an, wie er das Gespräch genoss. »Baldr wurde durch einen Mistelzweig getötet, den sein Bruder im Spiel auf ihn abgefeuert hatte. Doch Drahtzieher des Ganzen war Loki, er ist derjenige, der die Waffen zu bedienen weiß.«

»Höre ich da einen Bezug zum Fall Hüffart heraus?«

»Sein Sohn war ebenfalls Opfer einer langen Kette von fatalen Umständen, oder nicht? Wer dann ganz am Ende als der tatsächliche Mörder übrig bleibt, ist sehr schwer zu erkennen. War es der Mann, der verhaftet wurde? Oder die politischen Machtspieler? Oder vielleicht das Geld, um das es letzten Endes immer geht?«

»Und Ihre Firma hat in diesem Fall das Geld vertreten, oder? *AlumInTerra* soll Schmiergelder gezahlt haben, und ich vermute, dass der Entführer von Hüffart gefordert hat, diese Wahrheit publik zu machen. Doch dann lief die Sache irgendwie aus dem Ruder …«

»Nichts passiert ohne Grund, Wencke. Ich bin Wissenschaftler, ich weiß das. Alles, was man tut, hat eine logische Konsequenz. Darauf bauen die alten Geschichten genauso auf wie die Naturgesetze.«

»Glauben Sie, dass immer alles irgendwann einen Sinn ergibt?«

»Glauben Sie es etwa nicht?«

»Aber wie kann der Tod eines Kindes in irgendeiner Weise sinnvoll sein?«

»Mir hat mal eine kluge Frau gesagt, man solle nie nach dem *Warum* fragen, sondern immer nach dem *Wofür*.«

»Ihre Mutter?«

Er lachte »Fast. Ich rede von Ihrer Mutter, von Isa!«

Wenckes Laune sackte merklich. Sie mochte nicht daran erinnert werden, dass da mal etwas gelaufen war. Eine Mischung aus Empörung und – ja, sie kam nicht darum, sich das einzugestehen – Eifersucht begleitete diese Vorstellung. Dabei wusste sie nicht einmal, wem sie was genau neidete: ihrer Mutter den knackigen Liebhaber oder Jarle die Erfahrung, dass sich mit Isa Tydmers allem Anschein nach nicht nur streiten, sondern auch philosophieren ließ. Außerdem ärgerte es sie, dass ihr Gesprächspartner es schaffte, über Gott und die Welt zu reden und konkreten Fragen auszuweichen: Was sollte das alles? Warum ausgerechnet das Bild mit dem toten Sohn auf dem Floß? Ach nein, er bevorzugte ja eine andere Art der Formulierung: »Also, dann frage ich nicht, warum, sondern *wofür* Sie Hüffart mit seinem Trauma konfrontiert haben!«

»Um seine Geschichte zu Ende zu erzählen.«

»Bei der wir alle Komparsen sind?« Wencke lehnte sich zurück und verschränkte die Arme. Sie war satt, obwohl sie kaum gegessen hatte, und es war ihr egal, wenn die Tischnachbarn jedes Wort mitbekamen, sollten sie sich überhaupt dafür interessieren.

»Wir?« Er schlang seinen Kartoffelmatsch herunter, wobei etwas Soße an seinem Bart hängen blieb.

»Alle, denen Sie ein Ticket spendiert haben. Frank-Peter Götze zum Beispiel.« Er reagierte nicht. »Und wofür schicken Sie mir Notizen meiner verstorbenen Freundin Dorothee Mahlmann?«

»Sie müssen etwas verwechseln, Wencke. Ich habe weder einen Götze eingeladen noch Notizen verschickt.« Endlich benutzte er die Serviette, Wencke hätte sonst immer auf diesen blaubraunen Fleck in seiner Gesichtsbehaarung starren müssen.

»Sie wissen aber schon, wer Frank-Peter Götze ist, oder?«
»Das weiß ich.«

Die Kellner räumten die Teller ab und fragten Wencke, ob es nicht geschmeckt habe, weil das Essen nahezu unangetastet vor ihr stand.

Jarle schob den Stuhl zurück und erhob sich. Er wirkte, als würde der Akku seines Strahlemann-Charmes demnächst zur Neige gehen. »Entschuldigen Sie, es war mir ein Vergnügen, doch ich muss mich auch um die anderen Gäste kümmern.«

Aus diesem Mann wurde Wencke beim besten Willen nicht schlau, und das machte sie allmählich wütend. Sie suchte sich ein freies Eckchen zum Telefonieren, was nicht so einfach war: Überall standen Symposiumsgäste, rauchten ihre Zwischengang-Zigaretten und quatschten weinselig in allen erdenklichen Sprachen. Der italienische Bildungsministeriumssprecher hatte inzwischen ein neues Opfer gefunden und umgarnte die dünne Justizdezernentin aus Ungarn. Da schien Wencke die etwas abseits liegende Damentoilette noch der ruhigste Ort zu sein. Alle Kabinen waren frei, Wencke wählte die hinterste, schloss ab und setzte sich erschöpft auf den geschlossenen Deckel.

Nach endlosem Tuten hatte sie ihre atemlose Mutter am Apparat.

»Ich bin's.«

»Wencke! Oh, Moment, ich muss Emil wecken, der schläft schon seit einer halben Stunde tief und fest, wir haben nämlich den ganzen Nachmittag auf der Straße Federball ...«

»Lass ihn schlafen! Bei euch ist es ja schon zwei Stunden später. Außerdem will ich mit dir sprechen. Es geht um Jarle.«

Isa war ganz aus dem Häuschen. »Du hast ihn getroffen? Wahnsinn, das ist ja ein verrückter Zufall!«

»So verrückt scheint es nicht zu sein. Angeblich liegt es an deinen Ausführungen über meinen Beruf, dass ein Vertreter meiner Abteilung nach Island eingeladen wurde.«

»Ich hab ihm halt erzählt, was du beruflich machst, das hat ihn interessiert. Aber sag mal, Wencke, ist er nicht ein Prachtexemplar von Mann?«

»Wie habt ihr euch kennengelernt?«

»Auf meiner Vernissage letzten August. Er hat sich für meine Gemälde interessiert. Er fand, mein Pinselstrich erinnere an Casparo Giuliani!«

Wencke hatte nicht die geringste Ahnung, wer dieser Casparo Giuliani sein sollte, und irgendwie passte bei dieser romantischen Kennenlerngeschichte rein gar nichts zusammen. Am wenigsten die beiden Protagonisten. »Hat er dich über mich ausgefragt?«

Isa klang leicht genervt. »Als ob wir dazu gekommen wären ...«

»Er wusste von meiner persönlichen Situation, dass ich alleinerziehend und mit meiner Beziehung unzufrieden bin. Hast du ihm das während des Vorspiels erzählt oder bei der Zigarette danach?«

»Warum bist du so gehässig?«

»Könnte in den Genen liegen!« Wencke hörte, dass jemand die Toilettenräume betrat, und senkte die Stimme. Musste ja nicht jeder mitbekommen, dass sie gerade mit ihrer Mutter über deren Liebesleben stritt. »Nein, Isa, jetzt mal im Ernst: Einige Dinge hier sind seltsam und ich frage mich, ob es nicht vielmehr so war, dass Jarle Yngvisson den Kontakt zu dir gesucht hat, um etwas über mich zu erfahren.«

»So ein Quatsch!« Klar, jetzt war sie eingeschnappt.

»Hat er mit dir auch über meine Ausbildungszeit an der Polizeischule gesprochen?«

»Was hätte ich ihm da groß erzählen sollen?«

Da hatte ihre Mutter recht. Wenckes Entscheidung, kein Künstlerleben zu führen, sondern zur Polizei zu gehen, hatte damals für einen heftigen Familienkrach gesorgt, der mindestens fünf Jahre Funkstille nach sich gezogen hatte. In diese Zeit fiel auch der Aufenthalt in Bad Iburg. »Kannst du dich daran erinnern, dass ich damals eine Kinderleiche gefunden habe?«

»Wie du weißt, will ich von grausamen Details verschont bleiben.« Als Wencke nicht reagierte, ließ Isa sich doch darauf ein, einen Moment nachzudenken. »Okay, ja, da war mal was. Als wir zusammen in Paris waren.«

Isa und Jarle zusammen in Paris? Das wurde ja immer besser.

»Ich habe Jarle erzählt, dass wir … du weißt, dass wir so unsere Probleme miteinander haben. Da hat er mich gefragt, wie es dir ging, als diese Sache mit dem Politikersohn passiert ist. Darauf spielst du doch an, oder?«

»Ja, das meine ich. Was hast du geantwortet?«

»Dass ich glaube, dass du dieses Trauma nie wirklich aufgearbeitet hast.«

Wencke war baff. Wie hatte ihre Mutter das denn mitbekommen?

»Dein Bruder hat mir damals erzählt, dass du dich seltsam verhältst, auch weil wohl deine Freundin wenig später so schwer krank wurde. Zu ihm hatten wir ja beide immer Kontakt, na ja, und manchmal habe ich ihn eben auch nach dir gefragt.« Sie atmete einmal lautstark in den Hörer. »Herrgott, du bist ja immerhin meine Tochter!«

Nebenan plätscherte es, und nur die Anwesenheit dieser anonymen Toilettennachbarin verhinderte, dass Wencke aus der Haut fuhr und ihrer Mutter hier und jetzt, zwischen vierlagigem Luxusklopapier und der goldenen Box für Hygieneartikel, eine Standpauke hielt, weil die ihre Zuneigung immer nur als stille Post verschickte. »Okay, ich verstehe. Jarle hat gefragt, wie es mir nach dem Mordfall ging. Du hast geantwortet, ich sei da im Grunde noch nicht drüber weg. Und dann?«

»Dann haben wir eine fantastische Ausstellung in Montmartre besucht, ein Performance-Steinmetz aus …«

»Ich meine, was hat Jarle noch dazu gesagt?«

»Nichts, du warst nicht gerade Gesprächsthema Nummer eins, wenn du das meinst.«

»Mama, jetzt hör doch bitte mal auf!«

Nebenan wurde die Spülung gezogen und gleichzeitig das Schloss entriegelt. Dann klopfte es an ihrer Tür. »Wencke, bist du da drin?« Das war Silvies Stimme, streng und auffordernd. Und obwohl sie früher einmal für sechs Monate ein Badezimmer geteilt hatten, erschien es Wencke furchtbar unpassend, dieser Frau, die ihr die letzten vierundzwanzig Stunden erfolgreich ausgewichen war, ausgerechnet auf dem stillen Örtchen zu begegnen.

Isa plauderte penetrant in den Hörer, Wencke hatte vor Schreck ganz vergessen, richtig zuzuhören. »Was hast du gesagt, Mama?«

»Tu doch nicht so, als würde es dich nicht interessieren. Axel hat heute Nachmittag angerufen: Das Baby ist da. Ein Junge, Namen habe ich vergessen, irgendwas um die drei Kilo, und wie heißt es so schön: Mutter und Kind wohlauf!«

»Danke für die Info«, brachte Wencke gerade noch zustande. »Und Küsschen an Emil, ich muss jetzt auflegen.« Was sie auch tat. Am liebsten hätte sie sich selbst hinuntergespült. Die Kanalisation in Island war bestimmt gemütlicher als die beschissene Situation, in der sie gerade steckte.

»Ich hab deine Stimme erkannt, also mach endlich auf!« Silvie klopfte erneut und Wencke versetzte ihr einen gerechten Schrecken, indem sie abrupt die Tür aufriss.

»Was willst du denn?«

»Kannst du mir mal erklären, was hier los ist?« Von Nahem sah man Silvie deutlich an, dass sie alles andere als entspannt war. Der schneckenartige Knoten, mit dem sie ihr künstliches Blond in Form gebracht hatte, war schräg verrutscht, die herausgefallenen Strähnen hatte sie notdürftig hinter die Ohren geklemmt. Eine etwas tantige Handtasche hing ihr am Arm. Sie war geöffnet, ein Papiertaschentuch schaute halb heraus. »Vor drei Tagen rufst du bei mir an, schlägst Alarm, quetschst mich über Karl und die Geschichte von damals aus. Und dann treffen wir uns ausgerechnet auf einer Reise nach Island wieder, wo du Seite an Seite mit diesem Unmenschen im Flugzeug sitzt und wo wir vor der versammelten Mannschaft derartig bloßgestellt werden, dass es schon beinahe an Körperverletzung grenzt.«

»Das Ganze tut mir wirklich leid, Silvie, glaub mir, aber ich habe damit nichts zu tun.«

»Wir können noch nicht einmal flüchten, alle Flughäfen des Landes sind gesperrt wegen dieser ...«

»... Aschewolke, stell dir vor, das habe ich auch schon mitbekommen.« Wencke trat aus der Kabine, zwängte sich an Silvie vorbei und stellte sich ans Waschbecken. Silvie folgte ihr, die Pumps klackerten über die Marmorfliesen. »Aber flüchten muss doch nur, wer was auf dem Kerbholz hat, oder nicht?«

»Oder wer sich verfolgt fühlt«, korrigierte Silvie.

Während beide die Hände wuschen, begegnete Wencke im großen Spiegel abgesehen vom Anblick der alten Schulfreundin auch ihrer eigenen Visage. Ein bitterer Moment. Man konnte es auf die Beleuchtung schieben, auf den anstrengenden Tag oder die Zeitumstellung. Aber all das wäre Augenwischerei. »Siehst du, wie alt wir beide geworden sind?«

Silvie zuckte nur mit den Schultern, holte eine Dose sündhaft teuren Puder heraus und begann in ihrem Gesicht herumzutupfen.

Wencke zeigte auf eine waagerechte Falte, die ihr quer über die Stirn lief. »Diese Rille da muss gerade eben entstanden sein, als ich erfahren habe, dass der Mann, in den ich schon ein ganzes Jahrzehnt verliebt bin, heute Vater geworden ist.«

»Was geht mich das an?« Klar, solche Einzelschicksale waren

einer Frau Hüffart natürlich schnurz. Die zog lieber ungerührt mit einem lederbraunen Stift ihre Lippen nach.

»Und diese Runzeln hier zwischen den Augenbrauen«, Wencke rückte ganz nah an den Spiegel, »die sind auch neu. Höchstens drei Tage alt. Sie geben mir einen verhärmten Touch.«

»Was redest du da für einen Müll?« Silvie schaute demonstrativ weg, fischte lieber nach einem Flakon und sprühte sich etwas Honigsüßes hinter die Perlenohrringe.

»Ich möchte behaupten, diese Sorgenfalten habe ich erst, seitdem ich Doros Briefe gelesen habe.«

Silvie riss die Augen auf und tuschte sich die Wimpern. »Briefe? Ich dachte, es wäre nur einer gewesen.«

»Seit meinem Anruf sind noch drei dazugekommen. Jeden Tag einer. Selbst hier in Island.«

»Wer schickt sie dir?«

»Ich habe nicht die leiseste Ahnung.«

»Und was steht drin?«

»Ich dachte, du willst nichts davon hören?«

»Mein Gott, Wencke!« Silvie warf ihren Mascara so wütend in die abgestellte Handtasche, dass die zu Boden fiel. Silvies sämtliche Schminkutensilien verteilten sich großzügig auf den Fliesen. »So ein Mist!«

Wencke dachte nicht im Traum daran, beim Einsammeln zu helfen. Im Gegenteil, es bereitete ihr sogar ein diebisches Vergnügen, die hockende Silvie in ihrem seltsam ockerfarbenen Kostüm, das gerade in alle möglichen Richtungen verrutschte, zu beobachten.

Zudem, wann würde sich jemals wieder die Gelegenheit bieten, aus dieser Perspektive ein Gespräch mit einer Frau zu führen, die stets darauf bedacht war, ihre Erhabenheit zu demonstrieren? »In den Notizen deutet Doro an, dass der schreckliche Ausgang der Entführung etwas mit der Schmiergeldaffäre deines Mannes zu tun hatte.«

»Doro war eine linke Bazille. Sie hat keinem getraut, der mehr als eine Mark im Portemonnaie hatte.«

»Ich habe den Verdacht, dass ihre Lungenembolie und das darauffolgende Koma mit ihren Nachforschungen zu tun hatte.«

»Was willst du damit sagen?«

»Erinnerst du dich? Doro war nach dem Tod des Jungen kaum noch in der Akademie. Sie hat sich in der Zeit mit Informanten getroffen, die die politischen Hintergründe kannten.« Wencke kickte der noch immer am Boden kauernden Silvie mit Genuss das Tampontäschchen zu. »Sie muss etwas herausgefunden haben. Und als sie bei ihren Eltern in Hannover war, wurde sie fachgerecht ausgeschaltet.«

»Was für ein Schwachsinn! Als ob Karl und seine Leute sich an so einer Nummer wie Doro die Finger schmutzig gemacht hätten. Und warum auch? Es gab schließlich nichts zu verheimlichen. Du lässt dir da einen gehörigen Bären aufbinden!«

»Was ist, wenn man damals nicht auf die Forderungen der Entführer eingehen wollte, weil man sich sonst für alle Zeiten erpressbar gemacht hätte? So wurde der Tod von Jan in Kauf genommen, um halbseidene Deals in Millionenhöhe zu sichern.«

Kurz richtete Silvie sich zur Hälfte auf. »Das ist eine infame Unterstellung! Mein Mann und seine erste Frau haben ihren Sohn geliebt, mehr als alles andere auf der Welt. Wenn es eine Möglichkeit gegeben hätte, Jans Leben zu retten, wären sie darauf eingegangen, ohne Wenn und Aber.«

»Übrigens war ich auch in Osnabrück und habe alte Akten studiert.« Wencke wechselte zu dem Thema, auf das es ihr eigentlich ankam. »Die meisten Polizeiberichte sind seltsamerweise verschwunden, doch ich habe trotzdem etwas ziemlich Haarsträubendes erfahren.«

»Ach ja?«

»Ich habe mich oft gefragt, wie die Polizei damals auf Frankie gekommen ist. In den wenigen Protokollen habe ich keine

Antwort darauf gefunden.« Silvie räumte weiter ihre Handtasche ein. Eine Lesebrille, einen Autoschlüssel, an dem ein Plüschtier baumelte. Was diese Frau alles mit sich spazieren führte. »Doch ein Beamter konnte sich noch erinnern, wer den entscheidenden Hinweis gegeben hat: Das warst du, Silvie!«

»Ja und?«

»Du hast gelogen! Als wir den toten Jungen gefunden haben, waren wir beide die ganze Zeit zusammen. Und ich würde bei allem, was mir heilig ist, schwören, dass wir dort nichts und niemanden gesehen haben.«

»Schwör lieber nicht, du hast das falsch in Erinnerung. Wir sind zu dem Jungen gegangen, haben versucht, ihn wiederzubeleben, haben ihn mühsam an Land gezogen – und während du bei ihm geblieben bist und seltsamerweise versucht hast, ihn mit einer Jacke zu wärmen, habe ich den Umkreis nach Verdächtigen abgesucht.«

»Das wüsste ich aber!«

»Du standst unter Schock, Wencke. Ich habe das irgendwie besser weggesteckt und mich entsprechend professionell verhalten.« Sie schaffte es tatsächlich, unter einem Waschbecken herumzukriechen und dabei arrogant zu wirken. Respekt. »Frankie saß hinter einem Gebüsch und hat uns beobachtet. Als er mich bemerkt hat, ist er abgehauen. Und das habe ich den Kollegen am nächsten Tag genau so erzählt.«

»Und weshalb hast du uns deine ach so professionelle Beobachtung verschwiegen? Wir waren deine engsten Bekannten dort, und Doro hing in der Geschichte mit drin!«

»Ebendeshalb! Ich wusste, auf welcher Seite ihr steht. Womöglich hättet ihr mir das Ganze noch ausgeredet. Zwei gegen eine, und ich hatte damals noch nicht das Selbstbewusstsein, mit dem ich heute ausgestattet bin. Erst am nächsten Tag hatte ich überhaupt den Mut gefunden, die Sache zu melden.«

»Ich glaube dir kein Wort!« Da sah Wencke das Ding, es war

direkt zwischen ihre Turnschuhspitze und den chromfarbenen Treteimer gerutscht: eine Pillendose.

Aus dieser flachen, ovalen Samtschatulle hatte Silvie ihren Mann heute den ganzen Tag gefüttert, das war Wencke nicht entgangen. Ganz langsam – eine hektische Bewegung wäre zu sehr aufgefallen – schob sie ihre Sohle über die Dose und zog sie zu sich heran. Dann bückte sie sich. »Soll ich dir vielleicht zur Hand gehen?«

»Herzlichen Dank, das kommt ein bisschen spät, meine Liebe«, keifte Silvie. Doch da hatte Wencke die Dose bereits geöffnet und eine der Pillen unbemerkt in die Gesäßtasche ihrer Jeans geschmuggelt. Zum Glück hatte sie heute Abend kein Kleid angezogen!

»Hier«, sie reichte Silvie das ovale Ding, »eure kleine Reiseapotheke. Es scheint deinem Mann ja doch nicht so gut zu gehen, wenn er so oft Medikamente schlucken muss …«

»Nicht, was du denkst! Karl ist noch immer voll auf der Höhe.« Silvie entriss ihr das Teil genervt. »Die Medikamente sind bloß für eine harmlose Schilddrüsensache.«

Ob das der Wahrheit entsprach, interessierte Wencke brennend. Irgendwann würde sich hoffentlich die Gelegenheit ergeben, die kleine, weiße Tablette, die nun in ihrer Jeans verstaut war, zu analysieren. Jede Wette, dass die Pille eher Hüffarts Demenz entgegenwirken sollte, die Silvie nach wie vor stur abstritt.

Dass dieses längst überfällige Treffen ungut enden würde, war vorauszusehen gewesen. Jarle hatte schon recht, das Leben ließ sich in einigen Kapiteln tatsächlich berechnen. Gerade als Silvie sich ächzend erhob, betrat eine deutlich angeschwipste Symposiumsteilnehmerin den Raum und beraubte sie der Möglichkeit, sich noch ein wenig über die Erinnerungen an eine Nacht vor zwanzig Jahren zu streiten. Es wäre ohnehin sinnlos gewesen.

Wencke sparte sich das feuchtfröhlich-europäische Miteinander im Speisesaal, ihr schwirrte der Kopf – und sie war sich ziemlich sicher, auch der nächste Tag würde unangenehme Überraschungen bereithalten. Einen neuen Brief von Doro beispielsweise. Und dann stand ja noch das Treffen mit Götze an, sollte dieser bis dahin nicht von der Polizei aufgegriffen worden sein.

All das jagte ihr heute allerdings keine Angst mehr ein. Dazu war sie einfach zu fertig.

Skuld

[... noch drei Tage ...]

Die Wahrheit ist ein Eisberg.

Sie mag gewaltig und ehrfürchtig vor einem auftauchen, unumstößlich und klar. Doch für den Betrachter ist immer nur der kleinste Teil sichtbar, lediglich zehn Prozent, der Rest schwimmt unterhalb der Oberfläche und kann bestenfalls erahnt werden.

Dazu bleibt sie niemals, wie sie ist, ändert ihre Form nach Lust und Laune. Wenn der Betrachter glaubt, schon alles gesehen zu haben, verlagert sich ihr Gewicht, vielleicht weil ein Teil, vom Licht beschienen, in sich zusammengeschmolzen ist, vielleicht weil die Strömungen, von denen sie getragen wurde, eine neue Richtung eingeschlagen haben. Was vorher rund und eben war, ragt Sekunden später als sperrige Kante empor.

Sie dreht sich plötzlich um sich selbst und wer ihr zu nah gekommen ist, wird mit in die Tiefe gerissen.

Die Wahrheit ist ein Eisberg.

Nur scheinbar in einem Stück geformt, tatsächlich aus vielen Schichten bestehend, die alle wiederum Versionen anderer Zeiten sind. Entstanden in Jahrtausenden, im Kern älter als die Menschen, die die verborgenen Geheimnisse heute ergründen wollen. Nur die Götter kennen das Eis seit dem Moment seiner Entstehung. Sie wissen, wie die Welt zu der Zeit aussah, als sich der Aggregatzustand änderte, Flüssiges erstarrte und die Zeit gefror. Gab es Krieg oder Frieden, Hunger oder Wohlstand, Angst oder Zuversicht?

Zuerst das prächtige Eisblau, unbeschreiblich rein, die wahrhaftige Farbe. Das Sonnenlicht wird vom gefrorenen, zum Eisberg gepressten Wasser verschluckt – bis auf das blaue Spektrum. Nur wenn die Oberfläche glatt und eben ist, zeigt sich diese schönste aller Reflektionen. Ein einziger Makel, ein Riss oder Splitter zerstört die optische Sensation, verscheucht das Blau.

Dann gibt es die graue oder schwarze Schicht, schmutzig und mürbe bricht sie das Helle und Funkelnde. Sie hat auf ihrer Reise durch die Zeit Zeugen in sich aufgenommen, Partikel aus Asche und Erde, die beweisen, dass es mehr gibt als die Sonne am Himmel und die Berge aus Eis.

Schneeweiß ist am schönsten, wenn die Sonne darauf scheint, die raue Oberfläche zum Glitzern bringt wie tausend Sterne. Oft bildet es eine helle Lage zwischen den anderen Facetten, die erst durch den Kontrast zum Strahlen gebracht werden. Weiß ist keine Farbe, sagt die Wissenschaft, Weiß ist das Ergebnis, wenn alle Spektren des Lichtes verschluckt werden. Weiß ist das Gegenteil von Farbe. Weiß ist das Nichts.

Die Wahrheit ist ein Eisberg.

Sie schwimmt langsam der Unendlichkeit entgegen und wird sich mit ihr vereinen.

Die Nornen sind gekommen. Sie suchen die Wahrheit. Sie folgen ihr.

Und werden sich darin auflösen.

Urð

[Polizeischule Bad Iburg, Zimmer 247,
24. Januar 1994, nachmittags]

Bin heute in Hüffarts Haus gewesen. Die Bodyguards haben meinen Polizeiausweis akzeptiert, hatten meinen Namen wohl noch nicht auf der schwarzen Liste.
　Frau Hüffart saß in der Küche und trank Kaffee mit Weinbrand. Trug kein schwarz, sondern ein Sommerkleid. Im Januar! Als ich mich neben sie gesetzt habe, hat sie noch nicht mal gezuckt. Betrunken. Auf eine furchtbar müde, klaglose Art betrunken. Mein Gewissen regte sich, weil ich ihren Zustand ausnutzen wollte. Was stand im Brief, fragte ich. Sie lallte nicht, sprach eher so, als ob sie sich selbst synchronisiert, als ob sie abwartet, welches Wort zu ihren Lippenbewegungen paßt: »Die Wahrheit wollten sie.«
　Ich habe genauer nachgefragt: Welche Wahrheit?
　»Wir dachten, sie wollen Millionen vom Konto, und dann fordern sie bloß die Wahrheit. Daß Jan zurückkommt, bekommen wir also quasi umsonst.«
　Sie hat mich noch gefragt, ob ich glaube, daß die Wahrheit immer umsonst ist. Was für eine Frage! Und das mit einer leeren Weinbrandflasche neben sich.
　Wie hat Ihr Mann reagiert?
　Die Antwort hat gedauert. »Er wollte tun, was sie verlangen.«
Dann hat sie über Jan gesprochen, und mir ist fast schlecht geworden, weil so viel Liebe in dem war, was sie erzählt hat. Das hätte ich einer Familie wie den Hüffarts nicht zugetraut, auch wenn das gemein ist.

Natürlich lieben auch Politiker ihre Kinder. »Karl hat mit Jan am letzten Wochenende Drachen steigen lassen, auf der Wiese beim Sanatorium. Sie haben den Lenkdrachen selbst gebaut, hier bei uns im Keller, und dann sind sie am Sonntag nach der Kirche losgezogen und waren so stolz, weil er fliegen konnte. Jan hat immer wieder gesagt, Mama, höher als der Turm vom Schloß, wirklich, höher als der Turm vom Schloß. Dann hat er noch gemeint, er würde auch gern so in die Lüfte steigen wie der Drachen, und mein Mann hat ihm versprochen, ihn mal in den Ferien auf eine Geschäftsreise mitzunehmen, damit er die Welt auch mal von oben sehen kann.«

Ja, echt, ich kann mich fast an jedes einzelne Wort erinnern. Es war so eindringlich. Weil die Frau in ihrem Sommerkleid mit der Mariacron-Flasche so dahergeredet hat, als wäre alles noch in Ordnung in ihrer Familie. Sie hat noch betont, ihr Mann würde für Jan alles tun auf der Welt, alles, sogar seine Karriere an den Nagel hängen.

Warum ist Ihr Sohn dann tot, habe ich gefragt. Wenn man die Forderungen erfüllt, werden Entführungsopfer doch freigelassen.

»*Die waren dagegen*«, *sagte sie.* »*Denen war es egal, was mit unserem Sohn passiert.*«

Wer die sind, wollte ich wissen.

Sie hat mir etwas umständlich erklärt, das wären die Leute, die sich ständig einmischen, mit denen man sich immer zu besprechen hat, selbst bei den intimsten Angelegenheiten. Sie könnte noch nicht einmal die Vorhänge aussuchen, die ihr am besten gefallen, immer müsse sie fragen, sich erlauben lassen, als wäre sie ohne die Berater nicht lebensfähig.

Ich bat sie um einen Namen.

»*Alf Urbich ist der Schlimmste*«, *hat sie mir verraten.* »*Aber sagen Sie das keinem, bitte, der kann sehr unangenehm werden.*«

Ich kenne Urbich. Sein Name taucht immer in Nebensätzen auf, wenn von Hüffart die Rede ist. Irgendein Strippenzieher im Hintergrund. Einer, der dem Parteivorsitzenden ins Ohr flüstert, was er zu tun hat, hat F. mal gesagt. Ein Bild habe ich nicht vor Augen. Aber es schockiert mich, daß Frau Hüffart so einen Mordsrespekt vor diesem Menschen hat. Richtige Angst.

Während sie den Verlust ihrer Privatsphäre beklagt hat, ist Frau Hüffart aufgestanden und hat eine Flasche Mineralwasser aus dem Kühlschrank und ein Glas aus der Vitrine geholt. Hat mir wohl angesehen, daß ich zur Zeit eher keinen Weinbrand trinke.

»Ist er der Vater?« fragte sie mich. »Der Mörder meines Sohnes ist der Vater Ihres Kindes?«

Hab keine Ahnung, woher sie das alles weiß, sie ist der erste Mensch überhaupt, der bemerkt, daß ich schwanger bin.

Das hat mich umgehauen. Hab dann auch geheult. Wir beide am Küchentisch, die Hüffart und ich. Wegen der ganzen beschissenen Zukunft und weil die Väter unserer Kinder tief im Dreck stecken und alles kaputtmachen.

Irgendwann kam dann Karl Hüffart rein. Der ist nicht groß und nicht breit, aber trotzdem eine Erscheinung, die den Raum füllt. Wer ich wäre und was ich wolle, hat er gefragt.

»Eine gute Freundin«, hat Frau Hüffart gelogen.

Ihr Mann war skeptisch, normalerweise kennt er doch alle ihre Freundinnen, hat er behauptet. Aber die Hüffart hat mich nicht verpetzt, sie ist einfach dabei geblieben. Und weil sie so schrecklich betrunken war, hat er keine Lust gehabt, noch weiter nachzubohren, glaub ich. Außerdem sah er auch fix und fertig aus. Fast wie ein Mensch.

Ich bin dann raus, bevor die Sache aufgeflogen ist.

Und als ich wieder im Zimmer war, habe ich mich übergeben. Wann hört das endlich auf? Bin doch schon im vierten Monat.

D.

Verðandi

[15. Juni, 12.25 Uhr, *Jökulsárlón*, Südwestufer, Island]

Der vereiste Wolkenkratzer schwamm leise und unendlich langsam auf die Hängebrücke zu. Sein kastenförmiger Körper schimmerte von allen Seiten anders, im Norden blau, im Süden schwarz, dazwischen marmorierte Streifen in Weiß und hellem Blau. Unglaublich, dass dieser gewaltige Eisbrocken lediglich ein Zufallsprodukt sein sollte, ein abgebrochenes Stück des *Vatnajökull*, eines Gletschers, der in nicht einschätzbarer Entfernung in den Nordatlantik kalbte. Man hätte ihn auch für ein architektonisches Kunstwerk halten können. Genau wie die flache, runde Scheibe nur fünfzig Meter weiter links, ästhetisch ausgehöhlt, als wäre jede einzelne Kerbe von einem Bildhauer zuvor skizziert worden. Dass sich die Formen im glatten See spiegelten und von der heute makellosen Junisonne beschienen wurden, verstärkte den Eindruck um ein Vielfaches.

Wencke stand am flachen Ufer und heulte. Das war alles zu viel. Sie heulte selten, höchstens einmal im Monat, wenn der gesunkene Östrogenspiegel ihr weismachen wollte, dass ihre Lebenssituation einfach lachhaft war. Aber jetzt heulte sie wegen des Briefs, der heute Morgen kurz vor der Abreise – als sie schon nicht mehr damit gerechnet hatte – an der Rezeption des *Hotel Borg* für sie abgegeben worden war. Aus dem sie erfahren hatte, dass Doro damals vor zwanzig Jahren schwanger gewesen war. Das erklärte alles. Deshalb hatte ihre Freundin nicht lockerlassen können. Sie hatte beweisen wollen, dass der Mann, der zum Vater ihres Babys werden würde, nicht der abgebrühte und grausame Kindermörder war, zu dem der Rest der Welt ihn erklären wollte. Doros Verzweiflung musste unfassbar gewesen sein. Das hatte Wencke erst heute Morgen so richtig kapiert. Und wenn dann noch zu allem Unglück so ein Naturspektakel vor einem auftaucht, eines von der Sorte, das man nie für möglich gehalten hätte, dann rollen die Tränen eben hemmungslos.

Hinter ihr reihten sich die Reisebusse aneinander wie Dominosteine und vor ihr kreuzten Amphibienboote zwischen den gefrorenen Skulpturen. Von Götze war nichts zu sehen.

»Wir gehen auf das nächste Boot, in fünf Minuten startet unsere Rundfahrt«, rief Lena Jacobi und die Truppe setzte sich folgsam wie immer in Bewegung.

Aber Wencke blieb stehen und wischte sich mit einem Papiertaschentuch das Gesicht trocken. Sie schaute auf die Uhr: Es war halb eins, wenn Götze jetzt nicht bald auftauchte, würde sie nicht länger warten. Dabei hatte sie noch nie ein so großes Bedürfnis verspürt, mit diesem Mann zu reden. Seitdem sie Doros Notizen im Bus gelesen hatte, brannten Fragen auf ihrer Zunge: Hatte er von dem Kind gewusst? Was bedeutete es ihm, dass nicht nur Doro, sondern auch das ungeborene Wesen in ihrem Bauch das Leben verloren hatte? Und wahrscheinlich alles nur für ihn, um seine Unschuld zu beweisen, so war sie ins Fadenkreuz geraten. Doch wer hatte sie im Visier? Wer waren *die*, von denen im Brief die Rede gewesen war? Etwa Alf Urbich, Ex-Politberater und heutiger Vorstand bei *AlumInTerra*? Wenn sie Glück hatte, würde Götze ihr weiterhelfen, deswegen sehnte Wencke ihn geradezu herbei.

Eventuell tauchte er aber auch gar nicht mehr auf. Die Wahrscheinlichkeit, dass die Polizei ihn inzwischen gefasst hatte, war ziemlich groß. Vielleicht war der Treffpunkt doch nicht so optimal gewählt, es gab nämlich nur eine einzige Möglichkeit, von Reykjavik zum *Jökulsárlón* zu gelangen: die sogenannte Ringstraße. Eine zwar zweispurige, aber trotzdem ziemlich schmale Asphaltstrecke, die auf den zurückliegenden vierhundert Kilometern landschaftlich so ziemlich alles geboten hatte, von staubgrauen Steppen bis zu paradiesgrünen Tälern. Enge Serpentinenkurven lösten schnurgerade Pisten in totaler Einöde ab. Spektakulär für Busreisende – verhängnisvoll für flüchtige Straftäter. Es wäre ein Leichtes gewesen, Götzes Fahrt zu stoppen.

Doch plötzlich stand er wie aus dem Boden gewachsen vor ihr. Er trug einen olivgrünen Parka und hatte die Kapuze tief ins Gesicht gezogen. »Ich hab uns zwei Tickets besorgt. Deine Leute steigen gerade ein und wir nehmen das Boot danach, zwischen lauter fremden Touristen sind wir vielleicht ungestört.«

Wencke nickte. Sie wusste nicht, ob sie erleichtert oder beunruhigt sein sollte. Vor weniger als achtundvierzig Stunden hatte dieser Mann ihr die Luft abgeschnürt, jetzt lud er sie auf eine Bootsfahrt ein. Schweigend beobachteten sie die anderen Mitglieder der Reisegruppe, die sich brav in klobige Schwimmwesten wickeln und wie Vieh auf das noch an Land wartende Boot mit Rädern manövrieren ließen. Einige von ihnen versuchten trotz Enge und Bewegungseinschränkung Fotos zu knipsen. Ein stinkender Diesel begann zu tuckern, dann verschwanden sie zwischen den Sandbergen.

»In zehn Minuten sind wir dran«, sagte Götze. Beide schauten auf den See und Frankie rauchte mal wieder. Und obwohl sie damit genau dasselbe taten wie alle Sightseeing-Reisenden ringsherum, wurde Wencke das Gefühl nicht los, dass sie nackt und mit Lady-Gaga-Perücke nicht auffälliger gewesen wären.

Sie schaute sich vorsichtig um. Da stand ein Mann im dunkelroten Anorak, vielleicht dreißig Meter entfernt. Ein Typ wie alle anderen, festes Schuhwerk und Funktionsklamotten, doch er drehte den Kopf zur Seite, kaum hatte Wencke ihn im Blick. »Kann es sein, dass wir beobachtet werden?«

Götze zuckte mit den Schultern. »Wenn die mich hätten kriegen wollen, säße ich längst schon wieder hinter Gittern. Die Fluchtmöglichkeiten auf dieser Insel sind verdammt eingeschränkt.«

»Wie hast du die Nacht verbracht?«

»Danke der Nachfrage, komfortabler als die Nacht davor auf dieser scheiß Gefängnispritsche. Ich bin mit dem Wagen ein Stück weit ins Hochland. Da gibt es zum Glück Schotterstraßen, über die keiner fährt, der nicht unbedingt muss. Nach neun Uhr ist mir kein Schwein mehr begegnet. Ich hab dann das Auto irgendwann zwischen zwei Felsen versteckt und auf der Rückbank gepennt. Stell dir vor, als ich am Morgen aufgewacht bin, sehe ich direkt hinter den Felsen so eine Art Bach mit warmem Wasser. Luxusbadewanne ganz für mich allein.« Er atmete den Rauch seiner bis auf einen kümmerlichen Rest abgebrannten Zigarette ein, als wäre es purer Sauerstoff. »Könnt ich mich echt dran gewöhnen.«

»Woher hast du die Klamotten?«

»Gefunden!«

»Erzähl mir nichts!«

»Ich musste tanken, war an so einer Raststätte, die es hier anscheinend alle fünfzig Kilometer an der Straße gibt, hatte aber keine Kohle. Und dann hing da diese Jacke an einem Stuhl ...«

»Die Liste deiner Straftaten wird immer länger.«

»Auf so einen scheiß Regenmantel samt Papieren und ein paar Tausend Kronen kommt es doch nicht mehr an, oder? Meine Bewährung ist jetzt ohnehin im Arsch.«

»Da hast du auch wieder recht.« Wencke wandte erneut den Kopf. Der Mann, von dem sie sich beobachtet fühlte, stand jetzt auf der Terrasse der kleinen Hütte, versteckt zwischen einem Pulk von Postkartenkäufern. Warum er ihr verdächtig vorkam, konnte Wencke nicht konkretisieren, so etwas geschah bei ihr immer aus dem Bauch und die Trefferquote war gar nicht so schlecht. Er stand weit entfernt, trotzdem war sie ziemlich sicher, ihn noch nie gesehen zu haben: rotblonder Dreitagebart, mittelgroß und eher stämmig. Sein Gesichtsausdruck war finster, und das mochte es sein, was Wencke stutzig werden ließ: An einem Ort wie diesem guckte niemand finster, dazu war das Panorama einfach zu fantastisch.

Götze schnippte die Kippe weg. »Kann ich mal sehen?« Er schob Wenckes Schal zur Seite. Heute Morgen hatten sich die lila Flecken zu einem braunvioletten Muster verbunden. »Verdammt, sieht das scheiße aus!«

Wencke war sprachlos.

»Hab drüber nachgedacht, über die Sache vorgestern. War keine Glanzleistung ...«

»Soll das jetzt eine Entschuldigung sein, oder was?«

»Du bist im Moment die Einzige, der ich halbwegs über den Weg traue.« Als er merkte, dass er noch immer das Thema verfehlte, versuchte er es noch ein bisschen umständlicher: »Keine Ahnung, warum ich ständig überreagiere! Da ist eine Mordswut in mir. Wenn es dann zu viel wird, kribbelt es überall, ich kann das nicht kontrollieren und ...«

»Ist okay, Frankie. Verrenk dich bloß nicht!« Wencke wollte keinesfalls dem Orden der Barmherzigen Schwestern beitreten, aber sie wusste, mehr als ein einfaches Sorry hätte diesem Mann zu viel abverlangt – und sie wollte heute Wichtigeres von ihm hören.

Das nächste Amphibienboot wurde auf dem sandigen Platz bereitgestellt und sie gingen zur Rampe, an der schon eine Gruppe Japaner wartete. Die Idee mit der Reise auf dem Eissee war nicht schlecht, musste Wencke zugeben. Götze händigte einem rotwangigen Kerl im Ganzkörperoverall die Tickets aus und sie quetschten sich nebeneinander auf einen der unattraktivsten Sitzplätze direkt hinter dem Ruderhaus. Als das Boot bis in die letzte Ritze gefüllt war, fuhren sie über die Schotterpiste und wurden auf den ersten Metern derart durchgeschüttelt, dass alle in heiteres Gelächter verfielen. Alle außer Wencke und Götze.

»Was war da zwischen dir und Doro?«, begann Wencke.

Er schaute nach vorn, sie bogen auf einen Schotterweg, der entlang des Kamms einer Sanddüne verlief. »Du weißt, wie Doro war. Eine Powerfrau. So eine werde ich nie wieder treffen.«

»War es Liebe?«

»Wär vielleicht draus geworden. Aber dann ... Scheiß Geschichte!«

»Warum hat sie sich so für dich eingesetzt?«

Er schaute verwundert. »Hat sie das? Wir hatten Sex, dann kam das SEK und hat uns voneinander getrennt. Das letzte Mal in meinem Leben, als ich Doro gesehen habe, trug sie nichts außer einem dunkelblauen Slip.«

»Hat sie nicht versucht, dich zu besuchen?«

»Kann sein. Aber ich saß in einer Einzelzelle, Kontakt nur zu meinem Anwalt und so weiter. Mit politisch motivierten Straftätern sind die erbarmungslos.«

Einige Japaner wollten aufstehen und fotografieren, doch der Junge im Overall war eisern: »Just wait until we are in the water! Then you can go wherever you want.«

»Was stand in dem Erpresserbrief, Frankie? Ich habe in Deutschland alle Hebel in Bewegung gesetzt, um das herauszufinden, aber die entscheidenden Unterlagen fehlten und niemand konnte mir Auskunft geben.«

»Wundert mich nicht, wenn da nichts mehr zu finden ist. Die werden nicht so blöd gewesen sein, den ganzen Mist in den Akten zu lassen. Und die Möglichkeit zum gründlichen Aufräumen haben Politiker ja immer.«

Jetzt rollten sie langsam ins Wasser, die Japaner klatschten und wenig später schwamm das Boot ganz ruhig auf dem spiegelglatten See. Die Passagiere sprangen auf und knipsten ihre Speicherkarten voll.

»Ich wollte, dass Hüffart eine öffentliche Presseerklärung herausgibt, in der er die Machenschaften der Treuhand schildert, wie sie sind. Er sollte den Menschen die ganze Wahrheit sagen!«

»Und was war deiner Meinung nach die Wahrheit?«

»Die wussten genau: Wenn das Aluminiumwerk in Kreuma an die Amis verkauft wird, gibt es für den Standort keine Zukunft und alle werden entlassen. Das war Hüffart und Konsorten glasklar. Erzählt haben sie aber was anderes, weil sie für den Deal ordentlich Kohle kassiert haben.«

»Wolltest du mit deiner Stunde der Wahrheit erreichen, dass der Verkauf in letzter Sekunde verhindert wird?«

Er lachte. »Nein, so naiv war ich auch nicht. Das Todesurteil für die Fabrik war längst gefallen. Ich wollte doch nur, dass die Schweine zugeben, wie es läuft, und nicht noch die Nase bis sonst wo tragen und herumposaunen, ausgerechnet sie wären die Helden der deutschen Einheit! Das waren wir Ossis, die 'ne Menge riskiert haben und zu den Montagsdemos gelatscht sind.«

Das deckte sich durchaus mit dem, was in Doros Notizen stand. Auch Jans Mutter hatte gesagt, dass es um nichts ging als die Wahrheit. Und trotzdem musste etwas furchtbar schiefgelaufen sein, sonst läge Jan Hüffart nicht auf dem Friedhof in Bad Iburg, sondern wäre inzwischen 32 Jahre alt, hätte einen guten Job, eine nette Frau, vielleicht ein oder zwei Kinder.

»Was ich bis heute nicht in meinen Schädel kriege«, erzählte Götze weiter, »ist die Tatsache, dass alles eigentlich sauber lief. Ich hab die Erklärung gelesen, die Hüffart verfasst hat, mit Unterschrift und Siegel und allem Drum und Dran.«

»Wie bist du denn daran gekommen?«

»Das Manuskript hatte Hüffart in eine *Osnabrücker Zeitung* eingewickelt und am Bahnhofskiosk ganz unten unter den Stapel geschoben. Als zur Rushhour so richtig viel los war, hab ich mir das Exemplar ordentlich an der Kasse gekauft. Hätte nicht besser laufen können.«

»Was stand drin?«

»In der Hinsicht hat Hüffart fair gespielt, das muss man ihm lassen. Hätte er diese Rede tatsächlich in einer offiziellen Pressekonferenz verlesen, das wäre ein Knaller gewesen. Die ganzen Treuhandbetrüger wären hochkant aus ihren Jobs geflogen. Alf Urbich, der Drahtzieher im Hintergrund, als Allererster! Scheiße, das hätte ich zu gern erlebt!«

»Und dann?«

Ausgerechnet jetzt passierten sie einen besonders bizarren Eisbrocken und es wurde eng in ihrer Ecke, also standen Wencke und Frankie auf, gingen in den hinteren Teil des Bootes und lehnten sich an die Reling. Hier dröhnte der Motor sogar noch etwas lauter, für ihre Zwecke optimal.

»Ich hab keine Ahnung, was genau schiefgegangen ist. Und glaub mir, Wencke, ich hatte die letzten Jahre mehr als genug Zeit, darüber nachzugrübeln.« Seine Hände legten sich fest um das weiß getünchte Geländer. »Wir hatten ausgemacht, dass ich Jan irgendwo aussetze und dann von einer Telefonzelle aus den Ort durchgebe. Als Sicherheit hatte ich ja das offizielle Schreiben, selbst wenn Hüffart entgegen seiner Zusage keine Pressekonferenz gegeben hätte, wäre die Schmiergeldzahlung aufgeflogen. Ich hätte den Brief direkt an alle Nachrichtenagenturen geschickt, was für Hüffart deutlich unangenehmer geworden wäre.«

»Du dachtest also, dein Plan wäre erfolgreich gewesen?«

»Davon bin ich ausgegangen, ja. Ich wollte den Jungen auch nicht länger gefangen halten, Mann, der tat mir auch leid, weil er dermaßen Schiss hatte.«

»Kann ich mir vorstellen.«

»Ich bin mit Jan auf den Langenberg in die Nähe des alten Kalksteinbruchs und hab ihn da zurückgelassen. Dachte echt, damit wäre die Sache gelaufen.« Götze blickte sonst wohin, da könnte jetzt wahrscheinlich der imposanteste Eisberg aller Zeiten an ihm vorbeisegeln, er würde nichts mitbekommen. »Den Moment hab ich so was von gespeichert: Jan, noch an Armen und Beinen gefesselt, aber nicht zu fest, echt nicht, der hatte keine Schmerzen. Er sollte nur nicht zu früh losrennen, ich brauchte einen Vorsprung. Der Knirps saß auf dem Sockel von so einem Betontürmchen, hat mir nachgeschaut und sogar ›Tschüss‹ gesagt, und ›Danke, dass Sie mich am Leben gelassen haben‹.«

»Und wenig später ist er dann doch tot ...«

»Genau.« Er schlug mit der Hand auf die Reling. »Der Hüffart hat seinen eigenen Sohn geopfert. Das muss man sich mal vorstellen! Der hat sein einziges Kind ...«

»Ich will mir das gar nicht ausmalen«, unterbrach Wencke. Und ich kann es auch nicht, fügte sie in Gedanken dazu. Dieser Verdacht lag einfach jenseits ihrer Vorstellungskraft. Das konnte so nicht stimmen, nein, niemals! »Was ist mit der Erklärung von Hüffart, warum hast du die nicht der Öffentlichkeit zugänglich gemacht?«

»Weil der Wisch weg war, verschwunden. Ich dachte doch, alles ist in Butter, Auftrag ausgeführt. Und dann hab ich aus den Nachrichten erfahren, dass Jan tot ist. Ich dachte echt, die verarschen mich, das wäre so eine Art Falle, um mich zu kriegen. Die wollten mich nervös machen, damit ich mich verrate oder einer von meinen Leuten zu quatschen anfängt, und dann springt der Junge wieder quicklebendig rum und alle sagen ›Ätschbätsch, reingefallen, wir haben dich!‹.«

»Leider war es anders und Jan wirklich tot ...«

»Dann hab ich mit Doro im Bett gelegen, und die kamen rein und haben mein Zimmer auf den Kopf gestellt. Keine Ahnung, wie die auf mich gekommen sind und in wessen Hände das Papier anschließend geraten ist.« Er machte eine etwas wehleidige Pause. »Die Beweise für 'n Arsch. Und kein Schwein glaubt mir die Geschichte.«

Außer Doro, dachte Wencke, die hätte dir das geglaubt. Weil sie alles glauben wollte, was ihr die Angst nehmen konnte, der Vater ihres Kindes sei ein Mörder.

Und was war mit Silvie? Sie hatte ausgesagt, Götze am Charlottensee gesehen zu haben, auch wenn das eindeutig nicht stimmte. Kannte sie etwa die Wahrheit? Oder hatte sie lediglich etwas behauptet, um sich aufzuspielen. Wencke wurde aus alledem nicht schlau. Und noch etwas anderes war von der Erzählung hängen geblieben: »Du hast den Jungen bei den alten Steinbrüchen ausgesetzt? Wann war das?«

»Am späten Nachmittag, ich hab nicht auf die Uhr geschaut. Warum?«

»Unsere Truppe hat tagsüber immer wieder den Langenberg abgesucht. Warum haben wir Jan nicht entdeckt?«

»Keine Ahnung. Es war kurz vor Sonnenuntergang, ich hab ihn da hingesetzt und bin über die Holperdorper Straße zurück in den Ort. Von der Telefonzelle bei der Post aus hab ich telefoniert, das muss eine Dreiviertelstunde später gewesen sein. Und dann sind die wohl gleich los, um den Jungen zu holen, aber er war angeblich nicht mehr da.«

Der junge Mann mit der gesunden Gesichtsfarbe und dem Fischereianzug forderte allgemeine Aufmerksamkeit, weil er etwas über die Beschaffenheit der schwimmenden Naturkunstobjekte erzählen wollte. Sein Kollege, der in einem Schlauchboot das Schiff umkreiste, fuhr dicht an die Backbordseite und überreichte ihm einen Eisbrocken in der Größe eines Brotlaibes. »Does anybody want some ice?« Der Klotz wurde auf einem Holzbrett in mundgerechte Stücke zerkleinert und dann wie eine Delikatesse herumgereicht. Darauf waren alle scharf, obwohl die Luft trotz der Sonne frisch genug war und eine Tasse Glühwein irgendwie besser gepasst hätte. Wencke und Götze mussten mitmachen, wie hätte das sonst gewirkt: Ein Haufen Leute lutschten begeistert auf gefrorenem Wasser herum, während sie beide stur der Bugwelle hinterherblickten?

Gerade als der Bootführer voller Stolz erzählte, er persönlich habe bei den Dreharbeiten für *Tomb Raider* der im Gletscherwasser schwimmenden Angelina Jolie den Rücken wieder trocken rubbeln dürfen, entdeckte Wencke zwischen all den asiatischen Gesichtern plötzlich eine missmutige Fratze mit rotblondem Dreitagebart. Fast hätte sie sich an ihrem Eisklumpen verschluckt. Jetzt war die Sache doch wohl klar, oder? Der Typ musste ihnen wirklich auf den Fersen sein.

Alle lachten über die Story, weil Brad Pitt nun angeblich eifersüchtig auf den isländischen Touristenführer war, nur der Mann im dunkelroten Anorak verzog keine Miene. Er sprach mit niemandem, betrachtete auch nicht die Eisberge und trug keinen Fotoapparat um den Hals. Die Frage war nur: Hatte er es auf Götze oder auf Wencke abgesehen?

Sie musste auf jeden Fall wachsam bleiben. Und es war besser, wenn Götze nichts mitbekam, sein unzähmbares Temperament war auf diesem wackeligen Untergrund schlecht aufgehoben.

»Was ist los?«, fragte Götze. »Du glaubst mir auch nicht, stimmt's? Du denkst auch, ich hätte den Jungen ... « Ja, manchmal dachte Wencke das. Und manchmal nicht. Es war ein kleiner Kampf in ihrem Innern. Ihr Verstand plädierte klar für schuldig, denn so wie Götze sich in den letzten Stunden gebärdete, war von ihm alles zu erwarten. Ihre Intuition hielt dagegen: Nein, er hat es nicht getan. Er ist einer der unangenehmsten Menschen, die mir je über den Weg gelaufen sind, aber er hat Jan nicht getötet. Weil ... ja, warum? Da ließ Wenckes Bauchgefühl sie leider im Stich.

»Wusstest du eigentlich, dass Doro schwanger war?«

Er starrte sie an. »Stand das auch in den Notizen?«

Wencke nickte. »Sie war im vierten Monat. Und sie hat dich als Vater angegeben.« Götze antwortete nicht, stattdessen verstärkte sich sein Griff am Geländer, die Fingerkuppen waren weißer als der Gletscher vor ihnen. Ob die Wut ihn elektrisierte?

Der Vortrag für die Touristen wurde fortgesetzt: »This is currently the biggest sculpture on *Jökulsárlón*. His journey across the lake usually takes between four and ten years.« Der angesprochene Eisgigant dümpelte zwanzig Meter von ihnen entfernt in aller Seelenruhe vor sich hin und alle drängten zum Bug, um auch ja nahe heranzukommen. Götze wurde zur Seite geschoben, es war eng und unübersichtlich, absolut nicht die Gelegenheit, das Gespräch weiterzuführen.

Der junge Mann warnte gerade, man dürfe die schwimmenden Berge nicht zu dicht passieren, da diese sich von einem Moment auf den anderen plötzlich drehen konnten und der so entstehende Sog das Boot zum Kentern bringen würde, als Wencke plötzlich fremde Hände an ihren Beinen fühlte, fest legten sich Finger um ihren Oberschenkel. »Hey, was soll das?«, rief sie und versuchte sich umzudrehen, um den Mistkerl zu sehen, der sie auf einmal so unnachgiebig im Griff hielt, doch er war schneller – augenblicklich fühlte sie sich in die Luft gehoben und schrie um Hilfe. Im selben Moment hatte der Angreifer Wencke schon auf die Reling gehievt. Sie sah das sprudelnde Wasser und die rotierende Schiffsschraube direkt unter sich. Es blieb keine Sekunde für klare Gedanken, blindlings versuchte Wencke, nach etwas zu greifen. In dem Moment, als sie ein Tau erwischte, das locker um einen Haken geschlungen war, ließ ein letzter Stoß Wencke vollends auf die andere Seite kippen.

Sie fiel.

Ein winziger und zugleich endloser Augenblick, in dem sie mit dem rauen, dicken Seil in der linken Hand nach unten raste, begleitet von Schreien vom Deck. Dann streiften ihre Beine die

Bordwand, stemmten sich dagegen und das Seil straffte sich. Für ein paar Sekunden hing sie wie ein Bergsteiger beinahe waagerecht über den rotierenden Stahlblättern und spürte das Wasser zwischen Schwimmweste und Rücken spritzen.

Nach der ersten reflexartigen Reaktion wurde Wencke von nackter Angst geflutet. Hier legte es jemand darauf an, sie umzubringen. Und wenn sie sich nicht weiterbewegte, zur Seite, weg von den Schiffsschrauben –

Doch sie war wie gelähmt.

Über ihr tauchten panische Gesichter auf, weder Götze noch der Dreitagebart waren dabei. Eine schlanke Japanerin streckte helfend einen Arm aus, der meilenweit entfernt schien. Im gleichen Moment spürte Wencke, wie das Tau langsam nachgab. Es rutschte Zentimeter für Zentimeter nach unten und sie mit ihm. Gleich würde sie in diesem See landen, im geschmolzenen Wasser eines Jahrtausende alten Gletschers, von hartem Metall in kleine Einzelteile zerlegt. Emil, dachte sie. Axel. Bitte nicht!

Ihre Handflächen brannten, die Fasern des Taus versenkten sich messerscharf in ihre Haut, Arme und Beine zitterten. Lange konnte sie sich nicht mehr halten. Inzwischen schien die Nachricht, dass jemand über Bord gegangen war, bis zum Ruderhaus durchgedrungen zu sein, der Motor wurde leiser, die Fahrt merklich langsamer. Wencke schob die Fußsohlen an der Außenwand entlang, als würde sie darauf spazieren, rutschte jedoch bei jedem dritten Schritt ab, was sofort mit einem Ruck in die Tiefe quittiert wurde. Gleich darauf brach alles zusammen, der Motor verstummte, das Tau gab komplett nach, ihre Finger verloren die Kraft und ihre Füße den Halt, ihre Willensstärke hatte keine Reserven mehr und Wencke tauchte in das kälteste Element ein, das sie je umfangen hatte. Ihr blieb nicht nur die Luft weg, sondern auch das Hirn, es schien ausgeknipst, klack, nicht funktionsfähig bei Temperaturen dieser Art.

Es war still da unten im *Jökulsárlón*. Tief und still und wahrhaftig blau.

Bis die orangefarbene Weste sie wieder nach oben riss, zurück in das, was man die Gegenwart nannte.

Mein Gott, war ihr kalt.

Sie hörte ihr eigenes Herz.

Immerhin: Es schlug.

[15. Juni, 12.45 Uhr, *Jökulsárlón*, Parkplatz, Island]

Im größten Chaos steckt oft die größte Chance. Wenn alles verquer läuft, die Leute austicken, panisch werden, durcheinanderrennen, dann bist du – wenn du trotzdem einen klaren Kopf behältst – der Gewinner.

Frankie wurde vom Blaulicht gestreift, gerade schoben sie Wencke auf einer Trage ins Innere des Krankenwagens. Davon sehen konnte er nichts, zu viele Gaffer. Dabei gab es nichts Weltbewegendes zu glotzen, dieses zähe Weibsbild war doch noch immer ganz und lebendig, ein unverschämtes Glück hatte sie gehabt. Natürlich macht es so einen Körper auch kaputt, wenn er mehr als eine Minute bewegungslos im Eiswasser schwimmt, bevor er wie ein nasser Sack über die luftgefüllte Seite eines Schlauchbootes gezogen werden kann. Die meisten waren sich sicher: Die Frau ist tot. Schau mal, wie blass die ist! Diese blauen Lippen! Die blutigen Hände! Die muss tot sein! Aber Frankie war von Anfang an klar gewesen, Wencke überlebt so etwas.

Jetzt erst recht, wo sie alles zu wissen glaubte über den Fall Jan Hüffart. Und über Doro, das Kind, wahrscheinlich auch über das, was damals mit Doro passiert war. Da würde sie doch nicht einfach an Unterkühlung sterben!

Frankie hatte keine Ahnung, was genau passiert war, kurz

bevor Wencke über Bord ging, hatte er sie im allgemeinen Gedränge aus den Augen verloren. Da muss noch jemand auf dem Boot gewesen sein, jemand, der kurzen Prozess machen wollte, dabei aber Wencke ziemlich unterschätzt hat. Besser, jetzt schleunigst das Weite zu suchen, fand Frankie, doch den Gefangenentransporter wollte er lieber stehen lassen. Bestimmt bot sich hier die Gelegenheit für einen Fahrzeugwechsel, es gab schließlich immer ein paar idiotische Touristen, die vor lauter »Boah, guck mal, Schatzi, wie schön« vergaßen, das Mietauto abzuschließen. Er machte sich auf die Suche. Schlich harmlos über die Parkfläche. Testete ab und zu, ob eine Tür aufging, hatte aber Pech. Noch eine Reihe nichtssagender Karren weiter hinten, direkt am Ufer, na dann … Da, der alte, rostige Nissan zum Beispiel hatte mit Sicherheit keine Schickimicki-Zentralverriegelung, da war die Wahrscheinlichkeit groß, von der Beifahrerseite her in den Wagen zu kommen, weil heute keine Sau mehr dran denkt, den kleinen schwarzen Knopf altmodisch per Hand runterzudrücken, so wie damals, in der Zeit vor dem Knast. Und tatsächlich, es war ein Klacks.

Im Auto roch es nach Kotze, so schlimm, dass man den Atem anhalten musste. Okay, das musste er in Kauf nehmen. Dafür waren die Zündkabel unter dem altersschwachen Armaturenbrett so simpel kurzzuschließen, dass sogar er als ehemaliger Ossi nach zwanzig Jahren Gesellschaftsabstinenz kein Problem damit hatte. Der Gestank wurde durch die Lüftung stärker, wirklich ekelhaft, doch der Rückwärtsgang flutschte leicht wie eingebuttert und als er dann Gas gab, machte die Karre keine Mätzchen, gerade so, als hätte sie nur darauf gewartet, gemeinsam mit ihm durchzubrennen.

Dann sah Frankie den Rollstuhl. Er stand verlassen neben einem Felsenstück nahe der Hängebrücke, als wäre Hüffart eben einem Wunderheiler begegnet und fröhlich von dannen spaziert, am besten noch über das Wasser. Tatsächlich, etwa zwanzig Meter weiter entdeckte er Karl Hüffart, der am schmalen Zufluss zum Meer stand, die Hand über die Augen gelegt hatte und auf den einzigen Punkt inmitten dieser Postkartenkulisse schaute, wo es überhaupt nichts Besonderes zu sehen gab, nur kargen, angehäuften Sand, Bauwagen und ein paar struppige Grassoden.

Wo war die Security? Am Flughafen in Deutschland war doch ein ganzes Heer von Sonnenbrillenmännern um den alten Knacker besorgt gewesen, aber jetzt stand da ein wackeliger Senior mutterseelenallein in der Gegend rum.

Frankie wurde langsamer, er könnte doch … Nein! Die Begegnung mit Hüffart nach so vielen Jahren hatte ihm zugesetzt, beinahe sogar gerührt, was ihn mehr irritierte als seine altbekannte Wut und die Ameisenarmeen. Gefühle dieser Art kamen eigentlich schon seit Jahren für ihn nicht mehr infrage, da war er vollkommen ungeübt.

Frankie hielt an, auf Tuchfühlung mit Hüffart, er konnte das Gesicht des Mannes erkennen, jede Furche seiner seltsam teigigen Haut, mein Gott, wie hatte er diese Visage verabscheut, wenn sie in den Nachrichten oder der Presse aufgetaucht war. Hätte man ihm im Knast scharfe Gegenstände erlaubt, er hätte Hüffart auf dem Zeitungspapier die Augen ausgekratzt und die Gurgel aufgeschlitzt. Aber jetzt? Ein in aufgedunsene Falten eingebetteter Blick, der harmlos wirkte und in nichts an den mächtigen Staatsmann von früher erinnerte. Das war etwas anderes. Das war eine Gelegenheit.

Er verließ den Wagen. Ging auf Hüffart zu. Schaute ihn direkt an. Reichte ihm die Hand. »Herr Hüffart?«

»Ja, bitte?«

»Was machen Sie da so allein?«

»Ich beobachte Vögel.«

Wie skurril! Da bauen sich die geilsten Eisberge vor dir auf und er hält Ausschau nach so ein paar öden Piepmätzen.

»Eine Seeschwalbe habe ich schon gesehen. Und eine Graugans.«

»Aha! Ihre Frau schickt mich. Ich bin Ihr Chauffeur und soll Sie mitnehmen.«

»Gisela schickt Sie? Warum kommt sie nicht selbst?«

Mein Gott, war der Alte durch den Wind. Erinnerte sich nur an seine erste Frau, an die Alki-Braut, die sich angeblich nach und nach totgesoffen hatte, aber offiziell an einer heimtückischen, sehr seltenen Stoffwechselerkrankung verstorben ist. Wer's glaubt ... Auf seine neue Gattin, die fette Silvie, kommt der gar nicht, hat er komplett verdrängt, krass, aber auch absolut verständlich.

»Gisela und Jan warten woanders. Ich bringe Sie hin, wenn Sie möchten!«

Hüffart kniff kurz die Lider zusammen, aber dann lächelte er wieder, ein Lächeln, wie er es als Parteivorsitzender nie zustande gebracht hatte. »Dann danke ich Ihnen schon mal!«, sagte er und ließ sich ganz geschmeidig zum Auto geleiten, stieg ein, schnallte sich an.

Frankie konnte es kaum fassen. War das jetzt Glück oder Wahnsinn?

Egal, es war einfach eine Gelegenheit, die ihm das Schicksal gerade auf dem Silbertablett serviert hatte. Wozu es gut war – Rache oder Vergebung –, darauf kam es in diesem Moment doch gar nicht an. Er klemmte die Kabel gegeneinander, ließ die Kupplung kommen, gab Gas, fuhr los.

»Das Auto stinkt aber«, sagte Hüffart, als sie auf die Ringstraße bogen und gen Osten fuhren.

[15. Juni, 14.10 Uhr, *Heilbrigðisstofnunin*, Höfn í Hornafirði, Island]

Die nächste Klinik, die sich eher als sehr überschaubares medizinisches Versorgungszentrum erwies, war achtzig Kilometer entfernt, und während der einstündigen Fahrt im Krankenwagen spürte Wencke, wie das Leben langsam in ihre Glieder zurückkehrte. Der Schreck steckte ihr genau wie die Kälte in allen Knochen, auch wenn es sie mit Stolz erfüllte, aus dieser Scheißsituation an einem Stück und eindeutig lebendig herausgekommen zu sein. Diese Geschichte würde der Overall-Mann wahrscheinlich demnächst in einem Atemzug mit der Angelina-Jolie-Story zum Besten geben.

Die Sanitäter hatten ihr unterwegs die nassen Klamotten ausgezogen, sie in warme Decken und eine Isolierfolie gewickelt und ihr schließlich einen warmen Tee mit Honig eingeflößt. Als sie in der schmucklosen Kleinstadtklinik in Höfn angekommen waren, fühlte Wencke sich schon wieder so sicher, dass sie den Weg zum Behandlungszimmer auf eigenen Beinen zurücklegen konnte.

Aber das, was manche Seele nennen, schwamm noch immer im Gletschersee und fror erbärmlich. Einen Menschen einfach so über Bord zu werfen, auf dass er zwischen Eisblöcken tiefgefroren wird, möglicherweise sogar noch in kleine Teile geschreddert, das bedurfte schon einer ausgeprägten Kaltblütigkeit.

Die diensthabende Ärztin diagnostizierte eine mittelschwere Hypothermie, zu Deutsch Unterkühlung, aber darauf wäre Wencke auch ohne aufwendige Untersuchung gekommen. Bevor die fast bis auf die Knochen aufgerissenen und inzwischen geschwollenen Handflächen bandagiert wurden, hatte eine Schwester die Wunden behutsam desinfiziert und mit einer Salbe behandelt, sogar die blauen Flecken am Hals bekamen noch ein Mittelchen draufgeschmiert, wo sie schon mal dabei war. Danach teilte die Medizinerin mit, man wolle in einer Stunde zur Kontrolle noch einmal Puls und Blutdruck messen, wenn dann alles unauffällig wäre, sei sie entlassen.

Toll, entlassen! Wencke lag im Krankenbett, unter der Bettdecke war sie bis auf einen grünen Operationsslip splitterfasernackt, die nassen Haare waren mit einem hellblauen Frotteetuch verhüllt und mit ihren nutzlos gewordenen Händen konnte sie weder schreiben noch telefonieren, sie war quasi schwerbehindert für die nächsten Tage. Wohin sollte sie in diesem Hafenkaff irgendwo im Südosten des Landes gehen? Ohne Papiere, ohne Geld, ohne trockene Klamotten, ohne jemanden, der sich hier auskannte?

Als die Tür aufging und ausgerechnet Jarle Yngvisson als rettender Engel im Zimmer erschien, war das Wencke auch nicht wirklich recht. Sie wollte diesem undurchsichtigen Mann eigentlich lieber aus dem Weg gehen. Doch die Freude überwog, das musste sie sich eingestehen.

Er kam auf sie zu, nahm sie wortlos in den Arm und drückte sie an sich – genau das hatte sie in diesem Moment gebraucht. Dann stellte er Wenckes Rucksack auf den fahrbaren Nachttisch. »Den soll ich Ihnen von Lena Jacobi geben. Das Ding stand wohl noch einsam und verlassen auf diesem Boot herum.«

Wencke hätte gern danach gegriffen, geschaut, ob noch alles drin war, doch ihre Hände waren zu nichtsnutzigen Klumpen vermummt. »Danke!«

»Ach ja, und sie hat auch Ihre Reisetasche aus dem Bus geholt und mir mitgegeben, damit Sie etwas zum Anziehen haben!«

»Wow!« Wencke hob ihre Mumienhände. »Ich fürchte nur, ich brauche jemanden, der mir da reinhilft.«

»Ich würde mich anbieten«, sagte er lächelnd. »Keine

Angst, ich mache auch die Augen zu!« Er setzte sich auf die Bettkante. »Lena hat mich sofort angerufen, nachdem Sie im Krankenwagen waren. Sie war außer sich, weil der Bootsführer steif und fest behauptet hat, es sei kein Unfall gewesen, das könne bei ihm an Bord nicht passieren.«

»War es auch nicht.«

»Er hat gesagt, Sie hätten sich eventuell freiwillig ... «

»So ein Blödsinn. Wenn ich mich umbringen will, dann veranstalte ich nicht so eine Zirkusakrobatik am Seil, dann springe ich einfach rein.«

»Was war es dann?«

»Na, was wohl!«

Er sah sie ernst an. »Erzähl mir alles, was du weißt. Wir müssen herausfinden, wer dir das angetan hat!« Dass er auf einmal zum Du überging, störte Wencke nicht.

»Es war auf jeden Fall keine deiner Sagengestalten, sondern ein handfester Mensch aus Fleisch und Blut, das kann ich dir schriftlich geben!«

»Hast du einen Verdacht?«

Ja, den hatte Wencke, sogar zwei. Doch sie wollte Götze erst einmal aus der Sache herauslassen. Bislang schien außer der Polizei noch niemand zu wissen, dass er geflohen war, und das war gut so. Wie auch immer alles zusammenhing, welche Rolle Götze spielte, Jarle Yngvisson, das Ehepaar Hüffart und nicht zuletzt sie selbst – Wencke wollte auf der Hut bleiben, solange sie nicht wusste, wer auf welcher Seite stand.

»Da war so ein Mann, ungefähr fünfzig, rotblond und nicht gerade ein Riese ... «

»Bist du dir sicher?«

»Sicher? Nein, ganz und gar nicht. Es könnte jeder gewesen sein, und das jagt mir eine Wahnsinnsangst ein. Am liebsten würde ich den nächsten Flieger nach Hause nehmen, aber das kann ich mir ja wahrscheinlich abschminken.«

»Ja, sieht ganz so aus. Der *Herðubreið* spuckt immer heftiger, wir sitzen fürs Erste hier fest.« Jarle nahm ihre Hand in seine. »Aber ich kann deine Sorge verstehen, Wencke. Wer immer der Angreifer war, muss gewusst haben, dass du an diesem Tag genau dort zu finden sein würdest. Wahrscheinlich kennt er das Symposiumsprogramm und wartet jetzt nur auf die nächste Gelegenheit.«

Jarles Vermutung klang schlüssig. »Und, hast du eine Idee, was man mit mir anstellen könnte?«

»Es ist ... hmm ...« Er wirkte etwas verlegen. »Während der Woche wohne ich gut drei Stunden von hier entfernt in der Nähe des Wasserkraftwerks, das die Energie für unsere Firma erzeugt. Meine Hütte ist groß, ich hab ein gemütliches Gästezimmer und genügend Tee und Honig im Vorratsschrank. Du könntest mit zu mir kommen, statt im Hotel bei den anderen zu übernachten. Aber ...«

»Aber was?«

»Ich wohne ziemlich abgelegen. Und abgelegen bedeutet in Island: Da ist sonst wirklich nichts und niemand!«

»Auch keine Frau?« Blöde Frage, dachte Wencke im selben Augenblick. Denn selbst wenn dort ein weibliches Wesen auf ihn wartete, womöglich mit einem Haufen Kinder ringsherum, wo wäre das Problem? Er bot ihr ja schließlich nur eine Möglichkeit zum Übernachten, mehr nicht.

»Höchstens ein paar Elfen ...« Er begutachtete Wenckes Kopfschmuck. »Die werden auf dich stehen. Sagengestalten suchen sich gern Menschen aus, die hellblaue Turbane tragen. Wirklich wahr!«

Die Ärztin ließ sich wieder blicken, mit Krankenschwester im Schlepptau, und sagte, es sei Zeit für die Abschlussuntersuchung. Dann stockte sie, rief »Hey« – und fiel Jarle um den Hals. Die beiden schienen sich zu kennen und quatschten munter drauflos. Eine seltsam betörende Sprache, fand Wencke.

»Sie ist meine Cousine«, klärte Jarle schließlich auf. »Ich hatte keine Ahnung, dass sie inzwischen hier in Höfn arbeitet.«

»Deine Cousine? Was für ein Zufall!«

»Na ja, es geht. Hier in Island sind alle irgendwie miteinander verwandt. Und wenn nicht, sind sie miteinander verheiratet – oder bereits wieder geschieden.« Er amüsierte sich über seinen eigenen Witz. »Jedenfalls bist du bei Bryndis in besten Händen, sie hat in Reykjavik studiert, sogar Human- und Veterinärmedizin gleichzeitig, da kann also nichts mehr schiefgehen.«

Als Jarle auf Befehl seiner Cousine das Krankenzimmer verließ, hörte Wencke sein Telefon klingeln. Kurz darauf – gerade presste ihr die Blutdruckmanschette den Oberarm zusammen, um sich dann mit einem plötzlichen »Pfff« wieder zu entleeren – kam Jarle ohne anzuklopfen wieder herein. Die Krankenschwester schimpfte, doch er ließ sich davon nicht im Geringsten beeindrucken. »Hüffart ist verschwunden!«

»Was?« Dieser Schreck würde bestimmt für Spitzenwerte bei der Messung sorgen. Sie gab der Schwester zu verstehen, dass Jarle von ihr aus im Zimmer bleiben durfte.

»Hüffart ist wohl aus seinem Rollstuhl ausgestiegen und abgehauen. Seine Frau macht gerade einen Riesenaufstand!«

»Und kein Mensch hat etwas bemerkt?«

»Sie glauben, es ist passiert, als der Krankenwagen kam. Alle haben geschaut, was mit dir los ist. In der Zeit ist er wohl abgehauen.« Von Jarles unerschütterlicher Lässigkeit blieb nicht mehr viel übrig. Er lief im Behandlungszimmer hin und her, vom Schreibtisch zum Fenster und zurück. »Mein Gott, dieser Ausflug zum *Jökulsárlón* lag in meiner Verantwortung. Insbesondere in dieser Gegend gibt es jede Menge Gefahren, reißende Gletscherbäche, Gesteinsspalten ... und dann ein Mann in Hüffarts Verfassung, daran mag ich gar nicht denken.«

»Er könnte auch entführt worden sein«, sagte Wencke und

war sich fast zu hundert Prozent sicher, dass es so war. Klar, sie kannte schließlich denjenigen, der definitiv vor Ort gewesen war und der als Entführer schon Erfahrung gesammelt hatte: Götze!

Die Ärztin bat um Ruhe, um Wenckes Herz abzuhören. Auch das klopfte jetzt wahrscheinlich schneller, als es eigentlich sollte.

Hüffarts Zustand war jämmerlich, er war keinesfalls in der Lage, alleine durch Island zu marschieren, und noch weniger, in Gegenwart eines unberechenbaren Mannes wie Götze zu überleben. Hüffart war geistig verwirrt, er brauchte jemanden, der sich um ihn kümmerte, er brauchte seine Medikamente ... Moment! »Jarle, schau bitte mal in meine Reisetasche, ganz obenauf muss eine Jeanshose liegen, da greif doch bitte mal in die rechte Tasche.«

»Warum?«

»Darin ist eine kleine, weiße Tablette. Sie gehört Hüffart.«

Er fand das Ding nach ewigem Suchen. »Wie kommst du an seine Medikamente?«

»Ist doch egal. Ich weiß, dass Hüffart sie in regelmäßigen Abständen von seiner Frau verabreicht bekommen hat. Und jetzt muss er es ohne sie schaffen. Vielleicht kann deine Cousine uns ja verraten, was das für Tabletten sind, dann wissen wir, ob wir uns wirklich Sorgen machen müssen.«

Er legte die weiße Tablette auf seine Handfläche und hielt sie der Ärztin hin. »Die ist oval, auf einer Seite ist ein T und eine 20 eingestanzt.«

»I know it«, sagte die Medizinerin. »*Thiamazol!*« Dann verfiel sie wieder ins Isländische und Wenckes Wissensstand hing davon ab, dass Jarle den Dolmetscher spielte. »Sie sagt, es ist ein ziemlich starkes Mittel gegen ... wie war das?«

»Skjaldkirtillheilkenni!«

» ... gegen eine Schilddrüsenerkrankung. Wusstest du, dass Hüffart damit Probleme hat?«

»Ja«, musste Wencke zugeben. »Silvie hat so etwas erwähnt.« Sie spürte eine leichte Enttäuschung. Hatte ihr Bauchgefühl sie im Stich gelassen, als es ihr sagte, dass die Pillen etwas mit Hüffarts Demenz zu tun hatten?

»Meine Cousine meint, es sei eine hohe Dosierung. Das Mittel gibt es auch in wesentlich geringeren Konzentrationen.«

»Dann muss Hüffart aber ziemlich stark betroffen sein, gestern während der Stadtrundfahrt hat Silvie ihm ständig diese Pillen eingeworfen.«

Jarle übersetzte, lauschte, fragte nach: »Wie oft hat er dieses *Thiamazol* bekommen?«

»Na, ich schätze mal, alle vier Stunden.«

Als die Ärztin das hörte, schüttelte sie ungläubig den Kopf und redete wieder auf Jarle ein.

»Meine Cousine sagt, das sei eine Überdosierung. Das Mittel wirkt gegen eine Überfunktion der Schilddrüse und hemmt die Aufnahme von Jod. Doch in solchen Mengen wären die Nebenwirkungen bald unangenehmer als das Leiden, gegen das die Tabletten helfen sollen.«

Wencke horchte auf. »Welche Nebenwirkungen?«

Wieder ein isländisches Kauderwelsch, doch an Jarles Gesichtsausdruck konnte Wencke erkennen, dass auch er verstand, worauf sie mit dieser Frage hinauswollte.

»Unter anderem Aufgedunsenheit, fahle Haut, geistige Verwirrtheit, Orientierungslosigkeit und ein eingeschränktes Erinnerungsvermögen ...«

»Frag sie, was passiert, wenn man dieses Zeug nach so hoher Dosierung von einem Tag auf den anderen absetzt!«

Er fragte. »Meine Cousine sagt, die Schilddrüsenprobleme tauchen erst allmählich wieder auf, da können wir unbesorgt sein.«

»Und die Nebenwirkungen?«

»Diese Probleme treten nur vorübergehend auf und sind mit

Absetzen des *Thiamazols* in der Regel restlos verschwunden«, übersetzte er.

Sie sahen sich beide schweigend an. Wahrscheinlich stellten sich ihnen in diesem Moment dieselben Fragen: Wenn Hüffart wieder auftauchte – und daran wollte wohl keiner von ihnen zweifeln –, würde er dann plötzlich wieder über einen halbwegs klaren Verstand verfügen, weil ihn seine liebende Gattin eine Weile lang nicht mit diesen Pillen füttern konnte?

[15. Juni, 19.48 Uhr, *Vegarslóð* in der Nähe von Areyjar, Island]

Sie trafen sich im äußersten Osten, irgendwo am Fuß eines schroffen Berges, der wie vom langen, schmalen Fjord zerschnitten ins Meer abfiel.

Gleich nachdem Silvie völlig aufgelöst bei Alf Urbich angerufen hatte, war ein Chauffeur geschickt worden, um sie abzuholen. Die stundenlange Warterei in dem kleinen, zugigen Holzhäuschen am Gletschersee war bereits eine Zerreißprobe für die Nerven gewesen, doch die Fahrt stellte eine noch größere Strapaze dar, obwohl sie in einem komfortablen Mercedes-GL reisten.

»Passen Sie auf!«, hatte Silvie den Fahrer mehrmals ermahnt, oder: »Bitte drosseln Sie das Tempo!« Schließlich war die ungepflasterte Straße bestenfalls fünf Meter breit und führte über steile Kuppen, man konnte nie sicher sein, ob einen nicht im nächsten Augenblick der Gegenverkehr zum plötzlichen Ausweichen zwang und man dann den tiefen Abhang in steinige Schluchten hinunterrauschte. Als sie gerade sicher war, es könne nicht schlimmer werden, bog der Wagen nach rechts ab und bretterte auf einer Piste ins Tal, die man bestenfalls erahnen konnte. Horror! Zwar war sie krank vor Sorge, was mit Karl geschehen sein könnte, wo er steckte, wie es ihm ging, aber Silvie dankte auch dem Herrn im Himmel, dass ihr geschwächter Mann diesen Trip über die Schotterbahn nicht mitmachen musste.

»Vorsicht, das Schlagloch!« Rums!

Anfangs hatte Silvie noch angestrengt aus dem Fenster gestarrt in der absurden Hoffnung, Karl irgendwo zu entdecken. Am Straßenrand oder weiter hinten in der zerklüfteten Landschaft. Doch nun waren sie über zweihundert Kilometer weit gefahren und die Hoffnung, hier auf ein Lebenszeichen von Karl zu stoßen, war schlichtweg unrealistisch. Seit sieben Stunden war er bereits verschwunden. Silvie musste ihre Sorge verdrängen, ansonsten würde sie wahnsinnig werden. Doch das gelang ihr nicht.

Allein auf sich gestellt war Karl völlig hilflos! Dazu kam, dass er seine Medikamente nicht würde nehmen können.

Gott, was sollte sie bloß tun? Worauf würde das hinauslaufen? Was, wenn die Wirkung nachließ und Karl allmählich ... Nein, diesen Gedanken musste sie ganz weit wegschieben. Es war sinnlos, sich den Kopf zu zerbrechen. Sie hatte das Richtige getan und sich auf den Weg zu Alf Urbich gemacht. Dieser Mann war der Einzige, der dieser Situation gewachsen war. Hoffentlich.

Die Gegend war dermaßen karg, es fanden sich noch nicht einmal zottelige Schafe, die ansonsten überall auf der Insel frei herumliefen und den Straßenverkehr behinderten. Kein Wunder, zu fressen gab es hier nichts außer dem Staub, der hinter ihrem Wagen eine meterhohe Wolke bildete.

Das Aluminiumwerk lag auf halber Strecke zwischen Höfn – das war der Ort, an dem sie Wencke ins Krankenhaus gebracht hatten – und der nächstgrößeren Gemeinde Egilsstaðir. Den Namen des kleinen Hafenkaffs, das früher wahrscheinlich von Fischfang gelebt hatte und nun einzig und allein als Schlaf- und Arbeitsstätte der *AlumInTerra*-Angestellten diente, hatte Silvie vergessen oder verdrängt, es waren einfach zu viele fremdartige

Konsonanten darin enthalten. Sie hatte gewusst, dass das Dorf winzig war, doch als nun die Handvoll Häuser und Mietskasernen unter ihnen auftauchten, war Silvie gelinde gesagt überrascht: Hier gab es ja so gut wie gar nichts! Lediglich ein riesiges Containerschiff quetschte sich in den Hafen, doch wahrscheinlich war das täglich der Fall, denn das Rohmaterial, aus dem das kostbare Aluminium mit einem gewaltigen Aufwand gewonnen wurde, kam auf Island natürlich nicht vor und musste extra aus Australien und Brasilien eingeschifft werden. Auf der Rückreise nahmen die Hochseefrachter dann das fertige Metall mit in die Länder, die daraus Autos, Staubsaugerteile oder vielleicht auch eine original italienische Espressokanne fertigten. In der Firmenbroschüre, die auf der Rückbank gelegen und die sie kurz studiert hatte, war Globalisierung eines der häufigsten Schlagworte. Kein Wunder, *AlumInTerra* besaß Werke in mehr als dreißig Ländern. Doch dieser Ort auf Island war so etwas wie das Prestigeobjekt des Großkonzerns. Wenn Silvie nicht ziemlich genau gewusst hätte, wie schmutzig es in der Wirtschaftspolitik zuging, sie hätte den Aussagen über effiziente Nutzung natürlicher Energiequellen nur zu gern Glauben geschenkt.

Die Firmengebäude selbst bestanden aus drei unspektakulären langen Betonquadern mit Fenstern, daneben ragten die Stahlskelette der Hochspannungsmasten in die Höhe und ordneten die armdicken Leitungen, durch die unvorstellbare Energiemengen vom Stausee im Hochland hinunter ins Tal geschickt wurden. Der Himmel über ihnen war von schwarzen Parallelen zerschnitten.

Der Chauffeur, der den Wagen auf ein Tor zusteuerte, welches sich in diesem Moment magisch öffnete, war bislang extrem einsilbig, aber vielleicht hatte Silvie ihn in den vergangenen Stunden auch nur etwas verärgert mit ihren Kommentaren von der Rückbank.

»Da wären wir«, sagte er nun, fuhr eine schnittige Kurve und hielt vor dem Haupteingang. Gut erzogen wie er war, kam er mit schnellem Schritt an ihre Autoseite geeilt und öffnete die Tür. »Herr Urbich erwartet Sie in seinem Büro, ich werde Sie dorthin begleiten.«

Sie ließ sich aus dem Wagen helfen. »Was ist mit dem Gepäck?«

»Dafür werden wir selbstverständlich sorgen, Frau Hüffart. Meines Wissens ist eine Suite für Sie reserviert.«

»Hier gibt es doch nicht etwa ein Hotel?«

»Hotel wäre der falsche Ausdruck. Wir halten ein Dutzend Gästezimmer bereit für Vorstandsmitglieder oder andere hochrangige Besucher. Höchster Komfort, luxuriöse Ausstattung, seien Sie unbesorgt. Nicht für jeden zugänglich.«

Silvie war erleichtert. Sie hatte schon befürchtet, in den nächsten Minuten den altbekannten Reisebus auftauchen zu sehen, in dem Lena Jacobi die anderen Symposiumsteilnehmer rund um die Insel transportierte. Vor denen war sie nämlich gleich nach Karls Verschwinden geflüchtet, die neugierigen Fragen und die Kommentare waren schlichtweg nicht länger auszuhalten gewesen. Zudem misstraute sie Lena Jacobi nach wie vor. Silvie hatte den Eindruck, dass diese graue Maus ihr feindselig begegnete. Wahrscheinlich eine vom linken Flügel, die Karls politisches Schaffen infrage stellte. Von dieser Sorte gab es einige, sogar wenn sie blutjung waren wie Lena Jacobi und zur Wendezeit wahrscheinlich noch gar nicht geboren.

Sie betraten die Eingangshalle, die spartanisch gestaltet war und Silvie an Karls Parteibüro in Osnabrück erinnerte. »Die Unterkunft ist hoffentlich etwas einladender als das hier«, konnte sie sich nicht verkneifen.

»Aber ja!« Mehr sagte der Fahrer nicht. Natürlich nicht. *AlumInTerra* war ein mächtiger Arbeitgeber, und wenn dieser

Mann der persönliche Chauffeur von Alf Urbich war, musste er sich hüten, allzu kritische Bemerkungen fallen zu lassen.

Silvie wusste, wie unangenehm Urbich werden konnte. Deshalb war sie selbst in diesem Moment auch schrecklich nervös. Natürlich fürchtete sie sich vor Urbichs Reaktion auf Karls Verschwinden. Wer würde das nicht?

Drinnen wirkte das Gebäude wesentlich größer als von außen; der Weg, den sie zurückzulegen hatten, schien endlos und führte durch eine Betriebshalle mit meterdicken Rohren an Boden und Decke, in der ohrenbetäubender Lärm herrschte und es nach geschmolzenem Metall roch. Doch vielleicht hatte Urbich auch nur Anweisung gegeben, einen riesigen Umweg zu nehmen, damit Silvie sich ein Bild davon machen konnte, welch imposantem Konzern er inzwischen vorstand. Auf Angeberei hatte Urbich sich schon immer gut verstanden.

Nach einer Ewigkeit erreichten sie eine schwere Tür, die sich nur auf Knopfdruck öffnen ließ – sonst hätte man dazu wahrscheinlich drei starke Männer gebraucht. Dahinter war es endlich leise, geruchsneutral und wohnlich. Urbichs Büro befand sich am Ende des Korridors und hatte silbrig schimmernde Wände, die von dunklem Mahagoni eingefasst waren. Sehr modern, sehr schick, aber das Beste war der gläserne Schreibtisch, der aus einem Guss zu sein schien. Dahinter saß Urbich.

Noch immer ein Pitbull, fand Silvie, drahtig, kurz geschorenes Gelbblond und kleine Schweinsaugen in einem irgendwie spitzen Gesicht. Er stand auf, lief um den Glaskasten herum und begrüßte Silvie herzlicher, als sie es erwartet hatte. »Es tut mit leid, dass ich nicht selbst bei der Eröffnungsveranstaltung war, aber leider kam ein Termin dazwischen.«

»Es war eine Katastrophe!«

»Ach ja? War der Champagner zu warm, oder was?«

Silvie war sprachlos. Konnte es sein, dass Urbich überhaupt

nicht wusste, was bei der von *AlumInTerra* gesponserten Veranstaltung passiert war?

»Du siehst fabelhaft aus«, behauptete er. »Bitte setz dich doch und erzähl, was du auf dem Herzen hast!«

Man könnte fast glauben, er hielte das, was sie verband, für Freundschaft. Doch das war es nie gewesen und würde es auch niemals sein. Das Einzige, was sie all die Jahre immer wieder einmal für wenige Stunden zusammenbrachte, war die Sorge um eine lang vergangene Geschichte, die nie – niemals – publik werden durfte. Es würde sie beide gleichermaßen ins Verderben reißen, wenn man das mal so drastisch formulieren wollte.

Doch Urbich, der wieder auf seinem Lederstuhl Platz genommen hatte, lehnte sich zurück, allem Anschein nach völlig entspannt. »Hat deine Aufregung etwas mit diesem Anruf von Wencke Tydmers zu tun, über den du mich vor ein paar Tagen unterrichtet hast? Dieser angebliche Brief von Dorothee Mahlmann?« Er bog seine Mundwinkel nach oben, was wie eine Mischung aus väterlicher Nachsicht und Arroganz aussah.

»Es gibt inzwischen mehrere Briefe, vier, vielleicht sogar schon fünf.«

»Das ist absoluter Unsinn. Wenn diese Frau damals etwas notiert hätte, wäre uns das kaum entgangen, oder?«

Das hatte Silvie sich selbst schon oft genug gefragt in den letzten Tagen. Natürlich konnte sie sich genau erinnern, wie oft und wie akribisch sie damals das Zimmer 247 durchforstet hatte! Hätte Doro ein Tagebuch oder etwas anderes in der Art geführt, es wäre Silvie mit Sicherheit in die Hände gefallen. Natürlich bestand auch die Möglichkeit, dass Doro die Notizen aus Vorsicht stets mit sich herumgetragen hatte. Doch einmal, als sie lediglich in ein Badelaken gewickelt in die Duschräume verschwunden war, hatte Silvie die Gelegenheit genutzt und alle Klamotten durchwühlt – ohne etwas zu finden. Dabei war sie sich noch nicht einmal im Klaren gewesen, wonach genau sie suchen sollte. Zu diesem Zeitpunkt hatte sie ohnehin nicht viel gewusst, sondern einfach nur getan, was man von ihr erwartet hatte. Was die Leute um Karl Hüffart erwartet hatten.

Heute war das anders. Heute wusste sie alles. Das hatte sie jedenfalls bislang angenommen.

»Silvie, ich habe dich etwas gefragt!«, brachte Urbich sich in Erinnerung, ohne ungeduldig zu wirken. Es schien, als ob ihn die Sache geradezu amüsierte.

»Angeblich hat Doro sich damals mit einem Informanten getroffen.«

»Totaler Unsinn! Die hat sich mit niemandem getroffen, das hätten wir doch mitbekommen. Dorothee Mahlmann stand ab Götzes Verhaftung unter ständiger Observation.«

Jetzt wurde Silvie unruhig. Sollte sie Urbich von Wenckes Verdacht erzählen? Von der Vermutung, dass Doros plötzliche Erkrankung alles andere als zufällig gewesen war und womöglich genau die Leute, die mit ihrer Rund-um-die-Uhr-Beobachtung betraut worden waren, dahintersteckten? Nein, sie hatte nicht den Mut, etwas Derartiges laut auszusprechen. Selbst wenn Urbich jetzt gerade so relaxt im Sessel saß: Sie kannte diesen Mann, er konnte plötzlich aufspringen, herumschreien und toben – und ihr das Leben in Zukunft zur Hölle machen. Diese Macht hatte er. Und er würde sie nutzen.

»Ach, Silvie«, seufzte Urbich schließlich, als klar war, dass sie kein weiteres Wort herausbrachte. »Du zerbrichst dir dein hübsch dekoriertes Köpfchen über Dinge aus grauer Vorzeit. Aber dass dein Angetrauter über alle Berge ist, scheint dir egal zu sein.«

»Natürlich ist es das nicht!«, verteidigte sie sich prompt und war sich vollends bewusst, dass ihr aufgebrachter Ton nicht dazu beitrug, souverän zu wirken. »Glaub mir, ich war lediglich ein paar Augenblicke abgelenkt, und als ich zurückkam, stand da nur noch sein Rollstuhl. Es tut mir leid! Wirklich, das hätte nicht passieren dürfen!«

»Da hast du allerdings recht.«

»Unverständlich, warum *AlumInTerra* nicht für seine Sicherheit sorgen konnte!«, wagte Silvie einen kleinen Vorwurf.

»Wir waren sicher, dass du das alles regelst, liebe Silvie. Warst du nicht all die Jahre die beste Security, die man deinem Mann wünschen konnte? Keinen Millimeter bist du von seiner Seite gewichen seit der Geschichte von damals. Da haben wir einfach keine Notwendigkeit gesehen.« Einer seiner Mundwinkel zog sich nach oben. Er war ein Scheusal!

»*AlumInTerra* hat uns eingeladen – und Wencke Tydmers dazu. Schon das ist eine Nachlässigkeit sondergleichen!«

»Da irrst du dich. Wir haben nicht Wencke, sondern ihre Vorgesetzte eingeladen. Deswegen konnte mir auf der Namensliste, die mein Eventmanager Jarle Yngvisson mir selbstredend vorgelegt hat, nichts auffallen.«

»Aber was sollen wir jetzt tun? Die Polizei sucht bereits nach Karl, aber bislang gab es keinen einzigen Hinweis, so als sei er vom Erdboden verschluckt.«

»Was ist, wenn Götze ihn mitgenommen hat?«

»Götze?« Zugegeben, Silvie hatte diesen Kerl aus ihrem Bewusstsein verdrängt. »Aber der ist doch in Polizeigewahrsam.«

Jetzt lehnte Urbich sich weit nach vorn, sein Atem roch leicht säuerlich, als habe er eben noch Wein oder Sekt getrunken. Das sah ihm ähnlich: Karl schwebte womöglich in Lebensgefahr, und sein ehemals engster Vertrauter gönnte sich einen edlen Tropfen. »Ist er nicht. Gestern, auf dem Weg zum Flugplatz, konnte Götze fliehen.«

»Das ist ein Witz, oder?« Silvies Gedanken machten sich selbstständig: Wenn Götze wirklich frei herumlief, ebenfalls am Gletschersee gewesen war, eventuell auf diesem Boot, von dem Wencke heruntergestoßen wurde, und dann auf dem Parkplatz ... sie hätte Karl nicht eine Sekunde aus den Augen lassen dürfen! »Warum haben sie ihn noch nicht gefasst? Götze ist gemeingefährlich!«

»Weil wir ihnen gesagt haben, dass sie ihn laufen lassen sollen, um negative Schlagzeilen zu vermeiden – zumindest solange das Symposium hier tagt.« Er grinste. »Das erstaunt dich? Komm, da reicht ein Telefonat mit dem richtigen Mann, und die Polizei wird zurückgepfiffen, wenn wir es wollen.« Sie musste ihn ungläubig angeschaut haben, wie sie es immer noch, trotz der vielen Jahre, die sie inzwischen in der Politik zu Hause war, tat, sobald ihr jemand erklärte, wie einfach das Geschäft zu manipulieren war. »Du glaubst mir nicht? Der staatseigene Energiekonzern hier im Land hat sich beim Bau des Staudamms mächtig übernommen, dann kam noch die Wirtschaftskrise hinzu, die Verstaatlichung der maroden Banken ... Ich sage dir, im Grunde haben wir die hiesige Politik fest im Griff. Sollte *AlumInTerra* hier am Arsch der Welt die Zelte abbrechen, ist Island pleite. Energie ist eben auch bloß eine Ware, die verkauft werden muss. Und wir sind mit Abstand die besten Kunden.« Das schien Urbich außerordentlich zu gefallen, denn er breitete seine Arme auf dem gläsernen Schreibtisch aus, als säße er an einem Schaltpult, von dem aus sich die ganze Welt nach seinen Wünschen steuern ließ.

Diese Geste machte Silvie wütend. »Wenn du wirklich alle Fäden in der Hand hältst, warum setzt du dann nicht alles daran, dass Karl gefunden wird?«

Er grinste. »Du bist immer noch die Alte, Silvie, stimmt's? Seit zwanzig Jahren spielst du aller Welt vor, dein Leben in den Dienst dieses Mannes zu stellen. Und jetzt hast du Schiss, wenn herauskommt, dass es in Wahrheit die ganze Zeit andersherum gewesen ist: Karl Hüffart der Große bewegt sich nämlich seit Jahren schon an einer ziemlich kurze Leine, mit der er von seiner zweiten Gattin Gassi geführt wird.«

»Nenn es, wie du möchtest«, entgegnete Silvie. Sie wollte sich nicht provozieren lassen. Und Urbich war auch keineswegs der Erste, der so etwas in der Art behauptete. Die meisten Politmagazine liebten Andeutungen, dass sie angeblich ihre Position ausnutze, um ein historisches Vermächtnis im eigenen Sinne zu verwalten. Etliche von Karls alten Weggefährten warfen ihr vor, ihn zu vereinnahmen und abzuschotten, doch dahinter steckte immer nur Neid oder Wut, weil Silvie den Mumm bewiesen hatte, Karls verlogenen Hofstaat nach und nach zu entlassen. Karls alter Leibwächter sprach kein Wort mehr mit ihr, seine ehemalige Pressefrau auch nicht, dafür redete sie aber ausgiebig mit der Journaille. Auch Karls Verwandtschaft – schon immer ein schmarotzendes Pack – nahm es ihr übel, dass sie den Kontakt rigoros abgebrochen hatte. Sie wollte einfach nur ihre Ruhe. Es war schwer genug, sich um einen Mann wie den ihren zu kümmern. Da konnte sie auf falsche Ratgeber verzichten.

»Was erwartest du jetzt eigentlich von mir?«, fragte Urbich und starrte sie dabei in Grund und Boden. »Ich habe dich um die halbe Insel kutschieren lassen, weil du mich unbedingt sprechen wolltest, und jetzt muss man dir jedes einzelne Wort aus diesem gepuderten Organ mitten in deinem Gesicht ziehen.«

»Sicherheit!«

»Für dich oder den Herrn Gemahl?«

Silvie rutschte auf dem Besucherstuhl hin und her. Sie wusste, sie musste konkreter werden, auch auf die Gefahr hin, dass der Pitbull begann, bissig zu werden. »Ihr schuldet mir was!«

Das schien Urbich kaum zu überzeugen. »Ja, wirklich? Warst du es nicht, die damals vor zwanzig Jahren bei uns aufgetaucht ist und ihre Hilfe geradezu aufgedrängt hat?« Er verstellte die Stimme und tat, als wäre er ein kleines Mädchen: »Hallo, ich bin die Silvie und Polizeianwärterin im dritten Jahr und für Karl Hüffart, diesen alten Sack, würde ich mir sogar meine blonden

Zöpfchen abschneiden, wenn es sein muss. Ich kann aber auch einfach nur ein bisschen rumschnüffeln, wenn ihr wollt.« Dann wurde er wieder ernst, und zwar ausgesprochen ernst. »Wir schulden dir überhaupt nichts, Silvie. Du hast gekriegt, was du wolltest. Wenn dir dann dein Sugar-Daddy einfach davonläuft, ist das weiß Gott nicht unser Problem.«

»O doch!« Sie atmete durch und machte den Rücken gerade. »Dass Wencke Tydmers mit diesen Briefen versorgt wird und auf einmal Gefallen daran gefunden hat, in der Vergangenheit zu wühlen, ist definitiv *unser* Problem. Sollte sie die Gelegenheit bekommen, Karl ohne meine Aufsicht zu treffen und ihn mit ihren Fragen zu löchern, dann ist das auch *unser* Problem. Ich kenne diese Frau, sie ist hartnäckig und eine verdammt gute Kriminalistin. Damals war sie jung, etwas naiv vielleicht, heute gehört sie zu den besten Köpfen des LKA.«

»Genau!« Er klopfte auf den Tisch, als habe er gerade eine Pokerrunde für sich entschieden. »Das ist ja das Tolle an der Sache!«

»Wie bitte?«

»Die beste Strategie in solchen Situationen: Mach dir einen eventuellen Gegner zum Verbündeten!« Das Leder quietschte, als Urbich sich hinter seinem Schreibtisch erhob. »Wir haben natürlich inzwischen ein paar Erkundigungen über Wencke Tydmers eingeholt.«

»Worauf spielst du an?«

»So genial deine ehemalige Zimmergenossin als Fallanalytikerin sein mag, so daneben ist ihr Privatleben. Und es gibt dummerweise drastische Einsparungen in ihrer Abteilung, die sie demnächst den Job kosten werden – was sie jetzt vielleicht schon ahnt. Auf gut Deutsch: Wencke Tydmers geht der Arsch auf Grundeis. Und wenn es so weit ist, stehen wir bereit, reichen ihr die Hand, bieten ihr einen hoch bezahlten Job, irgendeine Psychoabteilung werden wir extra für sie basteln, wo auf der

Welt, darf die liebe Frau Tydmers sich sogar aussuchen. Sie wird nicht nein sagen können, da kannst du sicher sein.« So, wie Urbich das sagte, schien Wenckes Entscheidung tatsächlich programmiert zu sein. »Außerdem haben wir den richtigen Mann, um ihr das Ganze schmackhaft zu machen.«
»Du meinst diesen Jarle Yngvisson?«
»Genau der. Er hat mich vorhin angerufen. Rate mal, wer heute die Nacht mit ihm in seiner Hütte in den Bergen verbringen wird ...«

Dann zeigte er zur Tür, um deutlich zu machen, dass er das Gespräch an dieser Stelle zu beenden wünschte. Wahrscheinlich verspürte er wieder Lust auf ein Gläschen Wein.

Silvie erhob sich. Ihre Beine waren kraftlos, als wäre sie zu Fuß hierhergelaufen. »Aber wenn ihr Wencke zu euch ins Team holen wollt, warum habt ihr dann am Gletschersee dafür gesorgt, dass sie über Bord geht?«

»Wovon sprichst du?«

Während Silvie berichtete, was heute am *Jökulsárlón* geschehen war, schob Urbich sie fast aus dem Zimmer. Das war die Höhe, er behandelte sie wie das Allerletzte!

»Das höre ich ehrlich gesagt zum ersten Mal, liebe Silvie. Und glaube mir, wir haben sehr viele Möglichkeiten, unliebsame Menschen zum Schweigen zu bringen. Aber Mord hat noch nie dazugehört, so etwas haben wir gar nicht nötig!«

[15. Juni, 21.52 Uhr, *þrihyrningsvat*, Island]

Die Wolke war schwarz und gigantisch. Vor einer Stunde, als sie mit dem Auto über die Bergkuppe gefahren waren, hatte Wencke einen ersten Blick auf den *Herðubreið* werfen können, einen gigantischen Tafelvulkan, der völlig autark in der Ebene stand und den man mit etwas Fantasie auch für den Rücken eines

Urzeitdrachen halten könnte. Hier also sollte den Sagen nach der Sitz der Götter sein? An einem Tag wie diesem konnte man das tatsächlich für möglich halten. Das Feuer erahnte man nur als rotgelben Schimmer, eingehüllt in schwere Asche, die so undurchdringlich wirkte, als bestünde sie aus fetter, ungesponnener Wolle. In unregelmäßigen Abständen zuckten Blitze darin, hier fand gerade auf engstem Raum der Weltuntergang statt.

Oder *Ragnarök*, wie das Ende der Götter in der nordischen Mythologie hieß. Davon hatte Jarle auf der langen Fahrt mit Begeisterung erzählt. Und obwohl Wencke die vielen verschiedenen Götter nach einer Weile völlig durcheinanderbrachte, war sie doch fasziniert von der Prophezeiung: Berge stürzen ein, Bäume werden entwurzelt, alle Lebenden und Toten versammeln sich und in einer dramatischen Schlacht wird alles zerstört – um anschließend als neue Welt zu entstehen. Gut, die Faszination beruhte weniger auf dem, *was* er schilderte, denn eine solche Handlung fand sich auch in jedem halbwegs gut geschriebenen Fantasyroman. Nein, wirklich einzigartig war die Art, *wie* Jarle sprach, wie er formulierte und gestikulierte, während er seinen Geländewagen die Berge hinaufsteuerte.

So als wäre *Ragnarök* eine Tatsache, beweisbar wie der Satz des Pythagoras oder Einsteins Relativitätstheorie. Jarle war Ingenieur durch und durch, aber irgendwie gelang es ihm, die mystischen Geschichten seiner Heimat damit unter einen Hut zu bekommen. Wencke hatte an seinen Lippen gehangen.

Dann waren sie an der Hütte angekommen und Wencke hatte sich ernsthaft gefragt, ob sie heute Nacht hier würde schlafen können, denn das kleine Holzhaus lag bloß einen guten Kilometer vom Stausee entfernt und das Dröhnen der Wassermassen, die am Überlauf die Turbinen des Kraftwerks in Gang setzten, war allgegenwärtig. Doch inzwischen – sie saßen gerade zusammen auf der Veranda, schauten Richtung Vulkan und tranken Kräutertee aus großen Bechern – hatte sie sich an das Geräusch gewöhnt, empfand es sogar als angenehm, ähnlich wie Meeresrauschen, nur gewaltiger.

»Müssen wir uns Sorgen machen wegen des *Herðubreið*?«, fragte Wencke, obwohl sie sich in diesem Moment so sicher fühlte wie lange nicht mehr. Das Grundstück, auf dem sich Jarles gemütlicher Zweitwohnsitz befand, lag zwischen zwei grün bemoosten Wällen wie in einem Schoß. Hinter ihnen schlummerten Islandpferde auf ihrer Koppel, vor ihnen breitete sich der Stausee über dem Hochplateau aus. Jede billige Wegwerfkamera würde an diesem Ort eine postkartenfähige Aufnahme zustande bringen, selbst wenn der Fotograf dabei die Augen geschlossen hielt.

»Keine Sorge, auch wenn es aussieht wie direkt nebenan, sind wir weit genug vom Krater entfernt.« Er legte den Arm hinter ihren Schultern auf die Lehne der Holzbank. Keine direkte Berührung, aber ganz kurz davor. »Und du musst zugeben: Es sieht wunderschön aus, oder? Feuer bedeutet nicht nur Gefahr, sondern auch Energie – und Neubeginn.«

Das war Wencke schon fast eine Spur zu esoterisch, doch dann musste sie an die Kosian denken: Mit dem Brand im Haus ihrer Vorgesetzten hatte ja auch alles irgendwie begonnen. Hätte dort in Großburgwedel nicht das Feuer getobt, säße Wencke jetzt nicht mit verbundenen Händen irgendwo in der isländischen Pampa.

»In den nordgermanischen Sagen gibt es den Feuergott Loki, der gleichzeitig als gut und helfend, aber auch als zerstörerisch charakterisiert wird.«

»Ist das nicht derselbe Gott, der für Baldrs Tod verantwortlich war?«

Jarle nickte. »Man sagt, er war allen anderen Göttern an Schönheit, aber auch Klugheit bei Weitem überlegen.«

»Und was passiert mit ihm bei diesem ... diesem *Ragnarök*?«

»Loki ist zu Beginn des Weltuntergangs als Gefangener der Götter auf einem Felsen gefesselt, doch die Erde bebt und löst seine Ketten. Kaum ist er frei, trommelt er die Toten zusammen, um mit ihnen gemeinsam in die große Schlacht zu ziehen.«

In diesem Augenblick grollte es vom *Herðubreið* herüber, als würde sich diese Szene gerade dort abspielen. Wencke wusste nicht, ob sie diese Geschichten wirklich mochte. Die Realität war ihr auf jeden Fall lieber. »Also jetzt mal konkret: Kann die Lava heute Nacht das Haus in Brand stecken? Oder erstickt uns vorher die Aschewolke im Schlaf?«

»Du hast eindeutig zu oft mit Katastrophen zu tun.«

Und als sei dies ein Stichwort gewesen, machte Wenckes Handy Alarm und zeigte auf dem Display an, dass ausgerechnet jetzt der Mensch bei ihr anrief, der stets für die schlimmsten Desaster sorgte – zumindest in ihrem Privatleben. »Axel?«

»Wencke!«

Es fühlte sich grundverkehrt an, hier mit Jarle zu sitzen, so kurz vor sehr nah, und dann Axel zu hören, der in zweitausend Kilometern Entfernung aus welchem Grund auch immer zu seinem Telefon gegriffen hatte, um mit ihr zu reden. Das passte nicht zusammen. Sollte sie mit ihren bandagierten Händen versuchen, den roten Knopf zu drücken?

»Deine Mutter hat mir erzählt, dass du einen Unfall hattest!«

»Es ist alles in Ordnung.« Jarle schien zu spüren, dass die Situation Wencke überforderte. Er deutete mit einer Geste an, noch etwas Tee kochen zu wollen, und verschwand netterweise im Inneren seines Hauses.

»Was ist passiert?«, fragte Axel.

»Ich hatte plötzlich Lust auf ein sehr erfrischendes Bad in einem Gletschersee. Und du weißt, wie spontan ich sein kann.«

Es ging nicht anders, nur mit Ironie konnte sie sich über diese

Situation hinwegretten. »Meine Mutter, die sich ja für eine Art Telefonzentrale zwischen uns zu halten scheint, hat mir von der glücklichen Niederkunft berichtet. Hast du denn gerade deinen kleinen Sohnemann auf dem Arm?«

»Nein, er schläft.«

»Und seine Mama auch?«

Axel antwortete nicht, sondern schwieg eine bestimmt sündhaft teure Mobiltelefonminute lang, bevor er den Themenwechsel wieder rückgängig machte: »Du steckst mal wieder in Schwierigkeiten, nehme ich an?«

»Es geht um eine alte Geschichte, ist Jahre her, eine frühere Schulfreundin ...« Sie hatte keine Lust, Axel alles zu erklären. Zum einen war das nicht mehr sein Problem, sie hatten sich endgültig getrennt und damit basta. Zum anderen hätte es ewig gedauert, ihm von Doro und Jan und Silvie und Götze zu erzählen. In der Zeit hätte er mindestens drei Mal die Windeln wechseln müssen.

»Kann ich dir irgendwie helfen?«, fragte Axel.

»Hast du denn überhaupt Zeit, so als frischgebackener Papa?«

»Ich habe leider mehr Zeit, als mir lieb ist. Es gibt ein paar gesundheitliche Probleme. Wir sind wegen Kerstins Vorbelastung zur Geburt sicherheitshalber in die Medizinische Hochschule Hannover gegangen.«

»Oh, das tut mir leid!« Das stimmte sogar.

»Nichts Gefährliches! Kerstin ist aber noch nicht auf der Höhe, die Anstrengungen der Geburt haben in ihrem Kopf die alte Wunde ... Na ja, muss ich ja nicht im Detail erklären, jedenfalls hängen wir hier in Hannover fest, der Kleine schlummert den ganzen Tag und nachts ist es in der Kinderstation zu laut zum Schlafen.«

»Ach, und da rufst du die gute alte Wencke an. Blöderweise bin ich aber zurzeit nicht in der Landeshauptstadt. Du hast dir bestimmt so schön ausgemalt, dass ich sonst vorbeikommen und eurem Baby ein Schlafliedchen vorsingen könnte, bevor wir beide dann im Nebenbett ...«

»Mensch, Wencke, hör doch mal auf!«

Er hatte ja recht, es war albern, wie sie sich verhielt. Immer, wenn sie sich verletzt fühlte, wurde sie kindisch. Sie musste sich am Riemen reißen, Axel rief schließlich an, weil er sich Sorgen gemacht hatte, und nicht, um genussvoll in ihren Wunden herumzustochern. Er bot seine Hilfe an, immerhin besser als nichts.

»Okay, vielleicht kannst du wirklich etwas für mich tun.«

»Schieß los!«

»Diese alte Geschichte, in der ich gerade drinstecke ... Du könntest etwas für mich in Erfahrung bringen.«

»Ich kann aber nicht hier weg, wenn der Kleine aufwacht, muss ich ...«

»Du kannst bleiben, wo du bist. Ich brauche nämlich eine Information über eine Patientin, die vor zwanzig Jahren in der MHH von einem Professor Rietberg untersucht wurde.«

»Und das Arztgeheimnis?«

»Es geht um Dorothee Mahlmann, und die ist schon seit einigen Jahren tot. Davor lag sie wegen einer schweren Hirnschädigung lange im Koma. Laut Gutachten hatte sie durch eine Thrombose eine Embolie erlitten, was durchaus plausibel klingt, weil Doro damals schwanger war. Probier mal, ob du diesem Professor Rietberg ein paar alte Akten abschwatzen kannst! Ich kenne nämlich leider nur die erste und dritte Seite dieses Gutachtens und wüsste gern, was dazwischen gestanden hat.«

»Wencke, ich dachte bei meinem Hilfsangebot eigentlich mehr an ...«

»Vielleicht bekommst du heraus, ob der Vater aktenkundig war, ob Dorothees Eltern Bescheid wussten und so weiter. Alles, was du in Erfahrung bringen kannst, ist nützlich für mich!«

»Es wird unmöglich sein, einfach so ...«

»Du hast doch sicher deinen Dienstausweis dabei, oder?«
»Trotzdem braucht man eine richterliche ...«
»Danke für deinen Anruf, Axel, und schlaf schön!« Sie legte auf. Und fühlte sich großartig! Besonders, als Jarle wieder in der Tür stand und statt zwei Teepötten Rotweingläser in den Händen hielt. Er war genau die richtige Erscheinung nach einem Telefonat wie diesem. Und ein sensationelles Trostpflaster nach einem Tag, den man sonst lieber aus dem Gedächtnis gestrichen hätte.

»Meine Veranda steht dir gut«, sagte er. »Du könntest öfter da sitzen.«

Als er die Gläser abstellte, streifte sein Unterarm ihre Schulter. Es wäre genug Platz da gewesen, diese Berührung zu vermeiden. Wencke bekam eine Gänsehaut. »Mir ist etwas kühl, ich hole mir nur mal schnell was zum Überziehen.«

Sie stand auf und ging ins Haus. Die Innenräume waren holzverkleidet und es roch angenehm harzig. Jarle schien ein Faible für skurrilen Nippes zu haben, auf den Regalen standen ulkige Figuren aus Wurzelholz oder Keramik und auf der Fensterbank wurde eine Sammlung geschnitzter Sagengestalten präsentiert. Oder besser gesagt: einer Sagengestalt. Denn egal ob Skulptur oder Bild, immer war ein männlicher Schönling abgebildet, mal mit Fischernetz, mal mit Waffen oder auf einem Felsen liegend. Jarle schien ja ein richtiger Fan von diesem Loki zu sein. Aber wahrscheinlich hatte jeder Isländer einen Lieblingsgott, so wie jeder Deutsche seinen favorisierten Fußballverein.

Das Gästezimmer befand sich im oberen Stockwerk unter der Dachschräge. Es verfügte über ein eigenes Bad und war so ordentlich zurechtgemacht, als habe Jarle ihren Besuch bereits erwartet, es lagen sogar Handtücher auf dem frisch bezogenen Bett. Wencke hätte nichts dagegen, den Rest ihres Islandaufenthaltes hier zu verbringen. Ohnehin hatte sie sich noch keine konkreten Gedanken gemacht, wie es weitergehen sollte. Auf

Lena Jacobi und ihre Reisegruppe hatte sie jedenfalls keine Lust mehr. Dass sie heute bereits drei oder vier Vorträge verpasst hatte, kratzte Wencke nur wenig. Hier war es schön, hier hatte sie Ruhe, hier fühlte sie sich endlich einigermaßen sicher. Ob Karl Hüffart verschwunden war, was der verrückte Frankie auf seiner Flucht so trieb – es war nicht mehr ihre Sache, zumindest heute nicht. Sie hatte mit viel Glück einen Anschlag überlebt und wollte jetzt nur eins: mit Jarle Rotwein trinken und der Sonne beim Nicht-wirklich-Untergehen zuschauen.

Sie stellte ihre Reisetasche auf den kleinen Tisch und versuchte umständlich, mit den verbundenen Händen den Reißverschluss aufzuziehen. Der dicke Pullover, den sie zu Hause extra aus dem Winterklamottenstapel gezogen und für kühle Islandabende eingepackt hatte, war genau das Richtige für diesen Moment und musste ganz unten liegen. Wencke wollte gerade mit dem Kramen beginnen, da entdeckte sie den Brief. Er lag weiter oben, direkt unter der Tüte, in der Jarle ihre durchnässten Klamotten vom Vormittag verstaut hatte.

Bitte nicht!

Urð

[Hannover-Herrenhausen, Alleehof,
26. Januar 1994, nachmittags]

Hab den Mädels gestern gesagt, ich besuche meine Eltern, in Wahrheit hab ich den Zug nach Dresden genommen, von da mit dem Bus weiter nach Reckwitz, Ortsteil Kreuma. Ende der Welt.
Das Aluminiumwerk erfüllt das Klischee eines »Volkseigenen

Betriebes«, der schon lange vor der Wende dem Untergang geweiht war. Beidseitig der Fenster rostige Suppe auf grauem Beton, erfrorene Disteln zwischen den Fugen und ein zerfranstes Storchennest auf dem Schornstein. Und Menschen, die so getan haben, als gäbe es was zu tun. Männer und Frauen in blauer Werkskleidung, zwischen Bürotrakt und Fertigungshalle getrieben von der Angst, was bald werden wird. Als könnten sie, wenn sie sich nur richtig anstrengen, das Schlimmste verhindern. Daß sie in einem millionenschweren Unternehmen arbeiten, ist ihnen wahrscheinlich nicht mal bewußt. Daß irgendeine Formel oder Erfindung, die hinter den halbblinden Fenstern ausgeklügelt wurde, mehr wert sein soll als alles, was sie am Fließband je schaffen, wer soll das auch kapieren?

Daß diese zu Papier gebrachte Eingebung vielleicht sogar so wertvoll ist, daß ein kleiner Junge dafür sterben mußte, nein, so eine Wahrheit will in überhaupt keinen gesunden Kopf.

Ich stand da eine Weile rum, wußte nicht, wie ich es anfangen soll und was ich überhaupt will. Da fiel mir auf, daß ein Typ, den ich vorher schon im Intercity von Osnabrück nach Hannover gesehen habe, weiter hinten zwischen den Bäumen spazierengeht. Keine auffällige Erscheinung bis auf den rotblonden Bart, nicht dick und nicht dünn, Jeanshose und hellblaues T-Shirt ohne Aufdruck. Genauso soll man sich anziehen, wenn man observiert, hat man uns in Bad Iburg beigebracht. Der guckte nicht rüber, der wurde nicht langsamer, als er in meine Nähe kam, der tat so, als würde er sich in Kreuma einfach schrecklich gern rund ums Aluminiumwerk die Beine vertreten, auch wenn es eine schäbige Umgebung ist, laut und marode. Echt professionell. Klar, der folgt mir wie ein Schatten. Seit meinem Besuch bei den Hüffarts haben die sich an meine Fersen geheftet. Sind es die? Dieselben, vor denen Gisela Hüffart kapitulieren mußte?

Die Unterhändler beim Ausverkauf der Volkswirtschaft? Und was machen die, wenn sie sehen, daß ich in diese Gammelfabrik latsche und nach Wissenschaftlern suche, die sich mit Formeln beschäftigen?

Die können mich ja auch ganz einfach ... ach Quatsch. Hab mich nicht verunsichern lassen und bin los, zur Tür rein, zur Pförtnerin, die meine Uniform so beeindruckend und mein Lächeln so vertrauenerweckend fand, daß ich keinen Grund nennen mußte, weshalb ich mit der wissenschaftlichen Abteilung zu sprechen wünsche. War einfach, dort hineinzuspazieren.

Der Kerl, der mir als Ansprechpartner genannt wurde, hatte sein Büro im zweiten Stock. Alles eher schlicht, gar keine großen Computerbildschirme, nicht wie man sich so Zukunftsforscherlabore vorstellt. Großflächige Skizzen, handgezeichnet, hinter denen die Flurwände verschwunden sind. Und leise war es. Als wäre niemand da.

Dann kam ein Mann in den Flur, der gar nicht so aussah wie ein Physikgenie, die waren bei uns an der Schule nämlich eher farblos und schlaksig. Nicht wesentlich älter als ich, höchstens dreißig, blond, groß. Hat mich irgendwie erleichtert. Ich bin nach Sachsen gefahren, weil ich etwas über diese Formel erfahren wollte und die Hoffnung hatte, daß da einer ist, der mir die Welt erklärt, die gerade auseinanderzubrechen droht. Und der Typ sah so aus, als wäre er dazu bereit.

Er begrüßt mich, fragt, was ich will. Hab gleich gemerkt, er ist kein Deutscher, komischer Akzent, nie gehört. Er ist erst seit 1985 in Deutschland, hat er erzählt, hat Physik an der Karl-Marx-Universität in Leipzig studiert und danach gleich einen Job bei den Kreuma-Werken gekriegt. In seiner Heimat ist die Ausbildung nicht so gut. Welche Heimat, hab ich gefragt. Island, hat er gesagt. Er käme aus Island. Aus irgendeiner Stadt im Nordosten. Den Nachnamen krieg ich nicht gebacken, irgendwas mit Ypsilon, aber er hat gesagt, ist nicht schlimm, weil sich in Island sowieso alle mit dem Vornamen ansprechen. Und der Vorname ist nicht so kompliziert, der Typ hieß Jarle.

Wir saßen in seinem Büro, und der Kaffee war nicht mal schlecht. Als ich ihn auf diese heruntergekommene Bude ansprach, blieb er lässig und sagte, er wär sowieso auf dem Sprung zurück in die Heimat, man habe ihm da einen Posten angeboten und er vermisse sowieso den dunklen Winter in Island und die Natur. Auf die Dauer sei Deutschland keine Alternative.

Er hat mir erzählt, von seiner Formel – die stammt tatsächlich von ihm! – und von dem anstehenden Verkauf des Werkes, total offen. Hoffentlich kriegt er keinen Ärger, wenn rauskommt, dass er der Freundin von Frank-Peter Götze alle möglichen Interna erzählt.

Klang erst mal ziemlich kompliziert, und ich bin noch nie so gut gewesen in Naturwissenschaften, aber dieser Jarle kann auch der dümmsten Person erklären, um was es bei seiner so wichtigen Erfindung geht: Mithilfe von Strom können verschiedene Stoffe gewonnen werden. Elektrolyse, an diesen Begriff konnte ich mich sogar noch aus der Schulzeit dunkel erinnern. In den Kreuma-Werken haben sie dieses Verfahren zur Gewinnung von Aluminium genutzt, was zwar billiger ist als mit einem chemischen Prozess, aber eben sehr viel Energie verbraucht. Jarle hat aber darüberhinaus auch mit anderen Stoffen experimentiert und ein Verfahren entdeckt, wie man Wasser in Wasserstoff und Sauerstoff umwandeln und als Antrieb für Motoren nutzen kann. Wasserstoffautos also, wieder so ein Ding, was man heute als absolute Science-fiction sieht, was aber in zwanzig Jahren vielleicht schon stinknormal ist. Das bisherige Problem besteht darin, dass der Stromverbrauch bei dieser Elektrolyse viel zu hoch ist und sich das Ganze nicht rentiert. Aber da kommt jetzt wieder Jarles Heimat ins Spiel: Auf Island gibt es Energie im Überfluß durch die heiße Erde und das viele Wasser. Die könnten also dort auf dieser Insel im Nordatlantik lauter Sachen produzieren, die hier bei uns unbezahlbar wären. Und ökologisch einwandfrei, das kommt noch dazu. Jarles Formel beschäftigt sich mit einem Speicherverfahren, mit dessen Hilfe die isländische Energie sogar in einer Art Wasserstoffbatterie aufs Festland gebracht werden könnte. Weltweite Verschiffung von elektrischem Strom und Wärme als greifbares Produkt. Ist wohl unglaublich viel wert. Preiswerte und saubere Energie aus einer nie versiegenden Quelle. Das wollen alle haben.

Habe gefragt, ob sein neuer Job da auf Island was mit seiner Formel zu tun hat, aber da hat er nur gegrinst statt einer Antwort. Könnte mir denken, daß der noch stinkreich wird mit seiner Erfindung. Verdient hätte er es. Ich mag keine Bonzen, aber Leute mit Ideen und was in der Birne, die mag ich.

Jedenfalls hatten wir einen guten Draht zueinander, und irgendwann hat er eben gefragt, warum ich hier bin, ob es um diese Entführung geht. Als ich genickt habe, ist er sehr ernst geworden. Er hätte sich schon gedacht, daß einige Leute rund um die Treuhand womöglich über Leichen gehen, wenn der Deal in Gefahr ist. Zuviel Geld. Die Rede ist wohl von drei Millionen Schmierhilfe für Hüffart und Konsorten. Die würde sich Urbich nicht entgehen lassen.

Ich war baff. Hab es mir aber nicht anmerken lassen. Er dachte ja schließlich, ich wäre im Auftrag der Polizei bei ihm im Büro. Da mußte ich so tun, als ob ich längst Bescheid weiß. Doch in Wahrheit war mir übel. Dieser Jarle hat ausgesprochen, was ich mich bislang noch nicht mal zu denken getraut habe: Dass die den kleinen Jan selbst auf dem Gewissen haben. Und warum? Weil durch seinen Tod die Sache anders liegt. Sie können F. zum grausamen Mörder stempeln, da wird kein Mensch mehr nach den politischen Zielen der Entführung fragen. Urbich hat für den Verkauf der Kreuma-Werke nicht schlecht kassiert. Hätte Hüffart jetzt über die Geschäfte im Hintergrund geplaudert, um seinen Sohn wiederzubekommen, wäre nicht nur das Geld futsch gewesen, sondern auch sein Ruf, seine Karriere.

Keine Ahnung, ob dieser Jarle mitbekommen hat, wie aufgeregt ich auf einmal war. Er hat mir seine Visitenkarte in die Hand gedrückt und gesagt, ich soll mich melden, falls noch Fragen aufkommen. Diese Adresse hebe ich gut auf, ich werde sie an diese Notizen heften.

Der rotblonde Typ mit T-Shirt und Jeans saß anschließend wieder im Nachtzug. Wenn ich ehrlich bin, hats mich nicht gewundert. Die verfolgen mich. Die haben Schiß, daß ich zu tief bohre und rauskriege, was wirklich passiert ist.

Daß F. nicht der Mörder war.
Sondern die.
Wollte eigentlich wieder nach Bad Iburg, aber als der Zug frühmorgens in Hannover hielt, hab ich mich anders entschieden – und bin spontan ausgestiegen. Erstens konnte ich so meinen unliebsamen Schatten abhängen. Und zweitens war es wirklich höchste Zeit, meine Eltern zu besuchen. Dieses nette, langweilige Spießerpärchen. Ich wollte mir von meiner Mutter einen Kakao kochen lassen und mit meinem Vater über Politik streiten. Ein oder zwei Tage lang. Deswegen bin ich jetzt hier, in meinem Mädchenzimmer. Wer weiß, vielleicht ergibt sich eine Gelegenheit, ihnen zu erzählen, daß sie demnächst Oma und Opa werden.
Hauptsache, ich habe meine Ruhe. Eine kurze Pause. Ein bißchen schlafen wäre nicht schlecht.
Nachher noch in den Herrenhäuser Gärten joggen gehen.
D.

[15. Juni, 22.22 Uhr, Gästezimmer, *þrihyrningsvat*, Island]

Ein bißchen schlafen wäre nicht schlecht ...
Wencke betrachtete das Datum, als wäre es weit mehr als nur eine Zahlenreihe mit Punkten dazwischen. Sie wusste, was am 26. Januar 1994 passiert war, kurz nachdem Doro diesen Brief geschrieben hatte. Nach dem Joggen in den Herrenhäuser Gärten war ihre Freundin in einen Schlaf gefallen, der so lang und so grausam war, wie Doro ihn sich niemals gewünscht hätte. Da fand sich tief in Wenckes Langzeitgedächtnis noch dieses Bild von der fremden Frau in einem Krankenbett, ein aufgeschwemmtes, bleiches Gesicht auf dem Kissen, halb geöffnete, nutzlose Augen und struppiges Haar. *Dorothee Mahlmann* hatte am Fußende unter dem durchsichtigen Plastik gestanden, das war eindeutig der Name ihrer Freundin, doch die Koma-

patientin hatte damit nichts zu tun gehabt. Deshalb war Wencke niemals wieder zu Besuch gekommen. Sie hatte sich eingeredet, dass Doro einfach nur verschwunden war, auf und davon, denn das war besser zu ertragen gewesen als diese erzwungene, an Schläuchen hängende Trägheit.

Dieser Brief war der schlimmste von allen. Weil er von Doros Ende erzählte. Davon, dass sie sich verfolgt gefühlt hatte. Ein Mann mit rotblondem Bart? So wie der, der sich so viele Jahre später an Wenckes Fersen geheftet und wahrscheinlich versucht hatte, sie im Gletschersee zu entsorgen? Wencke schüttelte den Gedanken ab. Nein, das passte zu gut zusammen, um wahr zu sein. So funktionierte die Wahrheit eigentlich nicht. Und das machte Wencke misstrauisch.

»Wencke? Alles in Ordnung?« Jarle stand unten vor dem Fenster, schaute zu ihrem Zimmer hoch und sah etwas besorgt aus. Kein Wunder, er wartete nun schon länger als zwanzig Minuten auf sie.

Wer bist du?, dachte Wencke. Warum hast du mir nicht erzählt, dass du Doro kennst und ihr so kurz vor ihrem endgültigen Knock-out begegnet bist? Weshalb verschweigst du, dass diese Formel, um die es damals ging, deinem Hirn entsprungen ist?

Er winkte ihr zu und lachte.

Und warum verdammt noch mal fällt es mir so schwer, dich zu durchschauen? Immerhin bin ich Fallanalytikerin, es ist mein Job, Zusammenhänge zu erkennen und Verbrecher zu entlarven. Aber bei dir, Jarle Yngvisson, bleibt mein Alarmsystem stumm. Als wäre mein Spürsinn neutralisiert.

»Komm doch runter, Wencke, keine Angst, der Vulkan lässt uns in Ruhe!«

Ich werde auf keinen Fall so unvernünftig sein und mich zu allem Überfluss auch noch in dich verlieben, schwor sich Wencke.

Es gab drei handfeste Gründe, das nicht zu tun: Erstens hatte

Jarle noch vor Kurzem eine Beziehung mit Wenckes Mutter. Zweitens war sie selbst gerade erst mit einer Menge Blessuren aus einer Chaosbeziehung hinauskatapultiert worden. Drittens war sie hier auf Island in eine sehr verworrene Geschichte geraten und es war absolut möglich, dass ausgerechnet Jarle die Fäden in der Hand hielt.

Okay, sie würde jetzt hinuntergehen, mit ihm Wein trinken und ihn offen und direkt nach seiner Begegnung mit Doro fragen. Mehr nicht!

Skuld

[... der letzte Tag ...]

Drei Nornen sind es, die das Schicksal leiten werden.
Urð, Verðandi und Skuld.
Vergangenheit, Gegenwart, Zukunft.
Sie sitzen seit jeher an den Wurzeln der Welt, kennen das Schicksal schon immer und verschweigen es doch. Eingreifen können sie nicht. Und so haben sie alles Wissen, aber eben doch keine Macht.
Jetzt sitzt die Gegenwart neben mir, ganz nah, ich kann sie riechen, bald fühlen und schmecken. Sie schaut mit mir in den Himmel, der hell bleiben wird und damit nie verrät, wann der letzte Tag gerade angebrochen ist.
Der nur verraten wird, dass die Erde vergeht, dass sie aus Feuer besteht, aus Wasser und Luft. An diesem Ort wird alles vereint. Sie sieht es, aber sie versteht es nicht.
Sie sitzt neben mir und stellt Fragen, die sie sich selbst beantworten muss.
Dabei habe ich ihr längst schon erzählt von Ragnarök, dem Untergang der alten Welt, wenn sich das Schicksal erfüllen wird. Sie hat zugehört. Und doch nicht verstanden.
Sie weiß nicht, dass sie Verðandi ist. Die Gegenwart. Die Werdende.
Und dass sie damit als einzige der drei Nornen je die ganze Wahrheit erfahren wird. Das macht sie zu etwas Besonderem.
Ihr rotes Haar schimmert neben mir, wenn ich ihren Körper

zu mir herüberziehe. Langsam muss ich sein, denn ich spüre ihre federleichte Angst.

Doch ich kann mich darauf einlassen. Ich bin ein Gestaltenwechsler, so steht es in der Sage. Ein Manipulator, so würden andere es nennen. Ich sehe mich als Wissenschaftler. Als einen, der alles verstanden hat. Aktion und Reaktion. Die Zusammenhänge der Zeit. Mit diesem Wissen kann ich alles sein, was der andere sich wünscht. So werde ich immer bekommen, was ich will.

Verðandi will Liebe. Will Nähe. Will Gewissheit.

Ihre Angst kämpft dagegen.

Nehme ich ihr die Angst, wird sie mich lieben. Und dann bekomme ich, was ich will.

Ich will nichts Schlimmes.

Nur die Wahrheit. Und die Gerechtigkeit. Und das Verderben der Verräter.

Sie wird mir dabei helfen, doch das ahnt sie nicht. Denn ich habe sie verwirrt im Netz der Geschichten. Das liegt mir. In den Sagen nennt man mich auch den Erfinder des Netzes.

Man gibt mir viele Namen. Doch sie alle erzählen davon, dass ich schön bin und geschickt, klug und gefährlich.

Wieder verflechte ich meine Wörter zu einer Falle, aus der sie nicht entkommen wird.

Meine Hand wird das Klopfen unter ihrer weichen Brust ertasten. Nur Haut soll dazwischen sein. Und etwas von ihrem Schweiß.

Ich werde ihren Kopf anheben, ihre Lippen streicheln, mich zu ihr beugen.

Sie sagt etwas. Es ist kein Nein.

[16. Juni, 7.12 Uhr, Jarles Zimmer, *þrihyrningsvat*, Island]

Die Nacht, die mal wieder nicht stattgefunden hatte, war zu Ende. Und Wencke verwirrt. Worauf hatte sie sich bloß eingelassen? Viel zu früh öffnete sie die Augen, unausgeschlafen, ruhelos, nackt. Deswegen hatte sie auch so gefroren. Ihr eigenes Zittern hatte sie geweckt. Doch als sie die Decke dichter um den Körper schlingen wollte, bemerkte sie den schlafenden Jarle neben sich auf dem Kissen. Ebenfalls nackt, soviel sie sehen konnte. Die Überwindung, das bisschen Warm der Bettdecke zu verlassen, war enorm, doch sie konnte unmöglich auch nur eine Sekunde länger hier liegen bleiben.

Es war nicht gemütlich, nicht behaglich und verschmust, wie es auch hätte sein können nach einer ersten Liebesnacht. Es war einfach nur kalt.

Falls Jarle ihre Flucht bemerkte, so ließ er es sich nicht anmerken. Das sprach für ihn. Er hätte sich jetzt auch genauso gut umdrehen und erneut Küsse fordern können. Oder mit seinen Hände wieder so geschickt und spielerisch zu ihr herüberwandern. Doch er ließ es still und bewegungslos geschehen, dass Wencke sich mitsamt ihrer Reisetasche davonstahl.

Die Ärztin hatte ihr empfohlen, die Verbände noch mindestens drei Tage auf den Händen zu lassen und sie dann nach ihrer Ankunft in Deutschland zu wechseln. Doch Wencke fühlte sich furchtbar und sehnte sich nach einer ausgiebigen Dusche, auch wenn der Blick unter die Mullbinden verriet, dass der medizinische Ratschlag durchaus Sinn machte: Die Wunden waren natürlich kaum verheilt, der Schorf dünn und empfindlich. Egal! Unter der Brause versuchte Wencke herauszufinden, ob die Nacht sich in irgendeiner Weise gelohnt hatte. Denn dass diese Geschichte unvernünftig war, deplatziert und überstürzt, war ohnehin klar. Aber war wenigstens etwas dabei herumgekommen? Warum fiel ihr nichts dazu ein? Etwas Shampoo lief in ihre Augen und die Seife brannte an den Handinnenflächen.

Sie hatten auf der Veranda gesessen und Wein getrunken, sie hatte ihn zu Doro befragt und er hatte erzählt, ganz ruhig und ohne Nervosität.

Ja, er könne sich noch gut an ihren Besuch erinnern, damals in Kreuma, diese wilde und entschlossene Frau, keinen Moment habe er die Version geglaubt, nach der sie in ihrer Funktion als Polizistin das Gespräch gesucht hätte. Ihm sei gleich klar gewesen, dass sie dazu viel zu nervös und aufgebracht gewesen war. Und er habe sich damals schon gefragt, was aus einer Frau wird, die solche Fragen stellt.

Und dann?, hatte Wencke nachgehakt.

Dann habe er kurz darauf Deutschland Richtung Island verlassen und die Stelle bei *AlumInTerra* angenommen.

Und was war aus der Formel geworden? Aus seiner Vision von der weltweiten Energieverschiffung?

Das habe nicht so funktioniert, wie man sich das ursprünglich vorstellte. Mehr war aus ihm in der Sache nicht rauszubekommen gewesen.

Und warum hatte er ihr nichts davon erzählt? Wencke war an dieser Stelle lauter geworden, denn es war offensichtlich, dass Jarle hier ganz bewusst etwas zu verschweigen versuchte.

Sie stellte das Wasser ab und blieb noch eine Weile dampfend in der Duschkabine stehen. Die Wunden schmerzten, denn die Nässe hatte die Haut aufgeweicht, wahrscheinlich würde es gleich wieder zu bluten beginnen.

War es der Wein gewesen? Oder diese eigenartige Nacht ohne Dunkelheit? Die seltsame Stimmung, weil sie ein paar Stunden zuvor knapp dem Tod von der Schippe gesprungen und einfach nur verletzt und sterbensmüde gewesen war? Irgendwann hatte sie jedenfalls aufgehört, ihm Fragen zu stellen, obwohl noch viele Antworten nötig gewesen wären, um ihm genügend zu vertrauen. Nahezu besinnungslos hatte sie sich in einer Umarmung wiedergefunden und keine Zweifel mehr verspürt. Das war absolut nicht ihre Art!

Gestern noch war kurz, aber heftig, dieser Gedanke aufgeblitzt: Etwas ist seltsam an diesen Briefen! Etwas passt vorn und hinten nicht zusammen! Doch dann hatte Jarle sie eingehüllt in seine Nähe, eingesponnen mit seinen Worten, als wäre er ein Hypnotiseur.

Wencke stieg aus der Dusche und wickelte sich in das dicke Frotteelaken, dann bastelte sie sich aus einer Menge Klopapier notdürftige Bandagen für die Hände und suchte in der Reisetasche nach einem halbwegs sauberen Kleidungsstück. In der Seitentasche steckten die Briefe, alle fünf, zu einem kleinen Paket geschnürt. Sie setzte sich auf den Badezimmerteppich und breitete jedes einzelne Blatt vor sich auf den Fliesen aus. So viele Zeilen in dieser charakteristischen Schrift. Die meisten Notizen hatte Wencke mehrfach gelesen, einige Passagen konnte sie bereits auswendig. Hier vor ihren nackten Füßen lag das Vermächtnis ihrer Freundin. Ganz zum Schluss legte sie das Foto daneben. Die eingekreiste Doro mit ihren lockigen Haaren und diesem unbedingten Lebensdurst im Gesicht. Was wollte sie damals mit diesen Notizen erreichen? Warum hatte sie sich die Mühe gemacht, alles so ausführlich aufzuschreiben? Und für wen hatte sie das getan? Für das ungeborene Kind?

»Ich liege wach, traue mich aber nicht, die Mädels zu wecken. Was soll ich ihnen sagen? Daß ich meinen eigenen Freund verdächtige?«

Wencke versuchte, sich Dorothee Mahlmann vorzustellen, mit einem Schreibblock auf den Knien und einem Kugelschreiber in der Hand, nachts, ohne ihre Zimmergenossinnen zu wecken. Wäre das überhaupt möglich gewesen? Vielleicht hatte Doro auch unter der Bettdecke geschrieben, mit einer angeknipsten Taschenlampe ... Ein schiefes Bild! Hatte ihre Freundin sich damals im Unterricht nicht ständig einen Stift borgen müssen, weil sie zu chaotisch gewesen war, ihre Sachen zusammenzuhalten? Ja, so war Doro doch gewesen, so und nicht anders. Oder?

»Wencke und Silvie, Polizeianwärterinnen mit dem Glauben an Gerechtigkeit und das Gute im Menschen, die können da nicht mit drinhängen.«

War das Doros Sprache gewesen? Hatte sie tatsächlich solchen Gedanken nachgehangen? Glauben an Gerechtigkeit – hatte Doro so etwas von ihren Zimmergenossinnen eingefordert?

Die wirklichen Erinnerungen an diese Frau hatten sich inzwischen mit dem vermengt, was Wencke gelesen hatte. All diese Notizen hatten das Bild von Doro verändert.

War es das, was Wencke an diesen Briefen störte?

»Sie hat mich noch gefragt, ob ich glaube, daß die Wahrheit immer umsonst ist. Was für eine Frage!«

Doro hatte recht: Was für eine Frage! Wie viel war die Wahrheit wert? Zwei Menschenleben? War Doro wirklich bereit gewesen, alles aufs Spiel zu setzen für eine Wahrheit, die außer ihr niemand wirklich wissen wollte? Wencke wusste es nicht, beim besten Willen nicht, es war unglaublich traurig, aber nie war ihr so deutlich geworden, wie sehr sie ihre Freundin bereits vergessen hatte.

Es klopfte an der Badezimmertür, die Klinke bewegte sich, doch Wencke hatte vorhin wohlweislich abgeschlossen. Hastig stand sie auf, schob die Briefe zusammen und zog das Handtuch fester um den Körper. »Was ist?«

»Sorry, Wencke, ich will dich nicht stören, aber dein Handy hat mich geweckt. Ich hab es aus deiner Hosentasche gezogen und hab es hier. Machst du auf, damit ich es dir geben kann?«

Sie öffnete nur einen winzigen Spalt weit, durch den er das

Mobiltelefon schob. Doch bestimmt hatte Jarle zuvor auf dem Display den Namen des Anrufers gelesen: Axel! Wo sollte es enden, wenn der Tag schon so begann?

»Ich hoffe, ich hab dich nicht geweckt. Bei dir ist es ja noch vor acht Uhr ... « Axels Stimme war so klar, als stünde er genau neben ihr. Und wenn sie ehrlich war: Sie hätte ihn jetzt gern an ihrer Seite gehabt. Auch wenn er ein Mistkerl war. Auch wenn er seit Jahren eine unmoralische Beziehung neben seiner Ehe führte. Er würde ihr Sicherheit geben. »Aber ich hatte Glück und habe heute Morgen diesen Professor Rietberg zu fassen gekriegt.«

Wencke musste sich sammeln. »Und? Konnte er sich noch an Dorothee Mahlmann erinnern?«

»Und ob! Er wusste gleich, von welchem Fall ich spreche. Er nannte sie allerdings *die Lungenembolie im vierten Monat mit apallischem Syndrom.*«

»Ärzte!«

»Die Sache scheint einer der ganz besonderen Fälle in seiner Karriere gewesen zu sein, deshalb war es zum Glück nicht ganz so schwierig, ihm Details aus der Nase zu ziehen.«

»Danke!« Wencke wollte so einsilbig wie möglich bleiben, denn sie war nicht sicher, ob Jarle nicht im Flur stehen geblieben war, um zu lauschen.

»Du hattest gefragt, ob der Vater des Kindes irgendwo vermerkt worden ist. Das musste Rietberg leider verneinen. Die Eltern von Dorothee Mahlmann haben damals als nächste Angehörige die Vormundschaft übernommen und alles Weitere geregelt.«

»Alles Weitere?«

»Die Verlegung der Schwangeren in das Pflegeheim, die Regelung der bürokratischen Sachen und so weiter. Die Medizinische Hochschule hat aber den Verlauf der Schwangerschaft weiterhin ärztlich begleitet.«

»Welchen Verlauf?«

»Dorothee Mahlmann konnte das Kind bis zum Ende austragen. So etwas passiert äußerst selten, die meisten Schwangeren, die ins Koma fallen, verlieren den Fötus. Aber deine Freundin war wohl körperlich in bester Verfassung, abgesehen von der irreparablen Schädigung des Gehirns. Im Mai 1994 hat sie per Kaiserschnitt eine gesunde Tochter zu Welt gebracht.«

»Nein!« Wencke musste sich auf die Fensterbank setzen. Sie brauchte einen Moment, bevor sie weiterfragen konnte: »Und weiß man, was aus dem Baby geworden ist?«

»Die Großeltern haben es direkt nach der Geburt zur sogenannten Inkognito-Adoption freigegeben. Das bedeutet, nur das Jugendamt Hannover weiß, woher dieses Kind stammt und wohin es vermittelt wurde.«

Jetzt wurde Wencke alles klar: Die verhuschten Blicke der Mahlmanns bei ihrem Treffen vor ein paar Tagen, die vorenthaltene zweite Seite des rechtsmedizinischen Gutachtens, das vehemente Abwehren weiterer Nachfragen ... Doros Eltern hatten ihr eigenes Enkelkind weggegeben. Weil sich ihre Tochter gegen eine solche Entscheidung nicht hatte wehren können und der Vater des Kindes – es konnte sich dabei nur um Frank-Peter Götze handeln, nur das machte Sinn – unbekannt bleiben sollte. Was sollten sie mit einem Säugling wie diesem sonst anfangen in ihrem bürgerlichen Leben in Hannover-Herrenhausen?

Axel ließ ihr Zeit, das Gesagte zu verdauen, aber irgendwann redete er weiter: »Und weil ich dich kenne und genau weiß, welche Fragen dir als Nächstes auf den Nägeln brennen, habe ich meine Hausaufgaben sozusagen schon im Vorfeld erledigt und beim Jugendamt in Hannover um eine schnelle und unbürokratische Auskunft gebeten.«

»Du bist ein Schatz!« Mist, das war ihr aus Versehen so herausgerutscht ...

»Also, der am 27. Mai 1994 in der MHH geborene weibliche Säugling der ledigen Mutter Dorothee Mahlmann wurde gleich am nächsten Tag von seinen Adoptiveltern, die in Rotenburg an der Wümme lebten, abgeholt. Diese gaben ihr den Namen Lena, der Familienname lautet ...«
»... Jacobi!«
»Woher weißt du das?«

[16. Juni, 9.23 Uhr, *Dimmuborgir*, Island]

»Lass ihn schlafen«, sagte Lena und verließ die Höhle. Sie sah geschafft aus. Wunderschön, aber geschafft.

Wenn du über fünfzig bist und dann erfährst, dass du eine erwachsene Tochter hast, ist das wie ein Tritt in den Arsch. Hey, komm Alter, rappel dich hoch, da gibt es noch was zu holen in deinem Leben. Und wenn du sie dann triffst, diese Tochter, und du erkennst dich selbst in ihr, dein Kinn, deine etwas zu fleischigen Ohrläppchen, dann ist das wie ein Tritt in den Magen. Mensch, Alter, da fließt zum Teil dein Blut in ihren Adern, das macht dich irgendwie unsterblich. Und wenn du dann näher hinschaust und du findest Kleinigkeiten wie ein Lächeln, das dich an ihre Mutter erinnert, an diese Frau, die du irgendwann einmal in einem wackeligen Hochbett geliebt hast, dann willst du deine Tochter in den Arm nehmen und heulen, weil dieses Gefühl verschüttgegangen ist und nie zurückkommen kann. Aber das darfst du nicht. Auch wenn du sie gezeugt hast, sie ist dir fremd. Beschissene zwanzig Jahre stehen zwischen euch.

»Wieso hast du das getan?«, fragte Lena. »Es ist völlig unvernünftig!«

»Tut mir leid, dich enttäuschen zu müssen, aber vernünftig war ich noch nie.« Was sollte Frankie anderes sagen? Rein pädagogisch gab er einen hundsmiserablen Vater ab. Hoffentlich nahm

Lena ihn sich niemals zum Vorbild. Da sollte sie lieber auf ihre Mutter zurückgreifen, die hatte alles! »Hüffart stand da am Wegesrand und ist freiwillig eingestiegen, das schwöre ich!«

»Aber er ist dement, Frankie! Einen Menschen wie ihn darf man nicht entführen, der braucht ärztliche Hilfe. Seine Frau hat ihm regelmäßig Tabletten verabreicht.«

»Seine Frau ist eine Schlange!«

Lena schaute sich noch einmal ängstlich um. Dabei könnte sie cool bleiben, schon von hier aus, nur wenige Meter vom Höhleneingang entfernt, konnte man die Stelle nicht mehr sehen, an der Frankie den alten Mann gestern gebettet hatte. Der hatte es auch bequem mit den zwei üppigen Daunenjacken, die im Kofferraum des Autos gelegen hatten. Die rochen zwar gelinde gesagt auch etwas unangenehm nach Kotze, waren aber weich und mollig. So schlimm konnte es wirklich nicht sein, Hüffart schlief schon seit mehr als acht Stunden eingerollt wie ein kleines Baby.

Die Höhle war ein super Versteck. Sie befand sich in der Nähe eines Lavafeldes, das täglich unzählige Touristenströme anzog, die sich mal wieder die Finger wund knipsten, weil die braunschwarzen Haufen wie Ruinen oder Kathedralen aussahen, schön gruselig. Doch dieses Loch hier war weit genug entfernt und befand sich unter einem Gesteinsbrocken, der eher wie ein gewaltiger Kuhfladen wirkte. Wer wollte davon schon einen Erinnerungsschnappschuss?

Drinnen war es sogar fast warm – in diesem Land war es immer an den ungewöhnlichsten Stellen heißer oder kälter als erwartet.

Sie hatten gestern den Tank fast leer gefahren, waren dann von der Straße abgebogen und hatten diesen Ort gefunden. Das Tolle an Island war, dass es genügend Orte zum Untertauchen gab. So viel Landschaft für so wenige Menschen, und dann tummelten sich die Leute auch immer nur an einigen Stellen, weil im Reiseführer stand, dass es dort am schönsten sei. Einen Kilometer weiter war man schon wieder absolut für sich, hatte eine Höhle mit Naturheizung, einen geilen Blick auf bizarre Felsen und paradiesische Ruhe.

Hüffart, der den ganzen Tag über so gut wie gar nichts gesagt hatte – bis auf jede Menge schlaue Sprüche über diverse Wasservögel, die ihnen während der Fahrt begegneten –, war völlig erschöpft eingeschlafen und Frankie hatte sich auf die Suche nach einer Telefonzelle gemacht, die noch mit Münzen funktionierte, nicht nur mit einer scheiß Kreditkarte, die er nicht besaß und bestimmt auch nie besitzen würde. Nur Lena wusste, wo er steckte. Und heute Morgen war sie gleich zu ihm gekommen.

Die Begrüßung war eher nüchtern ausgefallen. Es war erst das zweite Mal, dass sie sich gegenüberstanden. Beim ersten Mal hatte sich ein strenger Justizbeamter knapp zwei Meter daneben postiert. Hallo, ich bin deine Tochter Lena, hatte sie damals gesagt und ihn damit dermaßen von den Socken gerissen, dass er sein Gleichgewicht bis heute, ein Jahr später, noch nicht wiedererlangt hatte.

Entsprechend hilflos fühlte er sich jetzt.

Sie hatte heißen Tee in der Thermoskanne mitgebracht, schenkte etwas in die Deckeltasse und reichte sie ihm. »Was sollen wir denn bloß machen? Die suchen jetzt alle nach Hüffart.«

»Du wolltest doch Aufmerksamkeit, oder nicht?«

»So habe ich das aber nicht gemeint. Wir hatten einen anderen Plan, was mit Hüffart geschehen und wann die Öffentlichkeit etwas mitbekommen soll.«

»Das heißt, Hüffart sollte ohnehin verschwinden?«

»Nicht direkt. Wir wollten ihn sozusagen in unsere Obhut nehmen, weniger um ihm zu schaden, dazu ist er zu alt und gebrechlich, man sollte uns da nichts vorwerfen können.«

»*Entführung light* sozusagen?« Frankie konnte darüber nur bitter lachen.

»Wir hatten ein paar Sachen geplant, die an die Geschichte von damals erinnern sollten. Nach und nach wollten wir *AlumInTerra* in die Verantwortung nehmen.« Lena seufzte. »Deine übereilte Aktion hat da jedenfalls einiges über den Haufen geworfen.«

»Es wäre vielleicht clever gewesen, mich in diese ach so spannenden Klügeleien einzuweihen. Dann hätte ich auch eine Ahnung, wen du mit ›wir‹ meinst. Steckt Wencke Tydmers mit drin?«

»Ja, aber ohne dass sie sich dessen bewusst ist.«

Er konnte diese nebulösen Antworten auf den Tod nicht ab. Manchmal kam es ihm vor, als hätte Lena nur nach ihrem Vater gesucht, um ihn dann wie einen Vollidioten zu behandeln. Immerhin schien sie seinen Ärger zu bemerken, denn jetzt kramte sie ein eingepacktes Sandwich heraus und hielt es ihm mit einem versöhnlichen Lächeln hin. »Du willst doch, dass die Leute, wegen denen du fast dein halbes Leben im Gefängnis gesessen hast, zur Verantwortung gezogen werden ... «

»Klar will ich das. Aber mir leuchtet nicht ein, warum ich dafür unbedingt nach Island fliegen musste.« Diese Erklärung hatte Lena ihm nämlich bislang stur vorenthalten. Eine Genugtuung hatte sie ihm in Aussicht gestellt, so verlockend, dass er endlich die Energie aufgebracht hatte, einen neuen Entlassungsantrag zu stellen. Er hatte es also nicht zuletzt seiner Tochter zu verdanken, dass er die Freiheit zurückerlangt hatte. Als Begrüßungsgeschenk jenseits der Gefängnismauern hatte er dann dieses Flugticket in seiner Post gefunden. Kapiert hatte er das nicht, aber er hatte ja gewusst, dass Lena eine Art Praktikum in Island machte, also hatte er die Reise als Aufforderung verstanden, seine Tochter in diesem fremden Land zu besuchen. Und jetzt? Er verschlang das Brot fast mit einem Bissen. »Hast du noch mehr?«

»Du musst was für Hüffart übrig lassen, wenn er aufwacht.«

Frankie nickte. Er fand es eigentlich richtig toll, dass Lena eine junge Frau war, die sich auf Mitgefühl verstand. Hatte sie bestimmt von Doro. Obwohl, war es überhaupt möglich, solche Eigenschaften ganz plump zu vererben? Hatte nicht viel eher die Erziehung etwas damit zu tun, ob ein Säugling zum Heiligen wird oder zum Arschloch? Lenas Adoptiveltern waren in Ordnung gewesen, hatte sie erzählt. Ein schönes Zuhause, genügend Geld, ein älterer Bruder, auch adoptiert. Alles super! Aber trotzdem habe sie sich immer geschworen: Wenn ich 18 bin, will ich wissen, woher ich stamme. Sie hätte das zwar auch schon eher herausfinden können, aber ihre Eltern hatten immer gewarnt: Du musst die nötige Reife haben, auch eine schlimme Geschichte über deine Herkunft zu ertragen. Recht hatten sie, fand Frankie, denn wenn ein junges, behütetes Mädchen erfährt, dass sie aus dem Körper einer Quasi-Toten geschlüpft ist, ist das bestimmt nicht ohne.

Sie setzten sich nebeneinander auf einen Stein und teilten sich den Tee.

»Hast du meine Mutter eigentlich richtig geliebt?«, fragte Lena.

»Wir hatten viel Spaß miteinander, sie war eine echte Granate, in jeder Hinsicht ...« Frankie stockte. Er war ein Trottel. Das war bestimmt nicht das, was seine Tochter hören wollte. »Also, ich meine, sie war nicht so lahm und brav wie ihre Freundinnen in der Polizeischule. Sie hat mehr vom Leben erwartet als nur eine Karriere bei den Bullen.«

»Ich habe nur ein einziges Foto von ihr gesehen, da steht sie mit Wencke Tydmers und Silvie Hüffart an einem See.«

Frankie horchte auf. Er wusste sofort, Lena sprach von dem Bild, das auch Wencke erwähnt hatte. »Woher hast du es?«

»Es hat ganz offiziell bei den Adoptionspapieren gelegen. Das Jugendamt nimmt an, dass die Eltern meiner Mutter – also meine leiblichen Großeltern – es beigefügt hatten. Es ist aber keine besonders gute Aufnahme. Und ich finde, ich sehe meiner Mutter überhaupt nicht ähnlich.«

Das stimmte vielleicht auf den ersten Blick, Doro war gertenschlank gewesen und Lena hatte doch etwas mehr Speck auf den Hüften, als es der heutigen Mode entsprach. Doro hatte auch über ein völlig anderes Temperament verfügt, war immer in Bewegung gewesen, da hätten Fettpölsterchen keine Chance gehabt. Aber auf den zweiten Blick erkannte man ein bisschen Doro in ihr, fand Frankie. »Du hast ihre Augen! Dasselbe Dunkelbraun!«

»Echt?« Sie lächelte. »Ich mag meine Augen. Sie sind das Einzige an mir, was bislang von den Jungs in meinem Alter bemerkt worden ist.«

»Die müssen aber allesamt blind sein. Du hast ein super Lächeln, wie Doro, so offen und strahlend, der Wahnsinn!« Frankie entging nicht, wie sehr Lena sich über das Kompliment freute. Für einen viel zu kurzen Moment legte sie sogar ihre Hand auf seinen Unterarm. Das war schön und schmerzlich. Scheiße, wäre er damals nicht so verarscht worden, hätte er ein ganz anderes Verhältnis zu ihr haben können. Dann wäre sie als kleines Mädchen auf seinem Rücken geritten, sie wären Huckepack durch die Weltgeschichte, sie hätte ihm ihren ersten Liebeskummer anvertraut und bestimmt auch manchmal für Zoff gesorgt, wegen Schulnoten oder den falschen Freunden, weiß der Henker was. Das hatten die Schweine ihm alles vorenthalten. Deswegen musste er sich heute mit dieser flüchtigen Berührung begnügen.

Sie wurden von einem Geräusch in der Höhle aufgeschreckt, ein dumpfer Schlag, danach ein Wimmern. Lena war sofort in der Senkrechten. »Ich glaube, er hat sich verletzt!«

Tatsächlich, aus dem Wimmern wurde ein Heulen. Hoffentlich machte der jetzt keinen Alarm!

Frankies Augen mussten sich an das Dunkel gewöhnen, dann

erkannte er Hüffart, der sich wohl etwas zu ruckartig aufgesetzt und dadurch den Kopf an der Felswand angeschlagen hatte. Sein Gesicht war verzerrt und er drückte seine Hand auf die fast kahle Schädeldecke. Lena war schon bei ihm, sprach beruhigend, ja fast liebevoll auf den Alten ein und versuchte, seine Hände wegzuschieben, um den Schaden näher zu betrachten. Dass da schon mal kein Blut floss, war gleich zu erkennen. Bestimmt nur eine Beule. Aber Karl Hüffart flennte wie ein Grundschüler. »Wo bin ich?«, fragte er andauernd. Und: »Ich will sofort nach Hause!« Lena streichelte beruhigend seinen Handrücken.

Das machte Frankie rasend. Manchmal war es von einer Sekunde auf die andere einfach zu viel. Dass dieser verlogene Greis Zärtlichkeiten ausgeteilt bekam – und er selbst musste immer zugucken, alles ertragen und sich in den Arsch beißen, weil er nie so schlau war und einfach mal ein bisschen rumjammerte, um berührt zu werden.

»Lass ihn doch verrecken!«, knurrte er und erntete einen empörten Blick. »Ist doch wahr! Der hat seinen Sohn geopfert für eine Handvoll Macht und Kohle. Und ich durfte dafür mein Leben in einem scheiß Knast verbummeln ... So ein Typ hat echt kein Mitleid verdient!« Frankie lief auf die beiden zu und schlug Lenas Hand zur Seite. Sie schrie kurz auf und er fühlte sich elend, doch dieser Wutausbruch war unvermeidbar gewesen.

»Du tust mir weh, Frankie!«

»Wir sollten ihn töten. Hier auf der Stelle! Dann sind wir das Problem ein für alle Mal los, und ich bin mir sicher: Danach geht's mir besser!« Ja, das war es! Hüffart war so schwach, so labil, bestimmt würde ein einziger gezielter Schlag gegen den Kehlkopf genügen! Und er – Frankie – wäre endlich zufrieden.

Lena sprang auf, stellte sich vor den alten, verschreckten

Mann und hob schützend die Arme. »Lass das doch! Was soll denn das?«

»Geh zur Seite!«

»Aber wenn du ihn wirklich töten willst, Frankie, warum hast du es nicht gestern schon getan, als du mit ihm allein über die Insel gefahren bist? Warum hier in dieser Höhle, warum muss ich dabei zusehen?« Ihre dunklen Augen waren weit aufgerissen. Ach du Scheiße, er entdeckte ihre Angst. Das wollte er nicht, nein, auf keinen Fall, er wollte nicht, dass seine Tochter ihn für einen Mörder hielt.

Andererseits ... »Wenn Hüffart die Sache hier überlebt, wird er uns beide verraten. Er wird dich auch ins Gefängnis bringen, Lena, nicht bloß mich! Und das werde ich auf jeden Fall verhindern.«

»Der verrät doch nichts, Frankie! Merkst du nicht, wie durcheinander er ist?«

»Wo bin ich?«, fragte Hüffart wie auf Kommando und seine Stimme hatte wieder etwas Substanz, das Jammern war vorbei. »Dürfte ich erfahren, was hier los ist?«

»Du bist in meiner Gewalt!«, antwortete Frankie und schob Lena etwas zu grob zur Seite. »Hast du überhaupt einen blassen Schimmer, wer ich bin?«

Zwei wässrige Augen musterten ihn von unten bis oben. »Es ist ziemlich dunkel hier«, beschwerte sich Hüffart. »Wie soll ich Sie erkennen, wenn man gar nichts sehen kann?«

»Gut, dann helfe ich dir mal auf die Sprünge!« Frankie ging in die Hocke, sodass sie sich auf Augenhöhe begegneten. »Ich bin der Mann, der dich gestern entführt hat. Schon vergessen?«

»Sie verwechseln mich mit meinem Sohn. Mit Jan. Der ist entführt worden!«

Wie in Dreiteufelsnamen willst du mit einem Schwachmaten reden, bei dem sich Zeit und Raum völlig aufgelöst haben? Wie willst du dich an ihm rächen, wenn ihm abhandengekommen ist, womit er sich jemals schuldig gemacht hat? Gut, an Jan erinnerte er sich zumindest, an der Stelle konnte man weitermachen.

»Erinnerst du dich an deinen Sohn?«

»Ja!« Das faltige, etwas aufgeschwemmte Gesicht zeigte keine Regung, die verriet, ob diese Erinnerung schmerzhaft oder freudig war.

»Und du weißt noch, dass er entführt wurde?«

»Von Frank-Peter Götze.«

Fast hätte Frankie sich auf den Arsch gesetzt. Das war mehr, als er seinem Gegenüber je zugetraut hätte. Wenn er nicht genau wüsste, dass Hüffart dement war ... »Dieser Frank-Peter Götze bin ich. Nur ein paar Tage älter geworden, mit mehr Falten im Gesicht. Und Narben auf der Seele.«

»Das tut mir leid«, sagte Hüffart. »Aber jetzt habe ich Hunger und Durst.«

Lena reagierte schnell, servierte ihm zwei Sandwiches auf einer ausgebreiteten Serviette und zauberte auch einen anständigen Teepott aus ihrem Rucksack. So feudal hatte sie Frankie nicht verwöhnt und er musste erneut gegen eine rumorende Wut ankämpfen.

»Wie schlau bist du denn, Hüffart? Was ist in deinem runzligen Kopf hängen geblieben und was hast du lieber vergessen von der Sache mit der Entführung?«

Hüffart kaute umständlich und sprach erst wieder, nachdem er artig runtergeschluckt hatte. Den verdammten Knigge hatte er also auch noch parat. »Ich erinnere mich an alles.«

»So? Was stand denn in dem Erpresserbrief?«

»Ich sollte was über den Verkauf einer Firma erzählen. Da war was faul.«

»Richtig! Und was noch?«

Hüffart schien angestrengt nachzudenken. »Und ich sollte zugeben, dass da Geld gezahlt wurde für diese Firma ... in ...

na so was, jetzt habe ich den Namen des Ortes vergessen.« Er kratze sich am Kopf und verteilte etwas Butter in seinen Haaren.
»Kreuma!«, half Frankie ihm auf die Sprünge.
»Stimmt, das Werk in Kreuma.«
Frankie war wirklich platt. Da war er gestern mit diesem Menschen Hunderte von Kilometern gereist und sich absolut sicher gewesen, dass die Masse in seinem Kopf sich nur unwesentlich von einer mittleren Portion Linseneintopf unterschied, und nun palaverte Karl Hüffart nahezu glasklar über Dinge, die lange zurücklagen. Aber hatte er nicht mal irgendwo gelesen, dass Demenzkranke sich oftmals an ihre frühe Vergangenheit erinnerten, dafür aber keine Ahnung hatten, was in der Gegenwart vor sich ging ... »Und wie steht es heute um dich, Hüffart?«
Der hob nur seine Achseln, sodass sein graues Wollsakko ihm über die Schultern rutschte. »Ich weiß gar nicht, was das hier soll!« Dann biss er wieder in seine Stulle und kaute.
Allmählich wurde Frankie dieses Getue zu blöd: »Du, ich red mit dir!«
»Ich habe Hunger. Und wo bin ich hier eigentlich?«
Man merkte Lena deutlich an, dass sie Mitleid hatte. Keine Ahnung, woher das kam. Diese beschissene Empathie war aber absolut fehl am Platz. Frankie packte seine Tochter am Oberarm und zog sie mit sich zum Höhleneingang. »Du weißt schon: Der Mann, der da gerade deine belegten Brote verschlingt, hat unser Leben auf dem Gewissen.«
»Quatsch, Frankie. Das Ganze lief schon aus dem Ruder, als du auf die Idee gekommen bist, seinen Sohn zu entführen, um einen Skandal aufzudecken.«
»Da wusste ich doch nicht, dass Doro schwanger war.«
»Hätte das irgendetwas geändert? Deine Prioritäten waren doch schon immer klar gesteckt.«
Er wusste, sie hatte recht. Trotzdem ... »Es war ein guter

Plan, der auch fast funktioniert hätte. Bis Hüffart entschieden hat, dass ihm die Geschäfte doch wichtiger sind als alles andere. Sonst hätte es geklappt und du wärst bei Doro und mir aufgewachsen. Vater, Mutter, Kind, verstehst du? Statt Knastbruder, Komapatientin und Kind.«

Sie schüttelte ihn ab. »Ich glaube nicht, dass es so ist!«

»Wie kommst du darauf?«

»Ich habe es gelesen.«

»Gelesen? Und wo? Etwa in der Bild-Zeitung?« Eigentlich wollte Frankie seine Tochter nicht so hart angehen. Wie sollten sie jemals ein schönes Miteinander haben, wenn er immer so ausflippte?

Aber Lena ließ sich ohnehin nicht einschüchtern. »Okay, wenn du den armen Mann in Ruhe lässt, dann erzähle ich dir, was ich weiß und was ich glaube.«

Frankie nickte.

»Aber unterbrich mich nicht ständig und atme zwischendurch mal ganz langsam ein und aus, bevor du immer so ausflippst, versprochen?«

Er nickte wieder.

»Also, ich habe dir nie genau erklärt, wie ich dich gefunden habe.« Lena lehnte sich gegen die raue Felswand und begann, ohne Punkt und Komma zu erzählen. Wie enttäuscht sie gewesen war, weil sich in den offiziellen Unterlagen der Adoptionsbehörde nicht mehr befunden hatte als der Name ihrer Mutter, Geburtstag und -ort und das besagte unscharfe Foto. Einen wenigstens klitzekleinen Hinweis auf ihren leiblichen Vater hatte sie jedoch vergeblich gesucht. »Da stand nur ein einziges, frustrierendes Wort: unbekannt.«

»Aber Doros Eltern wussten ganz genau, dass ich mit ihrer Tochter zusammen war. Ich war denen anscheinend nicht gut genug, sie haben mich ja noch nicht einmal informiert, dass Doro ...«

Sie legte ihren Zeigefinger auf seine Lippen. »Nicht dazwischenquatschen!« Da hielt er natürlich die Klappe.

»Aber dann, zwei Wochen nach meinem Besuch beim Jugendamt, bekam ich einen Anruf. Die Sachbearbeiterin, die eigentlich für meinen Fall zuständig gewesen war, hatte bei meinem ersten Besuch Urlaub gehabt. Sie wusste als Einzige, dass da noch ein weiterer Umschlag für mich abgegeben worden war, der wohl so groß war, dass er nicht in den Aktenordner gepasst und deswegen danebengestanden hatte.«

»Was war in dem Umschlag?«

»Handschriftliche Notizen meiner Mutter.«

Jetzt wurde Frankie einiges klar: Es musste sich um die Papiere handeln, von denen Wencke gesprochen hatte. Diese Notizen von Doro. Dann gab es diese Schriftstücke also tatsächlich! Er hatte es sich bis zu diesem Moment nicht wirklich vorstellen können. »Wer hat sie dir geschickt? Waren das auch deine Großeltern?«

»Wohl kaum. Der Umschlag ist auch erst viel später, im Herbst 2010, als anonymes Päckchen verschickt worden, nur mit dem Vermerk versehen, es mir mit den Adoptionspapieren auszuhändigen, sollte ich irgendwann einmal dort auftauchen. Die Sachbearbeiterin meinte, dass das ab und zu mal vorkommt, meist sind es wohl die leiblichen Eltern, die sich nach einigen Jahren überlegen, dass sie ihrem abgeschobenen Nachwuchs doch ein bisschen mehr hinterlassen wollen als bloß einen Namen und ein verblasstes Foto.«

»Und durch diese Notizen bist du auf mich gekommen ...«

»Genau. Ich war so froh, denn ich hatte den Namen *Dorothee Mahlmann* schon in diverse Suchmaschinen eingegeben, aber nichts gefunden. Und dann liegen da diese Seiten vor mir, die echte Tinte, das echte Papier, das alles hat meine Mutter in der Hand gehalten, als sie mit mir schwanger gewesen ist. Ich war einfach nur unglaublich glücklich.«

Frankie schluckte.

»Sie hat von dir geschrieben, Frankie, von eurer Beziehung, von ihrer Angst um dich und ihrem Glauben an deine Unschuld. Sie hat nicht einen Moment an dir gezweifelt und alles Menschenmögliche getan, dir da rauszuhelfen.«

So etwas in der Art hatte Wencke auch schon erzählt, aber da war er misstrauisch gewesen. Denn er war Realist genug, um zu wissen, dass die Beziehung damals nur etwas mehr als eine Bettgeschichte gewesen war. Nichts, wofür man den Kopf hinhielt. Hatte er sich so in Doro getäuscht? Wenn das so war, mein Gott, wenn das wirklich so gewesen war, echte Liebe ... Auf seinen Armen kribbelte es.

»Aus den Aufzeichnungen meiner Mutter geht hervor, dass Karl Hüffart wohl tatsächlich unschuldig gewesen ist. Er war bereit, deine Forderungen zu erfüllen, ist aber lange nicht so mächtig gewesen, wie man hätte meinen sollen. Doro hat vermutet, dass eventuell Alf Urbich entgegen dem Plan gehandelt und den kleinen Jan ...« Sie zögerte. »Nun ja, er muss dafür gesorgt haben, dass Jan nicht mehr lebendig nach Hause zurückgekehrt ist.«

»Warum sollte er das getan haben?«

Frankie schaute sich Hüffart aus der Entfernung an. Er hielt inzwischen das zweite Sandwich in der Hand und sah harmloser aus als ein Goldhamster. Und genau das hatte ihn in den letzten Stunden und Tagen so oft zur Weißglut getrieben, dass dieser Mann so freundlich gucken konnte, nach allem, was passiert war. Sollte die Geschichte stimmen, die Lena gerade erzählte, lag die Sache natürlich anders. Das würde bedeuten, dass er seine Rachegelüste völlig neu sortieren müsste. Wenn Hüffart gar nicht Täter, sondern womöglich genauso ein Opfer war wie er selbst ...

»Und was genau habt ihr jetzt vor?«, brachte Frankie etwas heiser hervor. Und als Lena wieder so zögerlich tat, räusperte er sich und wurde deutlicher: »Du kannst mir hier nicht so eine

Geschichte auftischen und dann schweigen, verdammt noch mal!«

»Wenn du immer gleich ausrastest, habe ich keine Lust, mit dir zu reden. Immerhin bist du Wencke Tydmers im Flugzeug an die Gurgel gesprungen, hast zwei isländische Beamte bei deiner Flucht schwer verletzt und mit mir gehst du auch nicht gerade zimperlich um.« Sie verschränkte ihre Arme vor der Brust. »Man kann echt Angst kriegen vor dir.«

»Du brauchst doch vor mir keinen Schiss zu haben, ich bin doch dein Vater!« Mit Schrecken bemerkte Frankie, dass seine Augen brannten. Wann hatte er eigentlich das letzte Mal geheult? Als sein Vater gestorben war, wahrscheinlich, sein Vater, der seinen Job verloren hatte bei den Kreuma-Werken, nach vierzig Jahren Betriebszugehörigkeit, und der nach der Kündigung einfach aufgehört hatte zu leben. Da hatte er geweint. Das war noch vor dem verhängnisvollen Januar 1994 gewesen. Seitdem keine Träne. Erst jetzt wieder, wo er selbst der Vater war und feststellen musste, wie weh das tun konnte.

Lenas Handy klingelte. »Hallo, Frau Tydmers«, sagte sie. »Ist alles in Ordnung bei Ihnen? Haben Sie sich von dem gestrigen Schrecken erholt?« Was immer Wencke ihr erzählte, Lena reagierte mit einem ernsthaften Nicken. »Okay, ja, ich verstehe. Und wo sind Sie gerade?«

Nein, dachte Frankie. Bitte nicht jetzt. Er hätte noch ewig hier in dieser Höhle zubringen können.

»Und Sie haben kein Auto? – Ja, kenne ich. Wir brauchen ungefähr zwei Stunden, dann sind wir bei Ihnen!«

Wir?, dachte Frankie. Was hatte Lena vor?

Sie legte auf. »Okay«, sagte sie dann. »Es wird nicht mehr lange dauern, bis wir die Sache zu Ende bringen.«

Er fragte nicht nach. Er riss sich am Riemen und tat geduldig. Auch wenn er brennend wissen wollte: Welche Sache? Und wer waren ›wir‹?

Zum Glück sprach Lena ganz von allein weiter. »Es hat alles geklappt wie geplant. Wencke Tydmers hat inzwischen herausgefunden, wer ich bin, und will sich mit mir treffen.«
»Wo ist sie denn?«
»In einer Hütte in der Nähe vom Stausee.«
»Dann fährst du jetzt da hin?«
»Und euch beide nehme ich mit, dich und Hüffart.«
»Auf keinen Fall! Wencke bringt mich ins Gefängnis. Bestimmt denkt sie, ich stecke hinter dem Mordanschlag am Gletschersee.«
»Das wird sie ganz sicher nicht tun.«
»Wie kommst du darauf?«
»Sie hat alle Briefe gelesen. Sie ist sich inzwischen im Klaren darüber, dass sie meine Mutter damals im Stich gelassen hat. Sie schuldet mir einfach viel zu viel, um uns jetzt zu verraten.«

[16. Juni, 13.52 Uhr, Gästezimmer, *þrihyrningsvat*, Island]

Plötzlich war da überall dieser Staub. Nur in dünnen Schichten, man fühlte ihn mehr, als dass man ihn sah, wie die Oberfläche eines sehr feinen Schmirgelpapiers. Vulkanasche, grau und ein ganz kleines bisschen rot. Der Wind habe gedreht, sagte Jarle, und nun bekomme man eben doch ein bisschen mehr mit als nur einen spektakulären Blick auf den *Herðubreið*. Gefährlich sei es nicht, wirklich nicht!

Jarle servierte Toastbrot, Butter und Honig zum Frühstück, das bis auf ein paar »Kannst du mir noch Tee nachschenken?«-Floskeln nahezu wortlos vonstattenging. Er spielte mit keiner Silbe auf die vergangene Nacht an und auch der Anruf von Axel blieb unerwähnt. Wenn er beleidigt war, weil Wencke sich heimlich wie eine Diebin aus dem Bett geschlichen hatte, so ließ er es sich nicht anmerken. Am ehesten war sein Verhalten mit höflich zu beschreiben, eigentlich eine unübliche Haltung jemandem gegenüber, der die letzte Nacht nackt neben einem gelegen hat.

Es war zu kühl, um draußen zu sitzen, denn die Veranda vor der Hütte lag um diese Uhrzeit noch im Schatten. Zudem hätte der Staub ordentlich zwischen den Zähnen geknirscht und der Westwind wehte einen leicht unangenehmen Schwefelgeruch zu ihnen herüber. Der *Herðubreið* hatte sich noch immer nicht beruhigt. Durch das Küchenfenster konnte man den Vulkan gut beobachten, und wenn Wencke sich nicht täuschte, war die Rauchwolke nicht nur dunkler, sondern auch deutlich näher als gestern.

»Ich muss noch mal zur Firma«, sagte Jarle, fast als wären sie ein altes Ehepaar mit klassischer Rollenverteilung. »Macht es dir was aus, allein hierzubleiben?«

»Nein, warum?«

»Weil ich nur das eine Auto habe und das nächste Haus ungefähr fünf Kilometer entfernt und meistens unbewohnt ist.«

»Kein Problem, wirklich!« Diese Abgeschiedenheit war eigentlich sogar genau das Richtige, fand Wencke. Sie hatte sich nämlich einiges vorgenommen für diesen Tag und erwartete fast ungeduldig, endlich für sich zu sein. Viel Zeit blieb ohnehin nicht, Lena Jacobi hatte sich nach dem Anruf bereits auf den Weg hierher gemacht. Und Wencke war deutlich wohler, wenn Jarle bei dieser Begegnung nicht dabei war.

»Ich kann dich auch mitnehmen. Das Symposium tagt heute am *Mývatn*, das ist ein sehr schöner See etwa zwei Stunden von hier entfernt. Soweit ich weiß, steht heute auch dein Vortrag auf dem Programm, ein Firmenwagen könnte dich dorthin bringen.«

Sie seufzte. »Ich könnte mich keine Sekunde konzentrieren. Macht es dir was aus, mich bei den anderen zu entschuldigen?«

»Kein Problem. Nach dem, was gestern passiert ist, werden

die Kollegen Verständnis haben.« Er klemmte sich eine Tasche unter den Arm. »Mach es dir gemütlich!«

Wencke zweifelte, dass ihr das gelingen würde. Zwar hatte sich der offizielle Anlass, hier auf Island zu sein, für sie erledigt, denn sie hatte weder Lust, mit irgendwelchen europäischen Würdenträgern über moderne Politik zu diskutieren noch sich von Fremdenführern an überlaufenen Touristenattraktionen etwas über alte Sagen erzählen zu lassen. Es gab nur noch eine Geschichte, die sie interessierte, und das war jene, die Doros Tochter ihr hoffentlich bald erzählen würde. Das hatte mit Gemütlichkeit wahrscheinlich wenig zu tun.

»Du kannst mich anrufen, wenn etwas ist«, sagte er.

»Was sollte denn sein?«

Er schaute sie lange an. »Wencke Tydmers, du bist eine starke Frau. Und deswegen hast du es eigentlich gar nicht nötig, so zu tun, als wärst du auch noch unverwundbar.« Dann küsste er flüchtig ihre Wange und schaffte es doch, dass ihr leicht schwindelig wurde. Das musste aufhören, sofort!

Nachdem sein Jeep am Seeufer entlanggefahren und schließlich hinter der Bergkuppe verschwunden war, stürzte Wencke sich wieder mit voller Konzentration auf Doros Briefe, die inzwischen auf dem Boden ihres Gästezimmers ausgebreitet lagen. Sie studierte sie sorgfältig und blieb dieses Mal streng mit sich selbst: keine Gefühlsduseleien mehr, kein schlechtes Gewissen oder sonst etwas in der Art.

Sie war schließlich Fallanalytikerin und kannte die richtigen Methoden, Geschehnisse zu deuten, selbst wenn diese viele Jahre zurücklagen. Die Menschen tickten doch immer noch gleich, sie litten heute auf dieselbe Weise wie im Jahr 1994, sie glaubten, sie zweifelten und sie logen. Und dass viele Empfindungen nicht auf den ersten Blick erkennbar, sondern zwischen den Zeilen verborgen waren, da war Wencke inzwischen sicher. Jetzt wollte sie sich auf die Suche danach machen.

Viel zu lange hatte sie sich in die Erinnerungen an damals hineingesteigert, schließlich ging es auch um ihre eigene Geschichte. Jans Tod war Wenckes erster Mordfall gewesen und somit ihre erste unmittelbare Erfahrung der Tatsache, dass sich die Welt nun mal nicht immer in Gut und Böse aufteilen ließ und zudem auch nicht zu ändern war. Das hatte sie in den letzten Tagen in ihrer Denkfähigkeit gelähmt, und Doros Schilderungen schienen ihre Synapsen regelrecht zu verkleben. Wo sonst eine Idee die nächste anstieß, manchmal schneller, als es Wencke lieb war, stand seit Tagen alles still.

Damit musste jetzt Schluss sein. Zurück zur Professionalität!

Noch während Jarle unten in der Küche mit den Frühstücksvorbereitungen beschäftigt gewesen war, hatte sie losgelegt. Boris Bellhorn war wenig begeistert gewesen, dass sie ihn am Sonntagvormittag aus dem Bett klingelte, hatte sich dann aber doch ziemlich schnell überreden lassen, Wenckes Bitte zu erfüllen. »Und du hast wirklich einen offiziellen Auftrag von der Kosian?«, hatte er dann doch mehrfach nachgefragt. »Wenn ich da einfach so bei dieser Familie Mahlmann auftauche und ... « Wencke hatte versichert, dass alles wasserdicht sei, und Boris das Versprechen abgerungen, sich gegen Abend mit einem Ergebnis zu melden.

Wencke war wild entschlossen, in der Zwischenzeit ein System in diese fünf Briefe hineinzubekommen, irgendwie musste sich das alles doch sinnvoll zusammenfassen lassen. Ihr kam die *Cluster*-Methode in den Sinn, die Axel damals bei den Ermittlungen in Aurich angewandt hatte. Axel hatte immer gern an Weiterbildungsseminaren teilgenommen und danach mit schicken neudeutschen Begriffen um sich geworfen: »*Cluster* kommt von Traube, ihr müsst die Informationen umkreisen und dann zu einem gemeinsamen Strang bringen, so wie Weintrauben an einem Zweig ... « Blablabla. Fast war es, als stünde er dozierend neben ihr, als sie mit den verschiedenfarbigen Stiften, die sie aus

Jarles Büro genommen hatte, einige Passagen einkreiste, nach Themen geordnet, ganz so, wie Axel es ihr damals immer beibringen wollte. Sie musste zugeben, die Sache hatte was, immerhin war sie schon mal schön bunt, und auch sonst kam so etwas wie ein Bild zustande.

Gelb waren alle Informationen über *AlumInTerra*, über diese komische Energieformel, den Verkauf der Kreuma-Werke durch die Treuhand und die verständlichen Proteste dagegen. Zusammengetragen ergab das eine recht schlüssige Geschichte: Das marode Werk hatte zu DDR-Zeiten eine vielversprechende Formel entwickelt, in erster Linie war dies wohl dem Forschereifer eines dort beschäftigten isländischen Mitarbeiters zu verdanken, nämlich Jarle Yngvisson. Mit dem dubiosen Verkauf an den amerikanischen Großkonzern wechselte auch die Formel ihren Besitzer, dafür sollten Schmiergelder an Hüffart und seine Leute geflossen sein.

Und an dieser Stelle verknüpfte sich das Ganze mit den Geschehnissen, für die Wencke eine rote Markierung gewählt hatte: die Entführung und Ermordung des kleinen Jan. Da hatte Doro von ihrem frühen Verdacht gegen Götze berichtet, von einer zweiten Mietwohnung, der Schreibmaschine und der überfallartigen Festnahme in der Nacht des Leichenfundes. Alles Dinge, die sich auch auf Wikipedia oder in anderen Internetarchiven finden ließen, Allgemeinwissen sozusagen. Und Götze hatte schließlich nie geleugnet, den Jungen entführt zu haben. Er selbst hatte Wencke am Gletschersee genau beschrieben, wie es sich für ihn angefühlt hatte, Jan gefesselt im Wald zurückzulassen. Doch der Mord ging nicht auf Götzes Konto, zu diesem Schluss war Doro gekommen.

Stimmte also Doros Vermutung, dass Hüffart selbst – oder doch vielmehr sein damaliger Berater Alf Urbich – den Jungen umgebracht hatte? Wencke versuchte, sich an diese These zu gewöhnen, musste aber immer wieder kapitulieren. Denn eine

Sache passte ganz und gar nicht zu dieser Variante: Die Art, wie die Leiche in Szene gesetzt worden war, dieses Boot auf dem See, beinhaltete eindeutig zu viel Theatralik für einen Mord, bei dem es um Geld und die Vertuschung eines Skandals ging. Die Person, die dafür gesorgt hatte, dass Jan auf der Seeoberfläche schwimmend aufgefunden wurde, diese Person hatte ihren Grund dafür, so zu handeln. Nichts geschah einfach so nebenbei, sondern alles, jede unscheinbare Kleinigkeit, hatte ihren Sinn. Enthielt eine Botschaft, die dem Täter selbst vielleicht nicht einmal bewusst gewesen war.

Wencke hatte nur noch zwei weitere Farben zur Verfügung und wählte Grün für alle Menschen, denen Doro in den letzten Tagen begegnet war und denen sie vertraut hatte. Das waren erstaunlich wenige: eine Polizistin, ein anonymer Informant, die betrunkene Gisela Hüffart und Jarle Yngvisson. Der blau markierte Kreis derer, denen sie Misstrauen entgegengebracht hatte, war deutlich stärker besetzt. Es wimmelte nur so von unehrlichen, brutalen, feigen oder bedrohlichen Gestalten. Hatte Doro ihre Umwelt wirklich so wahrgenommen? Als einen Haufen Ignoranten und Verräter? Und wo sollte Wencke sich selbst einsortieren – bei den grünen Freunden oder blauen Feinden?

Die Briefe waren inzwischen farbenfroher als ein Zirkusplakat. Nach stundenlangem Hin- und Herschieben der Blätter ergab sich so etwas wie die Bestätigung eines eher diffusen Bauchgefühls: Hier lagen viele, viele Worte und bildeten eine Geschichte, die – nüchtern und ohne persönliche Einfärbung betrachtet – in sich nicht wirklich schlüssig war. Doch wo genau war der Fehler versteckt?

Das Hupen eines Autos vor der Hütte riss Wencke aus ihren Gedanken. Meine Güte, es war, als hätte sie zu viel getrunken oder etwas geraucht, sie stand völlig neben sich. Irgendwo hatte Wencke mal gelesen, dass ein konzentriert arbeitendes Gehirn zehn Mal mehr Energie benötigt als alle anderen Organe. Dementsprechend hätte sie eigentlich soeben verhungert sein müssen.

Sie schob alle Briefe zusammen, steckte sie in den Umschlag, ging die Treppe hinunter und trat auf die Veranda. Hut ab, wer sich mit einem solchen Kleinwagen hierher ins Hochland traute, musste wirklich gute Nerven haben. Die Scheiben waren fast blind vom Staub, der sich darauf verteilt hatte, und dass der Twingo eigentlich türkis war, ließ sich auch nur erahnen. Lena Jacobi war gerade ausgestiegen und nun dabei, ihrem Beifahrer aus dem Zweitürer zu helfen. Wencke glaubte schon, ihr Sehvermögen ließe sie im Stich, denn dass Lena tatsächlich Karl Hüffart über die Schotterpisten Islands kutschiert hatte, schien einfach unmöglich! Der alte Mann brauchte seine Zeit, sich wieder auseinanderzufalten und gerade aufzurichten, aber er sah dabei nicht unglücklich aus. Sein Blick war wacher, sein Gesicht weniger blass.

Dass Götze sich von der Rückbank schob, wunderte Wencke dagegen kaum noch – sie wusste ja, wie er mit Hüffart einerseits und mit Lena andererseits in Verbindung zu bringen war.

»Tut mir leid, es hat doch etwas länger gedauert. Aber ein Twingo ist einfach nicht der passende fahrbare Untersatz für dieses Gelände.« Lena streckte ihr die Hand entgegen.

Selbst jetzt, als diese junge Frau vor ihr stand, keine zwei Schritte entfernt und bei besten Lichtverhältnissen, selbst jetzt konnte Wencke kaum eine Ähnlichkeit mit Doro feststellen. Höchstens die Augen. Vielleicht glich Lena eher ihrem Vater, der sich jetzt hinzugesellte, die Ohren eventuell. Dass sie mit ihrem Vater-Tochter-Verhältnis selbst noch nicht wirklich souverän umgehen konnten, verriet ihre Körpersprache: Sie vermieden es, sich direkt anzusehen, Götze hatte seine Hände noch nicht einmal aus den Jackentaschen gezogen.

Auch Wencke wusste nicht so recht, wohin mit sich und ihren vielen Fragen.

»Hier ist es schön«, sagte Hüffart dann. »Ich würde gern einen Spaziergang machen.«

»Wir haben aber keinen Rollstuhl«, sagte Götze.

»Ich kann schon laufen!«, erwiderte der alte Mann trotziger als ein Vorschüler. »Bitte, ich würde gern einen Spaziergang machen!« Fast flehend blickte er ausgerechnet Götze an. »Da hinten sind Pferde! Bitte, gehen wir zu den Pferden!«

Doch Götze ließ sich erst überreden, nachdem auch Lena Jacobi ihm deutlich zu verstehen gegeben hatte, wie wichtig es war, Hüffart bei Laune zu halten. Arm in Arm, wie Pfleger und Patient, schlichen die beiden zur Pferdekoppel und ließen Wencke und Lena am Haus zurück. Es widerstrebte Wencke, wie eine Gastgeberin aufzutreten und einen Sitzplatz auf der Veranda anzubieten, also blieben sie einfach stehen, lehnten sich gehen die Holzbrüstung und schauten Hüffart und Götze hinterher.

Wencke brauchte glücklicherweise gar nicht weiter nachzufragen, Lena erzählte ohne Aufforderung ihre Geschichte vom ersten Besuch beim Jugendamt bis zum Erhalt der fünf Briefe. »Ich habe die Zeilen sicher tausendmal gelesen und überlegt, was ich mit diesen Informationen anfangen soll. Meine Mutter ist einem politischen Skandal auf der Spur gewesen, konnte das aber nie öffentlich machen, weil sie vorher aus unerklärlichen Gründen ins Koma gefallen ist.«

»So unerklärlich waren die Gründe gar nicht«, unterbrach Wencke. »Ich habe Informationen des Arztes, der Doro damals betreut hat. Medizinisch gesehen ist das, was deiner Mutter passiert ist, zwar selten, aber nicht ungewöhnlich in der Schwangerschaft.«

»Was wollen Sie damit andeuten?« Lena ging offensichtlich auf Distanz. Eben erst hatte Wencke ihr das Du angeboten, denn alles andere erschien inzwischen fehl am Platz – trotzdem blieb die junge Frau hartnäckig beim Sie.

»Es könnte auch sein, dass die Sache mit der Embolie eine unglückliche, aber ganz natürliche Ursache hatte und kein Mordanschlag gewesen ist.«

Lena starrte sie an. »Sie sind ja noch viel schlimmer, als ich bislang angenommen habe! Sie haben die Notizen doch gelesen, meine Mutter wurde verfolgt und eingeschüchtert ...«

»Hast du dich nie gefragt, wer diesen Umschlag mit den Briefen zum Jugendamt geschickt hat?«

»Doch, natürlich habe ich das. Und ich hatte auch einige Leute im Verdacht. Unter anderem auch Sie ...«

»Mich?« Wencke schüttelte den Kopf. »Nein, da muss ich dich enttäuschen. Wenn ich ehrlich bin, habe ich alles, was damals passiert ist, ziemlich verdrängt. Als ich vor fünf Tagen in Hannover den ersten Brief geöffnet habe, kam es mir vor, als ob mir jemand den Boden unter den Füßen wegzieht.«

Hinter dem Haus wieherte und schnaubte eines der Islandpferde, ansonsten war es fast still ringsherum. »Und es war ja auch nicht gerade schmeichelhaft, was in den Briefen über mich geschrieben stand«, ergänzte Wencke.

»Sie haben meine Mutter ziemlich hängen lassen!« Auch wenn Lena ganz zahm neben ihr stand, ihr Groll war mit Händen zu greifen. »Deswegen habe ich Ihnen die Briefe auch zukommen lassen. Sie sollten sich an Doro erinnern und begreifen, was damals geschehen ist.«

»Ein seltsamer Plan! Du hättest doch auch einfach zu mir kommen und mich fragen können: Hey, ich bin Doros Tochter, und ich wüsste gern, was damals in Bad Iburg so los gewesen ist. Ich hätte dich bestimmt nicht weggeschickt! Stattdessen veranstaltest du diesen Zauber, lockst mich und die anderen nach Island, schickst anonyme Briefe, lässt sie sogar von falschen Zimmermädchen in mein Hotelzimmer schmuggeln ...«

»Es ist ... also, es war ...« Sie verstummte.

»Es war gar nicht deine Idee, stimmt's?«

Lena nickte.

»Jarle Yngvisson steckt dahinter.«

Wieder Nicken. »Er war auch der Erste, den ich überhaupt kontaktiert habe.«

»Weil deine Mutter in den Notizen so positiv über ihn berichtet hat?«

»Irgendwie schon. Er war auch über die ehemaligen Kreuma-Werke ganz einfach zu googeln, denn er ist ja inzwischen ein hohes Tier hier bei *AlumInTerra*. Und er konnte sich gleich an meine Mutter erinnern, an die Schmiergeldsache und die Entführung.«

»Endlich ein Mensch, der wirklich etwas über Doro zu berichten hatte ...«

»Genau. An meinen Vater habe ich mich damals noch nicht wirklich rangetraut. Der saß ja im Gefängnis und wusste überhaupt nichts von mir. Jarle hat mir seine Hilfe angeboten, er war einfach da, als ich ihn brauchte, und er hat alles irgendwie so toll geregelt, er ist sogar nach Deutschland gereist, um mich kennenzulernen.«

Genau darin bestand Jarles Talent, das wusste Wencke aus eigener Erfahrung. Zum richtigen Zeitpunkt am rechten Ort zu sein und Frauen in schwachen Momenten eine helfende Hand zu bieten. Fast schon unheimlich, dieser Mann. »Wann war das?«

»Im letzten Sommer.«

Also zur selben Zeit, als er rein zufällig Wenckes Mutter bei einer mäßig beeindruckenden Vernissage kennengelernt und umschmeichelt hatte. Was auch immer sein Plan war, er hatte schon sehr früh mit der Umsetzung begonnen. »Jarle hat dir dann wahrscheinlich auch die Stelle bei *AlumInTerra* angeboten und die Idee mit dem Symposium unterbreitet. Aber was genau habt ihr vor?«

Lena sagte nichts, schaute nur Richtung Pferdekoppel. Die

Tiere trabten zum Gatter, man sah grauen Staub aus den Tierhaaren wirbeln, wahrscheinlich waren die Pferde in Wirklichkeit schneeweiß oder schokobraun, doch die Asche hatte sie über Nacht alle grau gefärbt. Götze und Hüffart waren bereits angekommen, die Tiere ließen sich die plüschigen Mähnen kraulen. Der reinste Streichelzoo – und Karl Hüffart freute sich wie ein kleines Kind.

»Willst du Rache?«

»Nein, das ist nicht mein Ding!«

»Geld?«

»Quatsch!«

Und plötzlich konnte Wencke sich denken, worum es ging. Es war doch immer dasselbe. Und es würde immer dasselbe bleiben. Letztendlich zählte doch immer nur ... »Die Wahrheit?«

Jetzt sah Lena ihr in die Augen und nickte. »Genau die!«

Wencke wartete noch eine Weile ab. Was sie jetzt zu sagen hatte, war ihr selbst erst in den letzten paar Minuten klar geworden und eigentlich noch nicht spruchreif. Doch diese junge Frau musste so früh wie möglich davon erfahren, besonders, wenn es ihr tatsächlich um die Wahrheit ging. »Lena, es tut mir leid, es dir sagen zu müssen, aber ich halte diese Briefe ... für eine Fälschung.«

Hätte Wencke es irgendwie schonender ausdrücken sollen? Beispielsweise: Aus fallanalytischer Sicht ergeben die Angaben in diesen Schriftstücken keinen Sinn? Wäre das für diese junge Frau besser zu verkraften gewesen?

»Sie glauben, jemand hat sich das alles ausgedacht?« Lena Jacobi starrte sie an. »Aber warum sollte sich irgendwer die Mühe machen und ...« Sie schüttelte den Rest des Satzes einfach ab wie ein nasser Hund den Regen. Es war klar, dass diese Art von Wahrheit nicht dem entsprach, was Lena sich erhofft hatte.

Inzwischen waren Hüffart und Götze wieder auf dem Rückweg. Das Gehen fiel dem alten Mann zusehends schwerer, müde setzte er einen Fuß vor den anderen und musste sich dabei stützen lassen. Vielleicht hatte er auch leichte Atembeschwerden, der Schwefelgeruch lag in der Luft und Wencke hatte auch schon einen leichten Hustenreiz verspürt.

»Du weißt, dass ich fallanalytisch arbeite, oder? Mein Job ist es, Hypothesen auf ihre Plausibilität zu überprüfen. Die Wahrheit muss durch eine Geschichte rollen wie … ja, wie diese Kugel im Labyrinthspiel, bei dem es so viele Löcher gibt, durch die sie fallen kann.«

»Ja und?«

»Es gibt eine relativ eindeutige Sprache, in der Lügengeschichten erzählt werden. Und die erkenne ich in jedem dieser Briefe.«

»Das müssen Sie mir aber genauer erklären.« Lenas Stimme zitterte, obwohl sie sich vermutlich Mühe gab, resolut zu klingen.

Wencke nahm die Briefe aus dem Umschlag und legte sie auf den Tisch. Der Wind wollte sich direkt ein bisschen Papier zum Spielen mitnehmen, also sammelte Wencke einige der Lavasteine, die überall vor den Stufen auf dem trockenen Boden verteilt waren, und legte sie zum Beschweren darauf. »Ich meine nur: Wenn ihr – du und Jarle Yngvisson – irgendeinen Plan verfolgt, der etwas mit dieser Geschichte zu tun hat …«

»Wie kommen Sie darauf?«

Wencke hatte alle Blätter chronologisch sortiert, nur die Ecke rechts unten blieb frei. »Als ich mit Jarle im *Hotel Borg* am Tisch saß, habe ich ihn direkt danach gefragt, und er sagte, es gebe Geschichten, die zu Ende erzählt werden müssen.« Da Lena nichts erwiderte, stattdessen nur die Arme verschränkte und demonstrativ zur Seite blickte, machte Wencke weiter: »Wenn wir beim LKA eine Aussage auf ihre Glaubwürdigkeit überprüfen lassen wollen, dann wird genau untersucht, worauf der Erzähler die

Aufmerksamkeit lenken will. Lügner neigen dazu, Details am Rande übertrieben stark auszuschmücken. Einzelheiten, die nicht unbedingt überprüft werden können, werden auffallend detailgenau geschildert.« Sie zeigte auf eine gelb eingekreiste Stelle: »Schau mal hier, der Bericht über die Verhaftung deines Vaters. Es ist von seinen Brusthaaren die Rede, von Schweiß und Zweifeln, beinahe poetisch verpackt. Klingt alles ganz lebensnah. Doch die eigentlich wichtigen Informationen sind nur sehr einsilbig und mehr am Rand erzählt.«

»Was meinen Sie genau?«

Wencke reichte ihr einen Zettel, den sie am Rand dick markiert hatte. »Da, lies mal den Absatz vor!«

Lena griff nach dem Brief. »*Die vom SEK haben mich behandelt, als hätten sie mich bei einer Rotlicht-Razzia aufgegabelt. Bis dann einer in meinem Portemonnaie den Polizeiausweis entdeckt hat, da gab es ein bißchen mehr Respekt. Und klare Anweisungen, ich soll verschwinden, splitterfasernackt, wie ich war, ich soll die Klappe halten, keinen Aufstand anzetteln.*« Sie schaute auf. »Und was soll damit nicht stimmen?«

»Was genau haben die Polizisten beispielsweise zu Doro gesagt, als sie ins Zimmer kamen? Davon steht hier kein Wort.«

Fast trotzig schüttelte Lena den Kopf.

»Merkst du es nicht? Es ist wie eine Fotografie, auf der nur der Hintergrund scharf gezeichnet ist. Das Objekt im Vordergrund, auf das es bei der Aufnahme eigentlich ankommt, ist nur verschwommen und verwackelt zu erkennen.«

»Doro war außerdem gar nicht nackt, als sie ging«, mischte sich Götze ein, der zwischenzeitlich bei ihnen angekommen war und ihrer Unterhaltung gelauscht haben musste. »Wenn es etwas gibt, das ich ganz genau weiß, das ich sogar vor Gericht schwören würde, dann dass Doro einen dunkelblauen Slip getragen hat. Sie mochte es nicht, völlig nackt im Bett zu liegen. Sie hat immer gesagt, dann würde sie einen kalten Hintern bekommen.«

Lena öffnete den Mund, wollte etwas sagen, aber ihr fiel wahrscheinlich nichts ein.

»Es gibt noch mehr solcher Stellen. Immer wieder ist die Rede davon, dass Doro sich mir anvertrauen wollte, ich ihre Sorge aber nicht ernst genommen hätte und so weiter. Daran kann ich mich aber beim besten Willen nicht erinnern.«

»Weil Sie es nicht wollen!«, fauchte Lena. »Wer gibt denn schon gern zu, eine miese Freundin gewesen zu sein!«

Wencke blieb ruhig. »Genauso wenig halte ich es für möglich, dass Doro so viele Seiten geschrieben haben soll, nachts, in unserem kleinen Zimmer, ohne dass es Silvie oder mir aufgefallen wäre. Tut mir leid, Lena ...«

»Sie wollen doch nur davon ablenken, dass Sie meine Mutter im Stich gelassen haben!« Es war schon fast ein Flehen. Lena wischte über die Briefe, warf die Steine hinunter, schob die Blätter durcheinander und sortierte sie neu. »Was sollen diese bunten Kreise überall? Diese Kritzeleien am Rand? Wie lange haben Sie gebraucht, um Ihre Pseudobeweise zusammenzutragen, bloß um sich selbst ein reines Gewissen zu verschaffen!« Jetzt griff sie nach dem Brief Nummer drei und hielt ihn hoch. »Hier zum Beispiel wird von dem Besuch bei Jans Mutter berichtet! Zwei Frauen allein in einer Küche ... Das soll bloß ausgedacht sein?«

»Gerade Kleinigkeiten wie beispielsweise diese Flasche *Mariacron* im Hause Hüffart fallen mir auf.«

»Was stimmt damit nicht?«

»Meine Intuition sagt mir, dass die Frau eines Spitzenpolitikers mit Sicherheit eine edlere Weinbrandsorte gewählt hätte, jedenfalls keinen 08/15-Schluck für umgerechnet fünf oder sechs Euro die Flasche.«

»Finden Sie das nicht reichlich kleinkariert?«

»Vielleicht.« Sie musste bei ihrer These bleiben, auch wenn sie damit das Bild, das Lena sich von ihrer unbekannten Mutter gemacht hatte, zerstörte. Es war ein falsches Bild. Es hatte nichts mit der wirklichen Doro zu tun.»Fragen wir doch Karl Hüffart selbst, er wird ja schließlich am Rande erwähnt.«

Lena lachte bitter.»Frau Tydmers, Sie wissen genau wie ich, dass er so gut wie alles vergessen hat.«

»Da wäre ich mir nicht so sicher«, sagte Wencke und wandte sich an Hüffart, der sich inzwischen erschöpft auf einem der Holzstühle niedergelassen hatte und schwer zu atmen schien.»Herr Dr. Hüffart?« Tatsächlich horchte der alte Mann auf.»Erinnern Sie sich noch an den Tag, an dem Ihr Sohn verschwunden ist?«

Hüffart hustete, blinzelte gegen die Sonne an, die auf sein Gesicht fiel. Er lächelte. Doch er schwieg.

»Bitte versuchen Sie, sich zu konzentrieren. Was haben Sie mit Jan an Ihrem allerletzten Tag unternommen?«

Hüffart zuckte mit den Schultern.

»Sie wissen doch noch so viel von ihm, Sie wollten mit ihm spielen gehen hier in Island. Das haben Sie im Flugzeug gesagt. Was haben Sie mit ihm gespielt, bevor er verschwunden ist?«

»Welcher Vogel!«, sagte er langsam und deutlich. Es machte leider überhaupt keinen Sinn.

Lena rollte mit den Augen.»Ich habe es doch gesagt: Hüffart ist nicht mehr in der Lage, etwas zu erzählen, was Sie für Ihre konfuse Theorie verwenden könnten.«

»Ich glaube, ich weiß, was er meint«, sagte Götze.»Vielleicht hat er seinem Sohn erklärt, welcher Vogel gerade singt oder in der Gegend herumfliegt. Das macht er nämlich ständig, damit hat er mich die letzten Stunden schon tierisch genervt. Scheint so was wie ein Hobby von ihm zu sein.«

Wencke näherte sich Hüffart behutsam und ging vor ihm in die Hocke.»Haben Sie Jan etwas über Vögel beigebracht?«

Er nickte.»Welcher Vogel!«

»Und welcher Vogel hat an dem Tag gesungen, als Sie das letzte Mal mit Ihrem Sohn zusammen gewesen sind?«

»Ein Pirol!«, kam es wie aus der Pistole geschossen. Kein Zweifel, das konnte Hüffart sich nicht so schnell ausgedacht haben.

»In diesem Brief steht, dass Sie mit Jan Drachen steigen ließen. Können Sie sich daran erinnern?«, fragte Wencke.

Er schüttelte den Kopf.

»Ganz sicher?«

Er nickte.

»Was soll das schon groß beweisen!« Lena nahm Wencke den Brief aus der Hand und formte ihn zu einem festen Ball, den sie gleich darauf fortschleuderte. »Nichts, gar nichts! Sie stellen sich hier hin und wollen mir weismachen, dass mir jemand seitenweise gefälschte Notizen meiner Mutter untergejubelt hat. Doch die Frage nach dem Warum lassen Sie unbeantwortet.«

Hier musste Wencke tatsächlich passen. »Ich kann da bestenfalls etwas vermuten!«

»Ach, und stellen Sie sich vor: Diese tolle Vermutung höre ich mir ganz bestimmt nicht mehr an!« Lena schnappte sich ihre Tasche und zog die Autoschlüssel heraus. Es sah aus, als würde sie gleich explodieren – tatsächlich, sie glich in diesem Moment ihrem Vater bis in die elektrisiert aufgestellten Haarspitzen! Wenn es bislang an verwandtschaftlicher Ähnlichkeit gemangelt hatte: Jetzt war der gemeinsame Hang zum cholerischen Ausbruch unverkennbar.

»Warte bitte, Lena. Ein Kollege wird mir schon sehr bald einen weiteren Beweis per MMS schicken: Ich habe ihn zu Doros Eltern geschickt mit der Bitte, uns eine Handschriftenprobe ihrer Tochter zukommen zu lassen …« Wencke zeigte auf das Handydisplay. Leider war noch keine Rückmeldung von Boris eingetroffen. Aber bald, hoffentlich! »Wir haben Grafologen, die für das LKA arbeiten, die können eine Handschrift fast so sicher einem Menschen zuordnen wie einen Fingerabdruck. Dann wissen wir, ob die Briefe von deiner Mutter geschrieben wurden oder nicht!«

»Ich scheiß auf Ihre tollen Beweise!« Lena trat mit einer schnellen Bewegung auf Wencke zu, griff sich das Telefon – und warf es dorthin, wo gerade eben noch der Papierball gelandet war: auf den steinharten Boden des isländischen Hochlandes. Plastikteile sprangen in alle Richtungen, das Gerät war auf jeden Fall hinüber. »Wir fahren jetzt!«

Hüffart und Götze sahen beide aus, als würden sie lieber bleiben, wo sie waren. Das war verständlich, kein klar denkender Mensch würde sich jetzt freiwillig mit einer brandgefährlichen Person wie Lena in einen klapprigen Twingo setzen und hinaus in die Wildnis fahren. Dass die junge Frau dann aber plötzlich eine Waffe aus ihrer Handtasche zog, machte die Sache nicht besser. Eine kleine schwarze Pistole zwischen zitternden Fingern, die Mündung zeigte auf Hüffarts Schläfen. »Steigen wir ein!«

»Woher hast du das Ding, Lena?«, brachte Wencke hervor.

»Jarle hat es mir eingepackt. Für den Notfall!«

»Welchen Notfall?« Wencke versuchte, sich Lena behutsam zu nähern, sämtliche Deeskalationsmanöver ihrer beruflichen Laufbahn im Hinterkopf, doch sofort wurde der Griff um das schwarze Metall fester und der Zeigefinger legte sich auf den Abzug.

»Bleiben Sie, wo Sie sind!« Lena kniff ein Auge zu und zielte auf Hüffart. Es sah nicht professionell aus, man merkte sofort, dass diese Frau noch nie einen einzigen Schuss abgegeben hatte. Doch das war überhaupt kein Grund zur Entwarnung, es gab genügend Fälle, in denen schon die allererste Kugel tödlich getroffen hatte. »Jarle hat von Anfang an gewusst, dass Sie Ärger machen würden, Frau Tydmers. Er hat es mir prophezeit! Ich hätte auf ihn hören sollen. Dieser Mann ist einfach schlauer als wir alle zusammen.«

Der letzte Satz klang wie ein Echo in Wencke nach. Dieser Mann ist einfach schlauer als wir alle zusammen. Damit hatte sie recht, eindeutig. Hatte er die Briefe geschrieben? Jarle Yngvisson war vermutlich der Einzige, dem ein solch perfides Vorgehen zuzutrauen war.

»Er wollte Sie hier nicht haben, Frau Tydmers. Absolut nicht! Er hat gesagt, Sie würden versuchen, unseren Plan zu vereiteln. Als hätte er vorausgesehen, wie Sie sich hier aufführen.«

»Trotzdem bin ich nach Island gekommen. Und dafür wurden sämtliche Hebel in Bewegung gesetzt, stimmt's? Für einen Ingenieur wie Jarle ist es keine große Sache, einen Hausbrand zu verursachen, damit statt meiner Vorgesetzten ich in den Flieger steige.« Die Gedanken hatten sich erst während des Sprechens geformt, und Wencke war fassungslos. Darauf hätte sie schon viel eher kommen können. Ein Mensch wie Jarle war in der Lage, Ursache und Wirkung zu berechnen. Das galt für physikalische Vorgänge genauso wie für die psychologischen Effekte, die gefälschte Briefe und uralte Fotografien nach sich ziehen konnten. »Warum hat er einen solchen Aufwand betrieben, wenn er mich eigentlich gar nicht hier haben wollte?«

»Ich hatte darauf bestanden. Es war meine Bedingung dafür, dass ich bei diesem Plan mitmache.« Lena packte Hüffart unter die Arme und zwang ihn, sich aufzurichten. Er wehrte sich schwach. Ob er überhaupt verstand, was hier passierte? Sein verwirrter Zustand sorgte immerhin dafür, dass er keinerlei Furcht zu verspüren schien – zum Glück, Ruhe zu bewahren war bestimmt die beste Strategie, wenn man eine Waffe auf sich gerichtet wusste.

»Und warum lag dir so viel daran, mir hier zu begegnen? Lena, verrat es mir, ich bin nicht in der Lage, deiner Logik zu folgen!«

Lena lachte. »Wencke Tydmers, die tolle Profilerin, muss kapitulieren. So viel zu Ihren bestechenden logischen Fähigkeiten!« Sie half Hüffart die Stufen hinab, setzte ihn in das kleine Auto und schnallte ihn sogar pflichtbewusst an. Wie eine Pflegerin, nur dass sie ihrem Patienten eine Knarre an den Kopf hielt. Wahrscheinlich würde sie niemals abdrücken, nein, dazu fehlte ihr dann doch die nötige Portion Kaltblütigkeit. Auch das hatte sie mit ihrem Vater gemeinsam. »Ich wollte, dass Sie hierherkommen, weil Sie ein Teil der Geschichte sind, Frau Tydmers. Meine Mutter fühlte sich von Ihnen allein gelassen. Ihre einzige Freundin hat sie im Stich gelassen. Wenn Sie ihr nur einmal zugehört, ihr geglaubt und geholfen hätten, dann wäre meine Mutter noch am Leben, da bin ich mir sicher.« Jetzt, als Hüffart im Twingo verstaut war, hatte die Pistole kurzfristig ihr Ziel verloren und hing für einen Moment schlapp in Lenas Hand, bevor sie auf Götze gerichtet wurde.

»Du steigerst dich da in etwas rein, Lena!« Es schien, als hätte er eben erst seine Stimme wiedergefunden – seit der Verwandlung seiner Tochter in eine Furie hatte er sie nur fassungslos angestarrt.

»Lass uns fahren!«

»Hör jetzt auf mit dem Scheiß! Mach doch nicht denselben verdammten Fehler wie ich!«

»Es geht nicht um mich, Frankie, sondern um ganz andere Werte.«

»Das war bei mir genauso. Gebracht hat es mir nichts außer zwanzig Jahren Knast!«

»Steig endlich ein!« Der Lauf der Pistole wies ihm entschieden den Weg.

[16. Juni, 17.32 Uhr, Gästehaus *AlumInTerra*, Fáskrúðsfjörður, Island]

Der Mann stand plötzlich auf Silvies Terrasse. Er war groß und stark, wenn er vorhatte, sie zu überfallen, wäre sie chancenlos. Die Glastür war gänzlich zur Seite geschoben, denn Silvie hatte die letzte halbe Stunde etwas frische Luft in das Gästezimmer gelassen. Keine zwanzig Meter von ihrer Balustrade entfernt lag der Fjord, und der Wind, der vom Meer herüberwehte, tat gut, sie hatte nämlich schon den ganzen Tag irrsinnige Kopfschmerzen. Das Erscheinen dieses Riesen löste ein noch fieseres Stechen an den Schläfen aus, so als hätte der Schreck ihr eine Extraportion Blut ins Hirn gejagt.

Erst als die Sonne in diesem Moment hinter einer Wolke verschwand und somit das Gegenlicht nicht mehr zu grell blendete, erkannte sie die Gestalt von Jarle Yngvisson. Immerhin, kein Einbrecher, aber von Wiedersehensfreude war Silvie weit entfernt.

Die Demütigung in der *Hallgrimskirkja* würde sie ihm nie verzeihen, er hatte sich auch bislang nicht dafür entschuldigt. Da mochte Alf Urbich seinen Mitarbeiter noch so sehr in Schutz nehmen, dieser Mann hatte bei Silvie sämtliche Sympathien verspielt.

»Sie haben mich zu Tode erschreckt!«, sagte sie. »Warum kommen Sie nicht wie jeder normale Mensch durch die Tür?«

»Weil da Ihre Sicherheitsleute stehen«, antwortete er und trat in ihre Suite. »Und das, was ich Ihnen jetzt mitteile, ist nichts für fremde Ohren.«

»Haben Sie meinen Mann gefunden? Ist ihm ... ist ihm etwas zugestoßen?«

»Karl Hüffart geht es gut. Sie brauchen sich um ihn keine Sorgen zu machen.«

Silvie war unendlich erleichtert. Seit Karls Verschwinden

hatte sie kein Auge zugetan, immer wieder waren Schreckensszenarien aufgeblitzt – Karl allein in irgendeiner Felsspalte, Karl in der Gewalt von Götze, Karl am Ende seiner Kraft und vergeblich nach ihr rufend. »Wo ist er?«

»Sie werden ihn morgen früh treffen.«

»Morgen früh? Aber ... das geht nicht! Er braucht dringend seine Medikamente, sonst ...«

Yngvisson setzte sich ungefragt auf einen der goldschimmernden Sessel. »Es gibt eine Forderung, über die wir reden sollten.«

»Eine was?«

»Man verlangt drei Millionen Euro für Ihren Mann.«

Nun musste sich auch Silvie setzen. Drei Millionen? Mein Gott, so viel Geld! »Wir haben eine solche Summe beim besten Willen nicht verfügbar. Ein ehemaliger Politiker ist nicht Krösus, auch wenn viele das denken! Er war ja nie Bundespräsident, von einer saftigen Pension können wir nur träumen.«

»In dieser Hinsicht kann ich Sie beruhigen, Frau Hüffart. Die Forderung wird nicht an Sie gerichtet, sondern an den Konzern.«

»Das verstehe ich nicht! Was hat *AlumInTerra* ...«

»Doch, das verstehen Sie sehr wohl. Es geht um den nicht ganz sauberen Verkauf der Kreuma-Werke, aus dem die Firma heute noch Profit schlägt ...« Er beugte sich vor und legte seine Ellenbogen auf die Knie wie ein nervöser Fußballtrainer am Rande des Spielfeldes. »Sie brauchen sich da nicht zu verstellen, Frau Hüffart, ich bin in die Angelegenheit eingeweiht.«

Silvie blieb trotzdem vorsichtig, der Mann konnte viel erzählen. »Wer steckt Ihrer Meinung nach dahinter?«

»Wenn wir das wüssten!« Er behielt seine Körperhaltung bei und sprach fast im Flüsterton: »*AlumInTerra* sollte dringend darauf eingehen, denke ich. Die Forderung hört sich nicht nach einem Spaß an.«

Nein, wirklich nicht!»Und warum tauchen Sie dann bei mir auf?«

»Ich brauche Ihre Unterstützung, Frau Hüffart. Die Entführer haben sich an mich gewandt, ich soll eine Art Unterhändler sein. Wenn ich Sie an meiner Seite wüsste, wären wir zu zweit, um Urbich zu überzeugen. Sie kennen ihn ja und wissen, wie ungern er sich etwas vorschreiben lässt.«

In Silvies Kopf fühlte es sich an, als liefen diverse Sprengungen ab, heißer Schmerz hinter dem linken Auge und an der Stelle, wo die Wirbelsäule in den Schädel übergeht. »Ich muss Tabletten nehmen, wissen Sie, ich habe entsetzliche ...«

»Wir sollten keine Zeit verlieren, Frau Hüffart. Das Geld muss bis morgen früh da sein. Und heute ist Sonntag, die Banken sind geschlossen. Je eher wir mit der Überzeugungsarbeit anfangen, desto besser.«

Da hatte er natürlich recht. Hastig steckte sie ein bisschen Aspirin ein, um ihm dann zu folgen – ebenfalls über die Terrasse, als habe sie tatsächlich etwas zu verbergen.

Das Gästehaus lag ein paar Schritte vom Geschäftsgebäude entfernt, man musste einen mit Natursteinplatten ausgelegten Weg hügelaufwärts gehen, zu dumm, sie hätte sich etwas überziehen sollen, der Wind war doch sehr frisch. Die Unterkunft hatte sich wirklich als luxuriös herausgestellt. Mit einem eigenen PC in jedem Zimmer, was Silvie die Möglichkeit gegeben hatte, sich minütlich auf den aktuellen Stand zu bringen, was die Aschewolke und den Flugverkehr betraf. Leider ging noch immer nichts! Im Gegenteil, die Vulkanologen prophezeiten weitere Eruptionen bis Mitte nächster Woche. Sie konnte hier nicht weg. Gut, ohne Karl würde sie sowieso in keinen Flieger der Welt steigen, aber wenn diese Lösegeldforderung – oder um was es auch immer ging – beglichen war, wäre er wieder bei ihr. Und dann, so schwor Silvie, säße sie im allerersten Flug nach Hause. Selbst wenn nur noch Plätze in der Economy frei wären.

Zudem hatte sie gestern Abend noch via Mail Kontakt zu ihrem Hausarzt aufgenommen, um ihn zu fragen, wie lang denn die Wirkung der Tabletten beim plötzlichen Absetzen anhielt. Seine Antwort war so unkonkret geblieben, dass Silvies Sorge dadurch eher vergrößert worden war: »Es gibt Menschen, die kommen eine ganze Woche beschwerdefrei über die Runden, bevor die Schilddrüse Alarm schlägt. Wie das im Fall Ihres Mannes sein wird, Frau Hüffart, müssen Sie abwarten.« Damit musste sie sich zufriedengeben. Sie hatte ihn ja schlecht fragen können, wie es denn um die Rückentwicklung der Nebenwirkungen stand. Sie war froh, überhaupt einen Mediziner gefunden zu haben, der einfach so und ohne große Untersuchung Rezepte ausstellte und sich seit Jahren nicht über den hohen Medikamentenverbrauch wunderte. Besser keine schlafenden Hunde wecken ...

»Ich weiß gar nicht, ob Alf Urbich heute überhaupt im Büro ist«, gab Silvie zu bedenken. Das Aluminiumwerk lief natürlich Tag und Nacht, man sah die Neonröhren durch die Hallenfenster und hörte den Lärm der Maschinen. Doch Urbich hatte sie heute den ganzen Tag noch nicht gesehen, warum sollte ein Topmanager wie er am Sonntag arbeiten?

»Er erwartet uns bereits«, sagte Jarle. Dann schaute er sich nach ihr um. »Soll ich Ihnen meine Jacke leihen? Sie sehen aus, als wäre das raue Klima nicht so Ihr Ding.«

Gern nahm sie sein Angebot nicht an, aber der Fleece um die Schultern war dann doch brauchbar. »Wie geht es eigentlich Frau Tydmers?«, fragte sie. Urbichs Andeutung, dass sie die letzte Nacht gemeinsam mit Yngvisson in einer Hütte verbracht hatte, kam ihr wieder in den Sinn. Wahrscheinlich hatten sie sich gemeinsam ein bisschen vergnügt, sie waren beide vom selben Schlag und sahen das wahrscheinlich alles total locker – selbst nach einem so furchtbaren Tag wie dem gestrigen.

»Sie hat sich von ihrem Unfall erstaunlich schnell erholt. Eine sehr starke Frau!«

»Weiß man inzwischen, wer das war? Es könnte ja sein, dass der Angriff auf Wencke mit der Entführung meines Mannes zusammenhängt.«

»Das ist gut möglich, aber wir wissen nichts Konkretes.«

»Ich weiß, dass Götze flüchtig ist, Urbich hat es mir erzählt. Es würde mich nicht wundern, wenn er hinter allem steckt!« Er ging nicht darauf ein. »Sie müssen doch etwas wissen! Schließlich stehen Sie mit den Verbrechern in Kontakt! Sagen Sie mir, was los ist, sofort!«

Yngvisson blieb stehen. »Frau Hüffart, ich kann Ihre Aufregung verstehen und würde Sie gern überzeugen, sich nicht zu große Sorgen zu machen. Aber wenn ich Ihnen jetzt alles erkläre, bringt uns das kein Stück weiter. Und Sie wollen doch bestimmt so bald wie möglich Ihren Mann zurückhaben, oder nicht?«

Ja, natürlich wollte sie das. Was für eine Frage.

Dieses Mal benutzten sie einen Hintereingang und sparten sich den Marsch durch die Werkshallen. Und tatsächlich saß Urbich bereits in seinem Büro hinter dem gläsernen Schreibtisch und sein Gesichtsausdruck verriet, dass er bereits Bescheid wissen musste. Ein Pitbull, der sich noch nicht entschieden hatte, ob er angreifen sollte oder mit eingekniffenem Schwanz und winselnd den Rückzug antreten. Drei Millionen Euro, du meine Güte, diese Firma zahlte das doch sicher aus der Portokasse, versuchte Silvie sich Hoffnungen zu machen.

Sie setzten sich, und Urbich kam gleich zur Sache. »Ich habe mit den zuständigen Leuten gesprochen. Wir könnten das Geld rechtzeitig besorgen.«

»Wunderbar«, entfuhr es Silvie.

»Aber wir sind mit der Art und Weise, wie das Geld übergeben werden soll, absolut nicht einverstanden.«

»Wie bitte? Wo ist denn das Problem?«

Yngvisson wandte sich ihr zu. »Frau Hüffart, bitte, wir ...«

»Sie möchten meine Unterstützung, und es geht um meinen Mann. Wenn ich nicht jetzt und sofort aufgeklärt werde, was hier wirklich los ist, dann rufe ich die Polizei. Denn auf die Idee scheint ja noch niemand gekommen zu sein.«

Im Vergleich zu gestern schien Urbich heute einen ganzen Gang runtergeschaltet zu haben, seine Selbstsicherheit stand auf deutlich wackelnden Beinen. »Liebe Silvie, mach keinen Aufstand, bitte! Genau das ist es doch, was die Entführer bezwecken. Sie wollen, dass wir in aller Öffentlichkeit ein Schuldeingeständnis ablegen für eine Sache, die wir nicht zu verantworten haben und die zudem längst vergessen ist.«

»Es geht doch nur um Geld, oder nicht? Drei Millionen?«

»Ja, aber entscheidend ist, dass wir die Übergabe in aller Öffentlichkeit stattfinden lassen sollen.« Urbich schaute dermaßen waidwund drein, als müsse er die Scheine selbst aufessen.

»Die Entführer verlangen, dass wir vor großem Publikum behaupten, damals angeblich drei Millionen Schmiergelder kassiert zu haben. Du weißt schon, damit *AlumInTerra* die Kreuma-Werke samt Patenten kaufen kann.«

»Soweit Karl mir Einblick gewährt hat, entspricht das auch den Tatsachen.«

Mit einem Ruck stand er auf. »Du verstehst nicht, Silvie. Diese ganze Aktion soll über die Bühne gehen, während sämtliche Teilnehmer des EU-Symposiums zusehen. Der Besuch des *Goðafoss* steht nämlich morgen auf dem Programm.« Er beugte sich über die gläserne Fläche und näherte sich bedrohlich. »Das ist der feinen Frau Hüffart vielleicht egal. Doch eines musst du bedenken: Wenn dann diese alte Geschichte erst wieder hochgekocht ist, werden sich die Medien ganz gewiss auch an all die anderen schlimmen Dinge erinnern ...«

»Du meinst die Sache mit Jan?« Jetzt verstand Silvie die

Lage, und ihr wurde mehr als unwohl. Urbich hatte recht, natürlich, genau das würde passieren. Die Pressemeute würde über die längst vergessene Treuhand-Affäre wieder auf Jans Entführung stoßen, auf seinen Tod, auf die Verhaftung seines Mörders, der auch noch unlängst entlassen worden war. Sie würden Götze um Interviews bitten, und er hätte wieder Gelegenheit, seine Unschuld zu beteuern, was wiederum ihre Neugierde schüren würde. Bis sie irgendwann mit ihren Kameras und Mikrofonen bei ihnen zu Hause vor der Tür standen.

Mein Gott! War morgen tatsächlich der Tag, an dem ihr bisheriges Leben zu Ende ging?

[16. Juni, 23.31 Uhr, am Ufer des Stausees, *þrihyrningsvat*, Island]

Manchmal fühlt man sich einsam. Aber selten ist man wirklich richtig allein.

So allein, dass man die Abwesenheit der anderen körperlich zu spüren beginnt. Dann dehnt sich jeder Quadratzentimeter der Haut und macht die Leere noch größer.

Noch nie hatte Wencke sich so allein gefühlt wie in dem Moment, als ihr dämmerte: Die kommen nicht wieder! Weder Jarle noch Lena noch sonst irgendwer. Das kann ich mir abschminken.

Denn eins war klar: Dieser seltsame Plan, von dem Wencke noch immer keine genaue Vorstellung hatte, sollte in die Tat umgesetzt werden, und sie stand dabei im Weg. Wencke würde nie zulassen, dass aufgrund dieser zweifelhaften Notizen Vergeltung geübt wurde. Es wäre keine ausgleichende Gerechtigkeit, sondern immer nur ein weiteres Verbrechen. Das war Wenckes Sicht der Dinge, und damit war sie ein Hindernis. Doch es gab definitiv keinen Ort, an dem eine LKA-Nervensäge besser versauern könnte, als diese vergessene Hütte im Hochland, die gerade von einer dunkelgrauen Aschewolke eingehüllt wurde. Das Handy lag in Trümmern, ein Festnetzgerät gab es genauso wenig wie Radio- oder Fernsehempfang und das nächste Haus war nach Jarles Auskunft ziemlich weit entfernt – wobei er vergessen hatte zu erwähnen, in welcher Richtung es ziemlich weit entfernt lag, was den Radius, in dem man nach Zivilisation zu suchen hätte, enorm ausweitete. Inzwischen erschien Wencke der Feuer speiende Vulkan, der nur noch als glühender Umriss im Dunkel der Wolke zu erkennen war, schon wie ein alter, wenn auch unliebsamer Vertrauter. Doch dank des *Herðubreið* gab es wenigstens noch etwas außer Wencke und den drei hinter dem Haus grasenden Islandpferden, das in Bewegung war. Sonst hätte man beinahe glauben können, die Weltenuhr wäre bereits abgelaufen und sie hätte es als Einzige verpasst: Der See ruhte still und glatt in seinem Becken, die Vögel hatten sich wahrscheinlich in Sicherheit gebracht, bevor die Asche ihr Gefieder verklebte, auch der Wind hatte sich verzogen, sodass die paar Grashalme, die es hier gab, wie aufgemalt in der Gegend herumstanden.

Seit zwei Stunden saß Wencke schon hier und starrte in die Ferne, solange es noch ging. Der Horizont schien immer näher zu rücken, der Staub sammelte sich in jeder Ritze, manchmal spürte sie es schon auf der Haut rieseln und die Augen brannten von der scharfen Luft. Wencke wünschte, es gäbe mehr Ablenkung, sie müsste auch noch nicht einmal sinnvoll sein, vielleicht würde es schon reichen, wenn die elende Sonne wenigstens mal ein kleines bisschen weiter untergehen könnte, das wäre schon was.

Hauptsache, Wencke hing nicht ständig diesen Gedanken nach, die sich wie ein Brummkreisel in ihrem Hirn drehten. Immer wenn sie an Jarle dachte, daran, dass sie mit diesem Teufel im Bett gewesen war, ihn geküsst und umarmt hatte, veranstaltete ihr Kreislauf ein Spektakel, als bekomme er eine Gratisportion Aufputschmittel. Doch statt wegrennen, zuschlagen oder wenigstens schreien zu können, wie ihre Nerven instinktiv in Auftrag gaben, blieb sie auf diesem Holzstuhl sitzen, bewegungslos, tatenlos, stumm. »Er kommt nicht mehr«, sagte sie irgendwann leise zu sich selbst. »Und ich bleibe hier, bis mich jemand zu vermissen beginnt. Oder bis dieser Vulkan mir um die Ohren fliegt.«

Der *Herðubreið* grollte.

»Halt die Schnauze!«, rief Wencke.

Der *Herðubreið* spuckte Feuer. Es war besser, sich nicht mit ihm anzulegen. Er war immerhin ein mächtiger Vulkan, der Steine kilometerweit in die Höhe schleudern und die Welt um sich herum vollkommen vernebeln konnte.

Und sie war nur eine blöde Kuh! Dämlich! Sie hatte sich mit einem Kerl eingelassen, der ihr von Anfang an suspekt gewesen war. Was hatte Jarle nur mit ihr angestellt? Normalerweise war sie schwer zu erobern.

Vorhin hatte sie in seinen Schränken gewühlt, weil sie kurzfristig vermutete, er könnte ihr so ein fieses Zeug verabreicht haben, heimlich im Rotwein, das willenlos und gefügig macht. Gefunden hatte sie nichts außer der Erkenntnis, dass sie sehr wohl im Vollbesitz ihrer geistigen und körperlichen Kräfte gehandelt haben musste, zumindest dem, was nach dem Badeunfall im Gletschersee noch übrig geblieben war. Jarle hatte eine Sehnsucht in ihr gestillt, die Wencke zuvor gar nicht bewusst gewesen war. Endlich mal wieder begehrt zu werden, endlich ganz nah bei jemandem zu sein, der wusste, was er tat. Und der es auch noch absolut grandios hinbekam.

Wencke seufzte. Hoffentlich würde ihre Mutter niemals danach fragen, wie die Begegnung mit Jarle im Detail verlaufen war. Ohne Schamesröte käme Wencke aus dieser Kiste nie heraus.

Wäre das ganze Leben eine von Jarles geliebten Sagen, dann verkörperte er zweifelsohne die Rolle des Loki. Dieser schöne, kluge Intrigant und Manipulator war vermutlich so etwas wie Jarles Idol. Dass in der Hütte so viele Abbildungen von diesem Gott zu finden waren, hätte ihr viel eher zu denken geben müssen.

Bestimmt hatte Jarle sich vor einem Jahr nur deswegen mit Isa Tydmers eingelassen, um über diesen Umweg herauszufinden, wo Wenckes Schwachstellen lagen – und diese hatte er dann schamlos genutzt. Das hätte in keinem Mythenbuch blumiger geschrieben stehen können: Er ist so unwiderstehlich, alle Frauen zwischen vierzig und achtzig liegen ihm zu Füßen ...

Aber warum der ganze Aufwand?, fragte sie sich zum wievielten Mal auch immer. Weshalb machte Jarle mit Doros Tochter gemeinsame Sache? Welches Ziel brachte diese beiden völlig unterschiedlichen Menschen auf dieselbe Spur?

Es begann zu regnen, obwohl eigentlich nur die gigantische Aschewolke am Himmel zu sehen gewesen war. Die dicken Tropfen landeten auf ihrer Haut und vermischten sich mit den rußigen Partikeln zu einer schwarzen Flüssigkeit, die ihr in die Ärmel lief. Wencke erhob sich langsam. Es kam ihr vor, als hätte ihr Rücken sich bereits an die Form der Stuhllehne angepasst, sie musste sich dehnen, die Arme strecken, die Beine durchdrücken. Dem plötzlichen Regen sei Dank: Hätte sie hier noch eine einzige Minute länger gesessen, sie wäre womöglich versteinert, ohne es zu merken.

Im Innern des Hauses lag der Inhalt der durchwühlten Schränke auf Boden, Tisch und Sofa verteilt. Jarle musste seine geschäftliche Korrespondenz von dieser Hütte aus abwickeln, denn es standen ein Dutzend Aktenordner in der Kommode. Natürlich hatte Wencke auch darin geblättert, doch den in der Landessprache abgefassten Schriftstücken war nichts Verständliches abzugewinnen, aus dem man Schlüsse hätte ziehen können. Einige Seiten sahen zudem aus, als beinhalteten sie komplizierte physikalische Formeln, die hätte Wencke selbst in ihrer Muttersprache nicht kapiert.

Es war eigentlich egal, ob Jarle – sollte er irgendwann einmal zurückkommen – gewahr wurde, dass sie in seinen Sachen gewühlt hatte, aus ihnen würde sowieso kein Liebespaar werden. Trotzdem begann Wencke mit dem Aufräumen. Irgendetwas musste sie tun, sonst würde sie gleich verrückt werden.

Als sie mit ihren noch immer wunden, notdürftig bandagierten Händen einen dicken Ordner zurückstellen wollte, entglitt er ihr und landete auf dem Boden, sodass das Papier zerknickte. Wencke versuchte, die Seiten glatt zu streichen, erst eher beiläufig, bis ihr Blick dann doch die deutschen Worte identifizierte, die dort gedruckt standen.

Es war ein Brief vom Deutschen Patentamt in München, fast vertraut in seinem preußisch standardisierten Format, adressiert an Dr. Jarle Yngvisson. Er stammte aus dem Jahr 2010, und die Sätze, die sich von einem Paragrafen zum nächsten hangelten, hatten dem Empfänger wahrscheinlich gar nicht gefallen:

Sehr geehrter Herr Dr. Yngvisson,

wir beziehen uns hiermit ein weiteres Mal auf Ihre Anfrage vom 21. Januar diesen Jahres, in der Sie die Klärung Ihres Anliegens ansprechen. Leider können wir Ihnen in dieser Angelegenheit keine Zugeständnisse machen.

Ihr Patent mit dem Aktenzeichen A-23072010-CH wurde 1990 noch nach DDR-Recht als sogenanntes Wirtschaftspatent angemeldet und ist somit nach §2 Abs. 6 Eigentum der Kreuma-Werke, beziehungsweise der AlumInTerra-AG, die 1994 durch Vermittlung der Treuhand den ehemaligen Volkseigenen Betrieb gekauft hat.

Kein Zweifel, bei diesem Patent musste es sich um Jarles Formel handeln, die er in seiner Zeit in Deutschland entwickelt und die den Kaufpreis der Kreuma-Werke so positiv beeinflusst

hatte. Aber warum wandte er sich in dieser Sache noch zwanzig Jahre später an irgendwelche Ämter? Wencke las weiter:
> Wir geben Ihnen in dem Punkt recht, dass es dem Erfinder laut § 1 Abs. 1 des DDR-Patentgesetzes von 1950 theoretisch freistand, sich für das traditionelle Ausschließungspatent zu entscheiden, welches die persönliche Benutzungs- und Verwertungsbefugnis gesichert hätte. Faktisch gab es diese Wahlmöglichkeit jedoch nicht, insbesondere wenn die Erfindung im Zusammenhang mit der Tätigkeit des Erfinders in einem Volkseigenen Betrieb, einem staatlichen Forschungsinstitut oder in anderen öffentlichen Einrichtungen oder mit staatlicher Unterstützung gemacht worden ist. Der Erfinder verlor beim Wirtschaftspatent zwar die Kontrolle über die Ergebnisse seiner Erfindertätigkeit, ihm stand im Falle der Benutzung jedoch das Recht auf Anerkennung als Erfinder, auf Nennung seines Namens sowie auf eine Erfindervergütung, deren Höhe vom Umfang des erzielten Nutzens abhing, zu (§ 2 Abs. 2, 3 PatG).
>
> Ihre Bitte, das Patent vor Ablauf der maximalen Laufzeit (§ 16 PatG Art. 63) mit einem ergänzenden Schutzzertifikat um fünf Jahre zu verlängern und zudem auf Sie als alleinigen Erfinder zu übertragen, da die AlumInTerra-AG keinen für Sie rentablen Nutzen erzielt hat, kann somit nicht erfüllt werden, und wir bitten Sie höflichst, von weiteren Anfragen in dieser Angelegenheit abzusehen, da die Gesetzeslage eindeutig definiert und nicht weiter verhandelbar ist ...

Es folgten noch etliche Formulierungen dieser Art, Hinweise auf rechtsgültige Urteile und Verweise auf Ergänzungen im Gesetzestext, bevor der bürokratische Schwall schließlich in die inhaltslose Floskel *Mit freundlichen Grüßen ... gez. Sachbearbeiter sowieso ...* mündete.

Nur selten hatte Wencke den trockenen Lehrstoff ihrer Beamtenausbildung als nützlich empfunden, aber wenn es um das Lesen und Verstehen von solchen Satzschlangen ging, kam ihr dieses Knowhow wirklich zugute. Sie blätterte vor und zurück, hoffte, noch weitere Schreiben zu finden, da es vor einigen Jahren anscheinend einen regen Schriftverkehr zwischen Jarle und dem Patentamt gegeben haben musste, und fand tatsächlich zwischen etlichen isländischen Hieroglyphen noch mehr Briefe aus Deutschland. Ein Hin und Her von Rechtsauslegungen – diese komplette, lange Aktenreihe, alle zwölf dicken, schweren Ordner, war womöglich nur einer einzigen Thematik gewidmet: Jarle hatte mit seiner genialen Formel nämlich keinen einzigen Pfennig oder Cent und auch keine Isländische Krone verdient. Seine Vision von der transportablen Energie, dem Exportschlager aus Island, war niemals realisiert und somit auch kein lukratives Geschäft geworden. *AlumInTerra* hatte sein Patent zwar erworben, es dann aber in der Schublade verrotten lassen. Und Jarle hatte keine Möglichkeit gehabt, dies zu verhindern.

Das musste bitter für ihn gewesen sein. Diese Erfindung war sein einziges Kind, das jedoch nie zur Welt gekommen war, nie laufen gelernt hatte, nie wachsen konnte. *AlumInTerra* hatte die Idee seines Lebens zu einer Totgeburt werden lassen. Und das – ja! – das war endlich das Motiv, mit dem sich Jarles Handeln erklären ließ. Es ergab Sinn.

Und es war gefährlich. Denn wenn ein Vollblut-Wissenschaftler wie Jarle Yngvisson das Gefühl hatte, dass eine zwingende Folge eingetreten war, dann hatte das eine völlig andere Qualität. Er war ein Kenner der Kausalität, ein Ingenieur der Logik, er würde nicht ruhen, ehe das für ihn stimmige Ergebnis zur allgemeinen Tatsache erklärt würde. Jarle Yngvisson wollte seine Erfindung zurückbekommen. Oder das, was sie ihm hätte einbringen können. Notfalls mit Gewalt!

Seine Wut auf *AlumInTerra* musste unfassbar sein.

Trotzdem war er bei dieser Firma geblieben und hatte einen anderen, einen ganz und gar ungewöhnlichen Weg gewählt, um sich Genugtuung zu verschaffen. Warum? Weil er sich an eine alte Geschichte erinnern konnte. An den Verkauf der Kreuma-

Werke durch die Treuhand, an die angeblichen Schmiergelder und dass es damals die Entführung und den Mord an Jan Hüffart gegeben hatte.

Wencke ließ sich auf einen der Sessel sinken, den Aktenordner noch immer vor sich aufgeschlagen. Konnte das sein? War das nicht viel zu viel? Wieder verglich sie die Schreiben, fügte die Daten zusammen und hinterfragte die Motivation aller Beteiligten. Und immer passte es. Wahnsinn! Wenn das, was sich da gerade in ihrem Kopf Stück für Stück zusammensetzte, tatsächlich ein ausgeklügelter Plan war, dann war dieser Mann nicht mehr weit von einem Gott wie Loki entfernt. Jemand, der sich das Schicksal anderer Menschen derart zunutze machte, war doch nicht von dieser Welt, oder?

Jarle kannte ein ziemlich dunkles Kapitel in der Firmengeschichte. Wahrscheinlich hatte er damals alles über den Fall Jan Hüffart gelesen und war dabei auch auf den Namen Dorothee Mahlmann gestoßen. Und dann hatte er begonnen, selbst Schicksal zu spielen. Woher auch immer Jarle erfahren hatte, dass Doro damals schwanger gewesen war, er musste damit gerechnet haben, dass ihre Tochter irgendwann einmal nach ihrer Herkunft forschen würde.

Laut Akten waren Jarles Verhandlungen mit dem Patentamt 2010 gescheitert. Und genau in diesem Jahr, so hatte Lena erzählt, war bei der Adoptionsstelle der Umschlag mit den Notizen eingegangen. Anonym – doch Wencke war inzwischen sicher, den Absender zu kennen. Jarle Yngvisson hatte dieser jungen Frau eine komplette Lügengeschichte aufgetischt, laut der nur *AlumInTerra* schuld an ihrem Schicksal sein konnte. Warum? Weil er eine Verbündete brauchte, die an seiner Stelle gegen diesen Konzern kämpfte. Eine Mitstreiterin, die harmlos und unauffällig war, dazu leicht zu beeinflussen und wie ein Schutzschild einsetzbar. Es würde Wencke nicht wundern, wenn Lena glaubte, alle Fäden in der Hand zu halten, dabei war sie bloß die Erfüllungsgehilfin für einen Mann, der es vorzog, im Hintergrund zu agieren, bis ... ja, bis wann? Worauf wartete Jarle? Welchen Moment hatte er gewählt, um in Erscheinung zu treten? In irgendetwas musste dieser Plan doch gipfeln. Im Weltuntergang? Wenn Gut und Böse, Wahrheit und Lüge den letzten Kampf ausfechten? Wenn die Berge beben, die Erde Feuer spuckt, der Himmel verschwindet und das Schicksal sich erfüllt?

Mist, dachte Wencke, irgendwo spielte sich womöglich gerade Jarles verfluchtes *Ragnarök* ab, und sie war nicht dabei. Hockte in dieser Hütte, hatte endlich verstanden, worum es ging, und war zur Ohnmacht verdammt.

Draußen vor den Fenstern war es so dunkel geworden, als hätte sich die Sonne inzwischen entschieden, zur Abwechslung mal unterzugehen. Wencke schaute auf die Uhr, es war kurz vor Mitternacht. Doch die Finsternis hatte eine andere Ursache, das war klar. Die gesättigte, schwarze Luft presste den feinen Staub durch jede Ritze, auf der Fensterbank glänzten die rußigen Körnchen, die heute Morgen vielleicht noch ganz tief unter der Erde geschlummert hatten. Die Asche war dabei, das Innere des Hauses in Beschlag zu nehmen. Das konnte nicht mehr gesund sein!

Wahrscheinlich blieben die Isländer noch immer völlig entspannt, schauten aus dem Fenster und sagten höchstens: Oh, ganz schön schlechte Sicht heute. Doch Wenckes Hals fühlte sich beim Schlucken bereits so wund an, als hätte sie sich eine Mandelentzündung eingefangen. Das kalte Leitungswasser brachte Erleichterung, jedoch nur für ein paar Minuten. Jeder Atemzug schmeckte nach rostigem Metall. Sie musste von hier verschwinden!

Gleich nachdem sie die Tür nur einen mickrigen Spalt geöffnet hatte, hustete sie wie ein Teenager nach dem ersten Zug an einer verbotenen Zigarette. Nein, so würde sie nicht weit kommen. Wencke nahm ein Geschirrtuch aus der Schublade, durchfeuchtete es mit Wasser und band es sich vor Mund und Nase. Vielleicht sah das lächerlich aus, doch das Atmen funktionierte deutlich entspannter. Nur kurz überlegte sie, ihr Gepäck mitzunehmen, entschied sich aber dagegen. Die Tour ins Nirgendwo würde ohnehin beschwerlich werden, da brauchte man nicht noch einen Rollkoffer hinter sich herzuziehen. Sie füllte sich lediglich etwas Wasser in eine Plastikflasche, die sie aus dem Mülleimer gefischt hatte, steckte sie zusammen mit Pass und Portemonnaie in den Rucksack und warf einen Blick auf die grob gerasterte Islandkarte, die sich im Innern des Programmheftes befand. Immerhin hatte sie den glühenden *Herðubreið* als Orientierungshilfe und den See als zusätzlichen Wegweiser. An dessen östlichem Ufer verlief die Schotterpiste, über die Jarle und auch Lena gefahren waren, diese Strecke führte vermutlich am ehesten zum Ziel.

Die Tür fiel hinter ihr ins Schloss. Wencke kniff die Augen zusammen und lief Richtung See, doch schon nach den ersten Schritten hielt sie inne: War das dort eine menschliche Silhouette? Selbst wenn es Jarle war: Von ihm hatte sie nichts Gutes zu erwarten. Da es keinen Baum oder Pfahl oder sonst etwas gab, wohinter man sich hätte verstecken können, ging Wencke einfach in die Hocke und hoffte, auf diese Weise unbemerkt zu bleiben. Die Sichtweite betrug ohnehin bestenfalls dreißig Meter, da könnte man sie auch für einen großen Stein halten.

Die Silhouette kam näher: eine mittelgroße Gestalt, ein Mann, wenn Wencke das richtig ausmachen konnte. Der Parka! Wencke hielt den Atem an. Er war jetzt so nah, dass sie das Rot seines Bartes erkennen konnte. Der Typ vom Gletschersee! Der war kaum hier, um die schöne Landschaft zu betrachten. Der war geschickt worden – zu ihr! Und er hatte schon einmal skrupellos ihren Tod in Kauf genommen. Es war höchste Zeit, von hier zu verschwinden!

Ein fieses Kratzen scheuerte in ihrem Hals und wollte laut und heftig weggehustet werden. Sie schluckte den Reiz herunter, drei oder vier Mal, aber er kam immer wieder hartnäckig die Kehle heraufgekrochen. Sie durfte sich jetzt nicht durch irgendein Röcheln verraten. Sie hatte ohnehin unglaubliches Glück gehabt, nur zehn Sekunden später wäre es ihr nicht mehr gelungen, unerkannt aus dem Haus zu schleichen. Und dass sie das Licht hatte brennen lassen, war bestimmt auch nicht schlecht. Es sah so aus, als säße sie noch immer dort drinnen und wartete ab. Er ging die Veranda hoch, schaute sich kurz um, dann betrat er die Hütte. Jetzt würde nicht mehr viel Zeit bleiben, bis er begriff, dass Wencke dort nicht zu finden war. Und dieses bisschen Zeit musste sie als Vorsprung nutzen.

Bestimmt war er mit einem Auto gekommen, doch weil ein Motorgeräusch aufgefallen wäre, hatte er es wahrscheinlich in einiger Entfernung geparkt und die Schlüssel mitgenommen. Der Versuch, seinen Wagen zu finden und zu knacken, würde den Vorsprung bald wieder zunichtemachen. Sie musste sich etwas anderes überlegen, um schnell, sehr schnell die Kurve zu kriegen.

Wencke schlich ums Haus. Was hatte sie über diese Islandpferde gelesen? Gutmütig waren sie angeblich, geländegängig und klug. Wencke war nie eine Pferdenärrin gewesen, noch nicht einmal in der Zeit, als alle ihre Freundinnen rosarote Sticker auf den Federmäppchen kleben hatten. Sie fand diese Tiere zu groß und zu wild, und außerdem hatte sie mal gelesen, dass Pferde genau diese Angst bei den Menschen spüren konnten und sich dann noch unbändiger gaben.

Diese drei Pferde, die eigentlich eher Ponys ähnelten, warteten allerdings nur nass und triefend am Gatter, wo sie sich vorhin schon von Hüffart die Mähnen hatten kraulen lassen. Man sah den Tieren an, dass sie den Vulkanausbruch auch langsam nicht mehr witzig fanden. Oder schliefen die einfach ganz entspannt im Stehen?

»Hey«, flüsterte Wencke. »Wer von euch hätte Lust, eine Anfängerin abzuwerfen?«

Das mittlere Pferd schnaubte. Es war auch das kleinste von allen. Gut, dann würde sie wenigstens nicht allzu tief fallen.

Das Gatter quietschte natürlich beim Aufschieben, damit auch ja jeder mitbekam, dass Wencke gerade zur Pferdediebin wurde. Und wie kam man da rauf, so ganz ohne Steigbügel, Pferdeknecht und Hilfsleiter – dafür aber mit kaputten Händen? Der Rossrücken ging Wencke bis zur Nasenspitze. Von Weitem hatte das deutlich niedriger gewirkt!

Die Eingangstür schlug zu, der ungebetene Besucher musste zwischenzeitlich festgestellt haben, dass das Haus menschenleer war. Jetzt würde er sich gleich das umliegende Gelände vornehmen. Einmal rund um die Hütte. Dabei käme er in ganz kurzer Zeit auch zur Pferdekoppel. Wenn Wencke bis dahin nicht davongaloppiert war, dann ...

»Entschuldigung, falls ich dir wehtue ...« Auch wenn Wenckes Handflächen eigentlich noch zu wund für solche Aktionen waren, krallte sie sich in die Mähne und zog sich daran mit einem Ruck nach oben. Immerhin, das hatte sie sich bei Winnetou abgeguckt. Allerdings hatte der Häuptling der Apachen dann nicht die ersten hundert Meter seltsam schief und wackelig auf dem Pferd gehangen, so wie Wencke es gerade tat. Als sie es endlich unter Aufbietung aller motorischen Finessen geschafft hatte, das Bein zur anderen Seite zu schieben und in eine Position zu kommen, die entfernt mit Sitzen zu tun hatte, war das treue Tier schon ein ganzes Stück gerannt. Weit genug, um einen Verfolger, der zu Fuß unterwegs war, abzuhängen – was das betraf, waren sie außer Gefahr. Doch bis zur nächsten menschlichen Siedlung gab es bestimmt noch unzählige Stellen, an denen Wencke ihre unbeholfenen Reitversuche mit einem Genickbruch bezahlen könnte.

»Brav«, sagte sie ins Pferdeohr und tätschelte sogar vorsichtig das Fell. »Ich weiß, andere Touristen zahlen viel Geld dafür, dass du sie hier durch die Gegend schleppst. Die machen das bestimmt auch viel besser. Und haben auch viel weniger Angst als ich.«

Jetzt hoppelten sie über die Schotterpiste, wenn Wencke sich nicht täuschte, in Richtung Osten. »Aber bitte sei so nett und bring mich irgendwohin, wo man atmen und sich ein Taxi mieten kann. Mehr will ich gar nicht, hörst du?«

Das Pferd schnaubte wieder. Es klang richtig freundlich.

Skuld

[... heute ...]

Sie hat mich erkannt.
Doch sie hat mich nicht besiegt.
Sie ist nicht mehr als Gast in meinem Haus. Sie ist weg, ist auf dem Weg hierher.
Ich habe mich nicht in ihr getäuscht.
Sie ist fast wie ich, versteht, wie alles miteinander verwoben ist. Natürlich versteht sie es.
Sie ist der Krater, aus dem die Lava vom Untergrund in den Himmel geschleudert wird.
Sie ist der Abgrund, an dem das getaute Eis in die Tiefe stürzt bis zum Weg ins Meer.
Sie ist die Mutter, die geboren hat, und die Tochter, die zur Welt gekommen ist.
Sie ist die Gegenwart, das Hier und das Heute. Bei ihr laufen die Zeiten zusammen. Auch wenn sie nur der Scheitelpunkt ist, an dem die Vergangenheit und die Zukunft einander begegnen, so kommt sie gerade dadurch der Wahrheit am nächsten.
In der Vergangenheit habe ich mir gewünscht, Verðandi würde nicht hierherkommen. Weil ich mich vor ihr gefürchtet habe, das muss ich mir eingestehen. Wenn eine es schafft, mich zu bremsen, dann sie. Doch Skuld hat darauf bestanden. Hat gesagt, sie müsse dabei sein. Müsse miterleben. Um jeden Preis.
In der Vergangenheit habe ich gedacht, ich müsste Verðandi

abhalten, bis zum Ende mit dabei zu sein. Ich dachte, es wäre besser, sie zu hindern. Aber sie hat überlebt. Die Gegenwart lässt sich nicht töten.

Heute bin ich froh darum. Ohne Verðandi wäre es nur ein Spiel gewesen. Mit ihr ist es ein Kampf.

Heute ist der Tag, an dem ich endlich siegen werde.

Verðandi

[17. Juni, 9.07 Uhr, *Goðafoss*, Þingeyjarsveit, Island]

Plötzlich stehst du da am Rande eines Wasserfalls, an so einem Ort, den du höchstens mal auf dem Foto eines Wandkalenders bestaunen durftest, so richtig mit Vorhang aus Wasser und Regenbogen über dem Tal. Manchmal, wenn die Morgensonne es durch die Wolken schafft, sind es sogar zwei übereinander. Lila und rot und orange und gelb und grün scheint die nasse Luft und du erinnerst dich an die Geschichte, die dir dein Vater erzählt hat, dass es da am Fuße des Regenbogens immer einen Sack voll Gold gibt. Das ist schon eine Form von Genugtuung, wenn du weißt: Die Schweine, die dir dein Leben versaut haben, sind gleich einen richtigen Schatz los. Drei Millionen Euro – futsch für immer!

Zugegeben, als Lena ihn in diesen Plan eingeweiht hatte, wollte Frankie erst nicht mitmachen und sie stattdessen an den Schultern packen und schütteln und anbrüllen: Bist du bekloppt? So ein Haufen Kohle, da könnten wir beide uns ein wunderbares Leben gönnen, verdient hätten wir es allemal.

Aber er hat es nicht gemacht. Weil er ja damals, als er so alt war wie seine Tochter heute ist, selbst fest daran geglaubt hat, dass Geld nicht alles ist und zu viel davon ohnehin nicht gut.

Erst als er sie da oben neben der Hütte hatte stehen sehen, mit der Knarre in der Hand, wild entschlossen zu einem wahnsinnigen Vorhaben, erst da war sie wirklich seine Tochter geworden. Weil er sich selbst in ihr erkannt hatte, seine Ideale von früher, seinen Sinn für Gerechtigkeit und seinen unbedingten Willen, die Sache durchzuziehen, egal was dabei rauskommt. Da war auf einmal Schluss gewesen mit Ameisen und Wut.

Also wartete er jetzt hier neben Hüffart. Darauf, dass Urbichs Limousine mitsamt den drei Millionen den Hang hinuntergefahren kam und diese ganze Geschichte endlich zu Ende erzählt wurde. Denn auf den Punkt gebracht war es das, was Frankie eigentlich lieber wollte als alles Geld der Welt: Ruhe! Endlich Frieden!

Der Treffpunkt befand sich auf einer Art Landzunge inmitten des *Goðafoss*, die über einen versteckten Trampelpfad und eine natürliche Brücke erreichbar war. Links und rechts schäumte das Wasser, da kannst du schon Angst kriegen, dass du irgendwo versehentlich abrutschst oder danebentrittst. Besser, du machst alles einen Tick aufmerksamer als sonst. Hüffart saß im Rollstuhl, den Lena ihm gestern noch von irgendwoher besorgt hatte, und starrte in die Fluten. Da der Weg ziemlich holperig gewesen war, hatte Frankie ihn auf halber Strecke vorsichtshalber an seinem Sitz festgegurtet. So fiel er dann nicht versehentlich aus dem Stuhl, und außerdem konnte der Alte dann nicht wieder abhauen. Jetzt kam es drauf an, dass er hierblieb. Denn es ging um den Mord an seinem Sohn. Den Mord, für den Frankie zwanzig Jahre seines Lebens gebüßt hatte, zu Unrecht, darauf würde er immer bestehen, absolut zu Unrecht.

Egal, ob die Geschichte in Doros verdammten Briefen nun stimmte oder nicht, das war ja gar nicht der Punkt. Für Frankie stand in erster Linie fest: Er hatte Jan nicht getötet. Und der wahre Mörder hatte es in Kauf genommen, dass neben dem Schicksal der Familie Hüffart noch drei weitere Leben aus dem Ruder gelaufen waren: Doros, Lenas und sein eigenes. Hätte dieser Mörder – wer auch immer es war – Jan damals am Leben gelassen, wäre heute alles, aber auch wirklich alles anders. Und was Frankie anging: Es wäre definitiv besser gewesen.

Die letzte Nacht hatten Frankie und Hüffart gemeinsam in dem kleinen, hellgelben Hotel direkt am Wasserfall verbracht. Lena hatte ihnen das Quartier gestern direkt vor Ort gebucht. Sie selbst hatte sich dringend wieder bei ihren Symposiumsteilnehmern blicken lassen müssen, die am Sonntag den ganzen Tag Referate gehört hatten. Sie wollte nicht, dass ihre Abwesenheit bei *AlumInTerra* auffiel, womöglich kam dann noch einer von ihren Chefs auf die Idee, sie zu verdächtigen, etwas mit Hüffarts Verschwinden zu tun zu haben. Lena würde erst mit dem Bus auftauchen, der die Reisegruppe an diesem Morgen zu ihrem ersten Ausflugsziel brachte. Welches Spektakel die feinen Herrschaften erwartete, wusste natürlich nur Lena – und Jarle Yngvisson, der sich vor einem Jahr auf ihre Seite geschlagen hatte. Vielleicht war es komisch, dass dieser Mann sich so ins Zeug legte für eine Sache, die ihn doch im Grunde nichts anging, nur der Gerechtigkeit wegen. Aber er war es, der die Verhandlungen mit dem Konzern übernommen hatte, und allein das war Gold wert.

Was genau die beiden ursprünglich vorgehabt hatten, war Frankie noch etwas schleierhaft. Laut Lena habe man Hüffart und Silvie irgendwie weichkochen wollen mit Andeutungen, dass es hier um die alte Geschichte in Bad Iburg geht. Bei der Eröffnung hätten sie schon ein Bild präsentiert, das wohl ziemlich an Jan erinnert habe. Gern hätte Frankie die hysterische Flucht der beiden miterlebt, das musste ein Bild für die Götter gewesen sein. Und so hätte es weitergehen sollen, immer wieder ein paar unübersehbare Hinweise, bis sie bereit waren, die Wahrheit zu offenbaren: *AlumInTerra* war ein Konzern, der über Leichen ging! Auch eine ziemlich fiese Methode, fand Frankie. Doch wegen seiner Spontanentführung von Hüffart hatten sie umdenken müssen. Egal, oder? Hauptsache, am Ende kam etwas dabei heraus. Drei Millionen Euro, echt, das war mal was!

Frankie kontrollierte den Rollstuhl, gut, das Megafon steckte noch in der Tasche der Rückenlehne. Es musste griffbereit sein, hatte Lena gesagt.

»Was machen wir hier?«, fragte Hüffart.

»Vögel anschauen«, antwortete Frankie.

Hüffart hatte wieder geschlafen wie ein Baby, danach gefrühstückt wie ein Scheunendrescher und war jetzt die reinste Labertasche. Der alte Mann schien sich von Stunde zu Stunde besser zu fühlen. Er sah wacher aus und immer häufiger brachte er anständige Sätze zusammen. Besonders, wenn es um Vögel ging.

»Hören Sie? Das könnte ein Steinschmätzer sein.«

»Ich höre nichts, das Wasser ist so laut.«

Doch Hüffart lauschte weiter. »Steinschmätzer sind in Deutschland fast ausgestorben. Aber einmal hab ich einen bei uns in Bad Iburg gehört!«

»Ach ja?«

»Am Langenberg, als ich mit meiner Frau spazieren war.«

»Mit welcher Frau?«, fragte Frankie, eigentlich bloß, um irgendwas zu sagen.

»Silvie. Wir gehen oft spazieren.«

Frankie horchte auf. Es war mit Sicherheit das erste Mal, dass Hüffart diese Person erwähnte. So weit hatte er sich chronologisch noch nicht vorgewagt. Bislang war immer von seiner ersten Frau Gisela die Rede gewesen. Na bravo, es schien so einiges in dieses Greisenhirn zurückzukehren.

»Was läuft denn so mit deiner Silvie, hm? Ich meine, außer Piepmätzen zuzuschauen?«

Hüffart schaute wieder auf das Wasser und schwieg.

War ja auch nicht so wichtig. Nur ein bisschen Palaver und ein Hauch Neugierde, hätte Frankie schon interessiert, was so ein alter Sack mit einem weiblichen Wesen noch anzustellen wusste, aber eigentlich ging ihn das ja gar nichts an. Mann, wann kamen die endlich? Es war schon nach neun, doch das Millionenauto ließ sich nicht blicken.

»Die Silvie war lieb zu mir«, sagte Hüffart unvermittelt, und fast war Frankie erschrocken, weil er schon nicht mehr mit einer Antwort gerechnet hatte. »Ich war traurig wegen Jan und die Silvie war lieb zu mir.«

»Dann ist ja gut«, sagte Frankie, denn er stellte fest, dass er auf Details, wie lieb sich die Silvie denn nun verhalten hatte, eigentlich doch nicht erpicht war. Keine prickelnde Vorstellung, das Ganze.

»Ich war traurig wegen Gisela. Und da war Silvie auch lieb zu mir.«

»Ach so, das lief also parallel ...« Wenn das die Bild-Zeitung gewusst hätte, dachte Frankie und musste grinsen. Die zweite Frau sitzt schon in den Startlöchern, während sich die erste noch totsäuft, tolle Story. Aber die Presse war nach Jans Tod immer extrem milde mit Hüffart umgegangen, ein großer Politiker, privat vom Schicksal schwer gebeutelt ...

»Silvie war fast immer lieb.«

»*Fast immer* ist doch schon mal was.« Frankie lachte. »Da war in den letzten Jahren bestimmt öfter eine Frau lieb zu dir als zu mir.« Man könnte glatt meinen, sie hätten eine Männerfreundschaft. Und ein bisschen vermisste Frankie die gute alte Wut. Die war ihm so angenehm vertraut gewesen. Geduld und Freundlichkeit strengten ihn auf die Dauer echt an.

Wo blieben die so lange?

Dann entdeckte er Lena am anderen Ufer, das ein ganzes Stück entfernt war – der *Goðafoss* hatte immerhin die Ausmaße einer sechsspurigen Autobahn. Klar, Lena musste natürlich bei den vielen anderen Touristen warten und nicht hier auf der unwegsamen, menschenleeren Seite, auf der das Hotel stand. Hätte er sich auch denken können. Lena winkte und machte Zeichen, dass sie gleich über die Brücke zu ihnen kommen würde. Er nickte ihr zu. Hauptsache, sie beeilte sich. Ihm wurde langsam unwohl bei der Sache. Was ist, wenn ich hinterher nur wieder verarscht werde, dachte er. Wenn ich wieder der schlimme Finger bin und in den Knast wandere wegen der Entführung von Hüffart, bloß weil ich zu blöd war, das alles zu durchschauen. Diese Idee machte ihm plötzlich ernsthaft Sorgen und Frankie glaubte schon, das Kribbeln wieder zu spüren, doch dann entfernte Lena sich tatsächlich von den anderen, die sich gerade um eine Fremdenführerin versammelt hatten. Nein, Lena machte keine Tricks. Bestimmt nicht.

»Silvie war auch einmal böse auf mich«, sagte Hüffart.

»Frauen haben das ab und zu.« Frankie klopfte ihm auf die Schultern. »Sind nicht alles Engel!«

»Silvie war sehr böse.«

Lena war schon auf der Brücke. Sie versuchte zu rennen. Die sportlichste Figur gab sie dabei nicht gerade ab, aber sie hatte es eilig. Mensch, jetzt sah er es auch: Die Limousine war schon auf halber Strecke zum Hotel. Ein dickes, schwarzes Bonzenauto. Nutzte Urbich aber auch nicht viel. Er war jetzt dran, musste gestehen und bezahlen. Da half kein Airbag und keine Sicherheitsverglasung. Jetzt war es so weit!

»Sie kommen«, sagte er zu Hüffart und zeigte auf das Auto. Plötzlich bemerkte er, dass der alte Mann völlig zusammengesunken in seinem Rollstuhl saß und heulte. »Hey, was ist denn los? Brauchst keine Angst zu haben, Hüffart, du bist doch sonst so 'ne große Nummer.«

»Silvie war sehr böse!«

»Ist sie jetzt bestimmt nicht mehr, Alter. Guck, da kommt sie um die Ecke gefahren, die drei Millionen für deine Freilassung hat sie bestimmt in ihrer Handtasche gebunkert, und dann ist sie froh, dich wieder in ihre Arme zu schließen, Küsschen und alles ist gut!« Frankie suchte ein Taschentuch, fand aber keins. »Jetzt hör doch auf! Sie hat sich bestimmt ganz dolle Sorgen gemacht und wenn sie dich gleich sieht ...«

»Ich weiß, sie war sehr böse, aber ich habe vergessen,

warum«, jammerte Hüffart, doch das hörte Frankie nur mit halbem Ohr. Jetzt gab es Wichtigeres zu tun. Lena war da. Das Auto war da. Urbich, Silvie und dieser Jarle Yngvisson stiegen aus. Es war so weit.
Gleich würden die Götter fallen.

[17. Juni, 9.34 Uhr, *Goðafoss*, Þingeyjarsveit, Island]

Als Silvie endlich auf diesem vorspringenden Felsen angekommen war, spürte sie gleich, dass etwas nicht stimmte. Es war die Art, wie Karl sie anschaute. Die Tatsache, dass er das erste Mal seit Jahren nicht ihre stereotype Begrüßungsformel aufsagte, die sie einstudiert hatten. »Oh, meine Göttergattin, hallo!« Er war nicht derselbe Mann, den sie vorgestern am Gletschersee aus den Augen verloren hatten. Vielleicht war eingetreten, was sie am meisten gefürchtet hatte. Vielleicht hatte Karl begonnen, sich zu erinnern.

Trotzdem war sie unendlich erleichtert, ihn zu sehen. Er schien unverletzt, das war die Hauptsache. Sie wollte auf ihn zueilen, ihn umarmen, doch Jarle hielt sie zurück. »Bitte, Frau Hüffart, wir wissen nicht, was Götze im Schilde führt. Ihm ist alles zuzutrauen, wie Sie wissen.«

Dass Götze hinter allem steckte, war ja vorhersehbar gewesen. Kriminelle wie er würden sich niemals ändern. Urbich hatte die drei Millionen Euro wie verabredet in einer großen Plastiktüte verstaut. Woher er gestern noch so schnell das Geld hatte auftreiben können, entzog sich Silvies Kenntnis. Es war ihr auch gleichgültig. Hauptsache, die Erpresser hielten die Scheine in den Händen und die schlimme Sache wäre damit ausgestanden. Es war allerhöchste Zeit, dass Karl seine Medikamente bekam.

Dann bemerkte Silvie, dass außer Götze, Karl, Urbich und Yngvisson auch noch diese undurchschaubare Lena Jacobi anwesend war. Hatte sie sich doch gleich gedacht, dass an dieser Person etwas faul war. Doch wo war Wencke? Silvie blickte sich um: keine Spur von ihrer ehemaligen Zimmergenossin. Das passte ganz und gar nicht zu dieser Frau, sich ausgerechnet das Finale entgehen zu lassen. Denn das war es doch, was sie hier erwartete, oder nicht?

Urbichs Schädel glänzte so rot in der Sonne, dass es nicht gesund sein konnte. Es ließ sich nur erahnen, wie schwer ihm dieser Auftritt fiel. Am wenigsten juckte ihn dabei wahrscheinlich das Geld. »Was soll das hier alles?«, schimpfte er. »Warum kann man die Übergabe nicht an einem etwas komfortableren Ort vonstattengehen lassen? Und mit etwas weniger Tamtam?«

Yngvisson zuckte mit den Schultern. »Bringen wir es hinter uns!«

»Wer kriegt die Kohle?« Urbich wischte sich den Schweiß von der Stirn und schaute sich um. Er würdigte Karl keines Blickes, fast als wäre er wütend auf seinen Weggenossen aus alten Zeiten, weil der sich einfach so hatte entführen lassen. Hinter dem Rollstuhl stand Frank-Peter Götze mit versteinertem Gesicht.

»Götze! Dachte ich mir doch, dass Sie hinter dem Ganzen stecken! Was sind Sie bloß für ein Idiot! Wir werden Sie ein zweites Mal drankriegen und dann dürfen Sie die nächsten zwei Jahrzehnte wieder Gefängnisflure wischen und beim Duschen mit dem Arsch an der Wand stehen!«

Doch in diesem Moment trat Lena Jacobi in die Mitte des Felsvorsprungs, als wäre er eine Bühne und sie die Moderatorin des Abends. »Sie irren sich, Urbich. Ich bin es, der Sie das Geld überreichen müssen!«

Urbich musterte die graue Maus, als sähe er sie zum ersten Mal.

Davon ließ die sich nicht aus der Ruhe bringen. »Ich habe damit gerechnet, dass Sie sich nicht an mich erinnern können. Schließlich bin ich nur so eine blöde Volontärin und Sie sind der Big Boss!«

»Stimmt das?«, wandte sich Urbich an Yngvisson. »Wurden wir von einer Hilfskraft erpresst, die vorgestern noch in die Windeln gemacht hat?« Er lachte, doch als niemand außer ihm die Mundwinkel auch nur einen Millimeter nach oben zog, riss er sich zusammen. »Und wofür brauchen Sie das Geld, junge Dame? Ein bisschen shoppen bei H&M, oder was?«

Mein Gott, konnte Urbich sich nicht ein kleines bisschen am Riemen reißen? Noch lagen die Griffe des Rollstuhls fest in Götzes Hand, noch war Karl nicht in Sicherheit, es war wirklich nicht der Moment, sich so schäbig aufzuführen. »Gib ihr schon das Geld!«, forderte Silvie. »Na los!«

Zögerlich streckte Urbich den Arm aus, an seiner Hand baumelte die Tüte. Drei Millionen mussten eine ganze Menge wiegen, er konnte das Ding kaum halten. »Bitte, bedienen Sie sich!«

Lena machte drei Schritte auf ihn zu, da zog Urbich das ganze Paket zurück und versteckte es hinter seinem Rücken. »Jetzt mal ganz langsam mit den jungen Pferden. Wo ist der Haken bei der Sache? Sie lassen uns doch nicht alle hier antanzen, um dann einfach das Geld zu nehmen und abzuhauen. Das hätten Sie doch auch einfacher haben können!«

»Da haben Sie recht«, entgegnete Lena Jacobi selbstbewusst. »Haben Sie eine Ahnung, wo wir uns hier gerade befinden?«

Urbich schnaubte. »Ich habe normalerweise keine Zeit für Sightseeing, aber dass wir uns hier am *Goðafoss* befinden, habe ich bereits mitbekommen, stellen Sie sich vor!«

»Und kennen Sie die Geschichte dieses Wasserfalls? Wissen Sie, woher der Name stammt?«

»Na los, erzählen Sie es mir ...«

»*Goðafoss* bedeutet ›Götterfall‹. Vor tausend Jahren hat hier schon einmal ein mächtiger Mann gestanden, sein Name war Þorgeir, er war so etwas wie Sie, Vorsitzender einer mächtigen Institution in Island.«

»Da müssen Sie sich verrechnet haben, *AlumInTerra* gibt es hier noch keine tausend Jahre«, witzelte Urbich.

»Der Mann, von dem ich rede, war ein Gesetzessprecher, Politiker, wenn Sie so wollen. Doch er betete zu den falschen Göttern und wurde schließlich zum wahren Glauben bekehrt. Um zu beweisen, dass er seinem Heidentum abgeschworen hatte, warf er all seine Götzen in diesen Wasserfall.« Lena Jacobi wies auf das Toben und Rauschen jenseits der Klippen.

»Danke für den Vortrag. Und warum ist das wichtig?«

Die junge Frau verzog keine Miene. »Sie werden heute dasselbe tun wie Þorgeir.«

»Unsere Götzen vernichten?« Urbich begriff und wurde sehr blass. »Sie wollen allen Ernstes die drei Millionen einfach so ...«

»Werfen Sie das Geld über die Klippe!«

»Aber man könnte damit auch sehr viel Gutes anstellen. In Umweltprojekte investieren beispielsweise, oder in den Ausbau eines betriebseigenen Kindergartens ...«

»Machen Sie sich nicht lächerlich, Urbich!«, unterbrach Götze. »Als hätten Sie je einen anderen Zweck im Geld gesehen als Ihren persönlichen Wohlstand.«

Lena Jacobi zeigte auf die Menschenmenge am anderen Ufer. »Sehen Sie die Leute da hinten?«

Urbich nickte langsam.

»Es sind alles wichtige Vertreter aus verschiedenen europäischen Ländern, von denen *AlumInTerra* sich in naher Zukunft etwas verspricht. Lukrative Aufträge, Fördergelder und gute Presse.«

»Genau! Und wenn die mitbekommen, dass ich als Vorstand der *AlumInTerra-AG* das Geld im wahrsten Sinne des Wortes den Bach runtergehen lasse, dann rauschen unsere Aktienkurse hinterher. Das kostet Arbeitsplätze, verstehen Sie? Was Sie hier fordern, bedroht die Existenz vieler Familien, für deren Lebensunterhalt wir sorgen!«

Das schien Lena Jacobi in keiner Weise zu beeindrucken. Sie zeigte weiterhin zum anderen Ufer: »Denen werden Sie jetzt die ganze Wahrheit erzählen.«

»Sie meinen, dass es gar keinen Weihnachtsmann gibt?« Urbich war wirklich von allen hier Anwesenden der größte Idiot. Konnte er nicht einfach tun, was von ihm verlangt wurde? Silvie schaute zu Karl hinüber. Er sah so unglücklich aus, so verloren. Sie wollte jetzt endlich zu ihrem Mann!

Götze war hitzig wie immer, ließ sich von Urbichs Ignoranz natürlich gleich provozieren und stieß den Rollstuhl gefährliche Zentimeter weit von sich. Plötzlich zog er ein Megafon hervor. »Du Arschloch nimmst jetzt dieses Ding und erzählst den Leuten, dass ihr alle schuld am Tod von Jan Hüffart gewesen seid. Weil ihr eure Schmiergeld-Millionen unbedingt kassieren wolltet, ist der kleine Junge ermordet worden. Anschließend habt ihr mich in den Knast geschickt und dort versauern lassen. Das kannst du jetzt allen erzählen!« Er warf Urbich den roten Lautsprecher zu. »Und zwar schön langsam, damit jeder da drüben versteht, wozu ihr verfluchten geld- und machtgeilen Politikerärsche in der Lage seid!«

Urbich fing das Ding, starrte Götze an und tippte sich an die Stirn. »Ihr seid ja völlig irre!«

»Bis dahin geben Sie mir das Geld!«, sagte Lena Jacobi.

»Warum sollte ich?«

»Weil ich die Tochter von Dorothee Mahlmann bin und Frank-Peter Götze mein Vater ist. Sie haben das Leben meiner Familie ruiniert. Und dafür schulden Sie uns etwas!«

Hatte sie richtig gehört? Silvies Mund wurde trocken, sie musste husten. Dorothee hatte ein Kind gehabt? Wie ... um Himmels willen, wie war das möglich?

Ganz langsam näherten sich Urbich und diese Frau, die sich als Doros Tochter ausgab, einander an. Erleichtert beobachtete Silvie, wie die Tüte samt Inhalt den Besitzer wechselte. Urbichs Teint war jetzt nicht mehr rot, sondern fast violett. »Das ist das Hirnverbrannteste, was ich jemals gehört habe«, presste er zwischen zusammengebissenen Zähnen hervor. »Drei Millionen verplempern!« Sie standen sich gegenüber, er mit dem Megafon, sie mit dem Geld, starrten sich an wie Boxer im Ring.

Silvie konnte es keinen Moment länger aushalten, sie wollte, sie musste zu Karl, ihrem Mann. »Liebster!«, flüsterte sie in sein Ohr, als sie endlich wieder in seiner Nähe war, ihn riechen konnte, ihn spüren. »Liebster, es ist alles gut! Du bist wieder bei mir!« Sie spürte, dass ihr die Tränen kamen vor lauter Liebe und Erleichterung.

»Du bist nicht böse?«, fragte Karl.

»Nein, warum sollte ich denn böse sein? Ich bin nur froh, dass es dir gut geht!« Sie versuchte, seine Wange zu küssen, doch er drehte den Kopf zur Seite. Das hatte er noch nie getan. »Was ist denn los?«

»Ich erinnere mich«, sagte Karl. »Ich weiß jetzt wieder, warum du damals so böse gewesen bist.«

[17. Juni, 10.02 Uhr, *Goðafoss*, Þingeyjarsveit, Island]

Das Wasser zerteilte die Welt in zwei Ufer.

An dem einen konnte man die Menschen kaum zählen, die auf den grün bewachsenen Felsen umherspazierten. Stets mit vorsichtigen Schritten angesichts der unebenen Wege, die von einer feinen Feuchtigkeit überzogen und vielleicht rutschig waren. Einige Mutige traten bis ganz dicht an den Rand und spähten in die Tiefe, wichen aber meist sofort zurück, verschreckt durch die Gewalt der Wassermassen, die sich dort unten, zwölf Meter tief, gegen die Steine warfen. Die kleinen Kinder wurden fest an der Hand gehalten, die älteren rannten los und konnten der Versuchung, zwischen den einzelnen Felsen umherzuklettern, trotz der Absperrbänder kaum widerstehen. Oder sie überquerten die Stellen, an denen das Wasser seitlich auf die Schlucht zufloss. Aus den schmalen, flachen Rinnsalen ragten Steine an die Oberfläche – wer schaffte es, mit trockenen Schuhen zur anderen Seite zu gelangen? Ein Hund rutschte ab, landete im kalten Wasser, rettete sich sogleich und schüttelte sein Fell aus, sodass Herrchen und Frauchen auch etwas davon hatten.

Mit den klimatisierten Bussen, die ganz in der Nähe im üblichen Pulk parkten, waren sicher Hunderte Touristen angereist, ausgestattet mit jeglichem Equipment, das man zum Konservieren der Eindrücke brauchte. Die wenigsten bestaunten das Spektakel ohne Kamera vor der Pupille. So als würden sie sich jetzt schon darauf freuen, sich endlich zu Hause in Marseille, Tokio oder Gelsenkirchen vor ihren Flachbildschirm zu setzen und den Wasserfall anzuschauen. Sie sorgten dafür, sich in Zukunft bestens an Vergangenes zu erinnern – und verpassten darüber völlig die Gegenwart.

An diesem Ufer stand Wencke und musste erkennen: Es war die falsche Seite!

Denn das, was sie nicht verpassen durfte, weswegen sie die letzten Stunden hierhergehetzt war, weil es verhindert werden musste, das spielte sich in ungefähr dreißig Metern Entfernung auf einem Felsvorsprung ab, der nur über das andere Ufer zu erreichen war.

Dort stand Lena Jacobi mit einer großen Tüte in der Hand, ihr gegenüber ein Mann mit einem Megafon. »Achtung, mein

Name ist Alf Urbich. Ich bin Vorstandsmitglied bei der *AlumIn-Terra* und ich muss ... ich möchte ein Geständnis ablegen!«

Nicht alle Menschen ringsherum bekamen mit, was da eben geschah, doch einige blieben stehen, stießen sich gegenseitig an, lauschten aufmerksam, zückten die Kameras und filmten. Wencke erkannte den einen oder anderen von ihnen wieder, sie hatten neben ihr in der *Hallgrímskirkja* und im Hotel Borg gesessen.

»Es geht um ein Geschäft«, schallte es über die Wasserschlucht hinweg. »Ein Geschäft, das wir vor zwanzig Jahren getätigt haben und auf dem der Reichtum unseres Konzern noch heute im Wesentlichen basiert ...«

War das wirklich alles, worauf es hinauslief? Ein öffentliches Geständnis, mehr nicht? Wencke misstraute dieser Harmlosigkeit ganz und gar. Denn sie hatte auch Jarle dort drüben bei den anderen erkannt. Und sie war sicher, dieser Mann wollte weit mehr als nur ein paar wahre Worte.

Sie sah sich um. Mist! Es schien wirklich nur diese eine Brücke ganz hinten an der Straße zu geben. Das hieß, sie musste tausend Schritte laufen, um eine Distanz von wenigen Metern Luftlinie zu überwinden. Und sie musste schnell genug sein!

Sie rannte los, und ihre Beine schmerzten, ihre Arme und der Bauch, eigentlich alles. Kein Wunder, wer noch nie auf einem Pferd gesessen hatte und dann direkt eine halbe Nacht durchritt, um wieder unter Menschen zu sein, bei dem protestierte jeder Muskel völlig zu Recht. Es musste schon nach fünf gewesen sein, als sie endlich einen bewohnten Hof erreicht hatte. Bis das Taxi sie von dort abgeholt und in die nächstgrößere Stadt namens Egilstaðir gebracht hatte, saßen die isländischen Familien bereits an den Frühstückstischen. Zum Glück hatte sie auf dem Höllenritt genügend Zeit gehabt, sich zu überlegen, wohin genau sie eigentlich wollte. Sie hatte das Symposiumsprogramm mit der kleinen Landkarte zum x-ten Mal herausgekramt, weil sie immer mehr fürchtete, sich auf dem Weg ins Nirgendwo zu befinden, da war ihr Blick auf den heutigen Programmpunkt gefallen: *Am 17. Juni um 9 Uhr erwartet Sie eine Führung am Goðafoss, jenem sagenumwobenen Wasserfall, an dem einst der Gode Þorgeir seine falschen Götzenbilder den Fluten überließ.* Wencke erinnerte sich sofort an die Geschichte, Lena Jacobi hatte sie ihr kurz nach der Ankunft in Island erzählt. Genau dort musste sie suchen! Ein mystischer Ort wie dieser war sicher nach Jarles Geschmack ...

Ihre Schuhe knirschten auf dem steinigen Pfad und sie hatte schon fast die Brücke erreicht – aber auch das Ende ihrer Kräfte. Ihr ging die Puste aus. Sie hatte seit einer Woche kaum geschlafen, hatte ihr Hirn bis zum Zerspringen beansprucht, und jetzt wollte sie auch noch einen neuen Rekord im Querfeldeinrennen aufstellen.

Urbich erzählte – soweit Wencke es überhaupt verstehen konnte – stockend von Jans Entführung, Götzes Forderung, der missglückten Übergabe und dem Leichenfund auf dem Charlottensee. »Es war so ... eventuell ... ja, wir waren schon erleichtert, dass Hüffart seine Pressekonferenz zum Verkauf der Kreuma-Werke nicht abgehalten hat ... «

Fast wäre Wencke gegen das Drehkreuz gerannt, mit dem sie an der Brücke abgebremst wurde. Sie stieß sich den Hüftknochen am Metall, egal, sie rannte weiter. Es würde ohnehin nicht besser werden, selbst wenn sie ab jetzt auf allen vieren kroch, mit ihren offenen Händen und dem Muskelkater in Schultern und Beinen. Vier Stunden festgekrallt an der Mähne eines Pferdes, da ist man einfach wie gefoltert, wie einmal auseinandergerissen und wieder schief zusammengebaut. Also konnte sie auch genauso gut rennen, weh tat es sowieso.

»Ich gebe zu ... Götze als Entführer war so etwas wie ... der ideale Bösewicht. Wir hielten ihn auch tatsächlich für den Mörder von Jan, außerdem waren wir froh, schnell einen Täter zu präsentieren ...«

Jetzt war Wencke fast da. Sie erkannte Hüffart in seinem Rollstuhl, Silvie daneben, beide einander zugewandt, als hätten sie mit dem Rest der Welt rein gar nichts mehr zu tun. Sie schienen miteinander zu reden. Zu streiten? Hüffart gestikulierte wild, bis Silvie ihre Hände auf die seinen legte und eindringlich auf ihn einredete, leise und wahrscheinlich unverständlich für die anderen.

Das war seltsam, wirklich, Wencke fehlte jedoch die Zeit, sich darüber den Kopf zu zerbrechen. Das Gelände wurde unwegsamer. Natürlich hätte sie den offiziellen und vergleichsweise ebenen Weg wählen können, doch der machte eine ausladende Kurve und war sicher hundert Meter länger, also wagte sie die Kletterpartie querfeldein über die Felsen bis zu der Stelle, an der das Gletscherwasser ein Loch ins Gestein gewaschen hatte. Über diese schmale Brücke gelangte man am schnellsten zum Ort des Geschehens. Wenckes Hände begannen erneut zu bluten, als sie sich an einem Stein festzuhalten versuchte, das Erklimmen der Felsbrocken kostete ihre Beine die allerletzte Kraft. Sie riss sich noch einmal zusammen, sie hievte sich noch einmal nach oben, wurde erst auf den letzten Metern langsamer. Ihr war klar, dass Hektik in dieser Szene nichts zu suchen hatte. Dafür standen fünf Menschen viel zu nah am Abgrund.

Und dann bemerkte Wencke den Mann, den sie für den wahren Regisseur dieses letzten Aktes hielt. Was machte er da? Jarle war überhaupt nicht bei der Sache, sondern schaute ganz woanders hin, in Richtung Straße. Er sah aus, als warte er auf etwas.

Urbich ließ den Lautsprecher sinken, er hatte seine Rede beendet. Niemand klatschte, warum auch, eine Wahrheit wie diese hatte keinen Applaus verdient. »War es das?«, fragte er mürrisch. »Zufrieden?«

Niemand konnte zufrieden sein. Dazu gab es noch immer zu viele Fragen.

»Was ist mit meiner Mutter?«, wollte Lena wissen.

»Ich habe keine Ahnung, was mit ihr ist«, sagte Urbich.

»Ihr habt sie umgebracht, weil sie dabei war, die ganze Wahrheit herauszufinden!«

»Das ist Blödsinn! Natürlich haben wir Dorothee Mahlmann in den Tagen nach dem Mord beobachten lassen. Schließlich hatten wir den begründeten Verdacht, dass sie mit Frank-Peter Götze gemeinsame Sache gemacht hatte. Wir waren uns aber schnell sicher, dass diese Vermutung unzutreffend war.«

Noch hatte niemand bemerkt, dass Wencke sich dazugesellt hatte, aber nun wagte sie sich aus der Deckung. »Er sagt die Wahrheit, Lena!« Alle starrten sie an – okay, ihre Jeans war zerschlissen, Vulkanstaub bedeckte ihren Körper, teilweise waren die schwarzen Partikel fest mit ihrem Schweiß verklebt, sie sah womöglich aus wie ein Troll. »Inzwischen habe ich mit meinem Kollegen telefonieren können. Der Experte für Grafologie hat meine Vermutung bestätigt: Die Handschrift in den Notizen ist gefälscht, sämtliche Aufzeichnungen wurden ganz sicher nicht von deiner Mutter verfasst.«

»Das kann nicht sein!« Lena sah furchtbar verzweifelt aus. Wencke hätte das gern vermieden. Es tat ihr leid, ein Idealbild zu zerstören, an das diese junge Frau so gern geglaubt hätte. Doch es gab diese heldenhafte Doro nicht, die sich allein gegen eine riesige Verschwörung gestellt hatte. Es hatte sie nie gegeben. Dafür gab es eine andere Heldin, die im Wachkoma noch alle Kräfte gesammelt hatte, um ein gesundes Kind zur Welt zu bringen. Dass dies eine wesentlich beeindruckendere Leistung war, würde Lena Jacobi hoffentlich eines Tages begreifen.

»Von wem stammen die Notizen denn dann? Haben Sie dafür auch eine tolle Erklärung?«

Wencke zeigte auf Jarle, doch der schien noch immer auf

etwas ganz anderes zu achten. Sie folgte seinem Blick. Da parkte ein Auto halb versteckt hinter einem kleinen Hügel. Es war Jarles Geländewagen. Am Steuer saß ein Mann. Zwar waren die Scheiben verspiegelt und man konnte das Gesicht kaum erkennen, doch Wencke hätte schwören können, es war derselbe rotblonde Mann, vor dem sie heute Nacht geflohen war. Der Wagen blendete zwei Mal auf. Ein Zeichen?

Lena hob gerade die Tüte auf, öffnete sie und nahm etwas heraus – ein Bündel Tausend-Euro-Scheine. Sie löste die Banderole. Anscheinend war nichts von dem, was Wencke ihr gerade erzählt hatte, angekommen. »Das ist das Geld, was ihr euch habt zahlen lassen. Darum ist diese ganze Geschichte passiert. Wenn Sie jetzt das Geld in den Wasserfall werfen, dann ...«

»Vorsicht!«, rief Wencke, doch sie hatte nicht schnell genug reagiert, denn plötzlich sprang Jarle auf Lena zu und griff nach der Tüte. Er sah keineswegs so aus, als wäre für ihn an dieser Stelle irgendeine Geschichte zu Ende erzählt. Im Gegenteil, es war ihm anzusehen, wie sicher er sich war, dass für ihn in diesem Moment eine ganz neue Sache begann.

»Was soll das?«, schrie Lena noch, kurz bevor er sie grob zu Boden stieß. Ihr Kopf knallte hart gegen den Felsen und sie rollte, für einen kurzen Augenblick anscheinend bewusstlos, auf den Abgrund zu. Nur eine Handbreit vor der mit Sicherheit tödlichen Tiefe blieb sie liegen, der Mund geöffnet, die Augen verdreht. Doch den Griff der Tüte ließ sie nicht los.

»Gib mir das Geld«, brüllte Jarle, stellte sein Bein auf ihren Brustkorb, als wäre er ein Jäger und sie das erlegte Vieh, beugte sich zu ihr herunter und bog ihre Finger gerade. Er war nicht zimperlich, Lena jaulte auf.

Götze hechtete vorwärts, wild entschlossen, etwas Schreckliches zu verhindern. »Lass sie sofort los!«, schrie er, doch dann hielt er inne, wich zurück, als er sah, dass Jarle ein Messer gezückt hatte und es Lena an den Hals hielt.

»Was ist los, Yngvisson?«, fragte Urbich, der wohl dachte, sein Angestellter würde hier im Namen der *AlumInTerra* die Millionen retten wollen. Er hatte keine Ahnung, worum es wirklich ging, nicht den blassesten Schimmer.

»Lasst mich gehen, ich meine es ernst!« Die Klinge saß so eng an Lenas Hals, wahrscheinlich hatte Jarle ihre Haut bereits geritzt. »Schau mich nicht so an, Urbich, du weißt genau, was ihr mir schuldet! Mehr als drei Millionen, viel mehr als das! Eine geniale Idee ist mit nichts zu bezahlen.«

»Ach, darum geht es?«, fragte Urbich ungläubig. »Deine Formel?«

»Es hätte eine der wichtigsten Erfindungen des letzten Jahrhunderts werden können!«

»Ja, und das Ende unserer Firma! Wenn jeder auf der Welt an Energie kommen kann, dann kann auch jeder Aluminium produzieren. Es wäre damals Wahnsinn gewesen, deine Erfindung zu konstruieren, Jarle. Inzwischen tickt der Markt natürlich anders ...«

»Aber inzwischen ist die Zeit für meine Idee abgelaufen! Kein Mensch interessiert sich mehr dafür. Wertlos! Tot!«

Urbich nickte. »Da hast du recht. Dann nimm doch deine scheiß Millionen hier und zieh ab. Lass das Mädchen in Ruhe und die Sache ist für uns erledigt!«

»Glaubst du tatsächlich, ich bin so dumm?« Jarle schüttelte langsam den Kopf. »Ich nehme Lena mit. Sie und das Geld! Hier gibt es nur eine einzige Straße, die ist meilenweit einsehbar. Sollte ich mitbekommen, dass ihr mich verfolgt, dann werde ich diesem Mädchen hier sehr wehtun müssen, haben wir uns verstanden? Da drüben am anderen Ufer steht ein Komplize von mir, der euch im Auge behält. Euch alle! Wenn er mitbekommt, dass sich einer von euch innerhalb der nächsten Stunde ans Telefon hängt oder abhaut oder sonst etwas, dann ...«

Er riss Lena hoch, umfasste ihre Taille, das Messer lag noch immer viel zu nah am Hals.
Lena heulte leise. Das hörte Wencke, obwohl sich der Götterfall um sie herum tosend und rauschend in die Tiefe stürzte.

[17. Juni, 10.27 Uhr, *Goðafoss*, Þingeyjarsveit, Island]

»Das Messer«, flüsterte Karl. Silvie streichelte seine Wange. Er hatte so wunderbar weiche Haut.
Karl zeigte zu den anderen hinüber, sein Finger zitterte, bebte fast. »Ich erinnere mich an das Messer«, sagte er.
»Psst, nicht so laut!« Silvie löste die Bremsen, die sich gegen die Bereifung des Rollstuhls drückten.
»Du warst so böse wegen dem Messer!«
»Nein, ich war nicht böse.«
»Weil ich es gefunden habe.«
»Hör doch bitte auf zu weinen, Karl.«
Hinter Silvie spielte sich etwas ab. Alle redeten durcheinander, schrien und riefen, als ginge es um Leben und Tod. Silvie blickte sich nicht um. Hier bei ihnen beiden, bei Karl und ihr, ging es um nichts anderes. Sie zog an den Gurten, die saßen fest.
»Ich kann mich an alles erinnern«, sagte Karl. »Du hast es getan!«
Und da küsste sie ihn ein letztes Mal, ließ den Rollstuhl los und drehte sich weg.

[17. Juni, 10.28 Uhr, *Goðafoss*, Þingeyjarsveit, Island]

»Verdammte Scheiße, passt doch auf«, rief Frankie. Doch die schauten alle zu Lena. Hatte er ja auch getan, die ganze Zeit, verflucht, dieses isländische Arschloch hatte seine Tochter in der Gewalt, ein Messer in der Hand und den Wahnsinn im Blick, da schaust du keinen Millimeter von weg und willst hingehen und ihn umlegen und sie retten! Doch dann, mehr im Augenwinkel, bemerkte Frankie, dass der Alte sich bewegte. Mit seinem beschissenen Rollstuhl fuhr der auf die Klippe zu.

Frankie stürzte hinterher. »Haltet ihn doch auf«, schrie er. Und wusste doch, das schafft kein Mensch mehr. Der wird immer schneller. Das ist da zu steil. »Halt!«

Er rannte los, rutschte auf einem moosigen Stein aus und knallte hin und rappelte sich hoch und rannte weiter. Frankie griff nach dem Rad, doch die Speichen schlugen seine Hand weg, er warf sich nach vorn.

Aber dann war da nichts mehr. Nur der Wasserfall mit seinen Regenbögen. Zwei Stück übereinander, weil gerade die Sonne draufschien.

[17. Juni, 10.29 Uhr, *Goðafoss*, Þingeyjarsveit, Island]

Silvie stand auf dem Felsen, schlug sich die Hände vor das Gesicht und schrie dermaßen schrill, dass sie alle von dieser Tonhöhe wie gelähmt waren.

Auch Wencke. Mein Gott, Hüffart hatte ... er war ... sie wusste nicht genau, wie das passieren konnte, hatte nichts mitbekommen, plötzlich war Karl Hüffart über die Klippen gefahren und in die Tiefe gestürzt. Seitdem kreischte Silvie. »Er ist einfach so ... losgefahren ... ich ... habe ihn nicht ... halten können!«

Doch irgendein Instinkt löste Wencke aus ihrer Erstarrung. Bevor sie sich selbst klar darüber wurde, was sie gerade tat, rannte sie bereits und hatte nur noch eines im Visier: diese scharfe, glatte Metallklinge an Lenas Hals. Jarle war nur für den Bruchteil eines Augenblicks abgelenkt gewesen, und das hatte Wencke gespürt oder gewusst oder geahnt, jedenfalls bot sich nur dieser eine entscheidende Augenblick, in dem sich ein Mann wie Jarle überrumpeln ließ. Genau jetzt!

Sie konnte kaum gezielt und mit Bedacht vorgehen, diese Zeit blieb nicht. Darum trat Wencke mit voller Gewalt gegen die Hand, die das Messer hielt, um sie wegzuschießen wie einen Fußball, weg von Lenas Hals, von der Haut, unter der man so vieles zerstören konnte. Es konnte auch sein, dass sie nicht traf, dass sie Jarle nur reizte, zuzustechen, denn er war zu allem entschlossen.

Doch sie traf. Das Messer löste sich aus Jarles Hand, die sich im Schock geöffnet hatte, und flog im hohen Bogen dorthin, wo es niemand je wieder zurückbekommen würde.

Jarle war durch den heftigen Tritt nach hinten gefallen, er fing sich nur halbwegs auf und krachte mit dem Rücken auf einen spitz aufragenden Felsen. Der plötzliche Schmerz betäubte ihn und irgendjemand – wahrscheinlich war es Urbich, aber so sicher konnte sich Wencke nicht sein, dazu war sie zu fertig –, irgendjemand setzte den am Boden Liegenden außer Gefecht. Wie auch immer, es interessierte Wencke nicht, sie schaute nicht danach, Jarle Yngvisson war besiegt – und sein Schicksal war ihr in diesem Moment so was von egal.

Es dauerte, bis sie sich wieder fing, bis sich das Adrenalin abbaute, das Herz zu hämmern aufhörte und der Rest des Körpers nicht mehr auf Hochtouren lief. Das fühlte sich fast noch schlimmer an als die Panik davor, wenn alles allmählich in den Normalzustand zurückfährt. Wie von innen ausgehöhlt saß Wencke an der Kante, ihre Beine baumelten über dem Abgrund. Sie hatte die Schuhe ausgezogen und genoss es, dass kleine, eiskalte Tropfen gegen ihre Fußsohlen sprangen. Wie gut, wenn sie das spürte, dann war sie dabei, wieder zu sich zu kommen.

Lena hatte ihren Kopf in Wenckes Schoß gebettet und weinte. Kleine, rechteckige Papierstücke wehten über sie hinweg, flatterten über den Rand, segelten erst langsam tiefer, bis sie vom Strom des Götterfalls erfasst und davongerissen wurden. Drei Millionen. Na und?

Der Rollstuhl tauchte nur ein einziges Mal auf. Und auch nur die Rückseite. Er überwand eine letzte Stufe im Fluss, kippte vornüber, dann zogen ihn abertausend Liter Gletscherwasser mit sich. Eine schnelle Reise. Nicht weit da hinten wartete das Meer.

Verðandi

[16. Juli, 9.23 Uhr, Stadtfriedhof, Stöckener Straße, Hannover, Deutschland]

Wencke stand unter dem rot geklinkerten Torbogen, da es schon seit Stunden regnete wie aus Kübeln und man nur hier einigermaßen trockene Füße behielt.

Götze und Lena stiegen gemeinsam aus der giftgrünen Stadtbahnlinie 5 und liefen mit großzügigem Abstand auf die Friedhofskapelle zu. Dass sie überhaupt in der Lage waren, öffentliche Verkehrsmittel zu benutzen, hatten sie einem engagierten Verteidiger zu verdanken, der dafür gesorgt hatte, dass Vater und Tochter trotz des Vorwurfs der Freiheitsberaubung und räuberischer Erpressung vorerst auf freiem Fuß blieben und bis zur Verhandlung zurück nach Deutschland reisen durften. Beide waren gewillt, die Distanz zueinander abzubauen, da war Wencke sich sicher, doch für eine solche Annäherung brauchte man vor allem Geduld. Nach einem Monat Kennenlernphase war eine gewisse Reserviertheit völlig normal. Und wie es von nun an weitergehen würde – jetzt, wo über Götzes Schuld und Bewährung ganz neu verhandelt werden musste –, das stand in den Sternen.

Immerhin gab es Gemeinsamkeiten zwischen den beiden, das aufbrausende Wesen in brenzligen Situationen zum Beispiel. Und die Unpünktlichkeit. Sie waren fast eine halbe Stunde zu spät, hielten eine Entschuldigung deswegen jedoch für absolut überflüssig. Aber immerhin reichten sie Wencke wohlerzogen die Hand. Bei Götze wirkte das fast schon absurd.

»Wie geht's?«, fragte er. Als ob ihn das wirklich interessierte.

Wencke hatte die Wartezeit dazu genutzt, sich einen Lageplan zu besorgen. Der Stöckener Friedhof war riesig, ohne Navigationshilfe konnte man sich glatt zwischen den mehr als hunderttausend Grabstätten verlaufen. Das Feld A28 lag irgendwo links vom Eingang weiter hinten in der Nähe des kleinen Sees. Keiner von ihnen hatte an einen Regenschirm gedacht, also wurden sie schon nach wenigen Schritten furchtbar nass und ihre Schuhe schmatzten auf dem durchweichten Pfad.

»Danke, dass Sie gekommen sind«, brachte Lena dann endlich hervor. »Überhaupt, danke für alles!«

»Schon okay«, sagte Wencke.

»Ich meine, Sie hätten das nicht tun müssen. Nach allem, was wir Ihnen zugemutet haben.«

Das stimmte, Wencke hätte die seltsame Einladung zum heutigen Treffen ohne Weiteres ausschlagen können. Sie schuldete dieser jungen Frau rein gar nichts. Vier Wochen waren vergangen, seit sie Lena vor einem Messer und dem Sturz in den

Götterfall bewahrt und ihr damit das Leben gerettet hatte. Vielleicht eine Heldentat, doch was interessierte das den Rest der Welt? Die Medien stürzten sich ausnahmslos mit Feuereifer auf Hüffarts Selbstmord, das war *die* Sensationsmeldung, ganze Bilderserien von seinem Staatsbegräbnis in Bad Iburg waren im Internet zu bestaunen. Silvie hatte ein albern schräges Hütchen mit gepunktetem Schleier vor dem Gesicht getragen und war am Grab dramatisch zusammengebrochen. Todschick!

Jarles vereitelter Diebstahl hingegen war nur eine Randnotiz wert gewesen. *Ein Mitarbeiter eines der weltweit größten Aluminiumkonzerne hat versucht, seine Firma um 3 Millionen Euro zu erpressen. Bei der Geldübergabe in Island, bei der es zum tragischen Suizid des ehemaligen Parteivorsitzenden Karl Hüffart kam (siehe großer Bericht Titelseite und Sonderteil), wurden der Ingenieur Jarle Y. und sein im Auto wartender Komplize jedoch festgenommen. Als Motiv gibt die isländische Polizei einen Streit um ein Firmenpatent an.*

Mehr erfuhr die Öffentlichkeit nicht. Vermutlich hatte Urbich mal wieder seinen Einfluss geltend gemacht. Hauptsache, *AlumInTerra* geriet nicht zu weit in den Fokus.

Was mit Jarle inzwischen passiert war, wusste Wencke nicht. Wollte sie auch gar nicht wissen. Sie hatte Zeit genug gehabt, ihre umfassende Zeugenaussage bei der isländischen Polizei zu tätigen, da sie sich nach den Vorfällen am Wasserfall noch weitere drei Tage gedulden mussten, bis das Flugverbot aufgehoben war. Und wenn sie irgendwann einmal als Zeugin bei seinem Prozess geladen würde, müsste sie den ganzen Mist dann eben noch einmal erzählen. Alles schön der Reihe nach: von Jarles Versuchen, sie für sich zu vereinnahmen, sie zu beeinflussen und auszunutzen, bis zu dem Moment, als Jarle dann am Götterfall plötzlich sein gieriges Gesicht gezeigt hatte.

Am gravierendsten würde bei der Anklageschrift wohl der Mordversuch am Gletschersee eingestuft werden, den Jarle regelrecht in Auftrag gegeben hatte. Wie hatte er noch gleich gesagt: In Island ist man entweder verwandt oder verheiratet. Der erfolglose Auftragskiller mit dem rotblonden Haar war Jarles Cousin, der sehr wenig Geld und vermutlich noch weniger Grips hatte und bereit gewesen war, für seinen erfolgreichen Vetter die Drecksarbeit zu erledigen. Ob es sich bei dem Vorfall am Gletschersee tatsächlich um einen Mordanschlag oder nur um einen Einschüchterungsversuch handelte, hatte demnächst ein Richter zu entscheiden. Doch das Motiv war eindeutig: Jarle musste sich so sehr vor Wenckes Knowhow als Fallanalytikerin gefürchtet haben, dass ihm dieser Schubs vom Boot als Ausweg erschienen war. Womit er ja gar nicht so danebengelegen hatte: Wäre Wencke an diesem Tag im *Jökulsárlón* ums Leben gekommen, dann wäre sein Plan, den Ruf des Konzerns zu schädigen und anschließend mit den drei Millionen durchzubrennen, höchstwahrscheinlich gelungen.

Von der Liebesnacht wusste außer ihnen beiden bislang niemand. Jarle hüllte sich seit seiner Verhaftung komplett in Schweigen – und Wencke war froh darum. Sie schämte sich dafür, dass ein Teufel wie Jarle sie mit so billigen Methoden verführt hatte. Bloß weil er sie durchschaut hatte und wusste, wie sie tickte, was sie hören und spüren wollte. Menschenkenntnis war doch eigentlich Wenckes Disziplin. Und nun war sie selbst dermaßen manipuliert worden, dass sie noch immer ernsthaft an sich selbst zweifelte.

Die Geschehnisse auf Island hingen Wencke nach. Sie schlief schlecht, fühlte sich manchmal beobachtet und hatte zudem eine deutliche Abmahnung von ihrer Vorgesetzten kassiert. Natürlich, die Kosian wollte plötzlich nichts mehr wissen von ihrer mündlichen Zusage, dass der Fall Jan Hüffart noch einmal aufgerollt werden sollte. Sie stellte die Aktion als einen von Wenckes üblichen Alleingängen dar. Und wie hätte man da das Gegenteil beweisen sollen? Die Kosian hatte in Sachen Glaubwürdigkeit LKA-intern einfach die besseren Karten. Boris Bellhorn meinte, das hätte Wencke voraussehen können, die Kosian sei nun mal eine blöde Kuh. Treffender konnte man es nicht formulieren. Wencke war ohnehin fest entschlossen, den Ärger in Kauf zu nehmen. Es war nicht ihre Art, untätig zu bleiben, wenn eine Sache unverkennbar zum Himmel stank. Auch wenn Doros Briefe eine Fälschung waren, auch wenn sie dabei fast draufgegangen wäre. Was soll's, sie war Wencke Tydmers, knapp über vierzig, aber weit davon entfernt, vernünftig zu sein.

Immerhin, für ihren Sohn Emil war sie eine echte Heldin, wobei sich seine Bewunderung weniger auf den kriminalistischen Erfolg bezog als auf die Tatsache, dass seine Mutter im selben See baden war wie Lara Croft!

Übermorgen stand der nächste Besuch des Ministeriumsfuzzis an. Er hatte konkrete Maßnahmen in Sachen Sparpolitik angekündigt und jeder im LKA rechnete inzwischen fest mit Wenckes Versetzung. Was dann passierte? Es war Wencke fast schon egal.

Sie liefen den langen Friedhofsweg beinahe wortlos nebeneinander, und als sie sich dem Grabfeld A28 näherten, wurden Lenas Schritte auffallend langsam. »Da steht jemand!«

Das überraschte Wencke nicht, schließlich hatte sie selbst für diese Begegnung gesorgt. Die Frau im dunklen Regenmantel wischte mit einem Lappen den großen Stein aus weißem Marmor ab. Jeden einzelnen Buchstaben säuberte sie mit bedächtiger Hand: *Unsere Tochter Dorothee Mahlmann, 1972 – 2003, geliebt und unvergessen.*

»Ich geh da nicht hin«, sagte Lena und machte eine fast trotzige Kehrtwendung.

»Sie ist deine Großmutter.«

»Aber sie hat mich damals weggegeben.«

»Und ich könnte mir vorstellen, dass sie diese Entscheidung

in den letzten Jahren mehr als einmal bereut hat.« Zugegeben, das war lediglich Wenckes Vermutung. Aber die Art, wie Doros Mutter damals bei ihrem Treffen in der Schlossküche über ihre Tochter gesprochen und noch mehr geschwiegen hatte, war ihr im Gedächtnis geblieben. Auch Frau Mahlmann wusste nicht, wem sie heute auf dem Friedhof begegnen würde, vielleicht wäre sie dann gar nicht zu diesem Treffen erschienen. Nun blieb nur zu hoffen, dass die beiden Frauen sich etwas zu sagen hatten.

»Das ist echt eine miese Tour, mich hier so auflaufen zu lassen.« Lena schaute fast flehend zu Götze. »Was soll ich denn jetzt machen?«

Doch der zuckte bloß mit den Schultern. Zum Glück. Bei diesem Mann wusste man schließlich nie, welche Situation ihn zur Weißglut bringen würde und wann er entspannt blieb. »Ich glaube, du hast genügend Fragen. Und sie ist wahrscheinlich die Einzige, die dir Antworten geben kann.«

Jetzt wandte sich die dunkle Gestalt in ihre Richtung, lächelte kurz und verharrte dann in der Bewegung.

Wencke löste sich als Erste aus der allgemeinen Erstarrung, lief auf Frau Mahlmann zu, streckte ihr die Hand entgegen und grüßte mit möglichst fröhlicher Stimme. »Darf ich Sie miteinander bekannt machen? Das ist Lena, Doros Tochter ...«

Es dauerte allerhöchstens drei Sekunden, da hatte Frau Mahlmann das Tuch auf den Boden fallen lassen, war über die nassglatte Grabumrandung gestiegen und lief ihnen entgegen. Sie sah ganz und gar nicht überrumpelt aus, fast erweckte sie den Eindruck, als habe sie immer damit gerechnet, an diesem Ort einmal ihrer Enkelin zu begegnen. Sie blieb nur kurz stehen, schaute in ihr Gesicht, sagte: »Diese Augen!« Und dann schloss sie Lena in ihre Arme.

Götze räusperte sich übertrieben, Gefühlsmomente waren wahrscheinlich nicht seine Stärke. Ansonsten benahm er sich aber fast vorbildlich und erinnerte tatsächlich an einen Mann, der zum ersten Mal der Schwiegermutter gegenübertritt. »Ich schlage vor, wir gehen irgendwohin, wo es etwas trockener ist«, sagte er. Und das war doch schon mal nicht schlecht für den Anfang.

[16. Juli, 10.39 Uhr, *Schlossküche*, Herrenhäuser Gärten, Hannover, Deutschland]

Sie setzten sich an denselben Ecktisch, an dem damals das unschöne Treffen mit dem Anwalt stattgefunden hatte. Die nassen Jacken hingen tropfend an der Garderobe und alle hatten noch Regen in den Haaren. Frau Mahlmann setzte sich ganz selbstverständlich neben Lena, was Wencke unfassbar erleichterte.

Lena legte das Foto mitten auf den Tisch. »Das ist alles, was ich von meiner Mutter habe. Nur diese eine Aufnahme, die Sie zu den Adoptionspapieren gelegt haben.«

»Das geschah damals gegen den Willen meines Mannes. Wissen Sie, er war mit der ganzen Situation hoffnungslos überfordert, noch mehr als ich, Männer sind da ja immer sehr verschlossen. Er wollte, dass mit der Adoption diese Sache ein für alle Mal ausgestanden ist. Was übrigens nicht im Geringsten funktioniert hat, er leidet noch immer furchtbar.«

»Warum dieses Bild?«, fragte Lena. »Man erkennt meine Mutter kaum.«

»Es ist die letzte Aufnahme von Dorothee. Wir haben den Film in ihrer Kamera gefunden und entwickeln lassen, als sie schon hochschwanger im Heim gelegen hat. Leider ist sie nur auf diesem einen Foto hier zu sehen. Die anderen Bilder muss Dorothee alle selbst geknipst haben, damals hatte ja noch nicht jeder diese modernen Digitalkameras mit Selbstauslöser.« Frau Mahlmann nahm das Bild in die Hand und betrachtete es näher.

»Wirklich, man kann kaum etwas erkennen. Aber ich wollte, dass du deine Mutter sehen kannst, wie sie war, kurz bevor diese Sache mit der Embolie sie so stark verändert hat.«
»Wie war sie denn?«, fragte Lena.
»Wild«, sagte Frau Mahlmann. »Ich hab meine Tochter bewundert für ihre Unangepasstheit. Gesagt hab ich es ihr aber nie, natürlich nicht, eine Mutter muss ihr Kind schließlich zu einem anständigen Menschen erziehen.«
»Und sie war klug«, ergänzte Wencke. »Sie hat immer versucht, die Dinge um sich herum wirklich zu begreifen.«
Alle schauten Götze an. Der fühlte sich offensichtlich überrumpelt. »Doro war eine Granate«, brachte er nur hervor und alle lachten.
»Ja, das war sie!«, sagte Frau Mahlmann und öffnete ihre Handtasche. »Ich habe übrigens noch mehr Fotos dabei. Weil ich damit gerechnet hatte, dass Frau Tydmers mit mir über Dorothee reden will, habe ich vorhin noch aus dem großen Karton ein paar Aufnahmen rausgesucht. Auf einigen sind sogar Sie abgelichtet, Frau Tydmers ...«

Die Fläche des Tisches glich kurz darauf einem gigantischen Album, es blieb kaum Platz für den Kaffee, den der Kellner zwischendurch brachte.

Doro als kleines Mädchen, damals schon mit widerspenstigen Locken und Löchern in der Jeanshose, daneben ein Karnevalsbild, in dem sie stolz eine Polizeiuniform trägt. Frau Mahlmann erzählte noch farbiger, als die Bilder es jemals sein konnten. Sie erinnerte sich an typische Redewendungen und als sie ihre Stimme verstellte, glaubte man für einen kurzen Moment, Doro säße mit am Tisch. Doro bei ihrer Konfirmation – damals gab es eine unglaubliche Frisurenmode, stellte Lena fest –, Doro in schillernder Abschlussballmontur, in der sie verkleideter wirkt als auf dem Bild mit der Uniform. Ihr damaliger Freund war ein Punk gewesen, Nasenring und Irokesenschnitt, laut Frau Mahlmann ein unmöglicher Typ. Da gab sogar Götze ihr recht. Dann fanden sich Bilder von der Dienststelle, wo Doro ihr erstes Anwärterjahr verbracht hatte, dieses Mal trug sie ein echtes kackbraunes Polizeihemd und eine dieser kompostgrünen Polyacryl-Krawatten, bei deren bloßem Anblick Wenckes Hals wieder zu jucken begann.

Und schließlich breitete Frau Mahlmann die Aufnahmen aus, die Doro in Bad Iburg gemacht hatte.

Wenckes Herz klopfte deutlich schneller, als sie sich selbst erkannte, im Schlabbershirt und mit Zahnbürste im Mund. Auf dem Nachttisch neben ihr eine halb volle Flasche Chianti, eine von dieser bauchigen Sorte mit Bastgeflecht, knapp vier Mark im Edeka, das war für sie damals das Höchste an Weingenuss gewesen. Mein Gott, damals!

Dann Silvie im Bett sitzend, mit Satinpyjama und irgendeiner weißen Schönheitsmaske im Gesicht, einen Schokoladenriegel in der Hand. Es sah aus, als hätte sie gar nicht mitbekommen, dass sie gerade fotografiert wurde, viel zu sehr war sie in dieses Buch versunken ... Wencke hielt das Bild näher heran. Ein dunkelgrüner Einband, halb verdeckt, doch an einer Ecke erkannte man goldene Lettern und den Teil eines verschnörkelten Titelbilds, der einen Baum zeigte, einen riesigen Baum mit weit reichenden Ästen und Wurzeln, die an den Seitenrändern wieder zueinander fanden und einen Kreis bilden. Yggdrasil ...?

»Darf ich dieses Bild mitnehmen, Frau Mahlmann?«

Die Angesprochene horchte auf, sie war gerade dabei gewesen, Lena und Götze zu erzählen, wie gut Doro in der Schule gewesen war, obwohl sie dafür keinen Handschlag getan hatte, und wie chaotisch ihr Zimmer ausgesehen hatte. »Warum?«

»Ich gebe es Ihnen bestimmt bald zurück, ich würde es nur gern in unserem LKA-Labor vergrößern lassen.«

»In Ordnung.«

»Und Frankie ...?«

Götze brummte.
»Wärest du bereit, eventuell heute Nachmittag mit mir nach Bad Iburg zu fahren?«

[16. Juli, 16.44 Uhr, Bischof-Benno-Straße, Bad Iburg, Deutschland]

Damals war Wencke nie hier gewesen, aber sie hatte rein theoretisch gewusst, wo Hüffarts Bungalow stand. So wie es eben ist, wenn in einer eher unspektakulären Kleinstadt ein echter Promi lebt und jeder den Ortsnamen mit einem Fernsehgesicht verbindet. Die meisten Deutschen wissen nicht besonders viel über Leimen, außer dass Boris Becker dort seine ersten Tennisbälle übers Netz gehauen hat. Und Bad Iburg war eben das beschauliche Städtchen im Teutoburger Wald, in dem der bedeutende Karl Hüffart gelebt hatte.

Die Buchsbaumhecke schottete das Grundstück ab, eine meterhohe Betonmauer hätte nicht abweisender sein können. Das trotzige Grün wurde mittig von einem Metalltor unterbrochen, dessen lange Spitzen unschöne Assoziationen in Wencke weckten. Das Haus dahinter wirkte überraschend klein. Ein Bungalow eben, aus den Steinen gebaut, die man zur Glanzzeit der Bungalowarchitektur favorisierte: dunkelbraune, grobe Klinker. Auf den Steinstufen verteilten Geranien in bauchigen Kübeln ein bisschen Farbe. Man hatte an einer Seite Metallschienen angeschraubt, wahrscheinlich für den Rollstuhl, der ja nun von niemandem mehr geschoben wurde. Ein Haus, in das Wencke für kein Geld der Welt würde einziehen wollen, dann lieber Wohnwagen.

Sie stieg aus dem Auto und drückte den messingfarbenen Klingelknopf. Silvie könnte natürlich so tun, als wäre sie nicht da, durch die getönten Scheiben wäre sie nicht einmal zu erkennen. Doch dann würde Wencke einfach eine Runde spazieren fahren und anschließend wiederkommen, Zeit hatte sie heute genug und die Regenwolken waren schon kurz hinter Bad Oeynhausen verschwunden. Wencke klingelte ein zweites Mal. Es passte irgendwie zu Silvie, dass sie sich eiskalt in ihrem Spießerhaus verbarrikadierte und weit gereiste Ex-Polizeischulkameradinnen draußen vor dem Tor versauern ließ.

Wencke wandte sich gerade zum Gehen ab, da quakte es durch die Sprechanlage: »Ja bitte?« Eine Männerstimme, das musste der Sekretär sein, mit dem sie schon einmal telefoniert hatte.

»Hier ist Wencke Tydmers. Ich bin eine alte Bekannte von Silvie und ...«

»Frau Hüffart ist nicht zu sprechen.« Er klang, als wären seine Worte auf Glatteis unterwegs.

»Das habe ich mir gedacht. Ich warte dennoch eine Minute, und wenn Silvie ihre Meinung bis dahin nicht ändert, dann komme ich schon sehr bald wieder, jedoch mit einem richterlichen Beschluss in der Tasche und einem solchen Pulk an Polizisten, dass es niemandem in Bad Iburg entgehen wird.«

Der Öffner summte und das Gartentor schob seine mörderischen Spieße einen Spalt weit auseinander. So einfach war das? Wencke schlich sich fast vorsichtig auf das Grundstück. Sie registrierte die Kameras überall, die kleinen Lichtschranken links und rechts des Weges, die engmaschigen Gitter vor den Fenstern. Ob Silvie diese Dinge jetzt, nach Hüffarts Tod, wieder abmontieren ließ? Nur kurz musste sie vor der Tür verharren, dann wurde auch diese ihr automatisch aufgetan und gab den Blick in einen unbeleuchteten Flur frei.

»Was willst du?« Silvie hob ihre Hand über die Augen, wohl um das ihr plötzlich entgegenstrahlende Tageslicht nicht an ihr Gesicht zu lassen. Sie trug eine Art Hausanzug und war blass, aber das mochte durch das Schwarz der Kleidung noch verstärkt werden. Ihre Haare lagen auf dem Kopf wie Sauerkraut.

»Darf ich reinkommen?«

»Meinetwegen. Aber fass dich kurz, ich habe zu tun. Du ahnst nicht, wie viel Arbeit es macht, einen Nachlass zu sortieren.«

Silvie führte Wencke in das Wohnzimmer, das noch immer auf die Pflegebedürftigkeit seines ehemaligen Bewohners eingestellt war: Ein hohes Bett mit klappbaren Seitengittern und Triangel zum Hochziehen befand sich fast in der Mitte des Raumes, das technische Ding auf der Kommode daneben sah wie das Requisit einer Arztserie aus. Zwar bestand die eine Wand aus einem großzügigen Fensterelement, doch man konnte durch die Scheibe nicht in den Garten sehen, denn sie war mit milchiger Sichtschutzfolie beklebt. Niemand hatte dem ehemaligen Spitzenpolitiker bei seinem Lebensabend zuschauen dürfen. Und Hüffart war die Sicht nach draußen versperrt gewesen, kein Wunder, dass seine treu sorgende Gattin für ihn am Ende der Nabel der Welt geworden war.

Neugierig blieb Wencke vor der Fotowand stehen, die neben dem Fernsehschrank hinter Glas geschützt war. Jede einzelne Aufnahme hätte auch ohne Weiteres in den neueren deutschen Geschichtsbüchern auftauchen können. Die unzähligen schüttelnden Hände gehörten Legenden wie Helmut Kohl, Hans-Dietrich Genscher, sogar Ronald Reagan und Michail Gorbatschow waren zu bestaunen. Wenckes Blick suchte die Aufnahmen ab und sie war nicht sonderlich überrascht, dass die weltpolitischen Motive in der Überzahl waren. Private Schnappschüsse gab es keine, bestenfalls professionelle Fotografenporträts von Hüffart und Silvie oder Gruppenbilder, in denen eine Handvoll Menschen steif in einem Garten standen. Wencke zögerte kurz, dann traute sie sich doch: »Gibt es gar kein Bild von Jan? Oder von Hüffarts erster Frau?«

»Das geht dich überhaupt nichts an, Wencke. Sag mir, weswegen du hier bist und warum du meinen Mitarbeiter so unter Druck setzt – und dann verschwinde.«

Wencke holte das grüne Buch aus ihrem Rucksack. Es roch noch immer nach Tabak und Handschweiß. Sie durfte nicht vergessen, morgen bei der Stadtbücherei Hannover die Leihdauer um eine Woche verlängern zu lassen. »Kennst du das?«

»Ob ich das kenne?« Hektisch lief Silvie zu einer Flügeltür, schob die Öffnung auf und wies in einen weiteren Raum, der eine Art Bibliothek zu sein schien. »Bücher vom Boden bis an die Decke. Es kann sein, dass ein Exemplar davon auch darunter ist, keine Ahnung, ich habe in meinem Leben einfach schon zu viel gelesen, um mich an alles erinnern zu können.«

»*Das Weltbild nordgermanischer Mythen* – na, klingelt es jetzt? Das Standardwerk zu diesem Thema.« Wencke zeigte auf das Cover: »Das ist Yggdrasil, der Weltenbaum, an seinen Wurzeln sitzen die Nornen *Urð, Verðandi* und *Skuld* und verflechten das Schicksal der Menschen.«

»Was du alles weißt!« Silvie war inzwischen nicht mehr blass, sondern puterrot. Außerdem hielt sie sich so krampfhaft an der Lehne eines Ohrensessels fest, als stünde sie auf einem Hochseeschiff bei Windstärke 12.

»Und weißt du, welches Bild auf Seite 125 zu finden ist?«

»Mickey Mouse?«

»Komm her, ich zeige es dir.« Wencke legte das Buch auf den blank polierten Tisch, sie fand die Seite schnell, denn sie hatte das Foto als Lesezeichen zwischen die Blätter gesteckt. »Schau mal, hier, eine Aufnahme aus unserem Dreibettzimmer in der Akademie. Wie jung du darauf bist, Silvie! Dein Schlafanzug mit den Teddybären ist total süß. Und war das Sahnequark in deinem Gesicht? Das haben wir doch damals immer gemixt, mehr Feuchtigkeit für die alternde Haut ab zwanzig: Quark mit Honig und Zitrone. Ich kann es förmlich riechen, wenn ich jetzt davon rede.«

»Worauf willst du hinaus?«

»Ach ja, genau, wir haben im Labor das Foto so weit vergrößert, dass wir erkennen konnten, welche Seite du dir in diesem teuren grünen Buch gerade so intensiv anschaust. Es ist die Seite 125, hier, lies mal die Überschrift!«

»... *Die Sage von der Ermordung Baldrs* ... Wencke, es reicht! Sieh zu, dass du mein Haus so schnell wie möglich verlässt!«

»Das Foto wurde am selben Tag aufgenommen wie das Bild am Charlottensee. Es war der 18. Januar 1994, der Tag, an dem Jan Hüffart verschwunden ist. Wenn du dich erinnerst: Nur eine Stunde später mussten wir uns wieder anziehen und die Gegend absuchen.«

»Du bist ja wirklich eine ganz tolle Ermittlerin, Wencke, und wenn ich Zeit hätte, würde ich dich auch bewundern, weil du es so weit geschafft hast bei der Polizei. Doch genau die habe ich nun mal nicht!« Inzwischen hatte Silvie das Buch zugeklappt und es Wencke zurückgegeben. Mit deutlichem Druck legte sie jetzt den Arm auf Wenckes Rücken und versuchte, sie Richtung Flur zu manövrieren. »Wenn du mich jetzt entschuldigen würdest!«

»Entschuldigen ist ein gutes Stichwort.« Wencke zog die Handschellen hervor. Sie klickten bereits, bevor Silvie begriffen hatte, wie ihr geschah, der eine Armreif um Silvies, der andere um Wenckes Handgelenk. »Wir beide machen jetzt nämlich einen kleinen Spaziergang und treffen jemanden, bei dem du noch eine ziemlich dicke Entschuldigung loswerden musst!«

Silvie begann zu schwitzen, sie rief nach ihrem Sekretär, der stürzte auch sofort ins Zimmer, als habe er die ganze Zeit nebenan gelauscht. Doch als Wencke ihm ihren LKA-Ausweis fachgerecht unter die Nase hielt und etwas von diskreter Verhaftungsmethode nuschelte, knickte der feine Herr ein wie ein Strohhalm im Wind. Der schien sich ja nicht besonders für seine Chefin engagieren zu wollen.

Sobald sie das Haus verlassen hatten, gab Silvie ihren Widerstand auf und lief neben Wencke her, als würden sie sich wirklich nur ein Weilchen die Beine vertreten. Was sollten sonst die Nachbarn denken? Ihr zur Schau gestellter Gleichmut hielt jedoch nur so lang, bis sie erkannte, wer als Chauffeur in Wenckes Auto bereits auf sie wartete.

»Los, Frankie, du kannst fahren. Bring uns bitte zu dem Ort, an dem du damals den kleinen Jan Hüffart allein gelassen hast.«

[16. Juli, 17.39 Uhr, Langenberg, Bad Iburg, Deutschland]

Als Frankie durch diesen Wald lief, in dem alles irgendwie anders aussah als früher, der Pfad nicht mehr derselbe und alles, woran er sich damals orientiert hatte, zugewuchert war, da wurde ihm zum ersten Mal richtig klar: Du hast damals die größte Scheiße deines Lebens gebaut. Denn selbst wenn du den Jungen nicht ermordet hast – und das war auch wirklich nie der Plan gewesen, es ging doch nur um die Wahrheit, nicht um Mord –, du hast Jan aus seinem sicheren Umfeld entführt und hierhergebracht.

Erst dachte Frankie, das wäre mal wieder die Wut, die da so in ihm randalierte, aber das Kribbeln in den Armen blieb aus, stattdessen wühlte sein Magen. Quälte ihn etwa sein Gewissen?

Silvie Hüffart schimpfte ununterbrochen, und da bist du dir dann nicht mehr so ganz sicher, ob nicht vielleicht doch ein Mörder in dir steckt, wenn eine Wuchtbrumme wie die Hüffart die ganze Zeit höllisch nervt. Aber Wencke war ja zum Glück dabei, die beiden liefen aneinandergekettet den Trampelpfad entlang, der über den Kamm des Langenbergs führte. Da kannst du nicht die eine killen, weil sie dich wahnsinnig macht, und die andere guckt dabei zu. Und Wencke war ja nicht gerade der Typ, der bei so was ruhig zuguckt.

»Du kanntest die Geschichte von der Ermordung Baldrs schon lange bevor Jarle sie uns bei der Eröffnungsrede in der *Hallgrímskirkja* erzählt hat.« Ihre Stimme riss ihn aus seinen Gedanken.

Wahrscheinlich wandte sie gerade ihre ausgeklügelten Verhörmethoden an, dafür war diese LKA-Superfrau ja angeblich berühmt-berüchtigt. Frankie hatte keine Ahnung, worauf Wencke hinauswollte, doch er spürte, sie machte ihre Sache gut. Silvie Hüffart hörte immerhin auf zu keifen.

»Du wusstest, dass der geliebte Sohn des Gottes Odin auf einem Floß aufgebahrt wurde, nachdem ein Pfeil ihn durchbohrt hatte. Du hattest in diesem Buch darüber gelesen.«

»Ich wette, du bist nicht hier, weil du mit mir über Literatur reden willst. Komm auf den Punkt, Wencke!« Das klang nur halb so selbstbewusst, wie Silvie es wahrscheinlich gewünscht hätte. Diese Frau musste ahnen, dass es ihr an den Kragen ging. Die Schritte in ihren albernen Schühchen waren unsicher, ihr Blick flatterte. Bestimmt hoffte sie, dass die Sache möglichst zügig über die Bühne ging.

Doch den Gefallen würde Wencke ihr augenscheinlich nicht tun, dazu war die Wahrheit zu lange verborgen geblieben, als dass sie jetzt einfach so ans Licht kommen wollte. Sie ließ sich Zeit, schaute sich um, als würde sie nach etwas suchen. »Erinnerst du dich an den Tag, an dem wir Jan gefunden haben?«

»Ja, natürlich ...«

»Wir sind die ganze Zeit über hier am Langenberg unterwegs gewesen. Immer wieder mussten wir uns mühsam durch das Gestrüpp schlagen. Dafür haben wir vom Truppenleiter diese praktischen Einhandmesser überreicht bekommen, stimmt's? Jede Menge Unkraut – guck mal, diese riesigen Dornenhecken wachsen noch immer überall zwischen den Bäumen, die sind fast so groß wie ich!«

Jetzt blieb Wencke stehen und auch Götze hatte das Gefühl,

sie könnten soeben die richtige Stelle erreicht haben. Rechts fiel der Waldboden abrupt ab und weiter unten waren flache Felsen unter dem Laub zu erkennen. »Das Gelände war steil und unwegsam, die alten Kalksteinbrüche ließen sich nur schwer erreichen. Du hattest irgendwann die Idee, dass wir uns trennen könnten und dann immer eine oben und eine unten entlang läuft, um die ewige Kletterei zu sparen.«

»Was wird das hier, eine Märchenstunde?« Silvie begann zu singen: »Wencke und Silvie verirrten sich im Wald, es war so finster und auch so bitterkalt ...«

Wencke hatte einen ovalen Stein ausgemacht, der am Rand des Weges stand und auf dem unter grünlich schimmerndem Belag altertümliche Schriftzeichen prangten. »Unser Treffpunkt war an diesem alten Klosterstein. Ab hier bist immer du unten entlanggegangen, obwohl das der anstrengendere Weg gewesen ist. Als ich dir angeboten habe, mal die Strecken zu tauschen, hast du dich strikt geweigert.« Wencke zog Silvie mit sich, als sie vom Weg abbog, um links vom Steinbruch an den Bäumen entlang nach unten zu gehen.

Hier wuchsen überwiegend Buchen, ihre grünlichgrau schimmernden Stämme standen wie lange Pfähle eng nebeneinander, erst ganz weit oben bildeten die dichten Blätter ein hellgrünes Dach, durch das der Sommer zu erkennen war. Je weiter sie nach unten schlitterten, desto dunkler wurde der Wald. Tannen oder Fichten, den Unterschied hatte Frankie noch nie erkennen können, doch ab hier begann ein Areal aus Nadelhölzern und ungefähr dreißig Meter vom bemoosten Steinbruch entfernt stand das kleine, runde Ding aus Beton. Schon damals hatte Frankie keine Ahnung gehabt, was genau das überhaupt darstellen sollte. »Hier habe ich den Jungen abgesetzt«, sagte er und Wencke nickte.

Jan und er waren an diesem Tag von unten her über einen steilen Jägersteig nach oben geklettert. Im Januar hatte der Wald ein völlig anderes Gesicht gezeigt. Weniger freundlich.

Von den Ästen tropfte an einigen Stellen Tauwasser herab, nur ein bisschen weiter oben wurde es dann kühler und es hingen noch kleine Eiszapfen im Gehölz. Frankie hatte unter seiner Wollmaske dermaßen geschwitzt, dass die Haut schon zu scheuern begann, doch er wollte unerkannt bleiben, damit der Knirps nicht am Abend bei den Bullen ein astreines Phantombild anfertigen lassen konnte. »Wohin bringen Sie mich?«, hatte Jan gefragt. Frankie hatte ja kein besonderes Ziel gehabt, irgendwo im Wald eben, wo man ihn schnell finden würde. Er mochte den Jungen. Er war gar nicht so ein verwöhnter Rotzlöffel, wie Frankie vermutet hatte, nein, Jan Hüffart hatte seine Entführung mit einer bemerkenswerten Demut über sich ergehen lassen, hatte das Toastbrot mit Margarine genauso akzeptiert wie die nackte Matratze auf dem Fußboden der dunklen Mietwohnung. Und auch diese Tour den Langenberg hinauf steckte er weg. Ganz ehrlich, so ein Kind bringst du nicht um. Nicht, dass Frankie es jemals vorgehabt hätte. Aber all die Jahre im Knast hat er gedacht, wer so was übers Herz bringt, so ein Kind und dann einfach mit dem Messer ... Undenkbar!

Nach einer halben Stunde oder so waren sie zu dieser kleinen Lichtung gelangt, die zwischen Laub- und Nadelwald am Fuße eines alten Steinbruchs lag. Das war gut zu beschreiben. Und dann stand da eben dieses kleine Ding, einem Turm ähnlich, aber eben nur zwei Meter hoch. »Wir sind angekommen«, hatte Frankie gesagt und Jan auf den Betonsockel gesetzt und gefesselt. »Bleib hier, rühr dich nicht von der Stelle, ich werde deine Eltern informieren, wo du bist, und dann holen sie dich wahrscheinlich noch bevor es dunkel wird.«

»Ich hab aber gar keine Angst im Dunkeln.«

»Umso besser.«

»Hat mein Vater Ihre Forderungen erfüllt?«, wollte Jan wissen.

»Ja, hat er.«

»Ich wusste es. Ich wusste, dass mein Vater alles tun wird, um mich zu retten.«

Das hatte fast so gewirkt, als sei der Junge selbst ganz zufrieden mit diesem Liebesbeweis gewesen. Er wusste, er war seinem Vater wichtiger als alles andere. Wenn Frankie sich richtig erinnerte, hatte Jan in diesem Moment sogar gegrinst. Dann war Frankie gegangen und der Junge hatte ihm noch hinterhergerufen: »Danke, dass Sie mich am Leben gelassen haben!«

Jetzt stand Frankie auf dem weichen Laub und schaute die beiden Frauen an. »Ich habe ihn nicht ermordet!«, sagte er und war sich plötzlich sicher, dass er diesen Satz zum allerletzten Mal in seinem Leben gesagt hatte.

[16. Juli, 18.19 Uhr, Langenberg, Bad Iburg, Deutschland]

Silvie trug nicht die richtigen Schuhe. Das war seltsamerweise ihre einzige Sorge in diesem Augenblick. Dass die teuren Lederschuhe in diesem Dreck versanken und man die Spuren der Walderde womöglich nie wieder aus dem Velours gebürstet bekam.

»Du hast Jan gefunden«, sagte Wencke.

Silvie hörte es, verstand es auch, doch irgendwie meinte sie, nichts damit zu tun zu haben. Was hier gerade passierte, tangierte sie in keinster Weise. Wie im Film, die Stelle kurz vor dem Abspann, aber nichts, was mit Silvie Hüffart irgendwie in Verbindung stand. Sie sah diese Szene wie auf der Kinoleinwand: überlebensgroß und gleichzeitig sehr weit weg.

»Du hast bei deinem Gang durch den Wald den kleinen Jungen auf diesem Betonsockel sitzen sehen. Ganz allein hat er hier auf seine Befreiung gewartet. Und dann bist du in deiner Uniform um die Ecke gekommen, auf der Suche nach Jan. Er hat sich gefreut, dich zu sehen. Er hat dir bedingungslos vertraut.

Und du bist auf ihn zugegangen – und hast ihn mit dem Einhandmesser erstochen.« Wencke deutete eine Bewegung an, ihr rechter Arm fuhr hoch und runter, es sah unglaublich brutal aus. »In etwa so?«

»Was weiß ich, es ist eine Ewigkeit her ...« Die letzten Wochen hatten Silvie immer gleichgültiger werden lassen. Alles, was seit dem Götterfall geschehen war, verwischte mehr und mehr. Dass sie allein aus Island zurückgekehrt war. Dass sie diese Beerdigung über sich ergehen lassen musste. Ihr Haus, ihr Leben, das, was Karl ihr hinterlassen hatte: Es war alles egal. Sollte Wencke doch erzählen, was sie wollte. Es blieb alles ohne Sinn.

»Und wo hast du Jan versteckt?«

Silvie lief um das Betontürmchen herum. Wencke musste ihr folgen, denn sie waren ja noch immer aneinandergekettet. Man konnte die Öffnung im grauen Stein kaum noch erkennen, Flechten hatten das poröse Grau fast vollständig überzogen.

»Was ist das überhaupt für ein Teil?«, fragte Wencke.

»Das ist so ein Schutzraum, in den sich damals die Sprengmeister zurückgezogen haben, wenn sie im Steinbruch ihre Explosionen gezündet haben.« Das wusste Silvie selbst erst seit ein paar Jahren. Karl hatte es ihr mal auf einem Spaziergang erklärt. Damals, bevor die Pillen ihn alles vergessen ließen, hatte er ihr die ganze Welt erklärt, dachte Silvie, und nun war er weg und sie begriff nichts mehr.

Götze kam zu ihnen, fand den alten, rostigen Griff, der nur noch halb an einer zerbröselten Stelle hing, und schaffte es mit viel Anstrengung, die verrottete Tür zu öffnen. Dann steckte er den Kopf hinein. »Es ist winzig!«

»Hast du Jan da drin versteckt, bis es dunkel genug war und du den Sucheinsatz dazu nutzen konntest, um ihn an den fest eingeteilten Einsatztruppen vorbei zum See zu schleppen?«

»Und wenn schon ...« Es war anstrengend gewesen. Daran

konnte sie sich noch erinnern. Sie hatte mehrere Etappen gebraucht, aber gute Verstecke gab es im Wald ja alle fünfzig Meter. Vor Entdeckung hatte sie sich nicht gefürchtet, das hier war ihr eigener Bezirk, und bis die Hundertschaften mit den Spürhunden gekommen wären, sollte man Jan schon längst an anderer Stelle gefunden haben. Dass sie hinterher völlig verschwitzt gewesen war, passte gut. Die Ärzte hielten es für eine Schockreaktion auf den Anblick des toten Kindes. Das Blut an der Jacke ließ sich durch die Rettungsaktion erklären, das Einhandmesser, so behauptete Silvie, war beim Einsatz verlorengegangen. Niemand fragte weiter nach.

»Weißt du, worüber ich mir im letzten Monat immer wieder den Kopf zerbrochen habe?«

Nein, das wusste Silvie nicht, und sie wollte es auch nicht wissen, aber das würde Wencke nicht davon abhalten, einfach weiterzureden.

»Warum hat der Mörder den toten Jan auf dieses Boot gelegt? Immer wieder habe ich mir diese Frage gestellt. Und ausgerechnet Jarle Yngvisson hat mir dann auf Island den entscheidenden Tipp gegeben, nie nach dem *Warum* zu fragen, sondern immer nach dem *Wofür*. Darauf hätte ich als Fallanalytikerin eigentlich schon viel eher kommen müssen.« Wencke lächelte schief. »Und in deinem Fall müsste man dann noch einmal umformulieren und sich fragen: *Für wen* hast du diesen Aufwand betrieben?«

Die Feuchtigkeit des Sommerregens, der noch am Laub klebte, kletterte bereits an Wenckes Hosenbeinen herauf. »Für wen hast du den Jungen auf das Boot gelegt, nachdem du ihn erstochen hast?«

»Für Karl!«, sagte Silvie mehr aus Versehen, und Wencke nickte.

»Du hast ihn damals schon geliebt, als ganz junge Frau hast du diesen Mann absolut vergöttert.«

Das stimmte. Schon als Zwölfjährige hatte sie für ihn geschwärmt, für seine Ausstrahlung und die Klugheit seiner Worte. Dort, wo andere Mädchen damals die *Bravo*-Artikel über ihre Lieblings-Popstars hatten, war in Silvies Jugendzimmer eine umfangreiche Sammlung von Zeitungsausschnitten über Karl Hüffart zu finden gewesen. Doch ihr Schwarm war noch unerreichbarer gewesen als diese ganzen Schönlinge aus den Top Ten. Warum sollte ausgerechnet ein Mann wie Karl Hüffart jemals ein Auge auf ein Mädchen wie sie werfen? Er war verheiratet und hatte einen Sohn, immer wieder betonte er in Interviews, wie wichtig ihm seine Familie sei. Da hatte ein verliebter Teenager wie sie keine Chance. Selbst der Plan, die Polizeischule in Bad Iburg zu besuchen, um ihm näher zu sein, schien hoffnungslos. Eine schmerzhafte Erkenntnis, die Silvie niemandem hatte anvertrauen können. Die hätten sie alle für verrückt erklärt.

»Vergöttert im wahrsten Sinne des Wortes!«, fuhr Wencke fort. »So bin ich schließlich zur Antwort gelangt: Hüffart war für dich wie ein Gott. Und aus diesem Grund musstest du Jan behandeln, wie es eines Gottessohns würdig war. Du hattest nur einen Tag zuvor in dem Sagenbuch von der Ermordung Baldrs gelesen, hattest das mystische Bild noch vor Augen: der von der Welt beweinte Sohn Odins auf einem Floß ... Da war dir klar, auf welche Weise du die Leiche zu betten hattest.«

War es so gewesen? Jetzt, als Wencke es mit ihren Worten auszudrücken versuchte, klang es widerlich lapidar. So als wäre sie damals völlig von Sinnen gewesen. Dabei hatte der Entschluss, den Jungen zu töten, sich für Silvie als goldrichtig erwiesen.

Sie war sich nicht mehr sicher, ob sie in dem Moment, als sie zum Messer gegriffen, sich umgeschaut und vergewissert hatte, unbeobachtet zu sein, ob sie in diesem Moment überhaupt die Tragweite des Ganzen erkannt hatte. Im Nachhinein erschien es ihr wie eine instinktive Handlung, naturgegeben und logisch:

Der Mann deines Lebens wird dich nie wahrnehmen, denn er hat eine Frau und einen Sohn, die er nie verlassen wird. Doch seine Frau ist eine Trinkerin, er bleibt nur bei ihr, weil es dieses gemeinsame Kind gibt. Sollte Jan jedoch nie wieder zurückkommen ...

Diese Entscheidung hatte Silvies Leben in die richtigen Bahnen gelenkt. Schon am nächsten Tag, als sie sich als wichtige Belastungszeugin bei der Polizei meldete und Frank-Peter Götze hinter Gitter brachte, schon an diesem Tag hatte Alf Urbich sie aus Dankbarkeit in die Parteizentrale eingeladen. Schließlich hatten diese Leute ebenfalls großes Interesse daran, Götze als Täter zu präsentieren. Damit war diese unangenehme Schmiergeldsache vom Tisch. Doch das war für Silvie damals nur ein positiver Nebeneffekt gewesen, viel bedeutender war doch: Von diesem Zeitpunkt an war sie für Karl Hüffart sichtbar geworden.

Wie könnte die Entscheidung im Wald damals also falsch gewesen sein?

Irgendwo über ihnen trällerte ein Waldvogel sein hübsches Lied. Karl hatte die Natur geliebt; wenn sie ihn im Rollstuhl durch den Park geschoben hatte, war ihm jedes Pfeifen vertraut gewesen, er hatte die Namen gewusst und sie Silvie verraten, selbst als sich sein Verstand ansonsten schon verabschiedet hatte. All die Sachen, die sie an Karl geliebt hatte, waren trotzdem geblieben.

»Aber Karl Hüffart hat irgendwann geahnt, dass du es warst, die seinen Sohn ermordet hat, stimmt's?« Sollte Wencke Tydmers in irgendeiner Weise triumphieren, weil sie so nah an die Wahrheit gekommen war, so ließ sie es sich nicht anmerken. Ihre Miene war ernst, ihr Tonfall klar und fest. »Deshalb musstest du ihn mit diesen Schilddrüsen-Pillen versorgen. Jeden Tag eine Tablette zu viel, oder zwei oder drei. Du kanntest den Beipackzettel gut genug, um zu wissen, dass die Dinger ihm das

Hirn vernebeln. Er sollte seinem Verdacht nicht mehr nachgehen können, denn dann wäre dein schönes, komfortables Leben als Gattin von Karl Hüffart mit einem Schlag zu Ende gewesen.«

»Es ist jetzt auch zu Ende«, stammelte sie. Karl war tot. Er hatte sich erinnert an den Tag, als er das Messer in ihrem Schrank gefunden hatte, das Messer, an dem Reste von Jans Blut klebten und das sie niemals hatte entsorgen können aus Angst, es würde doch entdeckt werden. Das war Karl am Götterfall wieder in den Sinn gekommen. Und dann war sie es gewesen, die für das Ende gesorgt hatte. Vielleicht hatte Wencke schon eine Ahnung, dass es sich am Götterfall so abgespielt hatte, vielleicht auch nicht. Es kam nicht darauf an.

Wencke griff mit ihrer freien Hand in die Hosentasche und holte den Schlüssel heraus. »Kannst du uns befreien?«, fragte sie Götze und hielt die Handschellen hoch.

Er starrte in ihre Richtung. Sein Blick brannte sich in Silvies Stirn. Sie ahnte, was in seinem Kopf vorging: Das ist also die Frau, für die ich jahrelang unschuldig in den Knast gegangen bin! Götze musste sie hassen. Es musste in ihm toben vor Wut. Er stand bestimmt kurz davor, völlig auszurasten. Ja, wer sorgte eigentlich dafür, dass Götze sie nicht umbrachte, hier, auf der Stelle? Diesem Mann war ja schließlich alles zuzutrauen. Ein Monster war er!

Doch er machte bloß drei kurze Schritte auf sie zu, steckte den Schlüssel in das kleine Schloss und öffnete die metallenen Fesseln. Klack!

Und dann zwitscherte wieder ganz oben der Vogel. Vielleicht war es ein Pirol?

[17. Juli, 10.05 Uhr, Dieselstraße,
Hannover-Limmer, Deutschland]

Wencke hatte sich freigenommen. Die Stimmung im LKA war im Hinblick auf den anstehenden Besuch des Ministeriumsfuzzis unter aller Kanone, darauf hatte Wencke nach den Ereignissen des gestrigen Tages, der Verhaftung von Silvie und den anschließenden Verhören absolut keine Lust. Außerdem war die Hälfte der Sommerferien schon beinahe rum und Emil und sie hatten noch keinen einzigen Morgen in aller Ruhe miteinander gefrühstückt. Es war Zeit, dem allgemeinen Chaos endlich zu entrinnen.

Das Wetter war deutlich besser als gestern, also hatten sie ihr ganzes Geschirr nach unten in den kleinen Hofgarten geschleppt. Die Butter begann bereits in der Sonne zu schmelzen und die Wespen fanden die Idee eines Picknicks anscheinend auch ganz spannend.

»Die Viecher nerven«, sagte Emil, legte sein Marmeladenbrot weg und beobachtete angewidert das Insekt auf dem roten Gelee.

»Bei deinen Computerspielen kämpfst du doch gegen ganz andere Monster, Mörderseifenblasen zum Beispiel.«

»Mama, die sind doch nicht echt und die können nicht stechen. Im Internet habe ich mal ein Video gesehen von einem Mann, der von einer Hornisse gestochen wurde, und zwar voll in seinen ... « Emil verstummte und schaute mit offenem Mund zum Gartentor. »Ich glaube, wir kriegen Besuch!«

Wencke hörte das Scharnier quietschen und dann das Knirschen eines Rollkoffers auf dem Kies. Sie wandte sich in die Richtung, in die Emil immer noch begeistert blickte.

»Hallo ihr zwei!«, sagte Axel. Er sah furchtbar aus. Käsiger als der Edamer auf ihrem Tisch. Unsicher blieb er drei Armlängen entfernt stehen.

Was wollte er denn bloß mit diesem riesigen Koffer?

»Axel!« Emil stand auf und lief ihm entgegen. »Ich erzähle gerade die Geschichte von einem Mann, dem hat eine Hornisse voll in seinen ...«

»Warte mal kurz, Emil! Axel möchte bestimmt einen ... einen Schluck Vitaminsaft trinken, oder?«

Axel nickte schwach.

»Okay, hole ich eben von oben aus dem Kühlschrank.«

Emil raste ins Haus und polterte die Treppe hinauf. Viel Zeit blieb ihnen bestimmt nicht. Trotzdem hatte Wencke keine Ahnung, was sie so auf die Schnelle sagen sollte.

Axel setzte sich auf seinen Koffer. Er sah aus wie ein Flüchtling, den seine Beine keinen weiteren Schritt tragen würden. Da musste wahrscheinlich noch mehr aufgeboten werden als ein Glas Saft.

»Das Baby ...«, fing er an. »Kerstin ...«, war sein zweiter Versuch. Schließlich seufzte er.

Wencke wurde ungeduldig. »So ein Säugling ist anstrengend, stimmt's? Koliken und Co. hauen einen echt um, daran erinnere ich mich noch bestens. Und du hoffst jetzt auf eine kleine Auszeit in der Pension Wencke, oder was?«

»Nein.«

»Grapefruit oder Mango?«, wollte Emil von oben wissen.

»Ist egal!«, rief Axel.

»Ist es nicht: Das eine ist schön süß und das andere total bitter!«

»Ich glaub, er braucht was Süßes«, übernahm Wencke.

Axel gelang ein Lächeln. »Es gab doch diese Komplikationen mit dem Kind. Diese Blutgruppensache.«

»Ja, deswegen warst du doch hier in der Medizinischen Hochschule.«

»Genau. Also, dem Kind geht es gut und Kerstin auch. Aber bei der Überprüfung der Unterlagen ist mir dann aufgefallen,

dass ...« Inzwischen hörte man schon wieder Emils Schritte auf der Treppe, nun musste Axel aber endlich Tempo machen!
»... na ja, das Kind ist nicht von mir.«
»Was?«
»Unsere Blutgruppen passen nicht zueinander.«
»Echt? Kerstin hatte einen ... einen Geliebten?«
»Hat sie immer noch.«
»Nein!«
»Doch! Es ist ihr Physiotherapeut.«
»Quatsch!«
»Wirklich wahr! Sie haben schon seit zwei Jahren ein Verhältnis, seit ihrer Erblindung besucht sie ihn mehrmals die Woche, dabei haben sie sich ineinander verliebt.«
»Fast schon romantisch!«
»Aber er ist verheiratet ...«
»Ach du Scheiße!« Wencke lachte. »Das nenne ich Schicksal!«
»Hier, deine Vitamine!« Emil hatte das Glas randvoll gemacht und balancierte es vorsichtig in der Hand, wahrscheinlich hatte er bereits auf jeder einzelnen Stufe klebrige Kleckse hinterlassen. »Wie lange bleibst du denn?«, fragte er.

Axel schaute Wencke an. »Liegt ganz an deiner Mutter.«

Sandra Lüpkes bedankt sich bei:

- *Prof. Dr. Arnulf Krause* für die lesenswert übersetzte und kommentierte Version der Götter- und Heldenlieder der Älteren Edda (Reclam Bibliothek)
- *Alva Gehrmann* für das unterhaltsame Buch »Alles ganz Isi« (dtv premium) mit der anschaulichen Schilderung eines Vulkanausbruchs auf Island
- *Wolfgang Müller*, der in »Neues von der Elfenfront« (edition suhrkamp) interessante Dinge verrät, beispielsweise dass isländische Elfen Menschen mit blauen Turbanen lieben
- *Dr. Ludger Gurlit* für die Erläuterungen zum tödlichen Ausgang einer schwangerschaftsbedingten Thrombose
- *Meram Karahasan* für die Aufklärung zum Thema Schwangerschaft und Wachkoma
- *Prof. Dr. med. Heinz Wiendl* für die Idee mit den Schilddrüsentabletten
- *Matthias Wießner* für die Ausführungen zum Patentrecht der DDR
- *Kriminalkommissar Andreas Völker*, der unfreiwillig zum Namensvetter eines Bösewichts wurde und mir dann ganz hilfreich zur Seite stand auf der Suche nach Wenckes beruflicher Biografie
- *Kriminalhauptkommissar a. D. Peter Veckenstedt*, wie immer ein treuer, zuverlässiger und fähiger Testleser – kein Wunder, früher hat er bei der Spurensicherung gearbeitet

- *Sibylle Dörflinger*, Kriminalpsychologin beim LKA Niedersachsen und wunderbare Beraterin in allem, was Wenckes Job angeht
- *Tobias Perrey*, meinem großen Bruder, Island-Kenner und zuverlässigen Testleser für seine ehrlichen Worte zu diesem Roman und vielen anderen Dingen auch
- *Monika und Ralf Kramp*, in deren zauberhafter Ferienwohnung in Üxheim-Flesten (Eifel) ich in der Silvesternacht die letzten Kapitel schreiben durfte, für ihre Gastfreundschaft
- *Ulrika Rinke* und *Bianca Dombrowa* – meinen Lektorinnen bei dtv, die wie immer behutsam, geduldig und absolut fachkundig mein Manuskript geschliffen haben
- *Vanessa Gutenkunst, Caterina Kirsten* und *Georg Simader* von Copywrite, meiner fleißigen Agentur, die es immer wieder schaffen, mich zu motivieren
- *Gudrun Todeskino* vom Text&Ton Kulturbüro, die schon die ersten Lesungen organisiert hat, als das Manuskript erst zur Hälfte fertig gewesen ist
- *Julie* und *Lisanne*, die sich immer amüsieren, wenn ihre Mutter eine Schreibkrise hat, was genau die richtige Reaktion ist
- *Jürgen Kehrer*, meinem Mann und liebsten Kollegen, der zuhört, wenn man was loswerden muss; der was zu sagen hat, wenn man ihn um Rat fragt; und der mit mir in einem nach Kotze stinkenden Auto rund um Island gefahren ist, auch die fiesen Strecken, wo ich kapitulieren musste – er ist also quasi ein Held!

Erste Auflage 2019
suhrkamp taschenbuch 4961
Originalausgabe
© Suhrkamp Verlag Berlin 2019
Suhrkamp Taschenbuch Verlag
Alle Rechte vorbehalten, insbesondere das der Übersetzung,
des öffentlichen Vortrags sowie der Übertragung
durch Rundfunk und Fernsehen, auch einzelner Teile.
Kein Teil des Werkes darf in irgendeiner Form
(durch Fotografie, Mikrofilm oder andere Verfahren)
ohne schriftliche Genehmigung des Verlages reproduziert
oder unter Verwendung elektronischer Systeme
verarbeitet, vervielfältigt oder verbreitet werden.
Druck und Bindung: CPI – Ebner & Spiegel, Ulm
Umschlagfoto: Mathieu Le Bail / EyeEm / Getty Images
Umschlaggestaltung: zero-media.net, München
Printed in Germany
ISBN 978-3-518-46961-3

Johannes Groschupf
BERLIN PREPPER

Thriller
Herausgegeben von
Thomas Wörtche

Suhrkamp